FEUER
WERKE
VERLAG

Das Buch

Im Dunkel des Waldes lauert das Böse!

Eigentlich sollen Henning Gerlach und seine Kollegin Lena Freyenberg nur im Vermisstenfall einer jungen Frau ermitteln. Als aber kurze Zeit später ihre übel zugerichtete Leiche am Rande eines unwegsamen Waldgebietes entdeckt wird, ist klar, dass es hier um Mord geht. Das mit Lippenstift verschmierte Gesicht und der offene Brustkorb der Toten geben Henning und Lena Rätsel auf.

Schnell stellt sich heraus, dass das Opfer eine Bekannte ihres Ermittler-Kollegen Boris war, der sich zur gleichen Zeit ganz in der Nähe des Fundorts mit Freunden auf einer mehrtägigen Wanderung befindet. Als plötzlich weitere Teilnehmer der Gruppe ermordet aufgefunden werden, beginnt ein Wettlauf gegen die Zeit.

Der Autor

Gunnar Schwarz konnte gar nicht anders. Als Kind der späten Siebzigerjahre in eine schreibende Familie hineingeboren, war sein Weg zum Schriftsteller schon vorgezeichnet. Bereits als Jugendlicher verfasste er erste Kurzgeschichten und entwickelte einen beeindruckend facettenreichen Schreibstil. Das Genre, in dem er sich am meisten zu Hause fühlt, wird schließlich der Thriller. Der Wunsch, mit seinen eigenen Worten einen spürbaren Nervenkitzel zu erzeugen, lässt ihn tagtäglich an seinen Geschichten arbeiten. Wenn Gunnar den Schreibtisch verlässt, dann am liebsten für lange Spaziergänge mit seinem Hund. Die Stille des norddeutschen Landlebens wirkt dabei inspirierend und schafft Raum für die Entstehung neuer Ideen.

Das Flüstern des Totenwaldes

Ein Thriller von Gunnar Schwarz

Gerlach und Freyenberg 3

Mehr zum Autor finden Sie auf
www.gunnarschwarz.de,
www.facebook.com/gunnarschwarz.autor,
www.instagram.com/gunnarschwarz.autor und
www.feuerwerkeverlag.de/schwarz

Abonnieren Sie auch unseren Verlags- und Autoren-Newsletter und erfahren Sie so als Erster von unseren Neuerscheinungen, Autorennews und exklusiven Buch-Gewinnspielen:
www.feuerwerkeverlag.de/newsletter

Originalausgabe April 2024

Maracuja GmbH, Laerheider Weg 13, 47669 Wachtendonk
Herstellung: Books on Demand GmbH
Printed in Europe
Umschlaggestaltung: Chris Gilcher (Buchcoverdesign.de) unter Verwendung von Adobe Stock ID 168554205 , 178950160, 206993748, 286243499 und freepik.com
Lektorat: Ulrike Weinhart, Starnberg

ISBN: 978-3-98954-009-5

Kapitelübersicht

Prolog 9
Kapitel 1 11
Kapitel 2 18
Kapitel 3 26
Kapitel 4 38
Kapitel 5 47
Kapitel 6 59
Kapitel 7 69
Kapitel 8 83
Kapitel 9 99
Kapitel 10 108
Kapitel 11 123
Kapitel 12 136
Kapitel 13 145
Kapitel 14 152
Kapitel 15 161
Kapitel 16 169
Kapitel 17 177
Kapitel 18 190
Kapitel 19 197
Kapitel 20 211
Kapitel 21 229
Kapitel 22 234
Kapitel 23 244
Kapitel 24 250
Kapitel 25 257
Epilog 266

Prolog

PITSCH.

Pitsch.

Ich stoppe in der Bewegung und lausche.

Pitsch.

„Wie soll man sich da konzentrieren", murmele ich und setze noch einmal an. Mit der linken Hand ziehe ich die beiden Hautlappen gleichzeitig nach oben, mit der rechten versuche ich, die Nadel durchzustechen und den Faden anschließend bis zum Anschlag zu ziehen. Doch meine ungeschickten Finger erschweren mir diese Arbeit.

Pitsch.

Pitsch.

Pitsch.

Wieder lasse ich die Hände sinken, schließe für einen Moment genervt die Augen.

„Was zur Hölle ist das?", rufe ich kurz darauf ungeduldig und sehe mich um. Schweiß tropft mir von der Stirn, landet ebenfalls mit einem Pitsch auf der kalkweißen Haut der Frau, die vor mir auf dem Tisch liegt.

Ein Tropfen ...

Suchend irrt mein Blick hin und her und bleibt an der Quelle des nervtötenden Geräuschs hängen – der Säge. Sie liegt am Tischrand, am Fuße der Leiche, ragt über die Kante hinaus. Dickflüssiges Blut tropft von ihrer Spitze in eine Lache, die sich bereits auf dem Boden gebildet hat.

Jetzt muss ich diesen Dreck auch noch wegwischen, denke ich, während ich die Säge nehme und sie in den Trog werfe, der wenige Schritte entfernt steht. Ihr Scheppern durchschneidet messerscharf die dumpfe Stille.

Ich keuche, wische mir über die schweißnasse Stirn und beuge mich über den toten Körper der Frau. „Gleich haben wir es geschafft. Dann hast du bekommen, was du verdienst." Noch einmal nehme ich den Faden auf und verknote ihn nach den letzten Stichen mühsam. Meine Finger zittern. Entnervt betrachte ich mein misslungenes Werk und zucke dann mit den Schultern. „Mir kanns ja egal sein."

Bevor ich zum Wandschrank hinübergehe, wische ich mir die blutigen Hände an der Jeans sauber. Gleich in der ersten Schublade finde ich, wonach ich suche. Der kleine Lippenstift rollt mir so abrupt entgegen, als würde er sich auf seinen Einsatz freuen.

Ich muss lachen. „Kannst es kaum erwarten, hm? Das Gefühl kenn ich."

Ich ziehe die Kappe ab und bin mit nur zwei Schritten zurück bei der Frau. Ihre leblosen Augen starren mich an. „Du glotzt wie ein toter, stinkender Fisch in der Sonne." Mit zwei Fingern drehe ich ihr Gesicht zu mir und schmiere ihr eine dicke Schicht dunkelroter Farbe auf die blassen Lippen. Lächerlich sieht sie jetzt aus, wie ein Clown.

Mir gefällts.

Dann nehme ich ein altes Laken aus dem Regal, rolle die Frau darin ein und umwickele sie mit einer Schnur.

Ihr Körper ist schwer.

Das sind sie immer. Es stört mich aber nicht.

Mit dem Leichnam auf den Armen gehe ich zur Tür.

„Wird Zeit, dich in die Schlucht zu werfen."

Kapitel 1

DICKE Regentropfen prasselten auf Lena Freyenbergs Schirm. In welche Richtung sie ihn auch hielt, der Regen schien jedes Mal genau aus der entgegengesetzten zu kommen. Sie drückte die Papiertüte vom Bäcker zum Schutz gegen ihren Oberkörper.

„Dafür hab ich was gut bei Henning“, murmelte sie, als sie endlich die Stufen zum Polizeipräsidium hinaufstieg und ihren Schirm unter dem Vordach ausschüttelte. Gerade als sie die Tür aufzog, rollte ein Donner durch die Straßen und ließ sie zusammenzucken.

„Du bringst ja bestes Aprilwetter mit. Komm, ich helf dir.“ Ihre Kollegin Karen Hofreiter nahm ihr Tüte und Schirm ab.

Lena war viel zu spät dran, aber ausnahmsweise war das nicht ihre Schuld. „Henning hat mich angerufen. Er hat einen Wasserschaden in der Küche, darum muss er sich erst mal kümmern, aber er sagt, er kommt, so schnell er kann. Bist du so lieb und packst schon mal den Kuchen aus? Und ist Claus schon da?“ Lena knetete ihre feuchten, dunklen Haare, um sie wenigstens halbwegs in Form zu kriegen. Dass aber auch ausgerechnet dieser Morgen so chaotisch verlaufen musste, an dem ihr Kollege Claus Steiner aus der Elternzeit zurückkehrte und sie diesen Umstand ein wenig feiern wollten!

Karen antwortete nicht und bewegte sich auch keinen Millimeter vom Fleck.

„Was ist?“, fragte Lena und blickte in Karens grinsendes Gesicht. Die Kollegin hatte richtig rote Wangen bekommen. Was ging hier vor? Sie würden doch wohl nicht … Theatralisch ließ Lena den Kopf hängen. „Wer hat es euch verraten?“

„Der Kalender! Du denkst auch, wir leben hinterm Mond, oder? Von Herzen alles Liebe zum Geburtstag, und jetzt tu bitte total überrascht, wenn wir in den Besprechungsraum gehen.“

„Aber ich …“

Doch da hatte Karen sie schon zur Tür hinübergeschoben und die Klinke heruntergedrückt.

„Überraschung!", ertönte von drinnen im Chor. Henning, Claus, Olaf, Maike, Karen – und sogar ihr Vorgesetzter, Norbert Überstädter – alle waren anwesend. Das gesamte Team.

„Meinen Glückwunsch, Frau Freyenberg. Auf ein erfolgreiches neues Lebensjahr. Ich habe leider keine Zeit zu bleiben, die Pflicht ruft, aber genießen Sie bitte Ihren Ehrentag – zumindest für …", er sah auf die Uhr, „… eine halbe Stunde." Dann beugte er sich zu ihr herab. „Und vergessen Sie nicht, mich spätestens heute Nachmittag bezüglich der Zeugenaussagen auf den neuesten Stand zu bringen. Wir wollen unseren Brandstifter ja so schnell wie möglich dingfest machen."

Lena bedankte sich und nickte. „Wird gemacht."

Ihr Partner Henning kam mit großen Schritten auf sie zu und zog sie in eine Umarmung.

„Mieser Trick, ganz mieser Trick", murmelte sie an seiner Schulter.

„Alles Liebe, Lena. Wir brauchten einen Zeitvorsprung, nimm mir den kleinen Schwindel bitte nicht übel, ja?" Er zwinkerte ihr auf seine jungenhafte, schelmische Art zu.

Sie resignierte. „Ich denke drüber nach", versprach sie.

„Ich weiß, dass so etwas nicht dein Ding ist. Aber als Teamleiter sehe ich mich in der Pflicht, mich aktiv für gutes Teambonding zu engagieren. Was bietet sich da mehr an als der Geburtstag einer geschätzten Kollegin?"

Lena schüttelte grinsend den Kopf. „Teambonding? Beeindruckend. Wo hast du das denn gelesen? In der Zeitschrift für die aufgeweckte Führungskraft?"

Henning lachte auf.

Inzwischen waren sie mehr als einfache Arbeitskollegen. Die intensive Zusammenarbeit an nervenaufreibenden Kriminalfällen, die ihnen so manch schlaflose Nacht im Polizeipräsidium beschert hatte, hatte sie über den Schreibtisch hinweg zusammengeschweißt. Lena mochte Henning wirklich. In ihrem Job begegnete sie immer wieder Kollegen, die im Laufe der Jahre durch die permanente Konfrontation mit den Grausamkeiten dieser Welt regelrecht abgestumpft waren.

Henning nicht. Er wusste, wann er klar und fokussiert sein musste, doch seine menschliche Seite blieb dabei nie auf der Strecke. Das schätzte sie sehr an ihm.

„Jetzt bin ich dran!“, hörte Lena Maikes Stimme hinter sich und drehte sich um. „Meinen allerherzlichsten Glückwunsch.“

Die Rastalocken ihrer Kollegin kitzelten sie im Gesicht, als die sie übermütig in ihre Arme zog und sie anschließend auf die Überraschung hinter sich aufmerksam machte.

In der Mitte des Tisches stand eine Torte mit Lenas Namen darauf. Rundherum klebten Verzierungen aus Marzipan in Form von Blaulichtern, Handschellen und kleinen Polizeimännchen. Nun musste sie wirklich lachen. „Ihr seid ja verrückt.“

Karen reichte ihr einen Umschlag, aus dem Lena eine Geburtstagskarte sowie einen Gutschein für das Sportgeschäft im Stadtzentrum zog. „Henning sagte, du nörgelst beim Joggen so oft an deinen Klamotten herum.“

Lena warf ihrem Partner einen vor gespielter Empörung strotzenden Blick zu. Insgeheim kam ihr der Gutschein wie gerufen – sie brauchte wirklich dringend ein paar neue Laufschuhe. „Das ist superlieb von euch, danke, euch allen.“

„Die Torte war übrigens Maikes Idee“, ergänzte Olaf, der sich zu Lenas Überraschung mal richtig anständig angezogen hatte. Selbst sein sonst eher ungepflegtes Haar hatte einen frischen Schnitt bekommen. Seit er ihr vor einer Weile vom Tod seiner Frau erzählt hatte, hatte Lena eine besondere Verbindung zu ihm, obwohl sie mit ihm anfangs nur mühsam zurechtgekommen war. Eine gewisse Vertrautheit, entstanden durch die Erfahrungen, die der Verlust eines geliebten Menschen mit sich brachte, begleitete seither ihren gemeinsamen Arbeitsalltag.

„Gut siehst du aus“, flüsterte sie ihm ins Ohr, als er ihr gratulierte. „Maike gefällt das sicher auch.“ Henning hatte ihr verraten, dass Olaf ein Auge auf die neue Kollegin geworfen hatte.

„Ach“, machte dieser nur und versteckte sich hinter der altbekannten grummeligen Fassade.

Lena schmunzelte und wandte sich an Claus. „Das sollte eigentlich deine Party werden. Den Kuchen habe ich wohl umsonst gekauft. Auf jeden Fall: willkommen zurück! Was machen die Sprösslinge?“

„Partys sind am schönsten, wenn man sie gemeinsam feiert“, sagte der hochgewachsene, junge Kollege und umarmte Lena herzlich. „Der Familie geht es gut. Die sind wahrscheinlich froh, dass ich endlich wieder aus dem Haus und ins Büro verschwunden bin.“ Er lachte auf und seine freundlichen Augen blitzten.

„Da geht es ihnen wie uns“, warf Henning ein und klopfte seinem Freund auf den Rücken. „Und Kuchen kann man übrigens nie genug haben. Apropos Kuchen – hat jemand Hunger?“

Minuten später war die wunderschöne Geburtstagstorte nur noch ein klägliches Häufchen von Sahne- und Krümelresten. Obwohl Lena normalerweise nicht gerne im Mittelpunkt stand, genoss sie die unerwartete Aufmerksamkeit ihres Teams, mehr jedoch die gelöste Stimmung ihrer Kollegen an jenem Morgen. Sie hatten schon einiges zusammen durchgestanden. Ihr letzter großer Fall – die Jagd nach einem Serienkiller, der nicht nur unschuldige Mütter getötet, sondern deren Kindern auch noch grauenvolle Nachrichten hinterlassen hatte – steckte ihnen noch in den Knochen. Hennings Schwester, die als Kinder- und Jugendtherapeutin das Team während Claus’ Abwesenheit unterstützt hatte, war ebenfalls zum Opfer geworden und glücklicherweise in letzter Sekunde gerettet worden. Die Wunden, die sie aus der Konfrontation mit dem Killer davongetragen hatte, waren mittlerweile verheilt. Jedenfalls die körperlichen.

„Leute, ich sags nur ungern“, murmelte Henning mit vollem Mund und hielt sich die Hand davor. „Aber irgendwo da draußen lauert noch unser Brandstifter.“ Er stellte den Teller zur Seite und wischte sich mit einer Serviette über die Lippen, bevor er nach Schlüssel und Mappe griff. „Olaf, hast du schon Rückmeldung von dem Sachverständigen erhalten?“

Olaf bedeutete Henning, mit ihm zu kommen, und die beiden verließen das Besprechungszimmer. Bevor die Tür hinter ihnen zufiel, konnte Lena gerade noch aufschnappen, dass es mehrere Brandherde zu geben schien.

Der aktuelle Fall. Brandstiftung in Schuppen. Angefangen hatte alles in Nähe abgelegener Gartenlauben am Stadtrand. Doch mittlerweile standen auch immer öfter Hütten auf Privatgrundstücken in dicht besiedelten Wohnvierteln in Brand. Zum Glück hatte es bisher nur Sachschäden gegeben, aber die Feuer wurden zunehmend näher an Wohnhäusern gelegt, und es war nur eine Frage der Zeit, bis eines davon auch die Bewohner gefährden würde.

Lena deutete auf die Kuchentüte vom Bäcker, die Karen neben die Torte gelegt hatte. „Ich bringe den in die Küche, nehmt euch bitte, so viel ihr möchtet. Und vielen Dank noch mal."

„Ich mach das schon", sagte Maike und nahm ihr die Teller ab.

„Danke dir besonders, die Torte war wunderschön. Und lecker! Zu schade, dass keiner ein Foto gemacht hat, bevor sich alle wie die Aasgeier draufgestürzt haben."

„Ich hab eines." Maike zwinkerte ihr zu.

„Gute Polizeiarbeit! Wenigstens eine, die hier mitdenkt." Lena drückte freundschaftlich die Schulter ihrer Kollegin und machte sich auf den Weg ins Büro.

Maike hatte sich mittlerweile perfekt ins Team integriert. Dass hinter ihrer schillernden Fassade ein paar schwerwiegende familiäre Probleme steckten, hatte es ihr anfangs nicht leicht gemacht. Gerade Henning war ihr und ihrer Verschwiegenheit in persönlichen Belangen gegenüber äußerst misstrauisch gewesen. Glücklicherweise war das längst Geschichte.

Als Lena ins Büro kam und auf ihrem Platz die Akten der letzten Zeugenbefragungen zum Brandgeschehen sah, stöhnte sie laut auf. Sie hatten noch keine Spur vom Täter, und das Durchgehen von Zeugenaussagen war eine mühsame Arbeit.

„An Geburtstagen darf es schon mal an Motivation mangeln", hörte sie die tiefe Stimme mit dem osteuropäischen Akzent ihres Kollegen Boris, der auf dem Besucherstuhl in der Ecke saß und offensichtlich auf sie gewartet hatte.

„Du kommst zu spät, die Torte ist restlos vernichtet worden. Aber was machst du überhaupt hier, wolltest du nicht schon längst über alle Berge sein?"

Boris, der ITler des Teams, hatte sich für die kommenden vier Tage freigenommen. Wie Lena von Henning erfahren hatte, tat er das jedes Jahr im Frühjahr, um mit ehemaligen Studienkollegen ein paar Tage weit draußen im Nirgendwo die Seele baumeln zu lassen.

„Überstädter hatte ein Problem mit seinem Laptop, er ist nicht ins System gekommen, da habe ich noch mal schnell draufgeschaut."
„Du bist zu nett. Ich an deiner Stelle hätte mein Handy ganz schnell auf lautlos gestellt und wäre verschwunden. Einmal hier, prasseln gleich wieder unzählige Hilferufe auf dich ein. Du weißt genau, dass wir ohne dich aufgeschmissen sind."

Der bärenriesige Typ lachte auf. „Deswegen verstecke ich mich auch in deinem Büro."

„Verstehe, aber …"

„Boris!", rief Henning, der in diesem Moment ins Büro kam, freudig überrascht.

„So viel zum Thema Verstecken", sagte Lena grinsend.

„Gut, dass ich dich noch sehe. Ich habe diesen Grundländer Forst gegoogelt, wo du dich für die nächsten Tage vor der Gesellschaft verstecken willst." Er deutete auf seinen Computer.

Boris' Lachen dröhnte durchs Büro, während er zu Hennings Platz hinüberging, um einen Blick auf dessen Bildschirm zu werfen. Lena tat es ihm gleich.

„Ich weiß genau, was jetzt kommt. Und ich sage es vorweg: Dieser Ausflugstipp war nicht meine Idee. Jacky, eine gute Freundin von mir, steht auf solchen Legendenkram."

Lena zog die Augenbrauen fragend zusammen. „Legenden?"

Henning nickte eindringlich. „Du würdest dich umgucken, Lena. Dort sollen bis ins sechzehnte Jahrhundert hinein Hexenverbrennungen stattgefunden haben. Ein Fall von Exorzismus ist wohl auch dokumentiert. Und heute, ich zitiere, übt der Grundländer Forst eine hohe Anziehungskraft auf satanistische Gruppierungen aus. Man munkelt, es soll dort auch spuken."

Boris rempelte Henning an der Schulter an. „Wer glaubt denn so einen Blödsinn? Außer meiner Freundin Jacky vielleicht, aber die googelt auch nach jedem Horrorfilm, ob der vielleicht einen wahren Kern als

Grundlage hat. Dass ich an so ein Zeug nicht glaube, sollte euch klar sein."

„Ist es", entgegnete Henning in wichtigem Ton, klickte theatralisch auf seine Maus und ging zum Drucker hinüber. „Aber hieran glaubst du sicher." Er wartete, bis das Gerät das Blatt Papier ausgespuckt hatte, und reichte es Boris.

Lena beugte sich neugierig in seine Richtung. „Cold Cases – Welche Geheimnisse verbirgt der Grundländer Forst?", las sie als Überschrift des ausgedruckten Zeitungsartikels.

„Echt jetzt?" Boris' Augen huschten über das Papier. „Frauenleiche im Steinbruch gefunden", murmelte er, und kurz darauf: „Tote neben ausgebranntem PKW entdeckt." Er ließ das Blatt sinken. „Diese Fälle sind zum Teil Jahrzehnte alt."

„Jap." Henning stemmte die Hände in die Hüften. „Ich dachte mir, wenn dir langweilig wird, kannst du ja ein bisschen ermitteln. Wenn du schon vor Ort bist, meine ich", scherzte er und zuckte mit den Schultern.

„Bloß nicht. Ich werde nicht mal an die Arbeit denken, keine Sekunde lang. Versucht auch gar nicht erst, mich anzurufen. Handy schalte ich aus. Jetzt!" Er drückte die entsprechende Taste. „Alles, was hier passiert, muss bis nächste Woche warten." Dennoch faltete Boris das Blatt zusammen und steckte es in die hintere Hosentasche. „Und jetzt muss ich mich beeilen, sonst ziehen die ohne mich los." Er hob die Hand zum Gruß und wandte sich zum Gehen.

„Du fehlst uns jetzt schon", rief Henning ihm gut gelaunt hinterher.

„Ihr mir nicht", antwortete Boris lachend und zog die Tür hinter sich ins Schloss.

„Hoffentlich wird er nicht von Bigfoot gefressen", murmelte Henning amüsiert.

Lena rutschte grinsend auf ihren Bürostuhl und widmete sich endlich den Zeugenaussagen auf ihrem Tisch.

Die lockere Stimmung im Team war wirklich eine willkommene Abwechslung.

Kapitel 2

– Boris –

DER Grundländer Forst war ein abgelegenes, unübersichtliches und naturbelassenes Waldgebiet mit einer Größe von mehr als fünfzehntausend Hektar. Nur wenige angelegte Wanderwege führten durch die hügelige Landschaft, umgeben von Fichten- und Laubwäldern. Boris wusste, dass es in der näheren Umgebung einen seit Jahrzehnten stillgelegten Sandsteinbruch gab. Über die Jahre war der Steinbruch mit Wasser vollgelaufen und die dadurch entstandenen Seen lockten jährlich zahlreiche Besucher an, was nicht ohne Folgen blieb. Das Schwimmen in diesen Gewässern konnte lebensgefährlich sein. Scharfe, unsichtbare Abbruchkanten unter der Wasseroberfläche waren nur eine Bedrohung, die dort auf die Schwimmer lauerte. Doch den Trampelpfaden vom Parkplatz in Richtung des Sees nach zu urteilen, schien das polizeiliche Badeverbot niemanden zu beeindrucken.

Boris' Wagen war das erste Fahrzeug auf dem Parkplatz an jenem Donnerstag im April. Die Regenschauer vom Morgen hatten sich bereits verzogen, als er seinen Rucksack und den Beutel mit dem Schlafsack aus dem Kofferraum holte. Er war gerade dabei, seine Schuhe zu schnüren, als ein weiteres Auto auf den Schotterplatz fuhr. Lautes Hupen, ein heruntergelassenes Fenster, durch das die Bässe eines Rolling-Stones-Songs dröhnten, sowie das breite Grinsen einer Frau, konnten nur eines bedeuten: Jackys Ankunft.

„Jacky!“ Boris breitete die Arme aus, um seine alte Kommilitonin zu begrüßen.

Sie sprang aus dem Wagen und ihm direkt entgegen.

„Boris, du alte Schnüffelnase, ich freu mich so dich zu sehen. Und auf die Tage mit euch. Ist es nicht herrlich hier?“

„Herrlich?“ Mit dem Daumen deutete Boris hinter sich. Im Gebüsch dort stapelten sich blaue Müllsäcke neben einem alten Kühlschrank und einer zertrümmerten Mikrowelle.

„Komm schon, letztes Jahr war unsere gesamte Wanderstrecke von Touristen überlaufen. Weißt du noch, dieser nervige kleine Hund, der uns immer wieder begegnet ist und Ole an den Rucksack gepisst hat? Das wird uns hier nicht passieren. Dichtes Buschwerk, meterhohe Bäume, ein paar enge Pfade, die sich verloren zwischen Nebelschwaden ins Nirgendwo schlängeln. Und niemand hier außer uns. Nachts, wenn alles schläft, jault irgendwo in der Ferne ein Werwolf, in den Baumkronen über uns flüstern und knistern die Geister. Wuuuuh!“

Boris lachte und drückte die Schulter seiner alten Freundin. „Du spinnst echt, Jacky. Aber gut, du warst dieses Jahr mit der Auswahl dran, und hier sind wir. Hoffen wir, dass wir es nicht bereuen.“

„Helge vielleicht schon“, antwortete sie kichernd und deutete auf die Bundesstraße, von der gerade ein hellblauer Ford in den Parkplatz abbog. „Wenn man vom Teufel spricht …“

Helge Grundler war der Einzige aus der sechsköpfigen Gruppe, der mit dem Survival- und Outdoorcharakter dieser Veranstaltung gar nichts am Hut hatte. Jedes Jahr schleppte er mindestens eine Tasche zu viel mit, jammerte bereits nach den ersten fünf Kilometern über Blasen an seinen Füßen und verbrachte die Nächte damit, sich über Krabbelvieh aufzuregen, das den Weg in sein Zelt gefunden hatte. Damit sorgte er jedoch auch für jede Menge Erheiterung. Er war wahrlich kein Wanderfreund, schätzte und genoss aber das jährliche Wiedersehen und die langen Unterhaltungen mit seinen ehemaligen Studienkollegen so sehr, dass er sich die Umstände ihrer Treffen regelmäßig antat.

„Ist Ole noch nicht da?“, fragte Helge nach einer ausgiebigen Begrüßung. „Der war an der Tankstelle hinter mir. Wir haben noch Wetten abgeschlossen, wer zuerst hier sein wird.“ Helge öffnete seinen Kofferraum und hielt ein brandneues Paar knallroter Wanderstiefel in die Höhe, deren angebliche Vorteile er wie ein Vertreter anpries.

„Ich wusste es“, sagte Jacky und schüttelte lachend den Kopf. „Genau dafür habe ich die Extrapackung Pflaster eingesteckt.“

„Bist ein Schatz“, rief Helge und warf ihr einen Luftkuss zu.

Es dauerte nicht lange, da trudelten auch die anderen ein. Ole Michalski, der nach der Trennung von seiner langjährigen Partnerin darauf hoffte, fernab der Zivilisation einen freien Kopf zu bekommen, und Resi Ruppert, Optimistin, Yoga-Liebhaberin und der Sonnenschein der Gruppe.

„Wo ist Nano?“, fragte Boris direkt, als er Resi allein aus ihrem Wagen aussteigen sah. Die beiden Frauen wohnten nicht weit voneinander entfernt und waren bisher zu jedem Jahrestreffen gemeinsam gekommen.

„Sie schafft es leider nicht. Irgendein privates Chaos. Aber …“, sie hielt eine Kompaktkamera in die Luft, „ich habe ihr versprochen, dass wir so viele Fotos wie möglich für sie machen.“

„Wer hat denn heute noch eine Kamera dabei? Gibts dafür nicht Handys?“, sagte Helge und lachte auf.

„Ein bisschen Nostalgie hat noch keinem geschadet. Und jetzt schnür deine Pumuckl-Schuhe, damit wir endlich loskönnen.“ Solche kleinen Schlagabtäusche, das neckende Hin und Her, hatten Jackys und Helges Freundschaft seit jeher begleitet.

Boris war unterdessen zu seinem Kumpel Ole hinübergegangen. „Alles klar bei dir, mein Freund?“

„Aber sicher“, sagte Ole. Seit sie sich das letzte Mal gesehen hatten, hatte er einiges an Gewicht verloren, doch das stand ihm gut, ließ ihn gesünder und fitter aussehen. Durchtrainiert wirkte er jetzt. Er war schon immer der Ruhigste von ihnen allen gewesen, was ihn jedoch nie davon abgehalten hatte, sich auf Späße und gute Unterhaltung einzulassen. Der Ruhepol der Truppe.

Der Gegensatz zu Jacky. „Alles klar, Leute, lasst uns endlich los. Ich habe für die erste Etappe heute fünfzehn Kilometer vorgesehen, das sollte doch wohl drin sein.“

„Fünfzehn? Das ist doch nur irgendeine Zahl. Gehen auch fünf?“ Helge grinste, während er sich dick mit Sonnencreme einrieb.

Boris warf einen zweifelnden Blick zum bewölkten Himmel hinauf.

„Da du nach zwei Kilometern schon das Jammern anfangen wirst, ist uns egal, ob wir uns das dann weitere drei oder dreizehn Kilometer lang anhören müssen.“ Jacky schnürte ihren Rucksack und warf ihn sich auf den Rücken. „Mir nach, ihr Lieben. Und nur noch mal zur Erinnerung: Arbeitsthemen, Stress und miese Laune bleiben hier am Auto zurück."

„Wartet, ich will mich noch kurz mit Mückenspray einsprühen", rief Helge und zog auch schon die kleine gelbe Flasche aus seiner Tasche. Der beißende Gestank wurde mit einer Böe zu Boris hinübergeweht. Das Zeug würde definitiv nicht nur Mücken fernhalten.

Während die anderen schon losgingen, wartete Boris auf Helge. Aus Erfahrung wusste er, dass es keine gute Idee war, einen Wandermuffel wie seinen Kumpel als Gruppenabschluss gehen zu lassen. Mehr als einmal hatten sie ihn wegen seines Schneckentempos schon verloren. Boris drückte sicherheitshalber noch mal auf seinen Autoschlüssel, verstaute ihn dann in seiner Jackentasche, ließ Helge an sich vorbeigehen und folgte den Freunden den dicht bewachsenen Pfad entlang, als er plötzlich Nanos Stimme hinter sich hörte.

„Hey! Hey, wartet auf mich!"

Am frühen Abend erreichten sie den Rand einer kleinen Lichtung, die in unmittelbarer Nähe eines Flusslaufs lag, und bauten dort ihre Zelte auf.

„Ich kann es immer noch nicht glauben, dass du doch noch gekommen bist. Als Resi sagte, dass du es nicht schaffst, hat sich das Ganze hier gleich nicht richtig angefühlt", sagte Boris.

Nano, die sich ihren Spitznamen aufgrund ihrer Körpergröße – die eher eine „Körperkleine" war – im ersten Studienjahr verdient hatte, lächelte Boris an.

Neben ihr kam er sich noch riesiger und schwerfälliger vor. Vielleicht war das der Grund, weshalb er seit jeher das Gefühl hatte, sie beschützen zu müssen. „Was war denn zu Hause los?"

„Frag nicht. Wanderregel Nummer eins: Stress und Hektik dürfen den Wald nicht betreten", erinnerte sie ihn.

Sie sah müde aus, doch Boris hakte nicht weiter nach. Auch für ihn waren die jährlichen Treffen die dringend notwendige Auszeit vom Arbeitsalltag. Seinem Kopf eine Pause zu gönnen von den furchtbaren Bildern, die er tagtäglich bei seinen Recherchen und Ermittlungen zu sehen bekam. Bilder von vermissten Kindern, von Brandopfern und blutverschmierten Tatorten, von fürchterlich zugerichteten Körpern. Er war ein disziplinierter Mann, wusste, was er im Büro zu lassen hatte und was ihn nach Hause begleiten durfte. Aber nicht immer gelang ihm die Trennung auch.

Das Zweimann-Zelt, in dem Nano und Resi schlafen würden, war genauso schnell aufgebaut wie die anderen beiden Zelte. Ole und Boris teilten sich das zweite und Jacky und Helge das dritte.

„Wir gehen am Fluss ein paar größere Steine suchen, damit wir eine Umrandung fürs Feuer bauen können", rief Resi und verschwand mit den beiden anderen Frauen außer Sichtweite.

Boris und seine Kumpel sammelten unterdessen trockene Blätter, Fichtenreisig und Brennholz in der Umgebung.

„Wisst ihr, was ich an unseren Wanderungen am meisten genieße?", sagte Boris später am Abend, als sie alle ums Feuer herum saßen und in die zuckenden Flammen starrten. „Dass wir keine Möglichkeit haben, hier draußen ständig an irgendwelchen technischen Geräten herumzuspielen. Das machen wir als ITler sowieso den ganzen Tag, obwohl man dem auch im normalen Alltag heutzutage kaum noch entgehen kann. Und so sehr ich meine Arbeit auch schätze, so nervig kann es manchmal sein, permanent auf irgendeinen Bildschirm zu starren."

„Wem sagst du das", antwortete Jacky. „Ich war letztens beim Optiker und darf mir jetzt eine schicke Gleitsicht-Brille zulegen. Sehr passend für eine künftige Oma."

Nano lachte auf. „Nicht nur Omas tragen Brillen. Ganz davon abgesehen, dass es für deinen Typ sicher ziemlich coole Modelle gibt."

„Mag sein." Jacky reckte den Kopf ein wenig in die Luft. „Aber damit werde ich mich definitiv gleich omamäßiger fühlen."

„Hä?" Helge verzog fragend das Gesicht.

„Sag bloß, deine Tochter ist schwanger?", schlussfolgerte Boris.

Jacky prustete los. „Jap. Kugelrund schon. Peer und ich werden die krassesten Großeltern, die sich der Zwerg wünschen kann."

„Wie cool – herzlichen Glückwunsch!"

Ole hob seine Bierflasche. „Auf die erste Oma in unserer Runde." Sie prosteten einander zu. Für Boris, der sein Leben als ewiger Junggeselle genoss, war es kaum vorstellbar, dass einige von ihnen Kinder hatten. Dass Jacky nun gar ein Enkelkind bekommen sollte, war vollkommen unfassbar. Wie die Zeit verging!

„Ich sehe es schon vor mir – sobald das Kind drei Haare auf dem Kopp hat, wird Jacky ihm einen Iro formen“, sagte Resi kichernd.

„Ja und …“ Abrupt verstummte Helge und drehte sich hektisch um. „Habt ihr das gehört?“

„Was denn?“ Ole runzelte die Stirn.

„Da war so ein komisches Geräusch. Ein Knirschen oder so was.“ Helge starrte krampfhaft in die Dunkelheit hinter sich. Doch der Lichtschein des Feuers ließ die Umgebung nur noch schwärzer wirken.

„Jedes Jahr das Gleiche: Sobald die Sonne untergeht, bildet Helge sich irgendwelche Sumpfmonster ein, die es auf ihn abgesehen haben.“ Boris schüttelte grinsend den Kopf.

„Nur, dass wir es dieses Jahr Jackys Ortswahl zu verdanken haben, dass so etwas gar nicht so abwegig wäre. Habt ihr euch mal ein bisschen über dieses Waldgebiet belesen? Warum ist es wohl so verlassen und verwildert?“ Helge zog seine Sweatjacke fester um seinen Körper.

„Ganz sicher nur, damit du dir vor Angst in die Hose machen kannst. Buh!“ Nano packte Helges Schultern.

„Ihr werdet euch noch umgucken, wenn ich dank Pfeffersprays und Leuchtpistole am Ende der einzige Überlebende bin, der hier heil wieder rauskommt.“

„Hast du wieder eine dieser Survival-Dokus geguckt?“ Jacky verdrehte die Augen, während Helge eifrig nickte. „Da sind die Leute – Schauspieler übrigens – in der amerikanischen Wildnis, das ist dir klar, oder? Wir sind hier in Deutschland. Was soll denn hier passieren? Soll uns ein Kampf-Eichhörnchen überwältigen?“

Ein Lachen ging durch die Runde.

„Man kann nie wissen.“ Helge blieb bei seinem Standpunkt.

Doch in diesem Moment hörten sie alle das Geräusch. Erst ein Knirschen, gefolgt von einem Rascheln. Leise, als würde ein Tier durchs Unterholz schleichen.

„Da, jetzt habt ihrs aber gehört!“

Boris griff nach seiner Taschenlampe. Als der Lichtkegel über das dichte Buschwerk glitt, wurde das Geräusch plötzlich lauter, Laubrascheln, wie von Schritten, die über den Waldboden eilten. „Hallo?“, rief er und versuchte zu orten, woher es gekommen war.

„Da ist bestimmt irgend so ein Satan-Freak.“

„Jetzt hör aber auf“, maulte Jacky. „Ein bisschen Gruseln gehört zum Campen im Wald doch dazu. Wisst ihr noch, als wir jede Nacht diese fürchterlichen Schreie gehört haben? Wann war das, vor zwei Jahren?“

Boris schaltete seine Lampe aus. Das Rascheln war nicht mehr zu hören. Vermutlich ein Fuchs, der durch die Unruhe und das Licht verschreckt worden war.

„Ich dachte damals echt, da schreit jemand um sein Leben“, antwortete Nano.

„Konnte ja keiner ahnen, dass Rehe solche furchterregenden Laute ausstoßen, um ihre Artgenossen zu warnen. Aber seht ihr, hier draußen lernt man noch richtig was dazu.“

Ole gähnte.

Auch Boris spürte, wie die Müdigkeit über ihn hereinbrach. Eine lange Wanderung an der frischen Luft, knisterndes Feuer, eine gemütliche Atmosphäre und nicht zuletzt das Bier hatten diesen Effekt. Den anderen schien es ähnlich zu ergehen. „Ich hau mich auch gleich in die Koje“, sagte er und trank sein Bier aus.

„Gute Idee. Wie ich Jacky kenne, scheucht sie uns morgen doppelt so weit wie heute.“ Resi stupste ihre Freundin an.

„Ich will eine fitte Oma sein, und ihr seid mitgefangen, mitgehangen. Schlaft euch lieber schön aus.“

Während Ole und Helge das Feuer mit Wasser vom Fluss löschten, sammelte Boris den Müll ein und warf ihn in eine Tüte. Dabei hätte er schwören können, dass er im Gebüsch zu seiner Rechten eine Bewegung gesehen hatte. Kurz hielt er inne, starrte in die Finsternis und versuchte zu erkennen, ob irgendwo dort draußen ein Wildtier lauerte. Doch als sich nichts rührte, schüttelte er über sich selbst den Kopf. Helges Wahnvorstellungen färbten wohl schon langsam auf ihn ab.

Leise bin ich ihm gefolgt. Von der Einfahrt des Hauses, den überwucherten Pfad entlang, hinein ins Unterholz. Er hat mich nicht bemerkt. Viel zu sehr ist der Junge mit seinem Vorhaben beschäftigt. Zielgerichtet ist er durch den Wald gelaufen, hat offensichtlich genau gewusst, wohin er will.

Ich warte ein Stück abseits, beobachte ihn, wie er hinter einer Buschreihe in die Knie geht und sich ein Guckloch ins trockene Geäst bricht. Meine Hände ballen sich vor Anspannung zu Fäusten und ich presse die Lippen zusammen, um keinen Laut von mir zu geben. Im Verborgenen zu bleiben, fällt mir schwerer als gedacht. Ich weiß genau, was die Aufmerksamkeit des Jungen fesselt. Und ich weiß auch, wie gefährlich das ist.

Plötzlich gleitet ein Lichtkegel über die Baum- und Buschreihen, streift erst das Gesicht und anschließend das Haar des Jungen.

Ich ducke mich, um dem Lichtkegel zu entgehen. Einen Augenblick später schieße ich wie ein Raubtier aus dem Schutz der Dunkelheit, packe den Jungen, presse ihm eine Hand auf den Mund und ziehe ihn hinter den breiten Stamm eines Baumes.

Der Junge keucht, seine dürren Schultern beben unter meinem festen Griff. Seine Augen sind weit aufgerissen – wie die eines Beutetiers, das erkennt, dass es direkt in die Falle gelaufen ist.

Wieder streift der Lichtkegel durchs Blattwerk über unseren Köpfen.

„Keinen Mucks!“, zische ich ihm zu, bevor ich ihn ins Dickicht zerre.

Kapitel 3

HENNING schloss die Bürotür seines Vorgesetzten hinter sich und entdeckte Lena am Ende des Flurs am Kopierer. „Hast du einen Moment?“, rief er ihr zu.

Sie drückte auf einen Knopf und die Maschine produzierte eine Geräuschkulisse, als würde sie jeden Moment abheben. „Ich mache nur schnell noch Kopien von den Laborauswertungen zu den beiden Brandbeschleunigern, die am letzten Tatort gefunden wurden.“

Henning schüttelte den Kopf und bedeutete ihr, ins Büro zu gehen.

„Muss wohl warten. Überstädter hat mir eben das hier in die Hand gedrückt.“ Er reichte ihr einen Zettel.

„Eine Vermisstenanzeige“, las Lena leise vor. „Susanne Scherer, siebenunddreißig Jahre, abgängig seit gestern Mittag.“ Sie sah zu ihm auf. „Das sind erst vierundzwanzig Stunden, warum werden wir jetzt schon hinzugezogen?“

Henning setzte sich auf die Kante seines Tisches. „Gibt wohl Hinweise darauf, dass ihr Lebensgefährte in irgendeiner Art etwas mit ihrem Verschwinden zu tun haben könnte. Wenn wir Glück haben, ist es übervorsichtige Besorgnis der Freundin, wenn wir Pech haben …“

„Okay, ich gebe Olaf die Laborauswertungen zur Brandermittlung, soll er sich darum kümmern.“

Henning nickte. „Wir treffen uns in fünf Minuten am Auto.“

„Was wissen wir über Susanne Scherer?“, fragte Lena kurz darauf, als sie den Parkplatz vom Polizeipräsidium verließen.

Henning lenkte den Wagen auf die Hauptstraße. „Nicht sonderlich viel. Vermisst gemeldet wurde sie von ihrer Freundin, Juliane Reuters, nachdem diese sie weder über Handy erreichen noch zu Hause antreffen konnte. Der Lebensgefährte Scherers, ein gewisser Darius Bender, war allerdings in der Wohnung und soll sich, Reuters Aussage nach, merkwürdig verhalten haben und geradezu auffällig desinteressiert an dem Verschwinden seiner Partnerin gewesen sein. Daraufhin hat Juliane Reuters sich mit der Mutter der Vermissten in Verbindung gesetzt, die konnte ebenfalls keine Auskunft geben, somit führte ihr direkter Weg zur nächsten Polizeidienststelle."

Henning sah aus dem Augenwinkel, wie Lena die Stirn runzelte.

Es war nicht die erste Vermisstenanzeige, der sie in diesem Jahr nachgingen. Vor allem in den Tagen nach Silvester verschwanden jährlich zahlreiche Menschen. Der Neujahrswunsch unterzutauchen, irgendwo im Nirgendwo von vorne zu beginnen, brachte einige Leute dazu, alles stehen und liegen zu lassen und in einer Nacht- und Nebelaktion aus ihrem alten Leben zu verschwinden. Der Großteil von ihnen tauchte innerhalb weniger Tage wieder auf. Nur wenige setzten ihr Vorhaben wirklich dauerhaft in die Tat um – auch das war ihnen schon untergekommen.

In den wenigsten Fällen konnte Henning die Beweggründe der Menschen wirklich nachvollziehen. Seine Familie und Freunde hinter sich zu lassen, zu wissen, dass deren Leben aufgrund der Ungewissheit und Sorge für immer gezeichnet war, während er sich irgendwo in der Ferne seinen Traum von Freiheit und Unabhängigkeit erfüllte – das würde für ihn niemals in Frage kommen. Aber Motive waren so unterschiedlich wie Menschen. Und es stand ihm nicht zu, darüber zu urteilen.

Vierzig Minuten später hatten sie das Viertausend-Seelen-Dorf erreicht, in dem Susanne Scherer gemeinsam mit ihrem Partner Darius Bender lebte.

„Haben schon Kollegen der Streifenpolizei mit Bender gesprochen?", fragte Lena, und Henning schüttelte den Kopf.

„Soweit ich weiß, wurde der Fall direkt an uns weitergegeben." „Also kein Hinweis darauf, ob er auf Ansprache kooperativ reagiert. Na gut, schauen wir mal." Lena schnallte sich ab, während Henning den Wagen parkte.

Ein Mann kniete in der Einfahrt des unscheinbaren Mehrfamilienhauses und war damit beschäftigt, die Reifen seines Kleinwagens zu wechseln. Als er sich umdrehte und Henning und Lena erblickte, stand er auf und wischte sich die schmutzigen Hände an einem Lappen ab.

Darius Bender war von hagerer Gestalt. Er trug ein Basecap, unter dem halblange, dunkle Haare hervorquollen. Sein markanter Kiefer und der eisige Blick ließen ihn umgehend distanziert wirken.

„Lassen Sie mich raten – Sie sind auch wegen Susanne hier.“

Henning zog seinen Ausweis. „Kriminalpolizei, Gerlach mein Name. Das ist meine Kollegin Lena Freyenberg. Wir würden uns gerne mit Ihnen über das Verschwinden Ihrer Lebensgefährtin unterhalten. Das ist doch richtig – Frau Scherer lebt hier mit Ihnen?“ Henning deutete auf das Haus.

Der Mann nickte und warf den Lappen auf den Stapel der Räder.

„Ihre Freundin Juliane war schon da und hat mir Löcher in den Bauch gefragt. Was wollen Sie denn noch wissen?“

„Erzählen Sie uns doch bitte ein wenig darüber, wann Ihnen Susannes Abwesenheit aufgefallen ist und wann Sie sie zuletzt gesehen haben.“ Lena nickte ihm zu.

Darius Bender wischte sich übers Gesicht. „Sie ist eben verschwunden, keine Ahnung wohin, keine Ahnung weshalb, aber sie ist weg. Da gibt es nicht viel zu erzählen.“

Henning räusperte sich. „Lassen Sie uns doch reingehen, damit wir uns ungestört unterhalten können“, schlug er vor.

Für jemanden, der nichts zu verbergen hatte, zögerte Darius Bender definitiv zu lange, zog das Basecap von seinem Kopf, setzte es wieder auf und wiederholte den Vorgang erneut.

Henning beobachtete das Verhalten des Mannes eingehend. Er wollte ihn nicht auf offener Straße und unter den Blicken der Nachbarn, die bereits an den Fenstern aufgetaucht waren, mit den Hinweisen konfrontieren, die Susanne Scherers Freundin der Polizei gegeben hatte. Außerdem machte er sich gerne selbst ein Bild vom privaten Umfeld und der Lebenssituation vermisster sowie verdächtiger Personen.

„Ich bin sicher, es ist in Ihrem Sinne, wenn wir uns drinnen weiter unterhalten“, sagte Lena, die Hennings Gedankengänge teilte. Sie bedeutete Darius Bender, in Richtung des Hauses zu gehen, was er kopfschüttelnd tat.

Stickige Luft schlug ihnen entgegen, als Bender die Tür der Erdgeschosswohnung öffnete. Die Jalousien waren sowohl in der Küche als auch im Wohnzimmer noch immer heruntergelassen. Er zog sie hoch, bevor er einen Klamottenhaufen vom Sofa fegte und Henning und Lena einen Platz anbot.

Er selbst setzte sich ihnen gegenüber in den Sessel. „Also …“, sagte er, klatschte die Hände zusammen und verschränkte die Finger ineinander, „… was wollen Sie hören?“

„Vielleicht fangen wir damit an, wann Sie Ihre Partnerin das letzte Mal gesehen haben.“

Während Lena die Gesprächsführung übernahm, ließ Henning seinen Blick durch das offene Wohnzimmer mit angrenzendem Essbereich wandern. Obwohl er wahrlich kein ausgewiesener Fachmann für Innenraumgestaltung war, konnte selbst er erkennen, wie wenig die unterschiedlichen Möbel zusammenpassten. Schwarze Holzvitrinen, buchefarbene Stühle, ein weißer Tisch, das blaue Sofa, auf dem sie saßen, und eine orangefarbene Schrankwand. Es war nicht direkt schmutzig, aber unaufgeräumt, und Henning spürte, dass niemand, der in diesen vier Wänden lebte, Wert darauf legte, die Wohnung wohnlich und gemütlich zu gestalten.

„Ich habe Susanne vorgestern Abend zuletzt gesehen. Quicklebendig, wenn das für Sie relevant ist. Als ich gestern Mittag zurückgekommen bin, sind alle durchgedreht.“

Henning zuckte innerlich förmlich zusammen bei der Wortwahl des Mannes: *Quicklebendig*. Ihm schien es wichtig gewesen zu sein, diesen Umstand zu betonen. Allerdings sah Besorgnis über das Verschwinden seiner Partnerin definitiv anders aus. „Von wo sind Sie denn gestern Mittag zurückgekommen?“ Er lehnte sich nach vorne und fixierte Darius Bender mit seinem Blick.

Doch der ließ sich davon nicht beeindrucken. „Ich hatte einen Außentermin, war also beruflich unterwegs. Wenn Sie es jetzt ganz genau wissen wollen: Ich bin vorgestern Abend von hier zum Bahnhof gelaufen, war über Nacht und bis zum Mittag des nächsten Tages nicht in der Stadt, und als ich wiederkam, war die Wohnung leer. Hätte ja sein können, dass Susanne irgendwo einkaufen ist oder so. Hab mir nichts dabei gedacht, erst, als Juliane hier Sturm geklingelt hat."

„Das heißt, Frau Scherer hatte gestern keinen Termin, keine Verpflichtung oder dergleichen, von denen Sie wussten?", hakte Henning nach.

Bender schüttelte den Kopf. „Sie arbeitet von zu Hause, erstellt Firmenwebsites und so ein Zeug."

Lena hatte sich auf ihrem kleinen Notizblock, den sie immer in der Tasche hatte, bereits einige Notizen gemacht.

„Darf ich fragen, wo Sie von vorgestern Abend bis gestern Mittag gewesen sind?", fragte sie und zeichnete ein Ausrufezeichen an entsprechender Stelle auf dem karierten Block.

„Arbeiten, wie schon gesagt. Ich bin technischer Außendienstmitarbeiter bei TeleCom und hatte gestern Morgen einen sehr frühen Termin bei einem Kunden, zu dem ich nicht mitten in der Nacht anreisen wollte, deshalb bin ich abends hier weg, hab dort in einem Hotelzimmer gepennt und bin morgens direkt zum Termin gegangen. Wollen Sie jetzt auch noch das Hotel und die Zimmernummer wissen?" Er verdrehte die Augen.

„Hotel ja, Zimmernummer nein. Und die Anschrift Ihrer Firma, der Name Ihres Kunden und die Bahnverbindungen, die Sie für die Hin- und Rückfahrt gewählt haben. Wenn Sie uns das bitte eben aufschreiben würden?" Lena riss ein Stück Papier ab und reichte es samt Stift an Darius Bender weiter.

Mit einem gestöhnten „Pfft!" notierte er die erwünschten Angaben und gab den Zettel zurück.

Henning atmete hörbar aus. „Wissen Sie, uns ist zu Ohren gekommen, dass es zwischen Ihnen und der Vermissten häufiger Schwierigkeiten gab. Können Sie uns dazu etwas sagen?"

„Das hat Juliane behauptet, nicht wahr? Aber welches Paar hat denn keine Probleme?", konterte er entnervt.

„Erzählen Sie uns doch ein wenig von Ihrer Beziehung. Wie lange sind Sie schon zusammen?"

Darius Bender stöhnte. „Wie lange … Ja, weiß nicht so genau. Vier Jahre, vielleicht fünf. So etwas in der Richtung. Sie ist relativ schnell zu mir gezogen, nach ein paar Monaten schon, und dann war noch schneller der Alltag da. Was wollen Sie hören? Es ist doch überall das Gleiche."

„Bei Ihnen waren das aber keine simplen Streitereien, sondern es ist auch zu Handgreiflichkeiten gekommen", ergänzte Henning und beobachtete jede Regung des Mannes, der sich nicht aus der Ruhe bringen ließ.

Stattdessen hielt er Hennings Blick so eindringlich, als würde er damit provozieren wollen. „Manche Frauen brauchen eine feste Hand, das wissen Sie doch sicher auch." Zischend klangen seine Worte, die er den Ermittlern beinahe vor die Füße spukte. Dazu grinste er selbstgefällig.

Henning presste die Kiefer zusammen. Typen wie Darius Bender, die Frauen oder gar Kindern Gewalt antaten und das auch noch mit einem schäbigen Lachen kommentierten, konnten ihn in Sekundenschnelle bis aufs Blut reizen. Seiner Professionalität tat das keinen Abbruch. Zumindest der Mann vor ihm, der sich in seinem selbstgefälligen Grinsen zu sonnen schien, bemerkte nichts von Hennings Stimmungswechsel. Lena hingegen warf ihm einen unauffälligen Seitenblick zu. Sie wusste genau, wie viel Kraft es ihn kostete, jetzt noch die freundliche Fassade aufrecht zu erhalten.

„Herr Bender, würde es Ihnen etwas ausmachen, wenn wir uns hier ein bisschen umsehen?", fragte sie mit fester Stimme. „Vielleicht entdecken wir etwas, das auf den Verbleib von …"

„Haben Sie denn einen Durchsuchungsbeschluss?" Sein eiskalter Blick wechselte zwischen Lena und Henning hin und her, immer noch begleitet von diesem selbstgefälligen Lächeln. „Dachte ich es mir doch. Ich hätte Sie eigentlich nicht mal reinlassen müssen. Genug der guten Taten für heute, denke ich. Außerdem will ich die Räder noch wechseln, bevor es wieder anfängt zu schütten."

Henning erhob sich. „Gut. Wir werden uns sicher im Laufe der Ermittlungen noch einmal mit Ihnen in Verbindung setzen müssen. Können wir uns darauf verlassen, dass Sie sich melden, sobald Sie etwas von Ihrer Lebenspartnerin hören?"

Bender ging in den Flur hinaus. Henning und Lena folgten ihm.

„Sicher doch", sagte er und zog im Vorbeigehen die Tür zu einem Raum zu, der Henning bisher entgangen war. Darin befanden sich ein

Schreibtisch und allerlei Papiere und Gegenstände, die auf dem Boden verstreut lagen: ein Locher, Stifte, Scherben einer zerbrochenen Teetasse, ein umgestoßener Bürostuhl … Für eine genauere Inaugenscheinnahme blieb keine Zeit. Darius Bender bemerkte seinen Blick und positionierte sich wie selbstverständlich vor besagter Tür. Dann nickte er in Richtung Haustür. „Sie wissen ja, wo es lang geht."

„Boah, was für ein unangenehmer Typ", sagte Lena, als sie aus der Parkbucht rangierte. Sie fuhr, während Henning Juliane Reuter, die Freundin der Vermissten, anrief und sie bat, sich in Kürze mit ihnen in einem Café am Stadtrand zu treffen.

„Dörfer sind wohl manchmal ganz und gar nicht so friedlich, wie sie aussehen", murmelte er, während sie das Ortsschild passierten.

„Glaubst du, Bender hat was mit der Sache zu tun?" Lena sah kurz zu ihm rüber. Ein paar Strähnen ihres langen, dunklen Haares wehten ihr aufgrund der geöffneten Scheibe ins Gesicht. Sie strich sie weg.

„Ist dir dieser Raum aufgefallen, rechts von der Haustür?"

Sie nickte. „Aber Bender hat die Tür so schnell zugemacht, da konnte ich nichts erkennen. Er wollte definitiv nicht, dass wir etwas sehen."

„Ich habe auch nur einen schnellen Blick reinwerfen können. Will mich da jetzt nicht festlegen, aber es sah so aus, als hätte es da drinnen eine körperliche Auseinandersetzung gegeben."

Lena nickte. „Er ist auf jeden Fall ein Mensch, der seine Meinung nicht nur mit Worten kundtut. Wie überzeugt er war, dass du als Mann auch der Ansicht bist, Frauen bräuchten eine ‚strenge Hand'." Sie stieß verächtlich die Luft aus. „Echt zum Kotzen. Was für ein Idiot."

„In solchen Momenten rettet mich meine Professionalität davor, irgendwas Dummes zu tun, das sag ich dir."

Lena nickte. „Ich weiß, ich habe es dir angemerkt."

„Wirklich?"

„Hm, ja. Deine Muskulatur hat sich total verkrampft, und du hast dich anders auf dem Sofa positioniert, die Beine ein bisschen anders gestellt und so." Sie verzog das Gesicht. „Klingt jetzt irgendwie schräg, so wie ich das sage."

Er lachte auf. „Klingt, als hättest du eine besondere Beobachtungsgabe. Bist ja nicht umsonst in unserem Team und meine Partnerin.“

„Ach, deswegen also?“

„Nur deswegen“, scherzte Henning und konzentrierte sich anschließend auf sein Handy, um sich ein paar Stichpunkte zu dem Gespräch mit Bender zu machen.

Juliane Reuters saß zu ihrer Überraschung nicht allein in dem Café, das sie als Treffpunkt vereinbart hatten. Eine weitere Frau begleitete sie, die den Ermittlern ebenso besorgt entgegenblickte und als Melanie Griebisch, eine ebenso enge Freundin der Vermissten, vorgestellt wurde. Die beiden Frauen wirkten blass, und vor allem Juliane Reuters' Augen waren gerötet. Sie hatte ganz eindeutig geweint.

„Wir haben im Vermisstenfall Ihrer Freundin, Susanne Scherer, die Ermittlungen aufgenommen“, begann Henning, wurde jedoch sofort von Frau Reuter unterbrochen.

„Sie können sich gar nicht vorstellen, wie erleichtert wir sind, dass Sie sich um Susis Verschwinden kümmern und nicht einfach sagen, dass sie freiwillig irgendwo hingegangen ist. Das ist sie nämlich sicher nicht!“

„Sie haben konkrete Hinweise, dass ihr womöglich etwas zugestoßen sein könnte, richtig?“, fragte Lena.

Umgehend füllten sich Juliane Reuters' Augen erneut mit Tränen. „Ich habe sie gewarnt, dass das passieren wird, wenn sie ihn nicht verlässt.“

„Ihrer Vermisstenanzeige konnten wir entnehmen, dass Sie Ihre Freundin vorgestern Nachmittag zuletzt erreicht haben?“

Sie nickte. „Wir haben kurz telefoniert. Sie war müde, wollte ins Bett, weil sie wohl Migräne hatte.“

„Wirkte sie anders als sonst?“, fragte Henning.

Juliane Reuters schüttelte den Kopf. „Ganz normal, wie immer. Sie hatte häufig Migräne.“

Henning nickte. „Können Sie uns beschreiben, wie die Beziehung zwischen Susanne und Darius Bender aussieht? Ich kann mir vorstellen, dass es in all der Sorge um Ihre Freundin schwierig ist, sich jetzt damit zu beschäftigen. Aber jedes Detail kann uns helfen, sie zu finden."

Juliane nickte, während Melanie Griebisch ihr Handy hervorzog. „Bin sofort losgefahren, als Jule angerufen hat." Sie schien ein wenig gefasster zu sein als ihre Freundin.

„Wir haben Suse schon damals, als sie Darius kennengelernt hat, gesagt, dass sie aufpassen muss. Er ist unberechenbar, gibt sich höchstens anfangs noch Mühe, sein Gesicht zu wahren, aber lange gelingt ihm das nicht."

Bei uns hat er es nicht mal für zwei Minuten geschafft, dachte Henning. „Hat Susanne Ihnen von den Auseinandersetzungen erzählt?"

„Erst vor zwei Jahren, würde ich sagen." Juliane Reuters schnäuzte sich die Nase in ein Taschentuch. „Aber auch nur, weil ich ihr nicht mehr geglaubt habe, dass ihre blauen Flecke an Armen und Beinen, die sie im Sommer einfach nicht verstecken konnte, davon kamen, dass sie sich an Stuhlbeinen oder Schränken gestoßen hatte, wie sie behauptet hat. Na, und dann war ja das im letzten Jahr …" Sie deutete in Melanie Griebischs Richtung und auf deren bereits parat liegendes Mobiltelefon.

Melanie drehte es in Hennings und Lenas Richtung. „Da sah sie so aus", kommentierte sie das Foto auf dem Bildschirm, das eine Frau mit blutunterlaufenen Augen, einer aufgeplatzten Lippe und blutiger Nase zeigte, die deutlich geschwollen war.

„Er hat ihr die Nase gebrochen?", fragte Lena noch einmal nach.

Melanie nickte. „Und sie war immer noch der Meinung, es wäre ihre Schuld gewesen. Sie hätte ihn wütend gemacht, ihm widersprochen, sich nicht richtig verhalten. Es war furchtbar. Umso gewalttätiger er ist, umso unsichtbarer wird sie neben ihm. Sie ist ihm einfach schutzlos ausgeliefert, hat gar keine Chance gegen ihn. Schon allein aufgrund ihrer sehr schmächtigen Gestalt. Er wirkt riesig neben ihr, und dass er ihr überlegen ist, weiß er ganz genau."

„Wir haben ihr natürlich immer wieder gesagt, dass sie da raus muss. Manchmal hat sie auch eine Nacht bei mir oder Melanie auf der Couch geschlafen. Aber am nächsten Tag ist sie doch wieder zu ihm zurückgegangen. Er weiß immer genau, wie er sie wieder einfangen kann."

„Haben Sie in der letzten Zeit – sagen wir, in den letzten Wochen – Hinweise darauf gehabt, dass die Situation zwischen Herrn Bender und Ihrer Freundin wieder angespannter sein könnte?“, fragte Lena und kritzelte einen Gedanken auf ihren Block.

„Das ist eigentlich seit Silvester durchgehend so. Früher ging es immer mal rauf und runter, aber Darius' Eifersucht ist so schlimm geworden, dass sie nicht einmal mehr allein einkaufen gehen darf.“

„Eifersucht?“, hakte Henning nach und erinnerte sich an einen ziemlich gleichgültigen Darius Bender zurück, der alles andere als besorgt gewirkt hatte, dass seine Partnerin gerade ohne sein Wissen irgendwo in der Welt unterwegs sein könnte. „Neigt Ihre Freundin denn dazu, andere Männer …“

„Suse würde ihn nie betrügen“, fiel Juliane ihm ins Wort. „Ich weiß aber, dass sie auf der Silvesterparty, auf der wir alle zusammen waren, von einem anderen Gast angetanzt wurde. Das war wohl schon Auslöser genug. Danach hat sich das nicht mehr beruhigt, und sie hat sich immer weiter zurückgezogen.“

„Könnten Sie sich vorstellen, dass sie untergetaucht ist, um ihrem Lebenspartner zu entkommen, und auch Ihnen beiden nichts gesagt hat? Um womöglich Sie beide zu schützen?“

Juliane Reuters schüttelte heftig den Kopf. „Nie im Leben würde sie einfach abtauchen. Sie weiß genau, dass wir uns dann Sorgen machen würden. Nein. Das kann ich mir nicht vorstellen.“

„Und wir wüssten auch nicht, wo sie hingehen sollte. Hilfeangebote wollte sie nie annehmen“, fügte Melanie Griebisch noch hinzu.

„Okay, vielen Dank erst mal, auch für Ihre kurzfristige Bereitschaft, uns zu treffen“, sagte Henning. „Gibt es von Ihrer Seite aus noch etwas, was wir unbedingt wissen sollten?“

Die beiden Frauen tauschten einen ernsten Blick, bevor Melanie Griebisch sagte: „Darius wäre in der Lage, sie umzubringen. Davon sind wir beide überzeugt.“

Juliane Reuters wischte sich über die Augen. Die Vorstellung, was passiert sein könnte, brachte sie offensichtlich an die Grenzen ihrer Fassung.

Henning legte beiden eine Visitenkarte auf den Tisch. „Für den Fall, dass Ihnen noch etwas einfällt.“

„Könnten Sie uns die Fotos von den Verletzungen, die Sie dokumentiert haben, zukommen lassen?“, fragte Lena und tippte auf die Visitenkarte. „Sie haben unsere E-Mail-Adresse.“

„Natürlich, das mache ich sofort“, bestätigte Melanie Griebisch und nahm ihr Handy vom Tisch.

Tatsächlich landete eine E-Mail mit besagten Bildern auf Hennings Mobiltelefon, bevor sie am Wagen angekommen waren. Er scrollte durch die Fotos, während er auf der Beifahrerseite einstieg.

„Irgendwie habe ich ein ungutes Gefühl bei dem Kerl. Ich meine, wer ist in der Lage, so etwas zu tun und dann noch zwei Kripo-Beamten rotzfrech ins Gesicht zu grinsen, die ihn genau dazu befragen? Wie sicher muss er sich eigentlich fühlen, dass man ihn dafür nicht irgendwie rankriegt?“

Lena startete den Motor nicht. Stattdessen drehte sie sich in Hennings Richtung. „Entweder er hat damit wirklich nichts zu tun, oder er weiß, dass der einzige Zeuge, der bestätigen könnte, dass diese Verletzungen wirklich durch ihn zustande gekommen sind, nicht mehr aussagen kann.“

Diese grausame Vorstellung ließ Henning kurz die Augen schließen und hörbar durchatmen. „Da sitzen zwei Frauen, die mit ansehen müssen, wie ihre Freundin von ihrem Partner so schwer misshandelt wird, dass Knochen brechen. Und nichts passiert.“ Fassungslos schüttelte er den Kopf.

„Was sollen sie tun, wenn Susanne sich nicht helfen lassen wollte? Sie ist eine erwachsene, mündige Frau. Sie kann selbst entscheiden. Und leider ist ihr Beispiel kein Einzelfall. Solche Beziehungen sind vonseiten des gewalttätigen Partners eine pure Machtdemonstration. Er hat die Kontrolle, zu jeder Zeit, selbst wenn sie denkt, dass er sie nicht hat. Wenn er zum Beispiel sagt, dass ihm sein Verhalten leidtut, dann macht er doch nichts anderes, als sie bloß wieder zu ködern. Für sich, als Opfer, aber auch um auf Nummer sicher zu gehen, dass sie weiterhin schweigt. In solchen Beziehungen passiert nichts durch Zufall. Gar nichts.“ Sie sprach ungewohnt leise, und Henning bemerkte, dass sie seinem Blick auswich.

„Lena? Woher …“, fragte er, stockte, unsicher, was er von ihrem intensiven Redeschwall halten sollte.

Sie wandte sich um, sah durch die Frontscheibe und startete den Motor. „Wir sollten alle Frauenhäuser in der Umgebung abtelefonieren, Susanne Scherers Handy orten lassen und uns umhören, ob sie vielleicht Bekannte hatte, von denen Melanie und Juliane nichts wissen. Irgendjemand, bei dem sie untergekommen sein könnte. Außerdem müssen wir mit ihrer Familie sprechen. Und Benders Alibi überprüfen.“ Sie drehte sich noch einmal zu ihm, mit geröteten Wangen. „Und ich würde zu gerne einen Blick in das geheimnisvolle Zimmer werfen, in dem du Kampfspuren vermutest.“

„Olaf soll mal ein bisschen in Benders Vergangenheit wühlen. So wie der Kerl drauf ist, kann ich mir kaum vorstellen, dass er noch nicht polizeibekannt ist. Das würde uns einen begründeten Verdacht liefern, die Wohnung mal gründlich unter die Lupe zu nehmen. Ich bitte Überstädter, uns einen Durchsuchungsbeschluss zu organisieren.“

„Gut.“ Lenas Hände umkrallten das Lenkrad derart, dass ihre Knöchel weiß hervortraten.

„Lena?“, setzte Henning noch einmal an.

Sie schüttelte den Kopf. „Lass uns einfach schnellstmöglich diese arme Frau finden.“

Er nickte. Und schwieg.

Kapitel 4

– Boris –

ER zog den Reißverschluss auf und kroch aus dem Zelt ins Freie. Frische, klare Morgenluft, das sanfte Plätschern des Baches und die ersten Vogelstimmen, die aus den Baumkronen über ihm erklangen, ließen Boris sich beinahe wie im Paradies fühlen. Er streckte sich so ausgiebig, dass seine Knochen knackten.

„Herrlich, nicht wahr?“

Boris zuckte zusammen. „Mein Gott, hast du mich erschreckt.“

Jacky grinste. Sie saß mit angezogenen Beinen an einen Baumstamm gelehnt und rauchte.

„Bist du schon lange wach?“, fragte Boris und ließ sich neben sie ins Gras sinken.

„Seit Sonnenaufgang. Das Licht fiel dort oben durch die Baumkronen wie in einem Zauberwald.“

Zauberwald – typisch Jacky. Sein Blick glitt hinauf, doch die Sonne war bereits weitergewandert. „Wie bist du ausgerechnet auf diese Gegend gekommen? Ich meine, es gibt so viele Wandergebiete, und du suchst den scheinbar letzten Urwald Deutschlands für uns aus. Sag uns doch einfach, wenn du uns loswerden willst.“

Jacky lachte leise auf. Sie bohrte ihre Kippe in den Erdboden, um die Glut zu ersticken, steckte sie anschließend in einen dafür vorgesehenen Becher und streckte sich. „Ich bin die Bilderbuchpfade durch überlaufene Wälder echt leid. Wenn ich schon ‚beliebter Fernwanderweg‘ lese! Das hier ist so natürlich, so rein und unberührt.“ Sie sah zu ihm hinüber. „Friedlich irgendwie. Und besonders. Nicht so null acht fuffzehn.“

Boris lehnte sich gegen den Stamm, reckte das Gesicht in einen Sonnenstrahl und schloss die Augen. „Du hast ja schon immer das Gegenteil von dem geliebt, was andere mochten.“

„Mit dem Strom schwimmen kann doch jeder. Wirklich Kraft kostet es, dagegenzuhalten.“ Sie zündete sich eine weitere Zigarette an und verzog schuldbewusst das Gesicht. „Und das hier sollte ich demnächst aufgeben. Vorbildfunktion und so.“

Boris stupste sie mit seiner Schulter an. „Eine Leichtigkeit für Super-Oma Jacky.“

Sie lachte und nickte, kurz darauf gähnte sie herzhaft. „Ihr habt geschnarcht.“

Boris lehnte sich gespielt empört zur Seite. „Wie bitte? Ole hat geschnarcht!“

Jacky boxte ihm grinsend in die Seite. „Ihr habt *beide* geschnarcht. Mal du, mal er, dann beide im Takt. Ein richtiges Männerkonzert.“

„Frauen schnarchen auch!“, rief er zu seiner Verteidigung und blinzelte Jacky entgegen, die sich grinsend abwandte.

„Also ich nicht.“

„Nein? Wen habe ich dann heute Nacht gehört, als Ole mich wachgehalten hat?“

„Vielleicht Helges Angststöhnen“, kicherte sie.

„Was ist mit mir?“, hörten sie Helges müde Stimme, der in diesem Moment aus dem Zelt gekrochen kam. Er sah aus, als hätte er mit einem Bären gerauft – seine Haare standen ihm kreuz und quer zu Berge, und sein Gesicht wirkte vollkommen zerknautscht. „Hat schon jemand Kaffee gekocht?“ Mit nur einem geöffneten Auge schielte er zu ihnen hinüber.

„Ich kümmere mich um den Kaffee“, bot Boris an, während Jacky schon mal ihre Wanderkarte aus dem Zelt holte und sich damit neben Helge setzte. „Na, ausgeschlafen für Etappe zwei?“, fragte sie ihn, und Boris musste grinsen, als er Helges unmotiviertes Murmeln vernahm.

„Etappe zwei“, trug Jacky nun vor. „Heute erwarten uns zwanzig Kilometer, am Steinbruch vorbei und rauf zu den Klipptaler Felsen, dem höchsten Punkt. Dort soll es einen herrlichen Ausblick über den ganzen Grundländer Forst geben.“

„Zwanzig Kilometer?“ Helge riss die Augen weit auf und nahm die Kaffeetasse entgegen, die Boris ihm reichte. „Wir sind doch gestern schon fünfzehn gelaufen. Haben wir uns da nicht heute einen Ruhetag verdient?“

„Jetzt hör aber auf zu maulen. Ein heutiger Ruhetag würde bedeuten, dass wir dann morgen vierzig Kilometer schaffen müssen“, ermahnte Jacky ihn grinsend.

Zwanzig Kilometer auf überwucherten Pfaden waren definitiv eine Herausforderung – nicht nur für Helge. Boris warf einen Blick auf seine Armbanduhr. Es war bereits nach acht. Wenn sie noch frühstücken wollten, bevor sie aufbrachen, sollten so langsam auch die anderen aus ihren Schlafsäcken kriechen.

Boris ließ Jacky und Helge an der Feuerstelle vom Vorabend zurück und ging zu seinem Zelt. Ole war bereits wach und gerade dabei, sich anzuziehen. Boris nickte seinem Kumpel zu, bevor er zu Nanos und Resis Zelt hinüberging, das am weitesten von seinem entfernt stand. Von den beiden Frauen hatte er – im Gegensatz zu Jacky und Helge – die ganze Nacht keinen Mucks gehört.

Vorsichtig rappelte er mit der Zeltstange hin und her. „Resi, Nano, aufwachen! Neuer Wandertag, neues Glück“, säuselte er und wartete, bis sich im Inneren des Zelts etwas regte.

Resi war es, deren zerknautschtes Gesicht am Zelteingang erschien. Sie war noch in ihren Schlafsack gewickelt wie eine Raupe in ihren Kokon. Ein Auge geöffnet, das andere geschlossen, blinzelte sie Boris entgegen.

„Das soll doch ein Urlaub sein!“, maulte sie und gähnte. „Ihr Frühaufsteher macht mich wahnsinnig.“

„Abenteuerurlaub“, korrigierte Boris und hob einen Finger. „Hat nur wenig mit Erholung zu tun. Komm, weck Nano, und ich mach euch Kaffee fertig.“

Resi drehte sich nach hinten und schüttelte den Kopf. „Nano muss schon wach sein. Hier ist sie nicht.“

Verdutzt blickte Boris sich um. Ole saß mittlerweile neben Jacky und Helge an der Feuerstelle und schlürfte dampfenden Kaffee. Von Nano war jedoch nichts zu sehen.

„Jacky, ist dir Nano heute Morgen schon begegnet?“, rief er zu den beiden hinüber.

Jacky drehte sich um und schüttelte den Kopf. „Bin seit fünf Uhr hier draußen. Wieso? Was ist denn mit ihr?“

„Sie ist nicht im Zelt. Resi meint, sie müsste hier schon irgendwo sein.“

„Wirklich nicht“, wiederholte Jacky. „Ich habe niemanden gesehen oder gehört, seit ich wach bin.“

Resi, inzwischen in Jeans und Pullover, kam aus dem Zelt gekrochen.

„Weißt du ungefähr, wann sie aufgestanden ist?“

Resi schüttelte den Kopf. „Kurz nachdem wir uns alle hingelegt haben gestern Nacht, ist sie noch mal zum Pinkeln gegangen. Ich habe ihr noch angeboten mitzugehen, aber sie sagte, sie sei sofort zurück und ich solle einfach weiterschlafen.“ Nun sah Resi sorgenvoll auf. „Ich weiß tatsächlich nicht, ob sie zurückgekommen ist, ich habe gepennt wie eine Tote.“

Helge riss die Augen weit auf. „Du willst sagen, dass es sein kann, dass sie vom Pinkeln gar nicht zurückgekommen ist und die ganze Nacht irgendwo hier draußen war?“

„Meine Güte, Helge, wir sind hier nicht in einem Slasher-Film.“ Jacky schüttelte den Kopf. „Ganz sicher ist sie hier irgendwo, genießt in Ruhe ihren Morgen, das habe ich schließlich auch gemacht.“

„Vielleicht ist sie tatsächlich im Morgengrauen aufgestanden und spazieren gegangen. Unten am Fluss oder so“, gab Ole zu bedenken. „Sie sah gestern auf jeden Fall so aus, als würde ihr ein bisschen Privatsphäre guttun.“

Boris nickte. Auch ihm war nicht entgangen, dass es seiner alten Studienfreundin in letzter Zeit nicht allzu gut ergangen sein musste. Nicht nur ihre schmächtige Gestalt, auch ihre wächserne Blässe und die tiefen Augenringe hatten ihm Grund zur Sorge gegeben.

„Sie hätte sich nie allein davongestohlen, ohne wenigstens mir Bescheid zu sagen. Sie hat mich ja sogar extra geweckt, als sie noch mal kurz raus wollte. Ich habe mich sowieso gewundert, dass sie gestern auf einmal doch noch aufgetaucht ist. Vielleicht ist sie allein zurückgegangen?“, fragte Resi mit so zögerlicher Stimme, dass klar war, dass sie ihren eigenen Worten keinen Glauben schenkte.

„Aber auch dann hätte sie es dir gesagt“, gab Jacky zu bedenken.

„Das wäre wirklich verrückt. Warum sollte sie nachts all die Kilometer allein zurück zum Parkplatz laufen? Kann ich mir kaum vorstellen. Es sei denn, ihre Sachen wären auch weg“, sagte Ole.

Resi drehte sich augenblicklich um, sank auf die Knie und kroch zurück ins Zelt. Sekunden später war sie wieder draußen.

„All ihre Sachen sind hier. Sie hat gar nichts mitgenommen, außer den Trainingsanzug, den sie zum Schlafen übergezogen hatte. Nur ihre Wanderschuhe sind weg. Ich hab noch aus dem Augenwinkel gesehen, wie sie reingeschlüpft ist, bevor sie rausging.“

„Okay, ich schlage vor, dass wir jetzt erst mal Ruhe bewahren und die nähere Umgebung absuchen.“ Boris schaute in die besorgten Gesichter seiner Freunde. Jeder von ihnen nickte schweigsam, und kurz darauf verteilten sie sich sternförmig ums Zeltlager herum und riefen Nanos Namen, in der Hoffnung, irgendeine Antwort zu erhalten, die sie den Schreck vom Morgen schnellstmöglich vergessen lassen würde. Doch ihre Rufe blieben unbeantwortet.

„Was, wenn sie heute Nacht zu weit weggegangen ist und sich verlaufen hat. Oder sich den Fuß gebrochen hat“, sagte Resi, als sich alle zwanzig Minuten später wieder an der Feuerstelle eingefunden hatten.

„Das Dickicht lichtet sich dort hinten gleich wieder. Ein Abhang ist da auch, aber nichts Dramatisches. Selbst wenn sie im Dunkeln abgerutscht wäre, hätte ihr eigentlich nichts passieren dürfen. Das ist ein kleiner Hügel, mehr nicht“, fügte Jacky hinzu. „Außerdem würde sie uns rufen hören. Oder wir sie.“

„Komisch.“ Ole runzelte die Stirn. „Ich bin mir trotzdem fast sicher, dass sie einfach nur zu weit gelaufen ist und sich dann verirrt hat. Was soll denn sonst passiert sein? Nano ist nicht auf den Kopf gefallen, sie würde in solch einer Situation irgendwo warten, dass wir sie finden. Wisst ihr noch? Das haben wir doch vor Jahren sogar mal besprochen.“

„Stimmt“, sagte Helge nun. „Das war, als ich mir die ganzen Füße wund gelaufen habe und dadurch zurückgefallen bin. Irgendwann bin ich falsch abgebogen und ihr habt mich zwei oder drei Stunden suchen müssen."

„Genau, und da haben wir abgemacht, falls jemals wieder so was passiert, soll derjenige einfach an einem gut sichtbaren Ort bleiben und warten. Wir kommen dann!" Ole nickte Boris zu.

„Also suchen wir Nano." Entschlossen stemmte Jacky die Arme in die Hüften. „Helge und ich suchen den Bereich am Flusslauf ab. Resi, gehst du mit Ole dort oben an der Lichtung entlang? Und Boris …"

„… ich gehe den Trampelpfad hoch und runter und schaue, was ich finden kann. In spätestens einer Stunde sollten wir uns hier wieder treffen."

Während seine Freunde nach links und rechts ausströmten, verfolgte Boris den Pfad, auf dem sie am Vorabend gekommen waren. Immer wieder rief er Nanos Namen und in einiger Entfernung hörte er die Rufe der anderen, in denen mit jeder Minute, die verging, mehr Unsicherheit und Panik mitschwang.

Dass Nano nachts oder morgens so weit gelaufen sein könnte, konnte Boris sich nicht vorstellen. Sie war zuverlässig und gewissenhaft, sobald sie gemerkt hätte, dass sie sich verirrt hatte, hätte sie gewartet. Oder selbst gerufen.

Doch auf keinen der Rufe kam eine Antwort. Wie weit entfernt konnte sie denn sein, wenn sie ihre Stimmen nicht hörte? Selbst Boris, den inzwischen ganze Baumreihen und dichtes Unterholz von seinen Freunden trennten, konnte deren Stimmen immer noch hören. Sicher waren sie mittlerweile mehrere hundert Meter entfernt von ihm.

Blieb fast nur noch die Option, dass ihr etwas zugestoßen war. Möglicherweise war Nano gestürzt, hatte sich schwer verletzt, war vielleicht bewusstlos – jedenfalls nicht in der Lage, ihnen zu antworten.

Als Boris zur vereinbarten Zeit an die Feuerstelle zurückkehrte, schauten ihm vier betretene Gesichter entgegen.

Keine Spur von Nano.

Ich schraube das Einmachglas zu und stelle es auf das Regal. Im Vergleich zu dem Inhalt der anderen ist das Rot des frischen Blutes darin noch so intensiv, dass es regelrecht leuchtet.

Zufrieden drehe ich mich um. Die zierliche Frau liegt auf dem Tisch. Ihre Arme und Beine sind von blauen Flecken übersät. Die muss sie sich schon vorher zugezogen haben. Der Schlag auf den Hinterkopf hat gereicht, um sie innerhalb von Sekunden auszuschalten.

„Pack mit an!“, habe ich dem Jungen im Dunkeln des Waldes befohlen, als er die Frau mit weit aufgerissenen Augen voller Unglauben angestarrt hat. „Mach schon!“

Es hat ihn sichtlich Überwindung gekostet, ihre Füße zu nehmen, während ich ihr unter die Achseln gegriffen habe.

Keuchend haben wir die Frau zum Wagen geschleppt.

Der Junge war gerade dabei, sie auf der Laderampe zu fesseln, als ihre Augenlider zu flattern begannen. „Sie ... sie ...“, stammelte er und ließ von ihr ab.

Ich schob ihn zur Seite und drückte ihr das Tuch aufs Gesicht. Ein kurzes Seufzen, ein letztes Zucken und kurz darauf erschlaffte ihr Körper wieder.

„Mach das fertig!“, wies ich den Jungen daraufhin an und ging zur Fahrerkabine. Als er wenig später auf den Beifahrersitz gekrochen kam, war sein Gesicht bleich und verschwitzt.

„Und was jetzt?“, fragte er.

Meine Finger haben ums Lenkrad gegriffen. Das wohlige Kribbeln, das mir durch den Körper gekrochen ist, hat mich beinahe grinsen lassen. „Jetzt bekommt auch sie, was sie verdient hat.“

Jetzt, nach einer Nacht mit wenig Schlaf, steht der Junge am Tisch, Nadel und Faden in seiner Hand zittern. Ich gehe näher zu ihm, schaue mir die stümperhafte Naht am Brustkorb der Frau an.

„Sieht auch nicht besser aus als meine“, murmele ich und hole den Lippenstift. „Hier, mal ihr die Lippen an.“

Er nimmt ihn entgegen, setzt an ihren blassen Lippen an und zieht diese fein säuberlich nach.

„Nicht so!" Ich reiße ihm den Lippenstift aus der Hand, drehe das Gesicht der Toten zu mir und beschmiere sowohl ihre Lippen als auch Wangen mit der feuerroten Farbe. „Schäbig soll sie aussehen, genau so, wie sie auch ist. So, jetzt schaffen wir die hier weg und kümmern uns um die anderen."

„Die anderen?"

„Sie können nicht hier draußen bleiben, das weißt du."

Er nickt. „Sie sind gefährlich."

Ich klopfe ihm auf die Schulter. „Sie sind nicht nur gefährlich, sie sind Abschaum. Du musst schützen, was du liebst, und beseitigen, was dafür eine Bedrohung ist."

Der Junge blinzelt ein paar Mal schnell nacheinander. „Wie holen wir sie uns?"

„Ich habe da schon eine Idee."

Die Stimmen der Wanderer hallen noch immer durch den Wald. Sie suchen schon den ganzen Vormittag.

Der Junge trägt den Beutel mit den Klamotten und die Holzlatte. Er läuft ein paar Schritte hinter mir. Als wir den Stimmen näherkommen, ducken wir uns hinter dem Gebüsch.

„Siehst du die Alte mit den tätowierten Unterarmen?" Nur ein paar Meter von uns entfernt läuft die Frau durchs Unterholz, den Blick suchend auf den Boden gerichtet. Immer wieder ruft sie den Namen ihrer Freundin.

„Ich werfe die hellblaue Jacke dort hinten hin, die hebt sich gut vom Boden ab. Die Tätowierte geht in die Richtung, wir müssen nur warten, bis sie sie sieht. Dann einen der Schuhe, ein paar Meter daneben, und zack, schnappt die Falle zu."

„Ich bin die Falle", sagt der Junge mit monotoner Stimme und schaut durchs Dickicht.

„Genau. Ein kräftiger Schlag auf den Hinterkopf, so wie ichs dir gezeigt habe. Nicht zögern, du darfst auf keinen Fall zu schwach schlagen. Sie muss es spüren. Deine Wut, deine Ablehnung, deinen Hass und Ekel!" Meine Spucke spritzt ihm auf die Wange, er wischt sie nicht weg. Sein Blick ist starr. „Wenn du aber zu schwach bist ..."

Plötzlich schießt sein Blick in meine Richtung. „Ich bin nicht schwach!"

„Gut! Dann beweise es mir."

Er nickt, und seine Finger verkrampfen sich um die Holzlatte in seinen Händen.

Ich ziehe Jacke und Schuhe aus der Tüte, platziere sie im Unterholz, ganz in der Nähe der Tätowierten. Sie ignoriert das Rascheln im Gebüsch, das Knacken der Zweige unter meinem Schuh.

„Nano!", ruft sie stattdessen, immer und immer wieder.

„Hast du was?", höre ich die Stimme eines Mannes, der in Rufweite ist.

„Ich ..." In diesem Moment bleibt sie wie erstarrt stehen. Ihr Blick hängt an der Trainingsjacke, die ich in Knöchelhöhe in einen Busch hineingedrückt habe.

„Gleich", flüstere ich dem Jungen zu und bedeute ihm, sich hinter einen Baumstamm zu stellen, vor dem ich den Schuh auf den Boden geworfen habe.

Aus der Ferne beobachte ich das Geschehen. Mein Herz rast in freudiger Erwartung. Die Tätowierte hetzt wie von der Tarantel gestochen zur Jacke, greift danach, wirbelt herum, zittert. Ihr Blick fällt auf den Schuh. Sie stolpert über einen Ast, kreischt: „Naaaaaano!", und keucht, als sie vornüber auf die Knie fällt. In diesem Moment, in dem sie nach dem Wanderschuh greift, ihn wie eine Trophäe vor die Brust hält, springt der Junge hinter dem Baum hervor.

Ich halte die Luft an.

Er holt aus. Schlägt zu. Erstaunlich kräftig!

Die Frau sinkt zu Boden, und der Junge sucht meinen Blick, strahlt mich an.

„Sehr gut", flüstere ich. „Jetzt schnell, bevor die anderen kommen."

Diesmal packt er die Füße schon beherzter an. Der Stolz steht ihm ins Gesicht geschrieben.

Und in meines.

Mein guter Junge ...

Kapitel 5

DARIUS Bender schlug mit der flachen Hand auf den Tisch des Verhörraums. „Das kann doch nicht Ihr Ernst sein. Ich habe Ihnen und Ihren verdammten Kollegen schon doppelt und dreifach gesagt, dass ich nichts mit Susannes Verschwinden zu tun habe.“

Lena ließ sich von seiner körperlichen Präsenz und sichtbaren Aufregung nicht einschüchtern. Unberührt von seinem Ausbruch saß sie auf der anderen Seite des Tisches und hielt Blickkontakt.

„Dabei haben Sie allerdings vergessen, uns davon zu erzählen, was im Arbeitszimmer Ihrer Partnerin geschehen ist. Ein beschädigter Flachbildschirm, der umgestoßene Stuhl, Papiere, Stifte und Scherben auf dem Boden, aber viel mehr noch die kleinen Blutspritzer, die unser Team am Pfosten des Tagesbetts ausfindig machen konnte. Können Sie uns dazu etwas sagen?“

„Für wie blöd halten Sie mich eigentlich? Denken Sie denn, ich hätte das nicht alles beseitigt, wenn es doch so eindeutige Spuren dafür wären, dass *ich* Susanne kalt gemacht habe? Ich habe doch geahnt, dass Sie mit Ihrem Scheißdurchsuchungsbeschluss um die Ecke kommen.“

„Nun, Sie wussten nicht, ob er bewilligt wird. Und zudem scheinen Sie überzeugt davon zu sein, dass es richtig ist, eine Frau hin und wieder in ihre Schranken zu weisen.“

Das markante, hagere Gesicht des Mannes wirkte angespannt. Nervös kaute er seitlich auf seiner Unterlippe. „Deswegen bringe ich sie aber nicht um.“

Lena beugte sich über den Tisch zu ihm. „Dann nutzen Sie doch jetzt die Möglichkeit, mir zu erzählen, was wirklich in diesem Zimmer vorgefallen ist. Und vor allem wann, mit wem und aus welchem Grund.“

Darius Bender seufzte, ließ den Kopf nach hinten sinken, schloss die Augen, stöhnte und nahm anschließend die gleiche Position wie Lena ein. „Anfang der Woche …“

„Wann genau?“, unterbrach Lena ihn.

Wieder stöhnte er, beinahe wie ein bockiges Kind, das sich jeden Moment vor lauter Wut auf den Boden werfen würde.

„Dienstag. Da musste sie angeblich abends noch arbeiten, und als ich dann ins Zimmer kam, war da dieses Chatfenster mit dem Typen geöffnet, den sie schon seit Silvester kennt. Irgendwas läuft da zwischen den beiden. Aber sie juckt das einfach gar nicht."

„Was juckt sie nicht?" Lena sah eine Augenbraue des Mannes zucken.

„Dass ich ihr verboten habe, mit dem Kerl Kontakt zu halten. Also habe ich sie diesmal ein bisschen mehr spüren lassen, was ich von ihrem Geflirte halte."

Obwohl sie wusste, was er damit andeutete, brauchte Lena Details und kam nicht drumherum, ihn nach genau diesen zu fragen. „Was genau meinen Sie damit?"

Ein widerliches Grinsen legte sich auf seine Lippen. „Stehen Sie auf solche Geschichten?"

„Konzentrieren Sie sich bitte auf die Befragung", wies sie ihn lediglich an und ignorierte seinen anzüglichen Kommentar.

„Ich habe ihr halt ein paar gezischt. Fragen Sie jetzt bitte nicht, wohin zuerst. Überall hin, würde ich sagen. Und ihren Bildschirm habe ich geschrottet, damit sie dem Wichser nicht mehr schreiben kann."

„Stammen die Blutspuren, die wir gefunden haben, von dieser Auseinandersetzung?"

Er zuckte mit den Schultern. „Von dieser, von einer früheren, keine Ahnung."

„Welche Verletzungen haben Sie Susanne Scherer dabei beigebracht?"

„Beigebracht …" Er sah in die Luft, als würde er intensiv über etwas nachdenken. „Ich wünschte, ich hätte ihr mal was beibringen können. Was weiß ich … ein paar blaue Flecke, ein aufgeschlagenes Knie …" Er wurde wieder ungehaltener, fuchtelte mit den Händen in der Luft herum. „Aber sie ist quicklebendig aus diesem Zimmer gekommen, Dienstagabend, bevor ich zur Dienstreise aufgebrochen bin."

„Sind Sie sicher? Sie können gerne noch einen Moment überlegen. Jetzt haben Sie noch die Möglichkeit …"

Wieder sauste die flache Hand des Mannes auf den Tisch. „Ich bin sicher!"

Lena klappte ihren Notizblock zu. „Ich möchte Sie darüber informieren, dass Sie in jedem Fall mit einer Anklage wegen Körperverletzung zu rechnen haben. Sie haben das Recht auf einen Anwalt und natürlich auch das Recht zu schweigen. Was Sie sagen, kann und wird im Verlauf des Verfahrens gegen Sie verwendet werden. Haben Sie dazu noch Fragen?"

„Sie sind doch irre. Ich habe sie doch nur verkloppt", murmelte er und fixierte Lena mit einem Blick, der sie ahnen ließ, dass er das mit ihr am liebsten auch tun würde.

Lena erwiderte seinen Blick mit Härte, bevor sie kommentarlos aufstand und aus dem Verhörzimmer ging. Als die Tür hinter ihr ins Schloss fiel, atmete sie angespannt aus.

Henning sah von seiner Tastatur auf, als Lena ins Büro kam. Sie lehnte sich an die Glastür, ließ den Kopf dagegen sinken und schloss kurz die Augen. Mit einem tiefen Atemzug pustete sie sich eine Haarsträhne aus der Stirn.

„So schlimm, hm?" Henning drehte sich zu ihr.

„Wenn er sich wenigstens die Mühe machen würde, seine Gewaltvorlieben zu verbergen, aber er denkt immer noch, er sei im Recht. Ich dachte immer, geständige Täter wären das kleinere Übel, aber ich bin mir gerade nicht so sicher." Sie ging zu ihrem Schreibtisch hinüber und ließ sich in ihren Stuhl sinken.

„Lena, wenn du willst, übernehme ich die Befragungen mit dem Kerl ab jetzt."

Sie sah auf und blickte in Hennings sorgenvolle Augen. „Wieso? Du kannst dir sicher auch Schöneres vorstellen."
„Ja, aber letztens hatte ich das Gefühl, dass dir das Thema häusliche Gewalt ein wenig zu nahegeht, und ich möchte nicht …"

Lena hob die Hand, um ihn zu unterbrechen, und schüttelte den Kopf. „Ich mache meinen Job, Henning. Wenn ich nicht dazu in der Lage wäre, wäre ich bei der Kripo fehl am Platz, oder nicht?" Sie sah ihn eindringlich an.

„Ja, nur …“

„Es ist mein Job. Arbeit und Privatleben kann ich gut trennen, glaub mir.“ Eine Spur zu energisch griff sie nach einem Stift, warf dabei das ganze Glas um, in dem er steckte, und Büroklammern, Papierschnipsel, Kugelschreiber und anderer Krimskrams ergossen sich über den Schreibtisch. Sie stöhnte. „Ach, Mist“, murmelte sie, während sie das ganze Zeugs in das Behältnis zurückstopfte.

Henning beobachtete sie schweigsam.

„Ich habe selbst keine derartigen Erfahrungen gemacht. Glücklicherweise. Aber ich habe mal an einem Fall gearbeitet, in dem eine Frau Mitte fünfzig versucht hat, ihrem gewalttätigen Partner zu entkommen. Doch jedes Mal, kurz bevor es zur Anzeige kam, hat sie einen Rückzieher gemacht. Er hat sie windelweich geschlagen, ihre Verletzungen sprachen Bände, doch sie hat es nicht geschafft, ihn anzuzeigen. Als wir sie fast soweit hatten … nach Monaten … da dachte ich wirklich, wir könnten sie retten, wir hätten es endlich geschafft!“ Lenas Stimme brach. Sie räusperte sich, schluckte gegen den Kloß in ihrem Hals und blickte auf. „Doch in der Nacht vor unserem vereinbarten Treffen hat er sie totgeschlagen.“

„Das tut mir sehr leid“, antwortete Henning leise, und sie konnte seine Betroffenheit im Gesicht ablesen. Sein Mitleid wollte Lena aber nicht, schließlich war sie es gewesen, die damals anders hätte handeln können. Zumindest war sie davon überzeugt. Ein wenig mehr Druck in Richtung der Geschädigten, ein bisschen mehr Überzeugungskraft, Härte, Direktheit – womöglich wäre die Frau heute noch am Leben.

„Du kannst niemandem helfen, der sich nicht helfen lassen möchte“, sagte Henning.

Wie schon so oft hatte Lena das Gefühl, Henning spürte genau, was sie in diesem Moment dachte. „Ich weiß“, sagte sie, und um das Thema zu beenden, blätterte sie geschäftig durch ihren Notizblock. Dass Henning um seinen Tisch herumgekommen war und sich auf die Kante des ihren gesetzt hatte, bemerkte sie erst, als er sie vorsichtig an der Schulter berührte.

„Alle in unserem Team haben im Leben Erfahrungen gesammelt, die sie auch im Hinblick auf den Job geprägt haben. Es ist nichts Schlimmes, empfindsam und ehrgeizig zugleich zu sein.“

„Ich weiß“, sagte sie erneut und vermied es, ihn anzusehen.

„Wenn ich dich im Kreuzverhör hätte, würdest du nach zwei Sekunden auffliegen, so schlecht kannst du dich verstellen.“

Sie konnte das Lächeln in seiner Stimme hören und ließ resigniert die Schultern sinken. „Und du bist viel zu nett für einen Team-Chef und einen Vorgesetzten.“

Nun lachte er laut auf. „Ich bin überhaupt nicht dein Vorgesetzter. Nur eine … ja, sagen wir mal, sehr sympathische Leitfigur.“

Lachend stupste sie ihn an. „Ja, genau das!“

„Das ist ehrlich“, sagte er plötzlich viel ernster und deutete auf ihr Gesicht. „Dieses Lächeln gerade.“

Verlegen sah sie auf den aufgeschlagenen Notizblock vor ihrer Nase. „Du nimmst deinen Job als sympathische Leitfigur ein bisschen zu ernst, glaub ich.“ Lena spürte die Röte auf ihren Wangen und die Unsicherheit, die sich damit in ihr breitmachte. Hennings Blick war immer so ehrlich und eindringlich, ohne bedrängend zu wirken. Sie fühlte sich wohl in seiner Nähe, die die kollegiale Ebene längst verlassen hatte. Und doch wollte sie diesem Gefühl, dieser Anziehung, die sie insgeheim verspürte, nicht nachgeben. Sie konnte es einfach nicht. Dass es ihm genauso ging, daran hatte sie keinen Zweifel. Vielleicht war es deshalb gut, diesen Empfindungen keinerlei weitere Beachtung zu schenken.

Henning hatte sich unterdessen von ihrem Tisch erhoben und war zurück zu seinem Arbeitsplatz gegangen. „Ich würde sagen, in erster Linie bin ich mittlerweile dein Freund, oder nicht?“, sagte er plötzlich, und als sie ihn nur anstarrte, kaum in der Lage, etwas zu erwidern, lächelte er sanft. „Oder?“

„Ja.“ Nervös fuhr sie sich durch die langen Haare. „Also, ähm … du hast heute Vormittag mit den Nachbarn von Darius Bender und Susanne Scherer gesprochen …“ Es war dringend nötig, das Thema so rasch wie möglich zurück zur Arbeit zu lenken, doch Hennings verschmitztem Grinsen konnte sie ansehen, dass ihr der Übergang nicht ganz geschmeidig gelungen war. Er sagte jedoch nichts dazu und ließ sich – ganz zu ihrer Erleichterung – auf den Themenwechsel ein.

„Ja, habe ich.“ Nun zog er die Akte zu sich und blätterte darin herum. „Es gibt drei weitere Parteien in dem Wohnhaus. Die Nachbarn schräg obendrüber – ein junges Paar mit Kleinkind – haben in dem relevanten Zeitraum nichts mitbekommen, da waren sie im Urlaub, sind gerade erst zurückgekommen. Das alte Ehepaar in der gegenüberliegenden Erdgeschosswohnung bestätigt einen lautstarken Streit zu Beginn der Woche, über den genauen Tag waren sie sich nicht einig. Das Geschrei und Gepolter habe allerdings plötzlich nachgelassen, sodass sie davon ausgegangen sind, die beiden würden das schon unter sich klären. Und die Studentin in der Wohnung über Bender und Scherer sagte, dass es eher ungewöhnlich ist, wenn es bei denen keinen Streit gibt. Da wäre immer Terror und Lärm. Sie konnte aber nicht eindeutig bestätigen, dass es auch am Dienstag zu solchen lautstarken Auseinandersetzungen gekommen war."

Lena verzog das Gesicht. „Das deckt sich zumindest zum Teil mit Benders Aussage, dass es Dienstag einen Konflikt im Arbeitszimmer gegeben hat, aus dem Susanne, ich zitiere: ‚aber quicklebendig herausgekommen ist'. Haben irgendwelche Nachbarn sie nach Dienstagabend noch gesehen?"

Henning schüttelte mit dem Kopf und sah auf seine Armbanduhr. „Nein, keiner von ihnen. Ich habe gleich noch ein Treffen mit Susanne Scherers Mutter vereinbaren können. Möchtest du mitkommen?"

„Tut mir leid, aber ich muss unbedingt mit Olaf und Maike sprechen. Die vorläufigen Ergebnisse aus der Forensik müssten da sein, und vielleicht hat Maike ja auch Erfolg in den Frauenhäusern gehabt."

Henning nickte. „Okay, ich komm danach noch mal rein, dann können wir uns gegenseitig auf den aktuellen Stand bringen, vielleicht hab ich bis dahin auch Rückmeldung von Benders Chef, den konnte ich bisher nämlich nicht erreichen. Übrigens habe ich die Ortung von Susanne Scherers Handy in Auftrag gegeben, bisher aber auch hier noch keine Ergebnisse."

„Weißt du, wer uns jetzt gerade richtig fehlt?"

Gleichzeitig sagten sie: „Boris!"

Henning grinste. „Der hat schon gewusst, warum er sich in die Wildnis absetzt. Die Gefahr war zu groß, dass wir ihn im Ernstfall zurückbeordern." Henning räumte seine Sachen zusammen.

„Montag ist er ja zum Glück wieder da", sagte Lena. „Das Wochenende werden wir ohne ihn überleben."

„Sag das nicht zu laut“, antwortete Henning und zwinkerte ihr zu, bevor er mit den Lippen ein lautloses „Bis später“ formte und das Büro verließ.

Olaf saß zurückgelehnt in seinem Bürostuhl, als Lena eintrat. Er hatte die Arme hinter dem Kopf verschränkt und die Füße auf einer offenen Schublade seines Rollschranks abgelegt. Gedankenverloren starrte er auf den Bildschirm vor sich und warf nur einen kurzen Blick zur Tür, als er sie hereinkommen hörte.

„Du kommst wegen der Blutspuren, hm?“, brummte er und sah wenig begeistert aus.

„Keine guten Nachrichten?“ Lena setzte sich auf den Besucherstuhl.

„Kommt drauf an, was du als gute Nachricht empfindest. Die DNA-Analyse hat zumindest bestätigt, dass das Blut von der gesuchten Susanne Scherer stammt. Wie alt es ist, wann es dort im Zimmer verspritzt wurde und ob es irgendwas mit ihrem Verschwinden zu tun hat, lässt sich nicht sagen. Dafür sind die Spuren zu gering.“ Olaf lehnte sich nach vorne und scrollte durch den forensischen Bericht, den er geöffnet hatte. Dabei murmelte er: „Blutkristalle vorhanden … Holzuntergrund und Textilien verlangsamen Prozess … zeitliche Einordnung uneindeutig … bräunliche Verfärbung durch Oxidation … bla bla bla.“ Er schloss das Fenster. „Schlauer macht uns das auch nicht.“

„Nein, und es deckt sich mit den Aussagen des Verdächtigen, der nicht abstreitet, dass das Blut von einer Auseinandersetzung zwischen ihm und der Vermissten stammt. Diese Woche oder früher.“

„Könnte also gut sein, dass sie noch lebt und einfach untergetaucht ist. Aber in letzterem Fall kann sich kein Mensch längere Zeit ohne Geld durchschlagen. Kannst du mir Scherers Kontoinformationen zukommen lassen? Dann behalte ich ihre finanziellen Transaktionen im Auge. Und nebenbei auch gleich, ob sie irgendwo in den sozialen Medien auftaucht.“

Lena nickte. „Kein Problem, schicke ich dir nachher rüber.“

„Und wenn ihr noch Überwachungskameras zu checken habt …“ Er deutete auf sich selbst. „Ich bin euer Mann.“

Sie grinste. „Machst du einen auf Boris? Ich wusste gar nicht, dass dir sein Fachbereich so gut liegt.“

„Ich bin eben immer für eine Überraschung gut.“ Zuckten seine Mundwinkel etwa ein klein wenig, als würde er tatsächlich lächeln? Lena bildete es sich zumindest ein.

Maike kam mit zwei Kaffeetassen herein. Eine stellte sie vor Olaf hin und die zweite neben ihre Tastatur. „Oh, sorry, wusste nicht, dass du hier bist. Soll ich dir auch einen Kaffee holen?“

Lena winkte ab. „Danke, aber mich würde interessieren, ob du in den Frauenhäusern irgendetwas erreichen konntest?“

Maike setzte sich so schwungvoll auf ihren Stuhl, dass ihre Rastalocken bebten. „Eine Susanne Scherer ist offiziell in keinem der fünf Frauenhäuser, die ich angerufen habe, gemeldet. Das heißt aber noch nicht viel, weil nicht jede Frau dort ihren richtigen Namen angibt. Einige nutzen auch Fremdnamen, um absolut auf Nummer sicher zu gehen. Ich bin aus dem Grund mit den Leiterinnen die Neuzugänge seit Dienstagabend durchgegangen. In zwei Fällen gab es eine optische Übereinstimmung, wobei die Altersangaben aber unklar waren. Ich trinke nur eben meinen Kaffee aus, schreibe den Bericht zu Ende und fahre dann mal dort vorbei. Ein Foto von Frau Scherer habe ich dabei.“

„Ich könnte dich begleiten. Außeneinsätze machen zu zweit viel mehr Spaß“, bot Olaf an und lehnte sich in Maikes Richtung. Ein beinahe hoffnungsvoller Ausdruck lag in seinem Blick.

Ob Maike mittlerweile bemerkt hatte, dass er sich für sie interessierte?

„Zu jeder normalen Befragung gerne, Olaf, aber nimm es mir nicht übel – ein Frauenhaus ist nicht gerade der Einsatz, zu dem du mich begleiten solltest. Die lassen dich womöglich gar nicht rein. Außerdem schaffe ich das auch gut allein.“ Maike schüttelte den Kopf und schlürfte ihren heißen Kaffee.

„Nicht alle Männer sind miese Ratten. Mehr männliches Fachpersonal könnte die Sichtweise Betroffener vielleicht sogar ändern.“

Lena nickte. „Da muss ich Olaf recht geben. Ich habe gehört, dass testweise in einer solchen Einrichtung ein Jahr lang ein männlicher Praktikant eingesetzt worden ist, der sich überwiegend um die Freizeitgestaltung der Kinder gekümmert hat, aber nach und nach auch eine Vertrauensperson und ein Gesprächspartner für die Frauen wurde.“

„Betroffene, die dort Zuflucht suchen, brauchen dringend neue, positive Erfahrungen mit Männern. Und Kinder brauchen männliche Vorbilder“, ergänzte Olaf.

Maike verdrehte die Augen. „Seid ihr fertig mit euren Vorträgen? Leute, ich fange da nicht an zu arbeiten, ich gleiche nur das Bild einer Vermissten mit zwei Neuzugängen ab. Und ein Mann wie du, Olaf, der in seinem Auftreten sehr dominant und autoritär ist, der in Sprache, Mimik und Gestik ungehalten rüberkommen kann und der dazu auch noch bei der Kripo ist, der wird jetzt nicht zwangsläufig für entspannte Stimmung sorgen.“

„Wann bitte bin ich denn ungehalten?“, polterte es in völliger Empörung aus Olaf heraus. Er fuchtelte so ungestüm mit den Händen und fegte dabei seine Kaffeetasse vom Tisch, sodass sich die heiße Brühe über den Holzfußboden ergoss. „Ach, scheiße!“, fluchte Olaf lautstark, und Maike sprang auf, um ihm beim Aufwischen zu helfen.

„Mensch, es ist tatsächlich schwierig festzustellen, wann du ungehalten bist“, sagte sie dabei, und für einen kurzen Moment trafen sich ihre Blicke, bevor sie beide in Gelächter ausbrachen.

Lena grinste in sich hinein. Anfangs hatte sie bezweifelt, dass Maike eine gute Teampartnerin für den aufbrausenden Griesgram Olaf sein könnte, doch mittlerweile war sie sich sicher, dass es beide wohl kaum besser hätten treffen können. „Ihr macht das schon“, sagte sie und stand auf.

Keiner der beiden hatte einen Blick für sie übrig.

„Meldet euch einfach, wenn ihr was Neues habt.“ Als sie die Glastür hinter sich zuzog, hörte sie die beiden immer noch kichern.

„Vielen Dank für Ihren Rückruf und das freundliche Gespräch, Herr Pösel. Ich melde mich, wenn ich noch weitere Fragen haben sollte. Auf Wiederhören.“ Henning nahm das Mobiltelefon vom Ohr und wählte umgehend Lenas Nummer. „Also, Darius Bender hat zumindest nicht gelogen, was seine Dienstreise betrifft. Ich habe gerade mit seinem Chef telefoniert, der bestätigt, dass diese Dienstreise geplant und genehmigt war. Jetzt ist natürlich die Frage, ob Bender die Reise auch wirklich angetreten hat.“

„Er hat uns seine Zugverbindungen aufgeschrieben. Ich werde die Bahnhöfe kontaktieren und mir die Aufnahmen der Überwachungskameras für den entsprechenden Zeitraum schicken lassen“, sagte Lena. „Bei dem Kunden, bei dem er angeblich war, muss ich auch noch nachfragen.“

Henning hörte sie im Hintergrund auf ihrer Tastatur tippen. „Gut, ich bin jetzt vor dem Haus von Susannes Mutter. Melde mich später wieder.“ Er steckte das Mobiltelefon weg und warf einen Blick durch die Windschutzscheibe. Er stand schon eine ganze Weile auf dem Parkplatz unterhalb einer Baumreihe und beobachtete die hübsche Wohngegend. Kinder fuhren auf Fahrrädern an seinem Auto vorbei. Mütter schoben Babys in ihren Wagen. Zahlreiche Anwohner führten ihre Hunde aus oder kamen mit vollbepackten Einkaufstüten über den Fußweg geeilt, um das bevorstehende Wochenende einzuleiten. Grün und modern war die Umgebung, ein Ort, an dem man gerne Kinder großzog.

Auch Roswita Scherer hatte das getan, wie Henning schon wenige Minuten später erfuhr. Früher, berichtete sie freimütig, hatte es das Leben noch gut mit ihr gemeint, doch heute war davon nicht mehr viel zu erkennen. Die Siebenundfünfzigjährige, die auf Henning eher wie fünfundsiebzig wirkte, saß an ihrem Küchentisch und beäugte das zur Hälfte gefüllte Weinglas, das vor ihr stand. Dann nahm sie es und leerte es in einem Zug. Dabei zitterte ihre Hand. Henning saß ihr gegenüber, auf einem weißen Küchenstuhl, an dessen Beinen die Beschichtung abblätterte.

„Ich habe Susi immer wieder gesagt, dass sie diesen Darius verlassen muss. Solche Männer ändern sich nicht. Mein Mann war genau so einer. Saufen, verkloppen, wieder angekrochen kommen. Immer wieder der gleiche Ablauf. Kaum tat es ihm leid, flog die Faust schon wieder. Susis und mein Leben hat erst richtig angefangen, nachdem ich ihn verlassen habe. Hab ihn nie wiedergesehen. Das Einzige, was mir von ihm geblieben ist, ist der Alk. Und Susis Vorliebe für solche Typen. Wie soll es auch anders sein?“

Verlebt sah die Frau aus. Dicke Tränensäcke, die Haut war aschfahl und faltig.

„Das tut mir sehr leid, Sie scheinen es nicht einfach gehabt zu haben.“

„Es gab bessere Zeiten, da hatte ich das Trinken im Griff. Aber dann habe ich meinen Job verloren, und Susi … die war mit ihrem eigenen Leben beschäftigt und hat kaum noch Kontakt gehalten … Na, wie es eben so ist. Die Flasche ist mein bester Freund.“ Sie lallte nicht, und doch war nicht zu übersehen, dass das Weinglas an diesem Tag nicht ihr erstes gewesen war.

„Frau Scherer, wann haben Sie zuletzt mit Ihrer Tochter gesprochen?“

„Letzten Monat vielleicht? Sie kommt nicht her, hat gesagt, sie wolle mich nicht so sehen. Und ich sie nicht, mit ihren blauen Flecken und aufgeplatzten Lippen. Sie hört ja doch nicht auf meine Warnungen. Hab es lang genug versucht. Und jetzt das. Ich hatte gleich ein schlechtes Gefühl, als ichs erfahren habe. Susi würde nicht einfach so untertauchen.“

„Was lässt Sie das so sicher sagen? Könnte es nicht sein, dass sie sich allein eine Auszeit oder dergleichen genommen hat?“

„Susi?“ Nun lachte Frau Scherer auf, doch ihre Augen blieben blass und leer. „Die versteckt sich doch den ganzen Tag hinter ihrem Computer, geht nicht mal allein was Essen. Und im Urlaub war sie schon seit Jahren nicht mehr. Ach, nein, warten Sie, so ganz stimmt das nicht.“

„Nein?“ Henning horchte auf.

„Ist eigentlich kein richtiger Urlaub, aber einmal im Jahr, da trifft sie sich für ein verlängertes Wochenende mit ein paar Freunden. Wenigstens da kommt sie mal raus.“

„Ist ihr Partner bei diesen jährlichen Ausflügen auch dabei?“

Roswita Scherer schüttelte den Kopf. „Bisher ist das das Einzige, was er sie noch allein machen lässt. Oder er hasst es einfach, zu wandern. Die sind dann immer in irgendwelchen Wäldern unterwegs, ohne diesen ganzen Technikkram. Sie und diese Freunde vom Studium damals. Müsste jetzt irgendwann wieder sein. Ist ja immer im Frühjahr. Vielleicht ist sie auch dorthin abgehauen. Würde mich nicht wundern.“

Hennings Herz raste, als sich die Gedanken in seinem Kopf überschlugen. „Können Sie sich eventuell an die Namen der anderen Teilnehmer dieses Wanderurlaubs erinnern?“

Frau Scherer schenkte sich Wein nach. „Weiß nicht genau. Hm, ich glaube, ein Ole ist dabei. Eine Theresa. Ach, ich weiß nicht, sechs Leute sind es. Aber die Namen … Da fragen Sie mich zu viel.“ Noch einmal hielt sie inne, schraubte die Weinflasche gedankenverloren wieder zu. „Einer mit einem russischen Namen, warten Sie, Bogdan, oder so. Nee, Boris, ja, der war auch dabei.“

Kapitel 6

– Boris –

„DAS kann doch nicht wahr sein, sie war doch eben gerade noch bei dir! Ich habe euch dort hinten den Trampelpfad zwischen den Felsen entlanglaufen sehen. Vor zwei Minuten!“ Boris sah in Helges weit aufgerissene Augen. Der sonst so gut gelaunte Mann, der immer einen flapsigen Spruch auf den Lippen hatte, war aschfahl im Gesicht geworden. Panik machte sich in seinem Blick breit, während er fassungslos den Kopf von links nach rechts drehte, als könne er nicht glauben, was gerade geschehen war.

„Sie war auch eben noch da! Sie lief dort“, er zeigte auf den Weg neben sich, „ich habe ihre Schritte gehört, Jacky war keine zehn Meter von mir entfernt.“

„Ihr solltet euch überhaupt nicht trennen! Wir wollten zusammenbleiben, das war der Plan. Was war denn daran so schwer zu verstehen?“ Resi ging in die Hocke und raufte sich die Haare. Sichtlich aufgebracht wippte sie vor und zurück und versuchte offenbar, sich damit zu beruhigen. Es gelang ihr nicht.

Niemand von ihnen konnte sich beruhigen. Nicht jetzt, nachdem auch Jacky verschwunden war. Zwei Mitglieder ihrer Gruppe waren wie vom Erdboden verschluckt worden, und das während weniger Stunden.

„Willst du damit sagen, dass es meine Schuld ist, dass Jacky weg ist?“, fragte Helge und stemmte die Hände in die Hüften. „Warum hast du dann nicht gesagt, dass wir nur Hand in Hand gehen dürfen?“

„Du solltest ein Auge auf sie haben. Wir sollten alle aufeinander schauen, das ist doch selbstverständlich!“ Resi sprang auf und fuchtelte mit dem Zeigefinger in der Luft vor Helge rum.

„Hey, hört auf.“ Ole drückte ihren Arm nach unten. „Streiten hilft uns allen jetzt nicht weiter.“

„Ole hat recht“, warf Boris ein. „Wir sollten uns jetzt überlegen, was wir machen. Und zwar mit Sinn und Verstand. Ich will keine Panik verbreiten, aber das ist schon ziemlich merkwürdig.“

„Was willst du damit sagen?“ Resi, die wieder in die Knie gegangen war und auf dem Waldboden kauerte, blickte ängstlich zu ihm auf.

„Keine Ahnung“, murmelte Boris nur, um seine Gedanken für sich behalten zu können.

Zwei Frauen innerhalb weniger Stunden. Verschwunden in einem unübersichtlichen Waldgebiet. Eine könnte sich eventuell noch verlaufen haben, auch wenn er daran schon kaum hatte glauben können. Aber zwei? Jacky hatte diesen Wald ausgesucht, sie hatte eine Wanderkarte in der Jackentasche. Niemals hätte sie sich verlaufen, und vor allem wäre sie nach Nanos Verschwinden das Risiko nicht eingegangen, sich zu weit von der Gruppe zu entfernen.

„Du denkst, dass etwas anderes dahintersteckt. Dass ihnen etwas passiert sein könnte“, schlussfolgerte Ole und sah Boris eindringlich an, der bemüht war, Ruhe zu bewahren.

Er hatte in seinem Job auf dem Revier zu viel gesehen und gehört. Er wusste, wie diese Dinge liefen, dass es keine merkwürdigen Zufälle dieser Art gab, dass meist etwas dahintersteckte, was man lieber gar nicht wissen wollte. Aber hier ging es nicht mehr ums Wollen. Hier ging es um seine Freunde!

„Hört zu, ich möchte den Teufel nicht an die Wand malen, aber meine langjährige Berufserfahrung lässt mich leider nicht daran glauben, dass Nano und Jacky sich unabhängig voneinander im Abstand weniger Stunden beide einfach nur verlaufen haben oder irgendwo in eine Grube gestolpert sind.“

Helge schlang die Arme um seinen Oberkörper und sah sich um. „Du meinst … da draußen ist jemand, der sie geholt hat?“

Hätte Boris nicht selbst miterlebt, was passiert war, hätte diese Szene auch aus einem klischeehaften Horrorfilm stammen können.

„Jetzt spinn mal nicht rum.“ Resi war aufgesprungen. Auch sie rückte näher an die anderen heran und sah sich dabei verunsichert um. „Aber wer soll denn hier im Wald sein? Das ist absolutes Niemandsland.“

„Eben! Genau der richtige Platz für einen mit einem kranken Hirn! Aber das ist ja auch nur eine Mutmaßung, weil ich mir nicht erklären kann, was hier sonst gerade passiert. Und im Grunde genommen ist es auch völlig egal, wir müssen die beiden finden oder Hilfe holen. Und zwar schnellstmöglich.“

Ole zog sein Handy aus dem Rucksack, hielt es hoch und drehte sich damit um seine eigene Achse. „Dann müssen wir hier raus. Ich habe immer noch keinen Empfang.“

„Den hatten wir nicht mal mehr auf dem Parkplatz“, gab Resi zu bedenken. „Und ich lasse Jacky und Nano ganz sicher nicht allein hier zurück, schlage mich stundenlang durchs Unterholz und fahre dann erst mal noch eine Stunde durch die Gegend, bis ich endlich Netz habe. Vergesst es. Wenn ich da jetzt irgendwo wäre, würde ich auch nicht wollen, dass ihr mich hier zurücklasst.“

„Aber du würdest doch wollen, dass Hilfe kommt, oder nicht?“ Helge schüttelte verständnislos den Kopf.

„Stell dir mal vor, du bist der Nächste, kauerst hier irgendwo und bangst um dein Leben, und wir wandern gemütlich zurück zum Auto und fahren weg. Hättest du dann nicht das Gefühl, im Stich gelassen zu werden?“

„Ich würde zumindest wollen, dass ihr hier nicht sinnlos Zeit verplempert.“

Resi presste die Lider zu schmalen Schlitzen zusammen. „Ich erinnere dich daran, wenn ich mal wieder aus dem Hintergrund dein unerträgliches Gejammer hören muss, das meine fröhlichen Wanderlieder übertönt.“

„Du …“

„Stopp! Verdammt noch mal, jetzt hört doch mal auf zu zanken.“ Boris positionierte sich zwischen beiden und sah sie abwechselnd an. „Ich kann dich verstehen, Resi. Alleingelassen werden ist Scheiße. Und gleichzeitig muss ich Helge recht geben. Möglicherweise können wir allein hier kaum etwas ausrichten. Ohne Jackys Karte und Google Maps wissen wir ja nicht einmal, wo wir sind. Aber wir bleiben auf jeden Fall zusammen, egal was kommt. Ist das klar?“

Alle nickten schweigsam. Nur das Rauschen des Windes in den Baumkronen begleitete Boris’ Worte. Es war mittlerweile früher Nachmittag geworden, und die Sonne, deren Strahlen sich durchs Blattwerk kämpften, blendete ihn.

„Dann schließen wir einen Kompromiss“, sagte Resi nun. „Wir suchen jetzt – gemeinsam – auf Hochdruck die Gegend nach irgendeiner Spur ab, und wenn wir sie bis heute Abend nicht gefunden haben, gehen wir – gemeinsam – zurück zum Auto und holen Hilfe.“

„Glaubst du echt immer noch daran, dass sie einfach nur irgendwo mit verstauchtem Knöchel auf einem Stein sitzen und darauf warten, dass du heldenhaft um die Ecke kommst?“ Helge lachte verächtlich und schüttelte den Kopf.

Bevor Resi auf die erneute Provokation eingehen konnte, ergriff Ole das Wort. „Der Vorschlag wäre für mich okay, aber dann muss euch klar sein, dass wir im Dunkeln zurück durch den Wald laufen. Fünfzehn Kilometer. Ohne Sicht, Orientierung. Wir haben knapp sieben Stunden hierher gebraucht!“

„Sieben Stunden nachts durch den Wald? Rechnen wir für die Dunkelheit ein paar Stunden drauf.“ Helge schlug sich die Hände vors Gesicht. „Das ist verrückt!“

„Das ist es wirklich. Wenn wir uns unterwegs alle Knochen brechen, weil wir nicht sehen, über welche Wurzeln wir stolpern, haben wir gar nichts erreicht. Dann kann niemand mehr Hilfe holen.“

Resi seufzte resigniert. „Und wenn wir wenigstens noch zwei Stunden suchen?“ Sie blickte auf ihre Armbanduhr. „Dann ist es drei. Den Großteil des Rückwegs würden wir dann noch bei Tageslicht zurücklegen. Das heißt, wenn wir schnell gehen.“ Die letzten Worte sagte sie mit einem skeptischen Blick auf Helge, der daraufhin die Lippen aufeinanderpresste.

„Passt für mich“, sagte Boris schnell, bevor die Diskussion von Neuem losging. Auch die anderen stimmten zu.

Am Fluss füllten sie ihre Trinkflaschen mit frischem Wasser und beschlossen anschließend, gemeinsam im Zickzack die Gegend abzulaufen, in der Helge und Jacky zuletzt nach Nano gesucht hatten.

Helge ging voran und kommentierte fast jeden seiner Schritte.

„Hier haben wir uns getrennt, sie ist dort nach rechts weitergegangen und ich hier geradeaus. Wie gesagt, wir waren in Sichtweite zueinander.“ Im nächsten Moment sagte er: „Und ungefähr hier war ich, als ich sie hinter den Sträuchern gehört habe. Durch das Gestrüpp habe ich ihre helle Hose noch gesehen, das weiß ich genau, weil ich mich immer wieder nach ihr umgedreht habe.“ Plötzlich blieb er abrupt stehen.

„Was hast du?“, fragte Resi, nun deutlich besorgter und weniger provozierend als noch im Camp.

„Sie hat nach Nano gerufen“, sagte Helge plötzlich mit kehliger Stimme. „Aber nicht so wie zuvor, nicht, wie man nach jemandem ruft, den man sucht, sondern anders, eher als hätte sie plötzlich etwas entdeckt. Und ich … ich habe noch rüber gerufen, ob sie was gefunden hat. Aber da kam keine Antwort. Und auch das Rascheln und Ästeknacksen hat aufgehört. Das habe ich in all der Aufregung total vergessen.“

Boris ärgerte sich, dass Helge nicht früher daran gedacht hatte. Sie hätten sich all die Diskussionen sparen und lieber direkt an der Stelle nachsehen sollen, wo Jacky zuletzt gesehen worden war. Doch er sagte nichts. Stattdessen forderte er Helge auf, ihm den Platz zu zeigen. Sie folgten keinem sichtbaren Pfad, sondern schlugen sich kreuz und quer durch Büsche und Sträucher.

„Ich bin kein Spurenleser, aber hier könnte wirklich jemand langgelaufen sein“, bemerkte Boris. „Das Laub sieht aufgewirbelt aus.“

Tatsächlich folgten sie einer Art Fußspur aus umgeknickten und zertretenen Pflanzen, bis sie das Buschwerk hinter sich gelassen hatten und zwischen hochgewachsenen Bäumen standen. Wortlos starrten sie alle auf eine Stelle am Boden, an der offensichtlich kurz zuvor etwas gelegen hatte.

Oder jemand.

Verschiedene Schuhabdrücke waren im weichen Erdboden zu erkennen. Laub war weggeschoben worden. Eine weitere Fußspur führte durch aufgewühlte Blätter von der Stelle in die entgegengesetzte Richtung. Für wenige Meter konnten sie ihr folgen, dann verloren sie die Spur, die sich zwischen Büschen und Sträuchern, Gräsern und Ästen verlief.

„Vielleicht hat Jacky hier irgendwas gesehen, was mit Nano zu tun hatte, und ist dann in diese Richtung hier gegangen, um sie zu suchen." Ole runzelte die Stirn.

„Wenn wir jetzt durch diesen Urwald da kriechen, finden wir irgendwann gar nicht mehr zum Trampelpfad zurück. Außerdem zieht es sich zu und …", Helge deutete an den Himmel, wo tatsächlich dunkle Wolken aufgezogen waren, „… und damit wird es auch schneller dunkel werden." Helge verschränkte die Arme vor der Brust.

„Ich dachte, Jacky ist deine beste Freundin!", rief Resi empört und keuchte. „Und jetzt willst du sie nicht suchen, sondern deinen eigenen Arsch retten? Was bist du eigentlich für ein verdammter Feigling?"

„Im Gegensatz zu dir bin ich ein Realist und weiß, dass ich hier nichts ausrichten kann. Wenn Nano und Jacky irgendwo schwer verletzt liegen, aus welchem Grund auch immer, muss sowieso jemand von uns Hilfe holen. Bergungspersonal, Feuerwehr, Sanitäter, was weiß ich. Wollen wir also so lange warten, bis der Rückweg zum Auto so viel Zeit in Anspruch nimmt, dass sie uns dann unter den Fingern wegsterben?" Nun schnappte auch Helge nach Luft.

Resi verstummte. Ihr Kinn bebte. „Dann geht, und ich bleibe hier, halte die Stellung. Das ist der letzte Punkt, wo ihr euch gesehen habt. Wenn sie kann, wird sie hierher zurückkommen." Resis Stimme klang brüchig.

„Auf gar keinen Fall bleibst du allein hier!" Boris drehte sich zu seiner Freundin um und legte ihr die Hände auf die Schultern. „Resi, im Ernst jetzt – das wäre viel zu gefährlich, und das weißt du auch. Wir müssen anfangen, uns mit dem Gedanken auseinanderzusetzen, dass weder Nano noch Jacky einfach zurückspaziert kommen. Und dass wir hier nicht so allein sind, wie wir vielleicht dachten. Zwei von drei Frauen aus unserer Gruppe sind verschwunden. Ich mache meinen Job zu lange, um hier an Zufall zu glauben, und werde auch kein Risiko eingehen. Was auch immer wir entscheiden – Resis Schutz sollte jetzt oberste Priorität haben. Und das heißt auch, die Gruppe wird sich in keinem Fall trennen, ist das klar? Niemand bleibt zurück, niemand geht vor. Wir bleiben zusammen."

Ole nickte, und Helge ging zu Resi hinüber, die sich nun mit einem Taschentuch die tränennassen Wangen trocknete.

„Wir müssen professionelle Hilfe holen, das sind wir den beiden schuldig", sagte er leise und nahm Resis Hand. „Ich würde mein letztes Hemd für Jacky geben. Und für Nano. Für euch alle. Ich will hier keine Sekunde länger verschwenden, wenn wir zurückgehen und eine ganze Suchmannschaft zusammentrommeln könnten, die jedes verdammte Blatt in diesem Wald umdrehen und unsere Freundinnen finden."

Resi schniefte und umarmte Helge stürmisch. „Ich habe solche Angst um sie", weinte sie, und Ole ging zu den beiden hinüber, legte Resi eine Hand auf den Rücken. Boris tat es ihm gleich.

„Sie werden gefunden, wir sorgen dafür", sagte Boris.

Resi nickte an Helges Schulter. „Lasst uns zusehen, dass wir hier so schnell wie möglich verschwinden."

Der Junge sitzt auf einem abgesägten Baumstamm hinter dem Haus und glotzt in Richtung der alten Scheune. Ich kann ihn durchs Fenster sehen. Seine Haltung und sein Blick sind starr. Der Pritschenwagen steht neben ihm in der Einfahrt.

Als ich rauskomme, dreht der Junge sich nicht um. Doch er hat mich bemerkt, denn er fragt leise: „Was machen wir jetzt mit ihr da drinnen?“

„Spritz den Wagen ab“, befehle ich ihm, ohne seine Frage zu beantworten. „Gründlich!“

Es wird nicht lange dauern, dann wird sie wach werden, auf sich aufmerksam machen. Sie ist geknebelt, doch sie wirkt fit, stark, wie eine Kämpferin. Eine, die sich nicht viel gefallen lässt.

Viel Zeit bleibt uns nicht mehr. Sie hier zu haben, ist eine Gefahr.

Kaum hat der Junge den Wagen gereinigt, steht er neben mir. Ich habe seinen Platz auf dem Baumstamm eingenommen und starre zur Scheune. Angewidert, in dem Wissen, was sich darin befindet.

„Sie muss weg“, sagt er, und ich nicke.

Er presst die Kiefer zusammen, als ich zu ihm aufblicke. Unstet wirkt sein Blick, seine Finger zucken.

„Dir ist klar, dass wir uns schnellstmöglich auch die Dritte holen müssen“, sage ich und sehe, wie seine Augenlider für den Hauch eines Augenblicks flattern. „Junge!“, ermahne ich ihn.

Er sieht zu mir herunter, schluckt. „Das müssen wir“, bestätigt er, doch seine Stimme ist rau, zu brüchig.

Ich habe Mitleid mit ihm. Er ist so unschuldig und rein. „Deine Schwäche wird dich eines Tages töten“, sage ich ihm vorher und fixiere ihn mit meinem Blick.

Er kann nicht ausweichen, schüttelt kaum merklich den Kopf.

„Töte sie, bevor sie dich töten.“ Ich drücke seine Hand. Sie ist eiskalt. „Ich meine es ernst. Die da drinnen ...“ Ich deute mit dem Kinn auf die Scheune. „Sie wird deine Erste sein.“

„Ich ... ich soll es diesmal machen?“ Seine Augen weiten sich. Eine Mischung aus Besorgnis und Unglauben steht darin geschrieben.

Ich nicke. „Heute Nacht. Dann können wir sie in Ruhe entsorgen und uns danach um Nummer drei kümmern." Ich seufze und hieve mich hoch.

„Vielleicht sollte ich lieber noch einmal dabei zusehen", sagt der Junge zögerlich, und sein Blick klebt an der gegenüberliegenden Scheunenwand.

Er ist mein Lehrling, und ich bin sein Meister. „Nein", antworte ich entschlossen. „Du musst selbst für unseren Schutz sorgen können. Du bist kein Kind mehr!" Ich stehe auf und stelle mich neben ihn. Er überragt mich mittlerweile um einen Kopf.

„Dann will ich es jetzt machen, solange sie noch ... still ist."

Ich schüttele den Kopf. „Sie soll dich dabei ansehen."

Er atmet keuchend aus.

„Und du musst sie ansehen", ergänze ich. „Du musst sehen, wie das Leben aus ihr weicht, das Licht in ihren Augen erlischt! Du musst spüren, welche Kraft du hast, welch unsagbare Macht!" Ich drehe ihn zu mir, rüttele an seinen Schultern. „Verstehst du das denn nicht?"

Er blickt noch einmal zur Scheune hinüber, bevor er mich wieder ansieht. „Doch", sagt er und nickt, wenig überzeugt.

„Ich glaube dir nicht." Ich verpasse ihm einen kräftigen Stoß vor den Brustkorb, er stolpert rückwärts, taumelt und landet auf dem Erdboden.

„Doch. Doch, wirklich!" Er springt wieder auf, klammert sich an meine Hand, wie er es früher immer getan hat. „Ich werde dich nicht enttäuschen, ich verspreche es."

„Wenn du es nicht schaffst zu erkennen, wie mächtig du bist ... wenn du uns nicht schützen kannst ... vielleicht kannst du dann auch nicht mein Junge sein."

„Ich kann es!", platzt es aus ihm heraus, beinahe flehend. Seine Augen betteln mich an, ihm zu glauben. „Ich werde es dir zeigen. Sobald sie wach ist, werde ich dir beweisen, dass du dich auf mich verlassen kannst."

„Versprichst du es?", frage ich und lege eine Portion Zweifel in meine Stimme.

Er nickt eifrig. „Ich verspreche es. Wir zwei gegen den Rest der Welt, das hast du immer gesagt."

„Du darfst mich nicht enttäuschen, Junge!"

„Das werde ich nicht." Kurze, dunkelblonde Haarsträhnen fallen ihm in die Stirn, so heftig schüttelt er den Kopf.

In diesem Moment hören wir ein Wimmern aus der Scheune zu uns nach draußen dringen.

„Jetzt ist sie wach."

Der Junge nickt.

„Geben wir ihr noch einen Moment, bis sie ganz zu sich gekommen ist. Sie soll ja sehen, was mit ihr passiert. Soll verstehen, welchen Fehler sie gemacht hat, hierher zu kommen! Junge?"

Er dreht sich zu mir. Mager sieht er aus. Er muss mehr essen, sonst verlassen ihn irgendwann die Kräfte. „Sie gehört heute Nacht dir, und ich will, dass du es richtig machst. Von Anfang bis Ende. Vom letzten Atemzug unter dem Druck deiner Hände bis zur Naht, die die leere Höhle ihres gerade noch darin schlagenden Herzens verschließt."

„Hilfst du mir, wenn ich nicht weiterkomme?"

Mitleidig sehe ich ihn an. So viel Furcht steht in seinen Blick geschrieben. „Ach, Junge." Ich ziehe ihn in meine Arme. „Ich werde dir immer helfen, das weißt du doch."

Seine Hände krallen sich in meinen Rücken. „Ich will dich stolz machen", flüstert er.

Ich streichle ihm durch das volle Haar, lächele erleichtert. „Du bist mein Junge, mein einzig wahrer Junge."

Kapitel 7

DER Anruf war am späten Nachmittag gekommen, kurz vor Feierabend. So war es immer.

Lena hatte gerade ihre Kaffeetasse in die Büroküche bringen wollen, als sie Überstädters laute Stimme auf dem Flur poltern hörte. „Freyenberg, Gerlach!“

Henning war noch nicht von seinem Außeneinsatz zurückgekommen. Sie schickte ihm eine kurze Nachricht und fand sich nur Sekunden später im Büro ihres Vorgesetzten wieder, dessen hochrotes Gesicht ihr schon beim Eintreten verraten hatte, dass keine guten Nachrichten auf sie warteten.

„Eine Joggerin hat vor etwa einer Stunde den Leichnam von Susanne Scherer gefunden.“

Lena zuckte zusammen. „Wo?“

„An einer Parkbucht, an einer Landstraße. An der Grenze zum Grundländer Forst. Offensichtlich wurde ihr …“

„Entschuldigen Sie bitte – sagten Sie gerade Grundländer Forst?“

Überstädter nickte. „Was ist damit?“

„Boris und seine Freunde sind in diesem Gebiet wandern gegangen. Ich fand den Zufall jetzt nur extrem merkwürdig.“

In diesem Moment klopfte es an der Bürotür, und Henning stürzte herein. „Was ist passiert?“

„Setzen Sie sich, Gerlach. Ich habe Frau Freyenberg gerade schon darüber informiert, dass Susanne Scherers Leiche in der Nähe des Grundländer Forsts gefunden wurde. Vor etwa einer Stunde.“

Henning schlug mit der Faust auf die Stuhllehne. „Verdammt.“ Er biss sich auf die Unterlippe, bevor er die Hände hob und tief durchatmete. „Ich habe vorhin mit ihrer Mutter gesprochen, und die hat mir gesagt, dass Susanne jedes Jahr mit Freunden in abgelegenen Waldgebieten wandern geht. Im Frühjahr. Es waren Studienkollegen.“

Lena traute ihren Ohren kaum. „Sie gehörte zu Boris' Gruppe?"

Henning nickte. „Ob sie dieses Jahr auch teilgenommen hat, weiß ich nicht. Ich habe schon versucht, Boris zu erreichen, aber sein Handy ist aus. Vermutlich kein Empfang. Merkwürdigerweise konnte mir Scherers Freundin, diese Juliane Reuters, bei der ich eben auch noch kurz vorbeigefahren bin, gar nichts über diese Wanderausflüge sagen. Angeblich weiß sie nichts davon, aber laut Scherers Mutter machte Susanne die jedes Jahr."

„Vielleicht ist es ein Zufall", sagte Überstädter, wirkte aber nicht überzeugt.

„Frau Scherer hat mir sogar Boris' Namen nennen können. Ich glaube daher nicht an einen Zufall." Hennings Blick irrte zwischen Lena und Überstädter hin und her.

„Gut, ich möchte, dass Sie beide die Kollegen vor Ort in Radelshausen unterstützen. Die können jede Hilfe gebrauchen. Packen Sie ein paar Sachen, die Ermittlung könnte sich über ein paar Tage hinziehen." Überstädter schob ihnen sein Tablet mit den ersten Fotos der Toten entgegen.

„Heilige Scheiße", murmelte Henning.

Lena wurde augenblicklich ganz flau im Magen. „Was für ein kranker …" Sie konnte nicht weitersprechen.

Das Gesicht der Toten war mit irgendeiner Farbe beschmiert. Rot. Sie war nackt und an ihrem Brustkorb, auf Höhe des Herzens, befand sich eine riesige Wunde, die laienhaft mit blauem Nahtmaterial verschlossen worden war.

„Wir machen uns sofort auf den Weg." Henning nickte Lena zu. Zeitgleich standen sie auf und gingen zur Tür.

„Ach, und Gerlach …", hielt Überstädter ihn zurück. „Stellen Sie sicher, dass der Tatverdächtige so lange hierbleibt, bis klar ist, ob er damit …", er zeigte auf das Bild auf seinem Tablet, „… etwas zu tun hat. Der darf nicht auf freien Fuß."

Henning kannte Überstädter gut. Sein rauer Umgangston und seine laute Stimme erweckten zwar den Eindruck eines abgebrühten Kripobeamten, doch hinter dieser Fassade steckte jemand, der bis zum bitteren Ende für die Gerechtigkeit kämpfte und sich für jedes Opfer einsetzte.

„Darauf können Sie sich verlassen“, sagte er.

„Die Tote war mit Boris wandern?“, fragte Maike und sah genauso schockiert aus, wie Lena sich fühlte.

Noch immer konnte Lena nicht begreifen, dass es zwischen dem Fall Scherer – und nun war es definitiv einer – und Boris’ Ausflug eine Verbindung gab, und noch weniger, was das zu bedeuten hatte. Wenn sie in ihrem Job eines gelernt hatte, dann, dass Zufälle nur sehr selten des Rätsels Lösung waren.

„Im Moment wissen wir nur, dass Scherer scheinbar zu Boris’ engerem Freundeskreis gehörte. Zumindest zu Studienzeiten. Ob sie auch beim diesjährigen Wanderausflug dabei war und ihr Partner Darius Bender doch mehr verbirgt, das müssen wir jetzt klären.“

„Der Fundort bereitet mir Bauchschmerzen“, gab Olaf zu.

Lena nickte. „Nicht nur dir. Ich kriege übrigens im Laufe des Abends die Aufnahmen der Überwachungskameras von den Bahnhöfen zugespielt, an denen Bender zur vermeintlichen Tatzeit angeblich gewesen sein will. Sobald sie eintreffen, leite ich sie dir weiter, Olaf.“

„Und Maike“, fügte Henning hinzu. „Tu mir bitte den Gefallen und such nach der Verbindung zwischen Susanne Scherer, unserem Boris und seinen Freunden. Und vielleicht kriegst du auch raus, ob sie irgendjemanden von einem diesjährigen Treffen erzählt hat.“

„Wird gemacht.“

Henning warf einen Blick auf seine Armbanduhr. „Feierabend rückt damit in weite Ferne. Lena und ich werden den Kollegen vor Ort unter die Arme greifen. Wir bleiben aber in Kontakt.“ Er nickte seinen Teammitgliedern zu und bedeutete Lena, mit ihm zu kommen.

Auf dem Flur legte er den Kopf in den Nacken und schloss kurz die Augen. „So schnell wird aus einer Vermisstenanzeige ein Mordfall.“ Entschlossen drehte er sich zu ihr um. „Kann ich dich in einer halben Stunde abholen, schaffst du das?“

„Um ein paar Sachen in eine Tasche zu werfen? Das sollte ich hinkriegen.“

Henning nickte, sein Gesichtsausdruck war angespannt. „Gut, und ich besorge uns noch ein paar Snacks für die Fahrt … und vielleicht auch für die kommenden Tage. Zum Essen werden wir sicher kaum kommen. Bis später.“

Es war bereits dunkel, als sie am Grundländer Forst ankamen. Susanne Scherers Körper war längst in die Gerichtsmedizin gebracht worden, doch Henning hatte darauf bestanden, sich einen eigenen Eindruck vom Fundort zu verschaffen. Er parkte den Wagen unweit des Bereiches, der mit weiß-rotem Flatterband abgesperrt war. Scheinwerfer leuchteten die Stelle am Waldrand aus, und die Spurensicherung hatte ein Zelt über dem Leichenfundort errichtet, um eventuell vorhandene Spuren vor der Witterung, aber auch vor neugierigen Blicken zu schützen. Obwohl Radelshausen ein paar Kilometer entfernt lag, gab es zahlreiche Schaulustige. Überall am Fahrbahnrand standen Autos, und Menschen reckten und streckten sich, um trotz Dunkelheit und Absperrungen den Hauch eines Hinweises darauf zu ergattern, was die Polizei in ihrem beschaulichen, ländlichen Umfeld gefunden hatte.

Lena hatte die ganze Fahrt über kaum ein Wort gesprochen. Stattdessen war sie in ihren Laptop vertieft gewesen, hatte die Mail von Darius Benders Kunden geprüft, die zwischenzeitlich eingetroffen war und die Aussagen des Verdächtigen bestätigte, und sich anschließend ein wenig über die ländliche Region, in die sie fuhren, informiert. Sie sah erst auf, als Henning den Motor abstellte. „Dann wollen wir mal“, sagte sie und klappte ihren Computer zu.

Hinter dem im Wind flatternden Band erwartete sie bereits die leitende Beamtin, Polizeihauptkommissarin Schnabel. Eine kleine, untersetzte Frau mit einem bissigen Gesichtsausdruck, der durch ihr kinnlanges, gerade abgeschnittenes dunkles Haar betont wurde. Auch ihre tiefe Stimme passte zu ihrer Erscheinung: Lena war sicher, dass mit ihr nicht gut Kirschen essen war.

Umso freundlicher reichte Henning ihr die Hand, stellte Lena und sich vor und informierte sie darüber, dass sie zur Unterstützung zur Verfügung standen.

„Freut mich, und vielen Dank für Ihr Kommen. So einen Fall können wir hier wirklich nicht gebrauchen in unserer friedlichen Gegend“, sagte sie gleich und hakte ihre Daumen in die Gürtelschlaufen ihrer Hose. Sie war so klein, dass sie selbst zu Lena aufblicken musste. Vermutlich kratzte sie gerade so eben an der Mindestgröße für weibliche Polizeibeamte.

„Wenn Sie mich fragen, würde jeder gerne auf einen Mordfall verzichten, nicht wahr?“ Henning war bemüht, die Stimmung ein wenig aufzulockern, doch die Kommissarin brummte nur.

„Wissen Sie eigentlich, wie lange es gedauert hat, bis der Spuk um unsere schöne Region aus den Köpfen der Menschen verschwunden war? Früher tummelten sich Jugendliche hier, um nachts als Mutprobe ihres Lebens den ‚Geisterwald‘, wie sie ihn genannt haben, zu betreten. Man erzählte sich so einiges. Über Menschen, die hinein-, aber nie mehr herausgekommen sind. Alle Vermisstenfälle aus der Region kamen hier zusammen. Manche Menschen seien bewusst in den Wald gegangen, um ihrem Dasein dort ein Ende zu setzen, wie in diesem japanischen Selbstmordwald. Andere seien entführt worden, wieder andere hätte der See im Steinbruch verschluckt. Menschen sind verrückt nach solchen Geschichten. Jetzt ein Mordfall – mir graut schon davor, was der wieder für Chaos entfachen wird.“ Sie stöhnte, schloss die Augen und rieb sich mit der Handfläche über die Stirn.

Henning warf Lena einen überraschten Blick zu. Mitgefühl mit der Getöteten oder Interesse daran, den Mörder zur Strecke zur bringen, sahen anders aus.

„Frau Schnabel, können Sie uns vielleicht auf den aktuellen Stand bringen? Was hat der Gerichtsmediziner bereits feststellen können? Welches Spurenbild hat sich bisher gezeigt? Glauben Sie uns, wenn wir sagen, dass wir alles tun werden, um möglichst rasch Frieden in Ihre beschauliche Region zurückzubringen.“

„Beschaulich“, so nannte Lena diese Einöde also. Nachdem sie die Stadt verlassen hatten, waren sie eineinhalb Stunden nur über Landstraßen gefahren, von einem halb zerfallenen Dorf zum nächsten. Der trübe Himmel und die einbrechende Dunkelheit hatten in Hennings Augen gar nichts beschaulich wirken lassen. Eher einsam und verloren. Verlassen. Je näher sie dem Grundländer Forst gekommen waren, desto deutlicher war ihm geworden, warum Boris und seine Freunde sich ausgerechnet diesen Ort ausgesucht hatten. Selbst er, der erst seit wenigen Minuten am Waldrand stand und noch nicht einmal einen Schritt hineingesetzt hatte, spürte, wie weit er hier von der hektischen Zivilisation entfernt war. Es war unglaublich still, trotz all der Schaulustigen in der Ferne. Und der Grundländer Forst lag wie ein riesiger schwarzer Schlund vor ihnen, der nur darauf wartete, das nächste Rätsel ausspucken zu können.

„Gegen sechzehn Uhr hat eine Frau ihr Auto hier vorne geparkt, ihre Laufschuhe angezogen und ist dort drüben zu der Schranke gegangen, die verhindern soll, dass der Forstweg befahren wird. Dort hat sie ihre Dehn- und Stretchübungen gemacht und dabei den leblosen Körper im Dickicht entdeckt.“ Frau Schnabel zog ihr Handy hervor und öffnete die Fotos, die sie direkt beim Eintreffen am Fundort gemacht haben musste. Lena und Henning stellten sich dichter an sie heran. Gleich auf dem ersten Foto war Susanne Scherer deutlich zu erkennen, das kleine tätowierte S hinter ihrem Ohr, das auch auf den Fotos der Vermisstenmeldung zu sehen war, stach Henning auch jetzt direkt ins Auge. Ihr Gesicht war, bis auf die rote Farbe an Lippen, Wangen und Kinn, unversehrt. Ihr blondes Haar lag ordentlich um ihren Kopf drapiert, als sollte ihre einstige Schönheit auch im Tod unterstrichen werden. Der zierliche Körper war unbekleidet, und der Täter hatte sich keine Mühe gemacht, ihn unter Laub und Zweigen zu verstecken. Ihre Augen waren geschlossen, die Hände unter ihrer Brust gefaltet. Doch die Wunde an ihrem Brustkorb sprach Bände. Eine Großaufnahme davon wurde Henning nun direkt vors Gesicht gehalten.

„Stümperhaft vernäht. Mit medizinischem Fachpersonal haben wir es hier also nicht zu tun“, sagte Kommissarin Schnabel.

„Nein, aber ich glaube, darum ging es dem Täter oder der Täterin auch nicht“, stellte Lena direkt fest. „Die Naht scheint mir nur ein notwendiges Übel zu sein. Die Rippen sind durchtrennt, wie durchgeschnitten.“

„Ja, damit er das Herz rausnehmen konnte“, sagte die stämmige Kommissarin.

„Ihr fehlt das Herz?“, fragte Henning überrascht.

„Ja, alles weg. Unter der Naht ist nur noch ein Loch.“

„Darf ich mal bitte?“, fragte Henning und nahm das Handy an sich. Er zoomte ein Foto so nah heran, dass er Susanne Scherers Körper von Kopf bis Fuß inspizieren konnte. „Wo ist das Blut?“

„Blut?“ Frau Schnabel runzelte die Stirn.

„Beim Durchtrennen der Rippen, der Organentnahme und anschließend dem Vernähen der Wunde muss es jede Menge Blut gegeben haben. Ich würde erwarten, dass es auf der ganzen Leiche verschmiert ist.“ Lena sah sich um, zog die Plane des Zeltes zur Seite und spähte hinein. „Ist hier irgendwo Blut?“

Die Polizistin schüttelte den Kopf. „Das ist sicher nicht der Ort, wo er sie getötet hat. Der Mörder wollte sie hier bloß loswerden.“

„Ja, aber schauen Sie sich ihre zarte, helle Haut an.“ Henning gab ihr das Handy zurück. „Kein Tropfen, kein Kratzer. Als hätte sie jemand gewaschen.“

„Na, das sind mir die Liebsten. Reißen ihren Opfern erst das Herz aus der Brust und machen sie anschließend wieder hübsch.“ Frau Schnabel schüttelte den Kopf. „Was gibt es nur für kranke Schweine, nicht wahr?“

„Könnte ein Hinweis auf Reue sein“, sagte Lena, ohne auf die Worte der Kommissarin einzugehen. „Der Leichnam liegt in der Rechtsmedizin?“

„Ja, zehn Kilometer von hier entfernt. Dr. Schwarzmann hat sich ihrer angenommen. Aber Leonie werden Sie heute nicht mehr antreffen. Morgen früh ab acht haben Sie bessere Chancen.“

Henning bedankte sich bei der Polizistin für die Informationen und nahm Lena ein Stück zur Seite. Gemeinsam verschafften sie sich einen ersten, gründlichen Überblick über den Fundort der Leiche. Die Scheinwerfer leuchteten die Parkbucht am Fahrbahnrand entsprechend aus. Höchstens ein Auto konnte hier parken, ohne die Zufahrt zum Wald zu versperren. Diese jedoch schien nicht oft genutzt zu werden. Der Pfeiler der Schranke war von Gras überwuchert und der Weg dahinter kaum noch als ein solcher auszumachen.

Henning drehte sich zu der ermittelnden Polizistin um. „Frau Schnabel, eine Frage hätte ich noch. Haben Sie selbst mit der Zeugin gesprochen, die Susanne Scherers Leiche gefunden hat?“

„Ja, ich habe sie kurz zur Auffindesituation vernommen.“ Frau Schnabel war bereits unter dem Absperrband hindurchgeschlüpft und befand sich auf dem Weg zu ihrem Wagen. „Warum fragen Sie?“

„Ich würde sie selbst gerne noch einmal vernehmen.“

Frau Schnabel zückte ihren Notizblock, schrieb den dort notierten Namen und die Telefonnummer auf die Rückseite ihrer Visitenkarte und reichte sie Henning. „Das arme Ding war völlig aufgelöst.“

„Verständlich.“ Lena nickte der Kommissarin zum Abschied zu, bevor sie sich wieder zu Henning drehte. „Weißt du, was ich mich frage? Wo wollte die Zeugin denn hier joggen gehen? Ich kann mir kaum vorstellen, dass sie sich dort durchs Dickicht schlagen wollte.“ Sie zeigte auf den zugewachsenen Bereich hinter der Schranke.

„Richtig, und ich frage mich, ob sie vielleicht irgendwelche verdächtigen Beobachtungen hier gemacht hat. Ein weiteres Fahrzeug am Fahrbahnrand, ein langsamer Autofahrer, der die Gegend ausspäht … Das würde auffallen in einer Einöde wie dieser.“

Langsam waren sie zum Zelt der Spurensicherung zurückgegangen, und Henning konnte an Lenas konzentriertem Gesichtsausdruck erkennen, dass sie mit jedem Gedanken, jeder Idee und jedem Gefühl gerade vollkommen in den Fall vertieft war. Sie ließ sich nie vom Weg abbringen, und das schätzte er sehr an ihr. Nicht nur in ihrer Arbeit als seine Partnerin, sondern auch in ihrer Freundschaft zueinander. Sie ließ sich niemals unterkriegen, und wenn es drauf ankam, konnte er sich bedingungslos auf sie verlassen. Während Lena sich bei den Kollegen der Spurensicherung über etwaige Funde erkundigte, spielte Henning ein mögliches Szenario der Leichenablage in Gedanken durch.

Susanne Scherers Körper war nicht versteckt worden. Vermutlich hatte der Täter sein Auto vor der Schranke geparkt – längs, um zu verhindern, dass der Weg dahinter von der Straße aus einzusehen war – und hatte die Tote innerhalb weniger Sekunden abgelegt. Reifenspuren hinter der Schranke gab es keine, er konnte also nicht aus dem Forst, sondern musste von der Straße gekommen sein. Aus welcher Richtung ließ sich schwer sagen. Im aufgewühlten Erd- und Schotterboden befanden sich zahlreiche unterschiedliche Reifenspuren.

Hatte er sie am helllichten Tag abgelegt? Wie stark frequentiert war dieser Straßenabschnitt, und welches Risiko war er dabei eingegangen?

Zwei Trampelpfade, die links und rechts hinter der Schranke in den Wald führten, sowie die dort herumliegenden Taschentücher deuteten darauf hin, dass diese Parkbucht öfter als Platz für die menschliche Notdurft genutzt wurde. Hatte die Leiche womöglich schon seit dem Vorabend hier gelegen? War es denkbar, dass der Täter sie in der Dunkelheit hergebracht und ungesehen hier deponiert hatte? Oder war es jemand, der öfter an dieser Stelle parkte, dessen Auto niemandem auffallen würde? Jemand, der sich hier auskannte, womöglich Zugang zum Wald hatte. Ein Waldarbeiter, ein Bauer, die Müllabfuhr oder auch der Wasserverband?

Henning war so in seine Gedanken vertieft, dass er Lena erst bemerkte, als sie ihn am Arm berührte. Erschrocken fuhr er herum.

„Hast du was in Erfahrung bringen können?“

„Keine überragende Spurenlage bisher. Allerdings wurden auffällig viele lose Haare am Fundort der Leiche gefunden.“

„Vom Opfer?“

Lena nickte. „Das würde dafür sprechen, dass der Täter ihr vor Ort die Haare gekämmt hat.“

„Wenn er sich dafür Zeit nehmen konnte, muss er sich seiner Sache echt sicher gewesen sein. Entweder weil er nicht aufgefallen ist oder weil es dunkel war, ihn also niemand sehen konnte.“

„Vielleicht sollten wir gleich heute Abend noch mit der Zeugin sprechen.“

Henning nickte, zog Schnabels Visitenkarte aus seiner Jackentasche und wählte die auf der Rückseite notierte Nummer. Eine zarte Stimme meldete sich mit einem schüchternen: „Ja?“

„Frau Michel? Mein Name ist Henning Gerlach, ich bin von der Kriminalpolizei. Sie ahnen vermutlich, warum ich Sie anrufe. Meine Kollegin und ich würden uns gerne heute noch mit Ihnen unterhalten. Wäre das möglich? Es dauert auch nicht lange.“

„Das geht, ja. Möchten Sie vorbeikommen?“ Sie nannte Henning ihre Adresse und legte dann auf.

Wenige Minuten später fuhren sie über die dunkle Landstraße. Rechts und links standen die schwarzen hohen Bäume bis dicht an den Fahrbahnrand und lösten in Henning das unangenehme Gefühl aus, durch einen Tunnel fahren zu müssen. Er sah auf das leuchtende Display seines Mobiltelefons und die mittlerweile zehn vergeblichen Anrufversuche auf Boris' Handy.

„Irgendwo da draußen ist er gerade, und ich frage mich, ob er und seine Freunde wissen, was hier passiert ist."

Lena blinzelte kurz in seine Richtung. „Dann wären sie nicht mehr wandern. Das würde keinen Sinn ergeben."

„Außer sie könnten nicht zurückkommen."

Lena schüttelte den Kopf. „Jetzt hör aber auf, das klingt wie ein schlechtes B-Movie. Du glaubst doch nicht etwa an all diese Mythen und Legenden um den Grundländer Forst?"

Henning lachte unbeholfen. „Eigentlich nicht, nein. Aber dass ausgerechnet eine von Boris' Bekannten während der Zeit des jährlichen Wanderausflugs an genau diesem Ort tot aufgefunden wurde – mit fehlendem Herzen –, das macht mich schon mehr als stutzig. Ehrlich gesagt, sind mir das zu viele Zufälle auf einmal."

Nun nickte auch Lena. „Ja, es klingt ziemlich schräg. Aber solange wir keinen Beweis dafür haben, dass Susanne Scherer tatsächlich an dieser Wanderung teilgenommen hat, können wir nicht einfach einen Suchtrupp in die Wälder jagen. Du kennst Boris. Er wäre der Erste, der seinen Urlaub abbrechen und zur Aufklärung eines solchen Falls zurückkommen würde. Erst recht, wenn es sich dabei um eine Freundin handelt. Ich hab Maike schon informiert, sie versucht herauszufinden, wer alles zur Wandergruppe gehört. Vielleicht erfahren wir über Freunde oder Familie der einzelnen Teilnehmer auch etwas über Susanne Scherers Motive."

„Gut, und wenn auch nur der kleinste weitere Bezug zu Boris' Gruppe auftaucht, möchte ich, dass sofort ein Trupp loszieht und nach ihnen sucht. Ich will dann keine Zeit mehr verlieren müssen, erst alles zu organisieren. Schnabel soll die Leute zusammentrommeln und eine Hundertschaft bereithalten."

„Gute Idee", stimmte Lena zu. Sie hatten unterdessen die Ortschaft erreicht, in der die Zeugin lebte, und Lena parkte den Wagen vor einem trostlos wirkenden Einfamilienhaus, direkt hinter dem Ortsschild. „Da wären wir."

Geöffnet wurde ihnen von einer zierlichen jungen Frau, die noch immer ihre Laufkleidung trug und auffällig blass im Gesicht war.

Sie stellte sich als Paulina Michel vor und führte Henning und Lena in den Wohnbereich, wo sie ihre zitternden Hände um ein Wasserglas schlang.

„Frau Michel, Sie haben den Leichnam der Frau heute Nachmittag gegen sechzehn Uhr an der Landstraße gefunden, richtig?"

Sie nickte. Ihr braunes Haar trug sie zu einem Pferdeschwanz gebunden. Einzelne Strähnen fielen ihr ins Gesicht.

„Ich parke dort immer. Mindestens dreimal die Woche, wenn ich nachmittags keine Vorlesungen habe."

„Sie sind an der Uni? Studieren Sie oder geben Sie Vorlesungen?", fragte Lena mit einem einladenden Lächeln auf den Lippen. Der abrupte Themenwechsel schien die Frau kurz aus dem Konzept zu bringen, doch schon Sekunden später entspannten sich ihre Gesichtszüge ein wenig. „Ich studiere Sozialpädagogik und arbeite zwei Tage die Woche ehrenamtlich in der Begegnungsstätte der Diakonie. Dort organisiere und begleite ich generationsübergreifende Treffen wie Spielenachmittage und so was."

„Ah, dort treffen sich in aller Regel Senioren, richtig? Ich erinnere mich, dass meine Oma zu Lebzeiten von solchen Veranstaltungen geschwärmt hat. Möchten Sie auch nach Ihrem Studium mit älteren Menschen zusammenarbeiten?"

Das plötzliche Lächeln der jungen Frau ließ ihre Augen leuchten. „Unbedingt, es ist eine so wertgeschätzte, dankbare Arbeit. Vermutlich bekomme ich mehr von den Bewohnern zurück, als ich ihnen je geben könnte."

„Das kann ich gut verstehen", sagte Lena. „Die Arbeit mit Menschen ist immer sehr besonders."

Henning nutzte die Chance der nun etwas entspannteren Atmosphäre. „Es ist auch unser Anliegen, Menschen zu helfen, Frau Michel. Deshalb ist es umso wichtiger, dass Sie uns jedes Detail, das in irgendeiner Art und Weise im Zusammenhang mit dem Fund der toten Frau stehen könnte, mitteilen. Lassen Sie uns doch bei heute beginnen. Wann sind Sie heute mit dem Auto zur entsprechenden Parkbucht gefahren?"

„Ich bin direkt von der Uni gekommen, hatte die Sportsachen dabei. Gegen sechzehn Uhr war ich am Wald. Ich parke immer ganz an der Seite und nicht vor der Schranke. Damit ich nicht im Weg stehe, falls doch mal jemand in den Wald rein muss."

„Der Waldweg sah ziemlich uneben und zugewachsen aus. Wie ist es, dort zu joggen?", fragte Lena.

Die junge Frau schüttelte heftig den Kopf. „Oh, ich jogge nicht durch den Wald. Niemand geht allein in diesen Wald. Sie wissen doch sicher, was man sich so erzählt."

Henning und Lena tauschten einen kurzen Blick. Die Mythen und Legenden schienen tief in den Köpfen der Einwohner verankert zu sein.

„Ich parke nur dort, weil dort mein Startpunkt ist", fügte Paulina Michel jetzt hinzu. „Ich trainiere für den Halbmarathon. Wenn ich dort loslaufe, die Dörfer durchquere und das wesentlich kleinere Waldstück auf der gegenüberliegenden Fahrbahnseite umrunde, dann sind das genau zweiundzwanzig Kilometer. Die kleinen Zwischenwege ermöglichen es mir, mal zehn Kilometer, mal fünf oder auch mal nur zwei zu trainieren. Je nach Tagesform."

„Dann laufen Sie auf der Landstraße? Das ist nicht ungefährlich."

Paulina Michel lächelte verlegen. „Es ist halt die beste Trainingsstrecke."

„Gut, also dreimal die Woche halten Sie dort am Wald, um ihre Runde zu beginnen", fasste Lena zusammen. „Ist Ihnen zu der Zeit je ein anderes Fahrzeug aufgefallen? Oder ein Wanderer, jemand, der sich im Bereich des späteren Fundorts aufgehalten hat? Waldarbeiter? Jäger? Bauarbeiter, die dort Pause machen? Irgendjemand?"

Wieder schüttelte sie den Kopf. „Niemand. Auch auf der Straße nicht, da fährt kaum jemand lang. Es ist nur eine kleine Verbindungsstraße zwischen den Dörfern. Deshalb laufe ich dort ja so gerne."

„Beschreiben Sie uns doch bitte den Moment, als Sie den Leichnam im Dickicht entdeckt haben." Henning lehnte sich in Richtung der jungen Frau, die sich nun wieder sichtbar verkrampfte und hörbar schluckte.

„Ich bin aus dem Auto ausgestiegen", sagte sie leise. „Habe den Schlüssel in meine Jackentasche gesteckt, bin zur Schranke rübergegangen und habe dort meine Stretchübungen gemacht. Sie wissen schon: um die Muskulatur zu dehnen und aufzuwärmen. Das mache ich immer vor und nach dem Laufen. Ich habe mit dem rechten Bein angefangen. Als ich mich dann umgedreht habe, um das linke zu dehnen, habe ich sie sofort gesehen. Ich wusste sofort, dass sie nicht mehr lebt."

„Woran haben Sie das erkannt?" Wieder war Lenas Stimme einfühlsam und ruhig geworden, warm klang sie. Vertrauenerweckend.

„Sie hatte diese furchtbare Wunde. Irgendwie vernäht, aber an einer Stelle irgendwie aufgeplatzt … Es sah aus, als könnte ich an der offenen Stelle direkt in ihren Brustkorb sehen. Es war furchtbar!" Sie brach ab und presste sich die Hand vor die Brust.

„Das muss ein schrecklicher Anblick gewesen sein."

Die junge Frau nickte, und in ihren Augen stiegen Tränen auf. „Ich habe sofort die Polizei gerufen und mich dann im Auto eingeschlossen, bis jemand kam. Einmal dachte ich, sie sind endlich da, und wollte schon aussteigen, aber es war nur der Ludwig."

Henning horchte auf, und auch Lenas Kopf neben ihm schoss nach oben. „Wer ist denn Ludwig?"

„Der Förster. Der hat zwei riesige schwarze Schäferhunde und fährt mit denen immer durch die Gegend. Wenn er mit seinem Pritschenwagen an mir vorbeifährt, bellen die beiden jedes Mal wie verrückt. Anfangs haben die mich zu Tode erschreckt, aber sie sind eigentlich ganz zahm. Und Ludwig ist nett. Nicht sehr gesprächig, aber freundlich."

„Das heißt, er ist zu Ihnen in die Parkbucht gekommen, während Sie auf die Polizei gewartet haben?" Henning konnte nicht ganz folgen.

„Nein, er ist nur langsam an mir vorbeigefahren und hat mir dann zugenickt, als er mich erkannt hat. Gleich darauf war er auch schon wieder weg."

„Wie heißt dieser Ludwig mit Nachnamen?"

„Schmitzer."

Henning sah, dass Lena sich Ludwig Schmitzer und Förster auf ihrem Block notierte. Entweder hatte es Frau Schnabel versäumt, ihnen diese wichtige Information zukommen zu lassen, oder die Zeugin hatte vergessen, es ihr zu erzählen. Jedenfalls hatten sie die richtige Entscheidung getroffen, selbst noch einmal mit Frau Michel zu sprechen.

Da sie keine weiteren relevanten Details von der jungen Frau erfuhren, gab Henning ihr seine Visitenkarte und ging anschließend mit Lena zum Auto.

„Mit dem Förster würde ich gerne noch sprechen, der wird auf jeden Fall mehr darüber wissen, wer sich in der Gegend rumtreibt und zu welchen Auffälligkeiten es gegebenenfalls gekommen ist“, sagte Lena, gähnte dann und streckte sich, bevor sie den Autoschlüssel aus der Hosentasche zog. „Aber vielleicht lieber morgen. Ich bin echt platt. Und wir müssen uns noch eine Unterkunft suchen.“

Henning grinste, nahm ihr den Autoschlüssel ab und beorderte sie auf die Beifahrerseite. „Müdigkeit im Straßenverkehr ist das Unfallrisiko Nummer eins.“

Lena lächelte ihn an und stieg ein.

Kapitel 8

LENAS Rücken schmerzte von der harten Matratze. Als sie sich am nächsten Morgen streckte, knackten sämtliche Wirbel. Es war noch dunkel draußen und die geblümten Vorhänge des altmodischen Pensionszimmers zugezogen.

Sie hatten in Radelshausen am Rand des Grundländer Forsts nur diese eine, noch dazu recht schäbige Pension gefunden, die auch nur dieses eine stickige Zimmer anbieten konnte, das lediglich über ein Doppelbett verfügte. Henning hatte von sich aus angeboten, auf dem Sofa zu schlafen, obwohl seine Beine weit über die Kante hinausragten. Ganz bestimmt hatte er mehr Grund zu jammern als Lena, die zumindest in einem richtigen Bett hatte schlafen können. Doch sie war verspannt – der gestrige Tag und das harte Bett steckten ihr in den Knochen.

Henning jedoch saß bereits an dem runden Tischchen vor dem Fenster und starrte auf seinen Laptop. Das Licht des Bildschirms beleuchtete sein müdes Gesicht. „Na, gut geschlafen?“, fragte er und lächelte sie an.

Lena nickte, strich sich die zerzausten Haare aus der Stirn und setzte sich auf. Henning trug nur eine Schlafanzughose. Sein Oberkörper war nackt, und sie hatte einen viel zu perfekten Blick auf seine durchtrainierten Bauchmuskeln. Obwohl sie mittlerweile wirklich gute Freunde waren, war die Situation, morgens in einem gemeinsamen Zimmer aufzuwachen, ungewohnt. Die daraus resultierende Nähe erst recht.

„War das dein Nacken?“, fragte Henning, als sie den Kopf von links nach rechts drehte und ein lautes Knacken die Stille des Zimmers durchbrach.

„Sorry. Ich habe das Gefühl, auf einem Brett geschlafen zu haben.“

Henning stand auf, kam zu ihr herüber und drückte seine Faust in die Matratze. „Ui“, machte er. „Viel mehr als ein Brett ist diese Unterlage auch nicht. Komm, dreh dich mal um.“

Verwirrt runzelte sie Stirn.

„Umdrehen sollst du dich, sonst komm ich nicht an deine Nacken- und Schultermuskulatur."

„Ähm … na gut." Lena setzte sich mit dem Rücken zur Bettkante und spürte kurz darauf Hennings warme Hände an ihren Schulterblättern. Mühelos fanden seine Finger ihre verspannten Muskeln, kneteten sie behutsam, während der sanfte Druck sich beruhigend in ihrem Körper ausbreitete. Ein wohltuender Schauer ließ Lena eine Gänsehaut über den Rücken kriechen.

„Ist dir kalt?", fragte Henning.

Lenas Wangen brannten. Sie schluckte ihre Verlegenheit hinunter und drehte sich zu ihm um. „Du hast Zauberhände, aber mir geht es schon viel besser."

„So schnell?"

Sie nickte. „So gut du als Amateur-Masseur auch bist, aber ich werde mich auch nach zwei Stunden Massage nicht wieder wie zwanzig fühlen. Der Verfall hat mit meinem dreißigsten Geburtstag begonnen."

Henning lachte auf, als er ihr Schmunzeln sah. „Streng genommen hat dein Verfall mit deiner Geburt begonnen."

Sie griff nach dem Kopfkissen und pfefferte es ihm entgegen. „Danke, jetzt fühle ich mich gleich viel frischer."

Er fing das Kissen auf und legte es zurück aufs Bett. „Noch ein Tipp von deinem Masseur am frühen Morgen: Trink den Kaffee aus dem Automaten im Flur nicht. Der schmeckt muffig."

„Muffig?" Lena grinste, während sie aus dem Bett stieg und zum Badezimmer hinüberging. „Dann verzichte ich freiwillig. Tut mir nur leid für dich, da du mich ohne meine morgendliche Droge übellaunig und müde ertragen musst", scherzte sie und öffnete die Badezimmertür. „Bin in zehn Minuten fertig."

Als sie gewaschen und frisch angezogen zurück ins Pensionszimmer ging, stand auf beiden Seiten des Tisches je ein Coffee-to-go-Becher.

„Wo kommt der plötzlich her?"

Henning hob seine Hände in gespielter Ahnungslosigkeit. „Zauberhände, hast du selbst gesagt."

Es tat gut, sich zwischen all den Horrormeldungen, die ihre Arbeit mit sich brachte, auch Momente wie diese zu erlauben. Einfach Mensch zu sein, zu lachen, zu scherzen, sich gegenseitig zu necken und die angenehme Anwesenheit des anderen zu genießen. Das machte den Wahnsinn erträglicher, der tagtäglich auf sie einprasselte. Und es war einfacher, sich ihm mit jemandem zu stellen, dem man vertraute.

Lena vertraute Henning. Während sie nun an ihrem Kaffee nippte, beobachtete sie ihren Kollegen aus dem Augenwinkel. Das blonde, strubbelige Haar wirkte nach der Nacht auf dem Sofa noch zerzauster. Es ließ ihn jung und rebellisch aussehen, ganz sicher aber nicht wie einen seriösen Kripobeamten. Die karierte Pyjamahose saß tief auf seiner Hüfte, und an Kinn und Wangen sah sie den Schatten eines Bartes stehen, der Henning reifer wirken ließ – eine ganz schöne Mischung mit dem spitzbübischen Grinsen, das er ihr nun zuwarf, weil er sie bei ihrer Beobachtung ertappte.

„Habe ich Kaffeeschaum an der Lippe?"

Verlegen schüttelte Lena den Kopf und setzte sich an den Tisch. Sie musste sich wieder auf den Fall konzentrieren, der keinerlei Spielraum für private Angelegenheiten ließ. Normalerweise fiel ihr die Trennung zwischen Arbeit und Privatleben leicht, doch an diesem Morgen schien so einiges anders zu sein.

Schon am Vorabend, als sie erfahren hatte, dass sie sich ein Zimmer würden teilen müssen, hatte sie sich nervös gefühlt. Und dieses kribbelige Gefühl im Magen hatte bis jetzt nicht nachgelassen. Der Anblick von Hennings nacktem Oberkörper half da auch nicht wirklich weiter. Dennoch war sie bemüht, sich diese Gedanken fortan aus dem Kopf zu schlagen. Sie würden sie nur bei ihrer Arbeit behindern, und das konnte sie überhaupt nicht gebrauchen.

„Du warst vorhin so vertieft in deinen Laptop. Was hast du recherchiert?", fragte sie stattdessen und öffnete ihren eigenen.

„Dr. Schwarzmann hat mir bereits eine Mail mit Fotos des Leichnams am Fundort geschickt und geschrieben, dass sie seit sechs Uhr im Institut ist. Wir können uns also gleich auf den Weg machen, außer du möchtest noch in Ruhe frühstücken."

Lena schüttelte den Kopf und deutete auf ihren inzwischen leeren Kaffeebecher. „Das war mein Frühstück." Dann ging sie um den Tisch herum und betrachtete die Fotos der Gerichtsmedizinerin. Es waren

Detailaufnahmen vom Körper der Toten, und sie zeigten verschiedene Aspekte in Großaufnahme, wie die ordentlich auf dem Bauch gefalteten Hände, das blonde, gründlich gekämmte und irgendwie liebevoll drapierte Haar, ein paar Kratzer an Hüfte und Bauch sowie die auffälligen Lippenstiftspuren, mit denen das halbe Gesicht beschmiert war.

„Hat sie schon etwas zur Todesursache geschrieben?"

Henning schüttelte den Kopf. „Gar nichts." Dann stieß er ein nachdenkliches „Hm" aus.

„Worüber denkst du nach?"

„Es passt nicht zusammen. Ihr Haar – wir haben schon am Fundort festgestellt, dass es gekämmt wurde. Nicht nur das, es wurde dort vor Ort gekämmt. Auch die Position ihrer Hände ist auffällig. Der Täter hat sie bewusst so ordentlich auf ihrem Bauch übereinandergelegt. Er hat die Tote nicht einfach da hingeschmissen, sie nicht loswerden wollen, sondern sie hat ihm etwas bedeutet. Sie zu säubern, spricht für Reue, auch die geschlossenen Augen. Aber im Gegensatz dazu haben wir dann dieses mit Lippenstift verunstaltete Gesicht."

Henning sah zu ihr hoch. „Das ist eine Erniedrigung. Er wollte sie entwürdigen. Auch ihre Nacktheit könnte darauf hindeuten."

„Oder aber es ist das Gegenteil. Dass sie nackt ist, könnte auch für die Reinheit und Unschuld stehen. Vielleicht hat er ihre Kleidung beim Angriff zerstört. Womöglich war sie blutdurchtränkt. Er hätte sie waschen und trocknen und ihr dann wieder anziehen können, was aber ein erheblicher Zeitfaktor gewesen wäre. Also hat er sie nackt gelassen."

„Siehst du Darius Bender sorgsam und achtsam diese Handlungen ausführen?", fragte Henning stirnrunzelnd.

Lena ging kopfschüttelnd zurück zu ihrem Stuhl. „Ehrlich gesagt nicht. Ich will mich nicht festlegen, aber ihm würde ich zutrauen, dass er sie wie Müll entsorgt. Das hier spricht eine andere Sprache. Hier hat sich jemand Gedanken gemacht, seine Tat womöglich bereut und versucht, irgendetwas wiedergutzumachen."

Henning klappte seinen Laptop zu. „Lass uns losfahren. Ich will unbedingt hören, was uns Dr. Schwarzmann zu sagen hat."

In einem unscheinbaren Hinterhof führte eine Eisentreppe in das Institut für Rechtsmedizin, in dem Dr. Leonie Schwarzmann arbeitete – eine hochgewachsene, sehr junge, schlanke Frau mit kurzen wilden Locken, die ihr in die Stirn fielen. Mit einem strahlenden Lächeln begrüßte sie Henning und Lena. „Sie müssen Kriminalkommissar Gerlach sein. Freut mich, Sie kennenzulernen." Ihr Händedruck war fest, die Mimik warm und einladend. Ganz anders, als Henning es bisher von Gerichtsmedizinern kannte, die ganz oft eine Klasse für sich waren. Verschlossen, manchmal verschroben. Wer konnte es ihnen verübeln, waren sie doch den ganzen Tag vom Tod in seiner hässlichsten Form umgeben.

„Freut mich ebenfalls. Das ist meine Kollegin, Lena Freyenberg."

„Wir haben schon gedacht, wir hätten uns verlaufen", sagte Lena, als sie der jungen Frau einen kühlen Flur hinunter folgten.

„Ja, von außen könnte man meinen, wir hätten es uns hier in einer alten Lagerhalle gemütlich gemacht. Und irgendwie ist es ja auch so. Früher gehörte das Gelände zu einer Spirituosenfabrik. Dieser lichtdurchflutete Obduktionssaal ist eine ehemalige Produktionshalle, wer hätte das gedacht? Es hätte uns schlimmer treffen können." Dr. Schwarzmann schob ihre Personalkarte durch einen Kartenleser neben einer Doppeltür, die kurz darauf klickte und dann automatisch mit einem Surren nach innen aufschwang.

Der weiß geflieste Saal war in zwei Sektionsbereiche unterteilt. Jeder hatte einen eigenen Obduktionstisch, der bei Bedarf durch einen Sichtschutz von den anderen Tischen abgegrenzt werden konnte. Zu jedem Sektionsbereich gehörte ein Waschbecken, ein separater Schreibtisch sowie eine eigene Kühleinrichtung für vier Leichname. An der gegenüberliegenden Seite des Raumes befanden sich Schutzkleidungen, Vitrinen mit forensischen Instrumenten sowie Biosicherheits- und Entsorgungseinrichtungen.

Auf dem Obduktionstisch am hinteren Ende des Raumes lag Susanne Scherers Körper. Ihr einst fein säuberlich gekämmtes Haar war zum großen Teil abrasiert, und der Rest wirkte nun zerzaust, die Haut im Neonlicht noch blasser und der Lippenstift war auf ihrem Gesicht angetrocknet und brüchig geworden.

„Wollen wir direkt anfangen?“ Dr. Schwarzmann zog sich einen Schutzkittel an, bevor sie an den Leichnam herantrat.

Lena und Henning blickten ihr links und rechts über die Schulter, während sie sprach.

„Die Identifikation der Verstorbenen ist bereits abgeschlossen. Es handelt sich um eine siebenunddreißigjährige Frau, die eines nicht-natürlichen Todes gestorben ist. Ich habe mir zuerst das äußerliche Erscheinungsbild angesehen. Dabei sind mir umgehend einige Hämatome an den Unterarmen aufgefallen, die gelblich verfärbt sind, also vermutlich bereits vor einigen Tagen entstanden sind.“

„Können sie mit der Tat in Verbindung gebracht werden?“, fragte Lena.

Dr. Schwarzmann schüttelte den Kopf. „Davon gehe ich nicht aus. Frische Hämatome haben eine blau-lila Färbung. Wenn Sie auf Abwehrverletzungen anspielen, kann ich Ihnen sagen, dass sich unter den Fingernägeln und an den Fingerkuppen keine Fremd-DNA befunden hat, was der Fall gewesen wäre, wenn die Frau sich zu Lebzeiten gegen ihren Angreifer zur Wehr gesetzt hätte. Auch sind ihre auffällig langen und gut gepflegten Fingernägel unversehrt, was gegen ein Abwehrgeschehen spricht.“

„Bedeutet das, dass sie ihren Angreifer gekannt hat?“ Henning sah zu Lena rüber, während er diese Frage stellte. Auch sie blickte in diesem Moment auf, und ihm war bewusst, an wen sie beide gerade dachten.

„Möglich, aber kein Muss. Denn wir haben diese überraschende Verletzung gefunden.“ Dr. Leonie Schwarzmann ging zum Kopfende des Tisches und klappte den rasierten Teil der Kopfhaut des Leichnams plötzlich und ohne Vorwarnung über das Gesicht, sodass der Schädelknochen frei lag. Henning wurde übel, und auch Lena schluckte hörbar.

„Sehen Sie sich das an, wir haben hier einen Riss im Schädelknochen. Die Kopfhaut selbst ist unverletzt, keine Platzwunde oder ähnliches zu finden, doch das Röntgenbild hat uns diese Überraschung beschert. Es ist kein Lochbruch oder Terrassenbruch erkennbar, was uns schlussfolgern lässt, dass der Gegenstand, der hier auf den Schädelknochen traf, keine zentrierte Aufschlagfläche hatte. Ich gehe eher davon aus, dass es sich um einen Stock oder Stab, ein Rohr beispielsweise, handeln könnte. Die Kraft war gleichmäßig verteilt. Aber todesursächlich war diese Verletzung nicht. Zumindest nicht in diesem Stadium. Ich glaube, sie diente eher dazu, das Opfer mit einem Überraschungsangriff auszuschalten."

„Bewusstlos zu schlagen", sagte Lena nachdenklich, und die Rechtsmedizinerin nickte.

„Der Tod trat durch Hypoxie ein – exogenes Ersticken."

„Exogen?", fragte Henning.

„Durch äußere Faktoren ausgelöst. In ihrem Fall sind keine Würgemale am Hals zu erkennen, es gibt keine Stauungsblutungen, die darauf hindeuten würden, dass starker Druck auf den Halsbereich ausgeübt wurde. Wenn wir jedoch ein wenig des Lippenstifts entfernen, sehen wir hier eine rötliche Verfärbung der Haut unterhalb des rechten Nasenflügels und am linken Ohr eine Druckstelle. Das kann ein Hinweis darauf sein, dass ihr Kopf mit der linken Gesichtshälfte am Boden liegend auf den Untergrund gedrückt wurde. Dafür spricht die Wunde an der Nase, doch sie ist nur sehr klein, und dieser Tathergang passt auch nicht zu den Leichenflecken, dazu komme ich später. Vermutlich hat der Täter eher ein Tuch benutzt oder seine Hände vorsorglich mit Handschuhen geschützt. Auch hier war keine Fremd-DNA zu finden."

„Lassen Sie mich das bitte noch mal zusammenfassen – er schlägt ihr auf den Hinterkopf. Während sie bewusstlos ist, erstickt er sie. Und anschließend nimmt er ihr das Herz raus?" Henning nickte langsam, während der Sachverhalt sich in seinem Kopf immer mehr in Form rückte.

„Ganz genau. Das Herz wurde *nach* Eintritt des Todes entfernt. Es gibt keinerlei Einblutungen, die darauf hindeuten würden, dass die Brustkorböffnung zu Lebzeiten durchgeführt wurde. Die Öffnung erfolgte nicht fachmännisch, eher stümperhaft." Sie gingen wieder um den Tisch herum, und Dr. Schwarzmann spreizte das Loch im Brustkorb, um Lena und Henning hineinschauen zu lassen. „Das Brustbein wurde abgesägt. Wenn Sie mich fragen, braucht es dazu einiges an Kraft. Ich würde die Tat eher einem muskulösen Mann als einer zierlichen Frau zutrauen. Es finden sich Holzfasern an den Knochenkanten, was mich davon ausgehen lässt, dass hier eine handelsübliche Säge zum Einsatz kam, die auch für andere Zwecke benutzt wurde. Die sechsten, siebten und achten Rippen sind auf der linken Seite durchtrennt worden. Die Knochenteile fehlen. Das Herz wurde einfach vom umliegenden Gewebe gelöst und entnommen. Anschließend wurde versucht, die klaffende Wunde mit Nadel und Faden zuzunähen, mit einem Zwirn, wie Sie ihn auch im Handarbeitskörbchen Ihrer Großmutter finden könnten. Es ist ein sehr einfacher, unsauber durchgeführter Heftstich, der die beiden Hautlappen nicht wirklich zusammengehalten hat. Ein Teil der Wunde war bereits beim Auffinden des Leichnams schon wieder aufgeplatzt."

„Warum hat der Mörder sich überhaupt die Mühe gemacht, die Wunde zu vernähen? Es hätte ihm doch egal sein können", gab Lena zu bedenken, und Henning erwiderte: „Nicht, wenn ihm ihr äußeres Erscheinungsbild wichtig gewesen ist. In irgendeiner Form ist es das auch. Sie sollte sauber sein und unversehrt wirken."

„Vielleicht ist auch das Töten nur Mittel zum Zweck, und es bereitet ihm gar keine Freude. Es geht um etwas, was nach dem Tod kommt. Darauf liegt sein Fokus. Beispielsweise auf der Herzentnahme."

„Aber der Lippenstift? Er trägt ihn nicht ordentlich auf, sodass sie schön wirken könnte. Sie sieht fast clownartig beschmiert aus."

Dr. Schwarzmann hatte drauf keine Antwort. „Ich habe Proben vom Lippenstift in die Forensik gegeben, da sollten wir zeitnah wissen, um welches Modell es sich hierbei handelt", sagte sie.

„Können Sie Rückschlüsse auf den Todeszeitpunkt ziehen?", fragte Henning.

Mit einem beherzten Griff hob die Pathologin den toten Körper an und drehte ihn auf die Seite. Auf dem Rücken der Frau waren eindeutige Totenflecken zu erkennen.

„Was wir an den Flecken hier im Rückenbereich sehen können, ist, dass die Frau in der Position gestorben ist, in der sie gefunden wurde – auf dem Rücken liegend. Die weißen Hautstellen an den Liegeflächen auf Schulterhöhe und Gesäß deuten darauf hin. Sehen Sie jedoch diese Veränderungen hier, als hätte sich der Fleck plötzlich erweitert?" Lena und Henning nickten, während Dr. Schwarzmann mit ihrem Finger die Ränder nachzog. „Eine Verlagerung der Totenflecken. Sie wurde nach dem Ableben noch einmal bewegt, vermutlich vom Tatort zum Fundort.

Schon dort ließen sich die Totenflecken nicht mehr wegdrücken oder verlagern, woraus wir schlussfolgern können, dass sie beim Auffinden schon zehn bis zwölf Stunden tot gewesen ist. Übrigens ist die sehr dunkle Verfärbung der Totenflecken ein zusätzlicher Hinweis auf den Erstickungstod."

Die Rechtsmedizinerin ließ den Körper der Toten wieder auf den Rücken sinken und hob deren Arm an. „Sehen Sie, auch die Totenstarre ist bereits vollständig ausgeprägt und lässt sich nicht mehr brechen. Bereits gestern Nachmittag, als sie gefunden wurde, war das der Fall. In Kombination mit den Erkenntnissen durch die Totenflecken schätze ich, dass sie etwa zwölf bis vierundzwanzig Stunden vor Entdeckung gestorben ist."

Eine große Zeitspanne. Um sechzehn Uhr am Vortag hatte Paulina Michel sie gefunden. Das würde bedeuten, dass Susanne Scherer entweder in den Morgenstunden des gestrigen Tages oder schon in der Nacht zuvor getötet worden war.

„Das hilft uns alles schon erheblich weiter, vielen Dank", sagte Henning.

„Mehr kann ich Ihnen vorerst nicht sagen. Hinweise auf einen sexuellen Übergriff haben wir übrigens nicht finden können."

„Schicken Sie uns bitte umgehend den toxikologischen Befund, sobald er da ist. Und natürlich alles Relevante, was Sie bei der inneren Leichenschau noch finden sollten", ergänzte Lena.

Dr. Schwarzmann nickte. „Wird erledigt. Ich mache mich gleich an die Arbeit. Sie hören von mir."

„Wir finden allein heraus. Vielen Dank für Ihre Zeit."

„Gerne wieder", sagte Dr. Leonie Schwarzmann mit einem Lächeln, merkte aber in diesem Moment selbst, wie unpassend ihre Worte klangen. „Sie wissen, wie es gemeint war."

Lena schmunzelte, als sie über den Flur nach draußen liefen. „Eine erfrischende junge Ärztin", sagte sie.

Henning nickte. „In einem Job wie diesem helfen ihr dieser Optimismus und ihr Humor vermutlich weiter." Henning kannte das auch von sich selbst. Allein die kurze Zeit mit Lena in der Pension, ihr lockeres Miteinander und die flapsigen Sprüche gaben ihm Kraft für den heutigen Tag, der nicht nur lange dauern würde, sondern auch von Schreckensnachrichten und furchtbaren Bildern gezeichnet war.

„Nach den jetzigen Erkenntnissen könnte Darius Bender weiterhin als Tatverdächtiger in Frage kommen, aber es wird zeitlich knapp“, merkte Lena an.

„Das habe ich mir auch gleich gedacht. Wir sollten Olaf und Maike in eine Telefonkonferenz holen und uns gegenseitig auf den neuesten Stand bringen. Ich befürchte fast, dass wir auf der falschen Spur sind. Auch wenn ich diesem Kerl die Pest an den Hals wünsche für das, was er dieser unschuldigen Frau und wer weiß wie vielen vor ihr zu Lebzeiten angetan hat.“
„Wie wahr“, murmelte Lena, offensichtlich angeschlagen von dieser Erkenntnis.

Kein Wunder, denn das hieß schließlich nichts anderes, als dass sie dem kranken Mörder von Susanne Scherer noch kein Stück nähergekommen waren.

Auf dem Weg zum Wagen klingelte Hennings Handy, und eine ihm unbekannte Nummer wurde auf dem Display angezeigt.
„Kriminalpolizei, Gerlach“, meldete er sich und hörte ein Knistern in der Leitung.

„Herr G…ach?“

„Frau Schnabel?“ Die Worte der Polizistin waren schwer zu verstehen, doch ihre Stimme hatte er sofort erkannt.

„Wander … und auch … Scherers … gefunden.“

Henning runzelte die Stirn. „Ich verstehe Sie wirklich ganz schlecht. Können Sie …“ Das Gespräch brach ab. „Ganz toll. Sie muss in einem Funkloch sein“, sagte er an Lena gewandt, die unterdessen ihren Laptop aus dem Auto geholt und aufgeklappt hatte.

Sie setzten sich nebeneinander in den geöffneten Kofferraum ihres Dienstwagens, während Lena dank Internet-Hotspot des Instituts eine Videokonferenz ins heimatliche Kommissariat startete. Aber auch die Verbindung zu Olaf, der nur kurz darauf in Großaufnahme auf dem Bildschirm auftauchte, wirkte instabil. Immer wieder fror das Bild ein, und seine Worte klangen abgehackt. „Wie ich doch das Landleben liebe“, murmelte Lena.

Henning grinste. Genau das Gleiche hatte er kurz zuvor auch gedacht, als bei Schnabels Anruf kaum etwas zu hören gewesen war. Er versuchte, sie zurückzurufen – so etwas klappte ja manchmal, diesmal leider nicht.

Indes fasste Lena den aktuellen Ermittlungsstand für die Kollegen zusammen. Maike hatte sich zu Olaf gesellt, und beide hörten aufmerksam zu, nickten hin und wieder oder runzelten die Stirn.

„Ich will euch nicht die Laune vermiesen, aber das klingt nicht, als würdet ihr den Fall noch heute lösen und das restliche Wochenende auf der Couch verbringen dürfen", bemerkte Olaf.

„Ihr auch nicht, mein Freund", sagte Henning nur.

Olaf lachte leise, verstummte jedoch kurz darauf wieder. „Gut, jetzt gebe ich mal den Spielverderber", begann er. „Ich habe die Überwachungskameras der Bahnhöfe gesichtet, an denen Darius Bender behauptet, gewesen zu sein. Die Aufnahmen von ihm decken sich komplett mit seinen Aussagen. Auch die Pension, in der er in jener Nacht untergekommen ist, konnte bestätigen, dass er am Abend eingecheckt, die Nacht im Zimmer verbracht und am Morgen ausgecheckt hat. Danach ist er direkt zu seinem Kunden gefahren, der Lena per Mail die Anwesenheit Benders ebenfalls bestätigt hat. Mittwochmittag ist er zurückgekehrt. Dazu kommt, dass Susanne Scherer selbst noch am Mittwochmorgen Geld an einem Automaten am anderen Ende der Stadt abgehoben hat. Ihr kleiner weißer Polo ist durchs Fenster im Hintergrund zu sehen, niemand saß auf dem Beifahrersitz. Sie war also allein."

In dem Moment klingelte Hennings Handy. Diesmal wusste er die Nummer sofort zuzuordnen. „Bin gleich zurück", entschuldigte er sich und ging ein paar Meter vom Auto weg. „Frau Schnabel?"

„Ach, Herr Gerlach, meine Güte, war das eine Katastrophe mit dem Handyempfang. Wir mussten fast zehn Minuten fahren, um ein stabiles Netz zu finden. Auf dem Parkplatz war nichts zu machen."

„Parkplatz?"

„Ja, einem abgelegenen Wanderparkplatz am Grundländer Forst. Dass den überhaupt noch jemand nutzt … Na, wie dem auch sei, Susanne Scherers Polo wurde dort gefunden. Abgestellt neben fünf weiteren

Fahrzeugen, alle verlassen. Wenn man sich die Frontscheiben und die darauf liegenden Blätter und den Staub anschaut, wurden die Autos mindestens einen oder auch zwei Tage nicht bewegt."

Henning schluckte. „Ist ein schwarzer Seat Leon mit einem Aufkleber auf der Heckscheibe dabei?"

„Ja, so ein Evolutionsaufkleber – vom Affen zum Menschen am ..."

„... Schreibtisch. Informatiker-Evolution steht darunter", ergänzte Henning.

„Woher wissen Sie das?", schrillte Schnabels Stimme in seinen Ohren. „Ich lasse gerade alle Kennzeichen und Halter überprüfen."

„Der Leon gehört unserem Kollegen, Boris Pawlow, der gerade mit einigen ehemaligen Studienkollegen auf Wandertour durch den Grundländer Forst ist. Und ich bin auch ziemlich sicher, dass Susanne Scherer sie begleitet hat. Außer Sie sagen mir jetzt, dass Sie Kampf- oder Blutspuren auf dem Parkplatz gefunden haben."

„Nichts Offensichtliches. Sah ordnungsgemäß abgeschlossen und abgestellt aus. Ich habe trotzdem die Kriminaltechniker darauf angesetzt."

Henning drehte sich zu Lena um, die im gleichen Moment zu ihm hinübersah und ihm mit einer Handbewegung bedeutete, zurückzukommen.

„Frau Schnabel, ich melde mich wieder. Vielen Dank erst mal für die Information."

Ratlos wischte er sich über sein kratziges Kinn, als er sich wieder neben Lena setzte und in die Laptop-Kamera schaute.

„Ich habe Lena gerade erzählt, dass ich die Mitglieder von Boris' Wandertruppe in Erfahrung bringen konnte. Eine von ihnen ist eine gewisse Theresa Ruppert. Und die hat eine Zwillingsschwester, die mir Auskunft über Susanne Scherer geben konnte. Sie gehörte tatsächlich zu Boris' Truppe, soll aber die diesjährige Tour kurzfristig abgesagt haben."

„Das scheint sich noch einmal geändert zu haben." Henning informierte seine Kollegen über das gerade stattgefundene Telefonat mit der Polizistin Schnabel. „Wir haben Boris schon mehrfach zu erreichen versucht“, fügte Henning hinzu. „Aber in diesem gottverdammten Loch scheint es einfach kein Handynetz zu geben.“

„Meint ihr, der ganzen Gruppe ist etwas zugestoßen?“, fragte Maike.

Henning schüttelte vehement den Kopf. „Das kann ich mir nicht vorstellen“, sagte er und hoffte inbrünstig, dass das der Wahrheit entsprach. „Logischer erscheint mir die Möglichkeit, dass Scherer sich womöglich kurzfristig dazu entschlossen hat, an dem Ausflug teilzunehmen, der Gruppe nachgefahren ist und ihr dann auf dem Parkplatz etwas zugestoßen ist. Die Kriminaltechniker sind vor Ort und prüfen das im Moment.“

„Wir müssen ehrlich sein – die Vorgehensweise in Bezug auf die Entnahme des Herzens und das übermäßige Schminken des Gesichts ist schon sehr speziell. Das sieht nicht nach einer Kurzschlussreaktion aus oder nach einem spontanen Verbrechen“, gab Olaf zu bedenken.

Lena nickte. „Und Reue ist auch im Spiel, denke ich. Also entweder hatte der Täter eine persönliche Beziehung zu Susanne Scherer – wobei wir Darius Bender schon so gut wie ausschließen können – oder ihn trieb etwas anderes dazu, sie zu töten. Auf ein Sexualdelikt gibt es momentan keine Hinweise, obwohl die Tote komplett entkleidet war. Es passt einfach alles hinten und vorne nicht zusammen.“

In diesem Moment trieb eine Böe Henning und Lena Sprühregen ins Gesicht. Unter der Kofferraumklappe sitzend hatten sie nicht bemerkt, dass der dunkle, wolkenverhangene Himmel seine Pforten geöffnet hatte.

„Gut“, kam Henning zum Ende des Gesprächs. „Wir sollten hier nicht länger rumsitzen und Zeit verlieren. Olaf, kümmerst du dich bitte um Bender? Den können wir mit der aktuell unzureichenden Beweislast nicht länger in U-Haft behalten. Mach ihm aber bitte noch mal klar, dass das nicht bedeutet, dass das Anklageverfahren wegen Körperverletzung gegen ihn eingestellt wird. Wenigstens dafür möchte ich ihn drankriegen.“

„Wird gemacht. Ihr meldet euch, sobald ihr was Neues habt?“

„Machen wir, bis dann“, beendete Lena das Gespräch und klappte den Laptop zu. Nacheinander traten sie vom Kofferraum zurück, und Henning schlug die Heckklappe eine Spur zu vehement zu.

Umgehend spürte er Lenas Blick auf sich ruhen, diesen wissenden, eindringlichen, nicht ausweichenden Blick, bis er auch aufsah und sich ihm stellte. „Was denn?“, fragte er ungehalten.

„Das könnte ich dich auch fragen.“

Er stemmte die Hände in die Hüften und wandte sich ab. „Ich dachte echt, Bender wäre unser Mann. Und diese arme Frau, Susanne … Ich meine, nicht nur, dass sie mit jemandem wie ihm leben und sich tagtäglich von ihm demütigen lassen musste. Sie wird auch noch von irgendeinem Gestörten bestialisch ermordet. Einfach ausgelöscht. Vermutlich sogar in einem Moment, an dem sie gerade beschlossen hatte, sich wieder vermehrt um sich selbst zu kümmern. Sich Zeit für ihre Freunde zu nehmen, sich eine Auszeit zu gönnen.“ Er ließ den Kopf hängen und atmete hörbar aus. „Das ist nicht fair.“

„Ist es nicht“, bestätigte Lena und ließ den Laptop in ihre Tasche gleiten. „Aber genau dafür machen wir diesen Job, Henning. Für diese Gerechtigkeit den Opfern gegenüber. Wenigstens jetzt sollte jemand für sie einstehen, und wir tun das. Wir geben ihnen eine Stimme.“

Henning spürte, wie Lenas Finger zaghaft seine berührten. Nur für den Hauch eines Augenblicks, der so schnell verflog, wie er gekommen war. Er ließ seine Hand sinken, stand nun so nah neben Lena, dass er sie fast selbst berührte.

„Und wir finden denjenigen, der Susanne Scherer das angetan hat. Egal wie lange es dauert“, fügte sie hinzu.

„Dessen kann sich der oder diejenige sicher sein. Ich verlasse dieses Kaff nicht, bevor wir nicht wissen, wer Susanne so zugerichtet hat. Und wenn ich noch wochenlang auf dem kurzen Sofa schlafen muss.“

Lena lächelte schief. „Wir können uns abwechseln. Eine Nacht du das Bett, eine Nacht ich.“

„Bist du verrückt? Was wäre ich für ein Mann, wenn ich dich auf dem Sofa schlafen ließe?“

Lena senkte den Blick, und Henning meinte, eine ungewöhnliche Röte auf ihren Wangen zu erkennen. „Ein viel zu guter, weil du keine Sekunde daran gedacht hast.“ Sie sah auf, und ihre Augen wirkten glasig. „Die Welt braucht mehr Männer wie dich, Henning Gerlach. Dann wären wir vermutlich arbeitslos, aber das würde ich in Kauf nehmen.“

Hennings schwaches Lachen klang kehlig und rau. Er spürte, wie schwer es ihm fiel, sich von Lenas Blick loszureißen, und sein Mund wurde trocken. Er schluckte gegen die Trockenheit an und räusperte sich. „Komm, lass uns diesen Förster, diesen Ludwig Schmitzer, mal aufsuchen. Mir kam sein Verhalten gegenüber Paulina Michel irgendwie merkwürdig vor."

Lena nickte und ging zur Beifahrerseite hinüber.

„Hey", sagte Henning, als sie im Begriff war, einzusteigen. Sie blieb stehen. Dicke Regentropfen sammelten sich in ihrem dunklen Haar.

„Danke."

„Wofür?", fragte sie, und Henning öffnete die Fahrertür.

„Dafür, dass wir so ein gutes Team sind. Irgendwie schaffen wir es immer, den anderen wieder hochzuziehen."

„Dafür sind Freunde doch da." Sie lächelte unbeholfen, und ihr Blick huschte unsicher über sein Gesicht.

„Freunde", wiederholte er.

Lena blinzelte. „Freunde", sagte auch sie und stieg ein.

Er zögerte einen Moment, blieb an der offenen Autotür stehen, bis Lena sich zu ihm hinüberlehnte. „Kommst du?"

„Ja … ja, ich komme."

Henning rutschte auf den Fahrersitz, und die ersten Minuten der Fahrt schwieg er, während er versuchte, seine Gedanken zu sortieren.

Er und Lena waren einander definitiv nähergekommen. Sie war eine ehrliche und verlässliche Freundin, mit der er nicht nur sehr gern zusammenarbeitete, sondern vor der er sich auch nicht genierte, Schwäche zu zeigen. Das bedeutete ihm viel, denn normalerweise war ihm daran gelegen, den Schein vom über den Dingen stehenden und stets Ruhe bewahrenden Kripo-Beamten vor anderen Kollegen zu wahren. Doch bei Lena war das anders. In ihrer Gegenwart fiel es ihm leicht, ein normaler Mensch zu sein. Jemand, an dem die Grausamkeiten dieser Welt eben *nicht* spurlos vorübergingen, der auch mal die Beherrschung verlor, der wusste, dass Selbstjustiz nie eine Lösung war, und doch manchmal verzweifelte, wenn sie es nicht schafften, den Ungerechtigkeiten Einhalt zu gebieten. Ja, es war leicht, Lena auch diesen Henning zu zeigen, und noch leichter, sich in solchen Momenten von ihr auffangen zu lassen. Sie waren ein gutes Team, stets in der Lage, die starke Schulter für den jeweils anderen zu sein, wann immer es nötig war. Das war es, was auch Freunde auszeichnete. Henning wusste das. Und doch fühlte sich die Bezeichnung *Freunde*, die Lena zuvor so selbstbewusst wiederholte hatte, plötzlich seltsam an. Zu dünn. Unvollkommen. Als wäre sie … einfach nicht genug für die Position, die Lena in seinem Leben einnahm.

Henning schluckte seine Gedanken hinunter und konzentrierte sich auf die Straße.

Kapitel 9

– Boris –

Boris hatte es befürchtet.

Die dichte Wolkendecke hatte bereits am frühen Nachmittag für unangenehmes Zwielicht unter den dichten Baumkronen gesorgt, während sie die Zelte abgebaut hatten. Kaum hatten sie sich danach auf den Weg in Richtung Parkplatz gemacht, hörten sie die ersten Tropfen fallen. Noch kamen nicht viele davon durch das dichte Blätterdach, doch es war nur eine Frage der Zeit, bis das Rascheln und Rauschen zunehmen und sie bis auf die Knochen nass sein würden.

Schweigend liefen sie hintereinander her, versuchten sich daran zu erinnern, über welche Pfade sie gekommen waren, was an manchen Stellen heiße Diskussionen auslöste. Ole führte die Gruppe an, dicht hinter ihm ging Resi, die sich immer wieder in ein Taschentuch schnäuzte. Dann kam Helge, der in seinen profillosen Gummistiefeln ständig ausrutschte. Boris bildete den Abschluss.

„Wir sollten eine Pause machen“, schlug Ole nach zwei Stunden vor, die sie nun schon durch den strömenden Regen liefen. Obwohl Boris ahnte, dass sie im gesamten Waldgebiet kein Handynetz haben würden, checkte er zwischenzeitlich immer wieder sein Mobiltelefon. Ohne Erfolg.

„Ich bin auch für eine Pause“, sagte Helge und rieb sich den Knöchel, den er beim letzten Sturz verletzt haben musste. Schmerzlich verzog er das Gesicht.

„Hast du dir wehgetan?“ Resi beäugte ihn skeptisch. Helge war bekanntlich wehleidig, er konnte auch über einen Mückenstich lamentieren, bis einem die Ohren abfielen. Und normalerweise konnten sie alle darüber lachen, er selbst eingeschlossen. Doch in dieser Situation war niemandem zum Lachen zumute.

„Wahrscheinlich ein wenig gestaucht“, sagte er, und Resi seufzte.

„Dann sollten wir echt irgendwo Unterschlupf suchen und den Regen abwarten. Dein Fuß wird es dir danken.“ Ihre genervte Tonlage passte nicht zu ihren verständnisvollen Worten.

„Boris?“, fragte Ole, um seine Meinung einzuholen.

Boris nickte zustimmend. Eigentlich wäre er lieber weitergegangen, trotz Nässe und angeknacksten Knöcheln. Bei den ungünstigen Wetterverhältnissen musste er aber zugeben, dass es eine Tortur für ihn und seine Freunde sein würde, weiter in der Dunkelheit durch den Wald zu laufen. Jede Verzögerung, das wusste er auch, ließ die Gefahr wachsen, dass sie eine weitere Nacht in der Wildnis würden verbringen müssen. Und nicht nur sie, sondern auch Nano und Jacky, wo auch immer die beiden gerade waren. Und trotzdem ging die Sicherheit der anderen vor.

Noch während sie sich auf die Suche nach einem geschützten Platz machten, frischte auch noch der Wind auf. Die Baumkronen über ihnen bogen sich bedrohlich, gelegentlich krachten kleinere Äste herab, und einer hätte Resi beinahe am Kopf getroffen. Der Wind rauschte derart laut durch die Baumkronen, dass sie ihr eigenes Wort kaum verstehen konnten. Auf die Schnelle war kein Unterschlupf zu finden. Die Gruppe hielt Ausschau nach kleineren Bäumen, in denen möglichst wenig totes Geäst hing, und als sie einen halbwegs sicheren Platz gefunden hatten, beschlossen sie, zwei Zelte aufzuschlagen, um wenigstens vor dem Regen Schutz zu finden.

„Zelten in einem Unwetter ist das Dümmste, was man machen kann“, schimpfte Helge, der um sein Zelt herum humpelte und sich mit seinen Heringen abmühte.

„Mindestens genauso dumm, wie Gummistiefel bei einer Wanderung zu tragen und sich dann zu beschweren, wenn man damit hinknallt.“ Resi riss ihm die Heringe aus der Hand und rammte sie entschlossen in den Boden.

„Ich bin umgeknickt!“, erwiderte Helge, und Boris sah den nächsten Streit zwischen ihnen aufziehen. Er kniete sich im strömenden Regen neben Resi. „Gib her, ich mache das schon.“

Ihre Wangen waren feuerrot, und Tropfen rollten von ihren Haarspitzen über ihren Nasenrücken. Ihr heißer Atem bildete Wölkchen in der frischen, feuchten Luft.

„Nimm du mit Ole zusammen ein Zelt, ich bleibe bei Helge“, sagte Boris leise, und Resi nickte wortlos.

„Hey.“ Boris griff nach ihrer verkrampften Hand, in der sie die Heringe hielt. „Es wird alles gut“, sagte er und bemühte sich um einen ruhigen Ton.

„Du weißt genau, dass das nicht stimmt.“ Sie schniefte und wischte sich mit dem Jackenärmel über die Nase.

„Aber ich muss auf das Beste hoffen, um Ruhe zu bewahren. Wir halten an unserem Plan fest, okay? Wir warten hier das Unwetter ab, und wenn sich die Lage beruhigt hat, gehen wir weiter.“

„Mitten in der Nacht?“ Resi schüttelte den Kopf, zeigte mit dem Kinn auf Helge und warf ihm einen abschätzigen Blick zu. „Nachts über Stock und Stein mit ihm … Dann kommen wir wirklich niemals an.“

Boris wusste, dass die beiden schon in der Vergangenheit immer wieder aneinandergeraten waren, sogar schon im Studium. Vom Charakter waren sie einfach grundverschieden, und sie wären auch kaum noch persönlich miteinander befreundet, wenn es die Gruppe nicht gäbe. Allerdings wusste Boris auch, dass es in Momenten wie diesen auf jeden von ihnen ankam und persönliche Befindlichkeiten keine Rolle spielen durften.

„Ich weiß, dass du verzweifelt bist. Und wütend und dass Helge das perfekte Ventil für dich bietet …“

„Ach, komm schon, Boris. Lass deine komischen Persönlichkeitsanalysen, mit denen du dich während der Arbeit so gerne beschäftigst. Über uns musst du keine Profile erstellen.“

Boris atmete tief durch. Sie hatte schon immer dichtgemacht, wenn ihr etwas zu viel wurde. Nur mit Mühe und Not hatten sie alle zusammen Resi durch das dritte Semester bekommen und über die Prüfungshürde gehievt, weil sie sich selbst schon beinahe aufgegeben hatte.

„Das ist eine Ausnahmesituation hier, und wir müssen jetzt alle an einem Strang ziehen.“ Er sah sie mit festem Blick an. „Für Jacky und Nano.“

Resi haderte mit sich, wollte etwas erwidern und nickte dann. „Du hast ja recht“, sagte sie nur und zwang sich zu einem schiefen Lächeln. Dann stand sie auf, und Boris beobachtete, wie sie zu Helge hinüberging und irgendetwas zu ihm sagte, was zumindest für eine Weile für einen brüchigen Waffenstillstand sorgen würde.

Der Regen hielt an. Bis zum späten Abend waren sie förmlich in ihren Zelten eingeschlossen, versuchten zu schlafen oder starrten Löcher in die sich bauschenden Zeltwände, während das laute Trommeln der Regentropfen sie beinahe in den Wahnsinn trieb. Wären sie weitergegangen, wären es jetzt bis zum Parkplatz vermutlich noch ein bis zwei Stunden gewesen. Stattdessen saßen sie im Wald fest. Vor allem die unvorhersehbaren Sturmböen, die wie aus dem Nichts ganz plötzlich durch die Baumkronen walzten und immer wieder Äste abrissen und auf den Waldboden krachen ließen, machten die Situation unberechenbar. Als der Regen endlich nachließ und sie ihre Zelte wieder öffnen konnten, war die Stimmung vollständig am Boden. Sie hatten die Zelte möglichst dicht zusammen, die Eingänge einander zugewandt, aufgebaut. So konnten sie nun bei offenen Türen sitzen, sich alle unterhalten und waren dem Wetter nicht schutzlos ausgeliefert.

Zitternd kroch Resi nach draußen und quetschte sich den schmalen Spalt zwischen den Zelten entlang. „Ich muss pinkeln“, sagte sie und rieb sich über die Arme.

„Du gehst nicht allein!“, sagte Boris abrupt.

Resi nickte. „Freiwillige vor!“

Doch weder Helge, dessen Knöchel mittlerweile angeschwollen war, noch Ole schienen von der Idee begeistert, das schützende Zelt zu verlassen und in die Dunkelheit zu stiefeln.

„Ich gehe mit dir“, sagte Boris und hievte sich hoch.

Sie entfernten sich ein paar Meter von den Zelten, als Boris stehen blieb. „Resi, im Ernst, ich krabbele jetzt nicht hinter dir in irgendein Gebüsch. Hock dich da auf den Weg und mach einfach, okay?“

„Darf ich wenigstens hinter den Baum dort gehen? Privatsphäre und so?“

Um sie herum knackte es überall. Der Wind ließ das Holz knarzen und knirschen, als wäre der Wald voller Eindringlinge, die überall übers Geäst schlichen.

„Aber beeil dich", sagte er und wartete, bis sie hinter dem dicken Stamm verschwunden war.

„Könntest du dich vielleicht umdrehen?", rief sie, obwohl er in der Dunkelheit sowieso kaum etwas erkennen konnte.

„Das ist lächerlich", murmelte er nur, stellte sich aber dennoch mit dem Rücken zu dem Baum, hinter den sie sich gehockt hatte, und sah zu den Zelten zurück. Er konnte den Lichtkegel von Oles Taschenlampe durch die Zeltwand sehen. Es waren nur wenige Meter zwischen ihm und den beiden anderen, und doch ließ die Dunkelheit die Distanzen deutlich größer wirken.

Als ein Zweig auf dem Waldboden dicht hinter ihm knackste, drehte Boris sich um. „Na endlich, ich dachte schon, du …" Er verstummte.

Niemand war hinter ihm.

In den Büschen neben Boris und in den Kronen über seinem Kopf peitschte der Sturm. „Resi?"

„Was drängelst du denn so?" Ihre genervte Stimme wurde vom Wind bis zu ihm hinübergetragen. „Und ich hatte dich gebeten, dich umzudrehen!"

„Und ich habe dich gebeten, dich zu beeilen. Ich will nicht vom nächstbesten Baum erschlagen werden." Skeptisch ließ er den Blick in die Baumkronen gleiten. Sie bogen sich verdächtig. Zudem klangen die im Wind knarzenden Bäume wie wimmernde Frauenstimmen.

In diesem Moment ertönte ein undefinierbarer Laut hinter ihm, wie ein Gurgeln. Vom Sturm war er beinahe verschluckt worden, doch Boris hörte eine dumpfe Stimme, dann einen unterdrückten Schrei!

Er wirbelte herum.

„Resi?", rief er und wartete keine Sekunde länger, bevor er in ihre Richtung rannte.

Doch nach nur wenigen Schritten wurde er von hinten gepackt.

„Hey, was …" Etwas verdunkelte ihm die Sicht. Stoff wurde ihm vors Gesicht gedrückt. Boris schaffte es, den Lappen mit dem unverkennbaren chemisch-süßlichem Geruch nach Chloroform von seinem Gesicht zu zerren. Er versuchte, sich loszureißen, doch der überraschend starke Angreifer setzte nach und drückte Boris' Arme an seinen Körper. Er keuchte, strampelte, trat um sich. In der Hoffnung, seine Freunde würden seinen Kampf bemerken, versuchte er zu schreien, aber in dem Moment presste sein Angreifer den Chloroformlappen erneut auf Boris' Gesicht. Diesmal konnte er sich nicht wegdrehen. Ihm wurde schwarz vor Augen, seine Beine gaben nach und er sackte zusammen.

„Du Idiot, deinetwegen müssen wir uns darum jetzt auch noch kümmern!“

Die Finger des Jungen klammern sich um den Türgriff der Beifahrertür. Er keucht. „Ich hab versucht, leise zu sein“, verteidigt er sich.

„Tja, er hat uns aber gesehen.“

„Der Mann? Du hast ihn doch betäubt, das war er immer noch, als wir mit der Frau verschwunden sind.“ Der Junge wirft einen raschen Blick nach hinten und schaut auf die Ladefläche, doch die Frau ist noch immer bewusstlos. Wenigstens eine Sache, die er ordentlich gemacht hat.

Alles andere war schiefgelaufen. Der Mann hätte sie gar nicht bemerken dürfen! Ihn zu betäuben, war eine Notlösung gewesen, um die Frau aus dem Wald schaffen zu können, nachdem es dem Jungen nicht gelungen ist, sie geräuschlos zu packen. Doch der Mann hat sich gewehrt, es sogar geschafft, sich für einen Augenblick der Wirkung des Chloroforms zu entziehen. Was hat er in diesen Sekunden gehört? Gesehen? Hat er ihre Gesichter erkannt? Die beiden anderen Männer sind nicht weit weggewesen. Ich bin mir nicht einmal sicher, ob sie nicht auch etwas mitbekommen haben. Ich meine, ich hätte deren Stimmen gehört, als wir uns mit der Frau entfernt haben ...

Wut kocht in mir hoch. „Ich hätte ihn gleich kaltmachen sollen, aber die Zeit hatten wir nicht, weil du Dummkopf nicht einmal eine lächerliche Frau beim Pinkeln überwältigen kannst. Was kannst du überhaupt?“

Der Junge zuckt unter meinen Worten zusammen. „Es tut mir leid“, sagt er leise.

Ich kann das Zittern in seiner Stimme hören. Er ist zu schwach.

„Wir müssen uns um den Kerl kümmern. Um die zwei anderen Männer auch.“

Das Leder des Lenkrads knarzt unter meinen schweißnassen Händen, während der Wagen über den holprigen Waldweg rast. Viel zu schnell, doch wir dürfen jetzt keine Sekunde verlieren. Jetzt nicht mehr.

„Aber Frauen sind die Bedrohung, sagst du doch immer. Nicht Männer. Wir müssen nicht ...“

Ich trete mit voller Wucht auf die Bremse. Der Junge fliegt gegen das Armaturenbrett, und der Körper der Frau prallt von hinten an die Fahrerkabine. Schweiß rinnt mir über die Stirn, als ich mich zu dem Jungen drehe.

„Bist du so blöd oder tust du nur so?“ Fassungslos starre ich ihn an. Seine Augen sind ruhelos. Sein Blick ängstlich.

„Er hat uns gesehen!“ Speichel spritzt über meine Lippen.

„Es war so dunkel, er hat bestimmt nichts erkannt.“

Ich schlage aufs Lenkrad, muss mich zusammennehmen, ihm keine zu verpassen. „Wir können kein Risiko eingehen. Wenn er seinen Kumpels etwas erzählt ... Was denkst du eigentlich, was dann hier los ist? Sie werden kommen! Sie kommen, sie nehmen uns das Haus, den Hof, den Betrieb. Sie werden uns alles wegnehmen.“ Jetzt packe ich den Jungen an den Schultern. „Vor allem werden sie dich mir wegnehmen!“

„Nein!“, bricht es voller Panik aus ihm heraus. Jetzt habe ich ihn.

„Doch. Außer, wir sorgen dafür, dass niemand erfährt, was an diesem Wochenende geschehen ist. Dass wir für Ordnung gesorgt haben. Sie würden es nicht verstehen, weil niemand uns versteht. Nur wir verstehen einander, weil wir zusammengehören.“ Ich kralle zehn Finger in seine Schultern. „Richtig?“

„Richtig, Vater“, sagt er und seine Kieferknochen verkrampfen sich.

Dann streiche ich ihm durchs Haar, kurz, beinahe zärtlich. So viel des kleinen Jungen steckt noch immer in ihm. „Lass uns die Frau in den Verschlag stecken, und dann kümmern wir uns um die Männer.“

„Und wenn sie aufwacht?“

Ich lache auf. „Soll sie doch. Niemand wird sie hören, das weißt du doch.“

„Vater?“

„Hm?“

„Was hast du mit den Männern vor?“

Ich drehe mich noch mal zu ihm. „Sie zum Schweigen bringen. Alle drei. Und du wirst das erledigen - es ist schließlich deine Schuld, dass wir die jetzt auch noch am Hals haben.“

Der Junge strafft die Schultern, atmet tief ein, nickt. „Tut mir wirklich leid“, murmelt er.

„Weiß ich doch.“ Ich gebe langsam Gas. „Bald ist es vorbei. Dann haben wir unseren Frieden zurück. Du und ich.“

„Ich und du“, sagt er.

Ich lächele.

Bald …

Kapitel 10

LUDWIG Schmitzer wohnte auf einem naturbelassenen Grundstück am Dorfrand.

Lena und Henning wurden von wildem Hundegebell begrüßt, als sie den Wagen vor der Hofeinfahrt parkten. Sie hatten sich telefonisch mit dem Förster verabredet und wurden bereits erwartet. Das schwere Holztor kratzte über den Schotterboden, als Herr Schmitzer es öffnete. „Sie hätten auch in den Hof fahren können", bot er an, doch Henning winkte ab.

Im Rücken des Mannes, der etwa Mitte fünfzig war, konnte Lena einen Hundezwinger erkennen, in dem zwei riesige schwarze Schäferhunde sich wild gebärdeten und wie von Sinnen bellten. „Sie müssen sich wohl keine Sorgen um ungebetene Gäste machen", sagte sie und deutete kopfnickend auf die Tiere.

„Das ganz sicher nicht." Er reichte Lena die Hand. „Ludwig Schmitzer, von allen nur Förster Ludwig genannt. Freut mich, Sie kennenzulernen." Freundlich war er, das Lächeln sprach aus seinen strahlenden Augen.

Lena schüttelte seine Hand beherzt. „Kriminalpolizei, Freyenberg ist mein Name, und das ist mein Kollege Henning Gerlach. Vielen Dank, dass Sie heute spontan für uns Zeit haben."

„Aber natürlich. Das ganze Dorf ist in Aufruhr seit … na, Sie wissen schon."

Lena bemerkte, wie Henning einen Schritt zurückgeblieben war und sich auf dem Hof umsah. Der schwarze Pritschenwagen, den die Zeugin beschrieben hatte, stand direkt neben der Hofeinfahrt. Die Radkästen waren von Schlammspritzern überzogen.

Das freundliche Lächeln wich langsam, aber stetig aus Förster Ludwigs Gesicht, während er Henning dabei beobachtete, wie dieser an den Wagen herantrat und auf die Ladefläche blickte. „Wollen … wollen Sie nicht hereinkommen? Ich mache Ihnen einen Kaffee."

Es war mittlerweile Nachmittag geworden, und obwohl Lena einen Kaffee hätte vertragen können, lehnte sie dankend ab.

„Für mich auch nicht“, sagte Henning, der sich nun wieder zu ihnen gesellte. „Aber wir würden Ihnen gerne ein paar Fragen stellen.“

Unbeholfen lachte Ludwig Schmitzer auf. „Aber doch nicht, weil Sie denken, ich hätte …“ Wieder sprach er nicht weiter, stockte und fuchtelte nur mit den Händen in der Luft herum.

„Das gehört zum normalen Ermittlungsablauf. Außerdem wurde uns gesagt, der Fundort des Leichnams gehöre zu Ihrem Forstbereich.“ Lena versuchte, ihm mit ihrer ruhigen Stimme die Routine in solch einem Fall zu erklären und ihm seine Sicherheit zurückzugeben. Ohne Erfolg.

Sichtlich nervös kratzte er sich in dem schütteren Haar. „Ja, das nordöstliche Gebiet des Grundländer Forsts gehört zu mir. Die Frau wurde vor der Schranke gefunden, nicht wahr?“

Noch immer standen sie auf dem Hof – er hatte sie nach dem abgelehnten Kaffee nicht noch einmal hereingebeten –, doch Lena machte das nichts aus. Sie waren aus dem Regen und unter ein Vordach getreten.

„Ja, an der kleinen Parkbucht direkt an der Landstraße. Wann waren Sie das letzte Mal dort?“, fragte Henning, der im Vergleich zum Vormittag nun wieder hoch konzentriert wirkte und jede seiner Handlungen mit Bedacht wählte. Keine Sekunde ließ er den Förster aus den Augen, und Lena fiel auf, wie hart und distanziert Hennings Stimme klang. Zwar setzte er innerhalb der Ermittlungen gerne ein Pokerface auf und ließ sich nicht in die Karten sehen, doch dabei war er immer umsichtig und einfühlsam. Jetzt jedoch wirkte er beinahe, als sähe er sich einem geständigen Mörder im Vernehmungsraum gegenüber.

Der Mann lehnte sich gegen ein Geländer, ließ sich aber nicht von Henning einschüchtern. „Nun, lassen Sie mich kurz überlegen … Wissen Sie, die Frühjahrsstürme haben einige Bäume in dem Bereich entwurzelt. Zum Teil lagen sie auch auf den Straßen, wir haben schon begonnen, sie zu entfernen, doch im Wald selbst herrscht stellenweise noch richtig Chaos.“

„Welchen Bezug hat das zu meiner Frage?“, hakte Henning nach, und wieder lachte der anfangs so entspannte Mann unbeholfen.

„Ach so, ja“, sagte er und fuhr fort. „Ich wollte damit sagen, dass ich im Frühjahr oft dort war, aber in den letzten Wochen weniger. Meine Forstarbeiter können sich ja auch nicht zerteilen. Vermutlich werden wir über den Sommer in dem Bereich wieder für Ordnung sorgen. Die Wege sind zugewuchert, aber die nutzt sowieso kaum jemand.“

Das Herumgerede des Mannes wurde auch Lena langsam zu viel. „Herr Schmitzer, eine ganz einfache Frage und ganz einfache Antwort dazu bitte: Wann waren Sie das letzte Mal an dieser Waldzufahrt, an der das Opfer aufgefunden wurde?“

„Also, Buch führe ich darüber nicht. Aber wenn Sie unbedingt eine Zeitangabe brauchen, dann vielleicht vor vier oder fünf Wochen.“

Eine Lüge. Zumindest, wenn sie Paulina Michels Aussage Glauben schenken konnten.

„Wo waren Sie gestern zwischen fünfzehn Uhr dreißig und siebzehn Uhr, Herr Schmitzer?“ Henning steckte die Hände in die Hosentaschen, schaute kurz zu Lena und fixierte dann den Förster mit seinem Blick.

Was führte er im Schilde? Ja, Ludwig Schmitzer tischte ihnen hier gerade eine Lüge auf, aber das hieß noch lange nicht, dass er ein Mörder war. Henning benahm sich merkwürdig.

„In der örtlichen Schule findet nächste Woche die Projektwoche *Im Herzen der Natur* statt. Ich möchte das Bewusstsein der Schüler für Naturschutz stärken, sie über Schädlingsbekämpfung und Aufforstungsmaßnahmen informieren. Gestern Mittag war ich kurz in der Realschule, habe mit der Lehrerin über den Ablauf gesprochen und war danach eigentlich nur noch hier, um ein paar Arbeitsblätter und so was vorzubereiten. Ich bin nicht so fit, wenn es um Computersachen geht. Aber man lernt ja nie aus, nicht wahr?“

„Leben Sie hier allein?“, fragte Henning, ohne auf die Worte des Mannes einzugehen.

Schmitzer nickte.

„Es kann also niemand bestätigen, dass Sie sich zu der fraglichen Zeit wirklich hier aufgehalten haben?“ Henning atmete tief durch.

„Was unterstellen Sie mir denn hier?“ Das ehemals freundliche Gesicht des Mannes verfinsterte sich.

„Das wissen Sie doch ganz genau.“

Lena räusperte sich, in der Hoffnung, dass Henning verstand, was sie ihm wortlos damit sagen wollte. Doch obwohl er ihr einen Blick zuwarf, änderte es nichts an seinem Verhalten.

„Herr Schmitzer …“, begann Lena, da unterbrach Henning sie.

„Wir wissen, dass Sie gestern dort waren.“

Der Förster schüttelte den Kopf. „Wovon reden Sie …“

„Sie waren am Fundort des Leichnams. Überlegen Sie lieber noch mal ganz gründlich, wo Sie wirklich gestern Nachmittag in genanntem Zeitraum waren, bevor Sie uns Märchen erzählen.“

„Ich habe nichts damit zu tun. Das schwöre ich!“

„Herr Schmitzer …“, versuchte Lena es erneut, und wieder kam ihr Henning zuvor.

„Wenn Sie nichts damit zu tun haben, können Sie mir sicher zwei Dinge erklären. Erstens: Warum erzählen Sie uns nicht, wo Sie wirklich gestern gewesen sind? Und zweitens: Woher stammt das Blut auf der Ladefläche Ihres Wagens? Ihre vorsorglich darauf platzierte Plane hat leider nicht alles verdeckt.“

Blut auf der Ladefläche? Nun war Lena nicht nur überrumpelt von Hennings Verhalten, sondern vor allem auch von seiner Entdeckung, von der sie keinen blassen Schimmer gehabt hatte. Innerhalb weniger Minuten hatte er es geschafft, mehrere Indizien ausfindig zu machen und den Mann aus der Fassung zu bringen. Henning schien wieder komplett in seinem Element zu sein, wenn seine Art und Weise auch nicht seinem üblichen Vorgehen entsprach.

Der Förster hatte mittlerweile resigniert. Er ließ die Schultern sinken und scharrte mit dem Fuß im Erdboden. „Hängen Sie mir keinen Mord an, damit habe ich wirklich nichts zu tun. Das Blut auf der Ladefläche stammt von Rotwild, einer Ricke.“ Er fuhr sich mit beiden Händen übers Gesicht.

„Sie besitzen einen Jagdschein?“, fragte Lena.

Der Mann schüttelte den Kopf.

„In der Brut- und Setzzeit ist es untersagt zu jagen, egal ob mit Schein oder ohne“, brachte Henning hervor und hatte eine Augenbraue skeptisch hochgezogen.

„Ich weiß." Förster Ludwig kniff die Lider kurz zusammen und stöhnte. „Bitte. Sie können sich das Tier ansehen, es hängt dort drüben, in der Scheune. Ich könnte niemals einem Menschen etwas zuleide tun. Und ganz sicher nicht so etwas, was der armen Frau zugestoßen ist, also, was man sich darüber erzählt."

Dass Details über Susanne Scherers Zustand durchgesickert waren, wunderte Lena nicht. Erst recht nicht auf dem Land. Schreckensnachrichten verbreiteten sich hier in Windeseile.

„Wir müssen Proben von dem Blut einschicken", sagte Henning nur, und der Mann nickte. „Und wenn sich Ihre Aussagen bestätigen, haben Sie eine Anzeige wegen Wilderei am Hals. Das ist Ihnen klar, oder?"

„Kommen Sie, können Sie nicht eine Ausnahme machen?"

Henning trat noch näher an Ludwig Schmitzer heran. Beinahe sah es aus, als wolle er sich einen Kampf mit ihm liefern. Lena war kurz davor, einzugreifen.

„Tun Sie sich selbst einen Gefallen und überdenken Sie Ihren lächerlichen Vortrag zum Thema Naturschutz kommende Woche noch mal."

Henning drehte sich um, zog das Handy aus der Tasche, informierte die Kriminaltechniker über das Blut auf der Ladefläche, nahm selbst auch eine Probe davon mit, bevor der Förster noch auf die Idee kam, den Wagen zu reinigen, und verließ das Grundstück ohne einen weiteren Kommentar.

Lena sah ihm nachdenklich hinterher, bevor sie sich wieder an Schmitzer wandte. „Das Reh – können Sie es mir zeigen?"

„Natürlich."

Er führte sie in die Scheune, die direkt neben dem Wohnhaus und hinter dem Hundezwinger stand. Kopfüber hing das Tier an einem Haken, die toten Augen starrten ihr entgegen. Lena nickte nur und drehte sich um. „Sie hören von uns. Auf Wiedersehen."

Ludwig Schmitzer sagte nichts, während sie den Hof verließ und Henning zum Wagen folgte.

„Was zur Hölle war das denn?"

Henning hatte schon an Lenas Schritt hören können, dass sie aufgebracht war. „Was?", fragte er und lehnte sich mit dem Handy in der Hand gegen die Fahrertür des Wagens. Gleichzeitig überflog er seine Mails und entdeckte eine von Dr. Leonie Schwarzmann, die ihm Informationen über den Lippenstift zuschickte, der auf Susanne Scherers Gesicht gefunden worden war. Er klickte sie weg und ließ das Handy in die Hosentasche gleiten. In seinem Kopf dröhnte es. Er schloss die Augen.

„Willst du mir vielleicht verraten, ab wann du den Förster zum Verdächtigen Nummer eins gekrönt hast? Denn als wir hier vorgefahren sind, war mir das noch nicht bekannt."

„Ach komm, du hast doch die Aussagen von Frau Michels mitbekommen. Es war klar, dass er vermutlich Dreck am Stecken hat. Und als er uns noch frech ins Gesicht gelogen hat und ich das Blut auf der Ladefläche seines Wagens gesehen habe, ist mir eben die Hutschnur geplatzt. Ich kann es einfach langsam nicht mehr hören. Wir suchen den Mörder einer jungen Frau, und ein Typ wie Schmitzer hat nichts Besseres zu tun, als ausschließlich seinen eigenen Arsch zu retten, weil er illegal ein Reh geschossen hat. Lächerlich."

Lena stellte sich neben ihn und verschränkte die Arme vor der Brust. Sie sagte nichts, doch Henning spürte die Anspannung in ihrem Körper, die aus seinem langsam entwich. In diesem Moment fuhr das Fahrzeug der Kriminaltechniker vor, und Henning wies sie kurz ein, bevor er zurück zu Lena ging. Die hatte sich keinen Millimeter bewegt.

„Lena?"

Endlich sah sie zu ihm auf, schüttelte dabei leicht den Kopf. „Was ist los mit dir? Natürlich hast du recht und der Mann hat uns genügend Anhaltspunkte gegeben, ihn ganz genau unter die Lupe zu nehmen, aber zeichnet sich unsere Zusammenarbeit nicht gerade dadurch aus, dass wir eben nicht impulsiv mit der Tür ins Haus fallen, sondern besonnen und ruhig vorgehen? Vor allem wenn es sich um potenzielle Verdächtige handelt?"

„Ich wollte das Ganze einfach ein bisschen beschleunigen."

„Das kann auch mal richtig nach hinten losgehen." Lena stieß sich vom Wagen ab. „Nämlich in dem Moment, in dem sich das Blut auf der Ladefläche doch als menschliches erweist und wir unsere Chance verpasst haben, in einem hoch konzentrierten und seriösen Gespräch im

Vorfeld bereits genügend Indizien zu sammeln, um ihn dafür dranzukriegen."

Sie hatte recht. Natürlich hatte sie das. Und Henning hatte es schon in dem Moment gewusst, in dem er gespürt hatte, wie er Schmitzer gegenüber die Kontrolle verlor. Erst dieser Widerling Darius Bender, der sich der Erziehungsmaßnahmen bei seiner Freundin rühmte, dann der Fund von Susannes geschundenem Leichnam und die Sorge um Boris und seine Gruppe, die irgendwo in diesen Wäldern herumirrten. Dazu die fehlenden Anhaltspunkte, wer für all das hier verantwortlich war. Er hatte die Nerven verloren! Das war ihm in all den Jahren seiner Polizeikarriere noch nie passiert. Und jetzt, wo er wieder Herr der Lage war, fühlte er sich regelrecht beschämt.

„Tut mir leid", sagte er und blickte auf. „Das ist nicht meine Art."

„Ist es nicht, ganz und gar nicht", bestätigte Lena. „Möchtest du darüber reden?"

Henning schüttelte den Kopf und zog sein Mobiltelefon wieder hervor. Er überflog Dr. Schwarzmanns Bericht.

Lena brauchte noch einen Moment, um zu akzeptieren, dass er jetzt nichts weiter dazu sagen würde, atmete hörbar aus und trat näher.

„Was hast du da?", fragte sie mit ruhiger Stimme.

Henning war dankbar dafür, dass sie nicht weiter in der Wunde bohrte.

„Schwarzmanns Laboranalyse. In dem Lippenstift wurde Blei gefunden. Blei war bis in die Fünfzigerjahre Bestandteil von Lippenstiften, wurde später jedoch wegen gesundheitlicher Probleme nicht mehr in der Herstellung verwendet."

Lena sah auf. „Das heißt, dieser Lippenstift ist über siebzig Jahre alt?"

„Scheint so. Und das ist nicht das Einzige. Schwarzmann schreibt, dass sie in ihrer Datenbank einen Hinweis darauf gefunden hat, dass exakt dieses Produkt schon einmal in der forensischen Analyse war – bei einem Mordfall von vor zwanzig Jahren."

„Ein Wiederholungstäter?" Lena runzelte die Stirn.

„Hoffentlich kein Serientäter", sagte Henning und kramte nach den Autoschlüsseln. „Lass uns zur Polizeistation fahren und die alten Akten durchsehen."

Lena nickte.

Er reichte ihr den Schlüssel, doch als sie danach greifen wollte, hielt er ihn fest und suchte ihren Blick. „Sorry wegen vorhin, wirklich."

„Schon okay." Sie entzog ihm den Schlüssel und stieg ein.

Während Henning um den Wagen herumlief, rasten seine Gedanken. Vielleicht sollte er es ihr erzählen. Ja, vielleicht sollte er einfach sagen, dass ihm manchmal alles über den Kopf wuchs, ihr von dem immensen Druck berichten, der mit der Verantwortung, die er trug, einherging. In den letzten Jahren, insbesondere bei den letzten großen Fällen, an denen er und sein Team gearbeitet hatten, hatte er es nicht mehr geschafft, die Menschen, die er liebte, zu schützen. Und wiederholt bereitete ihm diese Tatsache schlaflose Nächte oder gar Albträume. Was, wenn er es eines Tages mal wieder nicht schaffen würde, rechtzeitig zu kommen? So wie bei seiner Ex-Partnerin damals. Sie hatte noch gelebt, als sie gefunden wurde. Aber das gemeinsame Kind in ihrem Bauch hatte den Horror der Entführung nicht überlebt. Dessen Tod war auch das Ende ihrer Beziehung gewesen. Er hatte sich sein Verhalten nie verzeihen können, sich geschworen, noch besser, schneller, aufmerksamer und konzentrierter zu arbeiten. Er wollte mehr, immer mehr. Seine Gefühle abspalten, die Arbeit nicht mehr an sich heranlassen.

Und dann war Lena seinem Team zugeteilt worden. Von heute auf morgen hatte sich alles geändert. Nie mehr hatte er eine Partnerin an seiner Seite haben wollen, die ihm wichtiger als sein Job war. Doch genau das war geschehen. Und diese Erkenntnis, diese Verantwortung und Sorge, auch für Lena, brachte ihn beinahe um den Verstand. Aber würde er mit den Konsequenzen leben können, wenn er ihr sagte, wie sie seinen Arbeitsstil beeinflusste, was er für sie empfand? Henning schüttelte den Kopf, öffnete die Beifahrertür und stieg ein. „Lass uns fahren", sagte er nur und zog die Tür ein klein wenig zu heftig hinter sich zu.

Polizeihauptkommissarin Schnabel beäugte den Aktenstapel skeptisch, den sie vor Lena auf den Tisch abgesetzt hatte.

„Nun, ich bin erst seit dreizehn Jahren hier im Dienst", murmelte sie, offenbar als Entschuldigung dafür, dass sie nicht selbst die außergewöhnliche Verbindung dieses aktuellen Falls zu dem entdeckt hatte, der über zwanzig Jahre in der Vergangenheit lag. Als Lena dicht gefolgt von Henning aufs Kommissariat gekommen war und die Information der Gerichtsmedizinerin weitergegeben hatte, war Schnabel sinnbildlich die Farbe aus dem Gesicht gefallen.

Als sie nun vor dem Aktenstapel stand und keinerlei Anstalten machte, ihnen die nötige Ruhe zur konzentrierten Durchsicht zu gewähren, versuchte Henning es auf die altbekannte freundliche Art. „Übrigens, danke, dass Sie mich direkt informiert haben, als Sie die Fahrzeuge auf dem Waldparkplatz entdeckt haben. Jetzt ist wenigstens gesichert, dass Susanne Scherer an einem Treffen mit ihren alten Studienkollegen beteiligt war oder zumindest vorhatte, daran teilzunehmen."

Die kleine, stämmige Frau schien direkt ein paar Zentimeter zu wachsen. „Man tut, was man kann." Ihre Augen blitzten neugierig. „Falls Sie hier Hilfe brauchen …" Sie deutete auf die Akten. Lena nickte dankbar. „Dann melden wir uns."

Die Polizeihauptkommissarin nickte ebenfalls. „Mein Zimmer ist am Ende des Flurs, wie Sie wissen."

Henning grinste Lena an, als die gläserne Bürotür endlich hinter Schnabel ins Schloss gefallen war. „Durch den Stapel hätte sie sich am liebsten selbst gewühlt, glaub ich."

„Vielleicht bekommt sie dazu noch genügend Gelegenheit." Lena lehnte sich zurück und verschränkte die Arme vor der Brust. „Aber mal etwas anderes: Angenommen, in diesen Akten finden wir wirklich einen Fall, der zweifelsohne mit unserem in Verbindung steht. Was hat der Täter die zwanzig Jahre dazwischen denn gemacht?"

„Nun ja, Cooling-Off-Perioden sind keine Seltenheit. Das haben wir auch bei anderen Fällen schon gesehen. Abgesehen von den offensichtlichen Gründen wie Inhaftierungen oder Krankheit könnte auch einfach in seinem Privatleben ein Wandel stattgefunden haben. Möglicherweise hat er geheiratet, ist Vater geworden, hat den Wohnsitz zwischenzeitlich gewechselt. Vielleicht befand er sich auch in einer Art Planungsphase. Im besten Fall, wenn man es so nennen kann, hat er sich so weit unter Kontrolle, dass er den Drang, zu töten, über einen langen Zeitraum hinweg beherrschen konnte. Vielleicht gab es einen bestimmten Trigger, der ihn jetzt nach so vielen Jahren wieder hat zuschlagen lassen."

Henning sprach ruhig und konzentriert. Lena hörte ihm geduldig zu. Das Unbeherrschte, Provokante, das sie während des Gesprächs mit Förster Ludwig in der Stimme ihres Partners gehört hatte, war wieder verschwunden. Wie ein Schalter, der umgelegt worden war. Während sie Henning bei der Befragung Schmitzers kaum wiedererkannt hatte, war ihr seine charmante Art gegenüber Schnabel ebenso vertraut wie sein umfassendes Wissen zu Kriminalermittlungen und Täteranalysen.

„Seine kriminelle Energie könnte sich zwischenzeitlich auch verlagert haben. Vielleicht hatte er ein anderes Ventil über all die Jahre." Lena zog die Akte zur Falleröffnung vom Stapel und schlug sie auf. Noch hatte sie keine Vermutung, was sie darin erwarten könnte. Zugegeben, lediglich die Info, dass ein bestimmter Lippenstift in zwei Tötungsdelikten als Beweismittel gesichert und analysiert wurde und deshalb innerhalb einer Datenbank auftaucht, musste nicht zwangsläufig bedeuten, dass es sich auch um denselben Täter handelte. Es musste nicht einmal derselbe Lippenstift sein.

Dieser Hauch einer Hoffnung, es hier nicht mit einem perfiden Serienkiller zu tun zu haben, zerschlug sich in dem Moment, als Lenas Blick auf die alten Tatortfotos fiel. „Verdammt", fluchte sie und schloss kurz die Augen. Stöhnend schlug sie die Akte zu, ohne auch nur ein Wort gelesen zu haben, und reichte sie Henning über den Tisch hinweg.

Dieser öffnete sie, und seinem Blick zufolge mussten ihm die gleichen Gedanken durch den Kopf rasen. Vermutlich hätte er auch am liebsten sofort nach den Berichten zum laufenden Ermittlungsverfahren gegriffen, doch er sammelte sich kurz, atmete einmal tief durch und fasste zusammen, was in den Papieren geschrieben stand, die er in den Händen hielt: „An einer Landstraße in unmittelbarer Nähe zur Autobahnauffahrt A24 und am südlichen Rand des Grundländer Forsts wurde am dritten Mai 1993 von einem LKW-Fahrer der ausgebrannte PKW der zum damaligen Zeitpunkt dreißigjährigen Tanja Diekmann entdeckt. Diekmanns Körper wurde von besagtem LKW-Fahrer nur gut zwanzig Meter neben dem Fahrzeug im Dickicht aufgefunden. Der Leichnam war am Oberkörper unbekleidet und wies auf Höhe des Brustkorbs schwere Schnittverletzungen auf. Das Gesicht der Frau war mit einem erdbeerroten Lippenstift verschmiert. Im Fahrzeug befanden sich sowohl die Papiere der Verstorbenen als auch ihre Wertsachen. Auf dem Rücksitz fand sich zudem ein verkohlter Kindersitz mit Blutanhaftungen."

Henning ließ die Akte sinken und starrte Lena an.

„Steht da irgendwas von einem Kind?", fragte sie.

Henning blätterte durch die Seiten, kopfschüttelnd, bis er plötzlich innehielt. „Hier! Tanja Diekmann war nach Aussage ihres Ehemannes Roland mit dem gemeinsamen Sohn Robin, fünf Jahre alt, unterwegs." Hektisch überflog Henning die Akte. „Der Junge wurde nicht gefunden. Bis … bis heute nicht. Das Blut am Kindersitz stammte von der Mutter. Der Junge gilt als wichtigster Zeuge im Mordfall Tanja Diekmann. Die Ermittler sind damals davon ausgegangen, dass er den Angriff auf seine Mutter mitangesehen hat. Womöglich ist er in Panik in den Wald gerannt und hat sich verlaufen. Intensive Suchaktionen über drei Tage mit Hunden und Hubschraubern haben sich als erfolglos erwiesen. Von Robin Diekmann fehlt bis heute jede Spur."

Lena hatte sich unterdessen die Akte mit den Protokollen der Gerichtsmedizin genommen.

„Wieso ist Diekmanns Mörder die Gefahr eingegangen, dass der Junge ihn verraten könnte? Ein fünfjähriges Kind kann Tathergänge ziemlich genau wiedergeben. Er muss so auf die Tötung der Mutter fixiert gewesen sein – welches Bedürfnis diese auch immer erfüllt hat –, dass er seine Umwelt komplett ausgeblendet hat. Oder aber er hat den Jungen ebenfalls getötet, und die Leiche ist bisher einfach noch nicht gefunden worden. Das widerspricht aber dem bisherigen Tatmuster. Er versucht ja gar nicht erst, seine Tat zu vertuschen. Er will, dass seine Opfer gefunden werden, und sendet mit dem Lippenstift im Gesicht sogar entsprechende Botschaften."

„Und das ausgebrannte Fahrzeug? Wofür die Mühe?", fragte Henning, und Lena schlug die Akte auf ihrem Schoß auf.

„Vielleicht wollte er DNA-Spuren oder Fingerabdrücke zerstören."

„Die Gefahr, solche Spuren an den Opfern zu hinterlassen, ist erheblich größer. Hier ist auch vermerkt, dass Schuhabdrücke am Parkplatz gefunden wurden. Allerdings war dieser Parkplatz kurz vor der Autobahn wohl schon damals stark frequentiert, und es ließ sich nicht eindeutig zuordnen, zu wem die Fuß- und Reifenspuren gehörten."

„Wurden Kinderschuhabdrücke gefunden?", fragte Lena prompt, und Hennings Augen weiteten sich, bevor er in den Berichten nach entsprechenden Einträgen suchte.

„Nein, kein einziger Fußabdruck eines Kindes." Er sah auf. „Das ist merkwürdig."

„Ich weiß, sie hätten definitiv entsprechende Spuren gefunden, wenn es so gewesen wäre, aber ich will es nur einmal in den Raum stellen: Kann es sein, dass der Täter seinen jungen Zeugen mundtot machen wollte, indem er … nun ja … den Wagen *mit* dem Kleinen in Brand gesetzt hat?"

Henning atmete tief ein und wieder aus. „Klingt logisch, aber nein, keine Spuren des Kindes im verbrannten Fahrzeug. Er war definitiv nicht im Auto, als dieses brannte."

Lena runzelte die Stirn. „War der Kindersitz die einzige Stelle im Fahrzeug, an der Blutspuren der Mutter gefunden wurden?"

„Auch am Türgriff der rechten Hintertür. Also dort, wo auch der Sitz stand", erklärte Henning.

Lena biss sich auf die Unterlippe. „Dann muss sie sich nach dem Angriff auf sie selbst noch zu ihrem Sohn geschleppt haben, es sei denn …"

„… nicht Tanja Diekmann selbst hat das Blut dort hinterlassen, sondern ein Überträger", ergänzte Henning. „Wenn der blutverschmierte Täter sich nach dem Angriff auf die Frau dem Jungen zugewandt, die Tür geöffnet und ihn womöglich sogar aus seinem Sitz gehoben hat, würde das die Schmierspuren erklären."

„Und es würde erklären, weshalb keine Kinderfußspuren auf dem Parkplatz entdeckt wurden." Lena stockte der Atem. Sie richtete sich auf. „Er hat ihn getragen."

„Und irgendwohin mitgenommen", sagte Henning mit gepresster Stimme.

Bis zum Abend saßen sie in dem stickigen Büro und brüteten über den Ermittlungen der damaligen Strafverfolgungsbehörden. Jedes Detail von Tanja Diekmanns Mord verglichen sie mit Susanne Scherers, insbesondere auch, ob die beiden Frauen sich womöglich geähnelt hatten, doch viele Gemeinsamkeiten – außer dass sie beide blond waren – ließen sich zumindest aus den Akten nicht entnehmen. Lediglich das Tötungsdelikt wies gravierende Gemeinsamkeiten auf. In einem Obduktionsbericht von Diekmanns Leiche hatte der damalige Gerichtsmediziner seinen Verdacht notiert, dass die tiefen, stümperhaften Wunden im Brustkorb der Frau den Eindruck nahelegten, als hätte sich jemand brutal und gewaltsam Zugang zu deren Herzen verschaffen wollen und den Vorgang dann mittendrin abgebrochen. Susanne Scherers Brustkorb hingegen war nicht fachmännisch, aber auch nicht stümperhaft geöffnet worden. Der Täter schien besonderen Wert auf dieses Detail zu legen. Er wollte den Frauen das Herz entnehmen, und zumindest bei Susanne Scherer hatte er das auch geschafft. Im Gegensatz zu Scherer war bei Diekmann keine Schädelfraktion festzustellen gewesen. Der Angriff schien frontal stattgefunden zu haben, der Tod war durch Erwürgen eingetreten, und auch bei ihr hatte es keine Hinweise auf einen sexuellen Übergriff gegeben.

Und dann war da noch der Lippenstift …

Spät am Abend, im Licht einer schummrigen Schreibtischlampe, legte Henning zum wiederholten Male die Fotos der Gesichter beider Opfer nebeneinander. „Es ist kein Muster, das er mit dem Lippenstift auf ihr Gesicht malt. Siehst du, bei Susanne hat er ihn hier verwischt und dort noch einen Strich gemacht, das gibt es bei Tanja nicht."

Lena stützte ihr Gesicht auf ihren Handflächen ab. „Und während sich allein im Ablauf der Tat eine erhebliche Weiterentwicklung, fast eine Professionalität erkennen lässt, ist das bei diesen Lippenstiftschmierereien nicht zu sehen. Ich meine, er hat ihn damals nicht zaghafter aufgetragen als heute. Es wirkt … beinahe verschandelt. Als wollte er sie damit herabwürdigen, ihre Schönheit zerstören."

Henning nickte nachdenklich. „Susanne Scherer war sauber, gewaschen, das Haar gebürstet. Tanja Diekmann allerdings war blutverschmiert und ihr Haar verfilzt."

„Sieht aus, als wäre es damals ein spontaner Angriff gewesen, im Affekt. Aber bei Susanne war es anders, vielleicht sogar langfristig geplant. Er wollte genau sie, und er war darauf vorbereitet. Nur: warum sie?“

Henning dröhnte der Kopf. Er fuhr sich mit den flachen Händen übers Gesicht und stöhnte. Dann warf er einen Blick auf seine Armbanduhr. „Lass uns für heute Schluss machen und irgendwo noch etwas zu Essen abgreifen, bevor hier die Bordsteine hochgeklappt und die Straßenlampen ausgeschaltet werden. Ich glaube, wir können beide eine Pause vertragen.“

Auch Lena sah erleichtert aus, als sie den Aktenstapel an den Tischrand schob. Die wichtigsten Dokumente hatten sie eingescannt und auf ihre Laptops sowie an Schnabel und an ihre Kollegen in der Heimat geschickt.

„Weißt du, was ich morgen früh als Erstes machen werde?“, fragte Henning und hielt Lena die Tür auf.

Sie schlüpfte hindurch, und er schloss hinter sich ab. „Ja, tatsächlich weiß ich das“, sagte sie und grinste ihn verschmitzt an. „Du wirst den Witwer des ersten Opfers, Herrn Diekmann, kontaktieren und schnellstmöglich um ein Gespräch bitten.“

„Woher wusstest du das?“, fragte Henning und schüttelte lächelnd den Kopf.

„Na hör mal, ich bin auch nicht erst seit gestern bei der Kripo.“

Er lachte leise auf. „Na gut, war jetzt auch nicht so schwer.“ Wie immer tat es nach solch einem kräftezehrenden Tag gut, die Tür hinter sich und den Gräueltaten der Welt zu schließen und für einen Augenblick zurück in die Normalität zu finden. Eine Normalität, wie sie der Großteil der Menschen lebte: ein unbeschwerter Abend, ein Essen, Gespräche über dies und das, vielleicht fernsehen. Ohne zu ahnen, was sich in ihren Reihen abspielte, welche mörderischen Geheimnisse der freundliche Nachbar von nebenan verbergen könnte oder welche Leichen der Sonderling am Ende der Straße in seinem Keller liegen hatte.

Die meisten Menschen verschlossen die Augen vor der bitteren Wahrheit, vor dem Bösen, das sie umgab. Und manchmal beneidete Henning sie um diese Fähigkeit. Ihm fiel es schwer, die Bilder und das Wissen auszublenden. Und doch zwang er sich dazu. Ebenso wie Lena, die ihn durch ihre lockere Art innerhalb weniger Minuten die Bilder des Tages abschütteln ließ. Er war froh, dass sie hier war. Er hätte den Abend ungern alleine verbracht.

Nebeneinander gingen sie die Straße hinunter, die auf direktem Weg zur Pension führte. Dabei hielten sie Ausschau nach einer Gelegenheit, irgendwo zu später Stunde noch einkehren zu können. Vergeblich. Kein Restaurant, keine Frittenbude, kein Späti weit oder breit. Kuhkaff eben.

Der Regen des Tages hatte mittlerweile nachgelassen, doch es stürmte nach wie vor. Die kühle Luft pustete Hennings Gedanken frei.

Als Lena stehen blieb und die Nase in den Wind hielt, den Sauerstoff gierig einsog und sich dabei streckte und reckte, sagte sie: „Weißt du, worauf ich jetzt noch mehr Lust als auf ein Essen hätte?"

Henning ließ die Hände in die Hosentaschen gleiten. „Ja, tatsächlich weiß ich das wirklich."

„Ach?" Sie lächelte und öffnete die Augen wieder.

„Eine Runde Joggen, um dem Ballast des Tages davonzulaufen und danach neuen Mutes durchstarten zu können – das willst du jetzt."

„Sie kennen mich erschreckend gut, Kommissar Gerlach", neckte sie ihn und legte den Kopf schief. „Bist du dabei?"

„Das fragst du noch?" Er zwinkerte ihr zu und schnellen Schrittes gingen sie zur Pension, um sich umzuziehen. Ohne sich vorher abgesprochen zu haben, hatten beide ihre Laufkleidung mit nach Radelshausen gebracht – so integriert war der Sport in ihren Alltag, vor allem nach Feierabend.

„Aber es spricht doch nichts dagegen, dass wir uns danach etwas zu Essen aufs Zimmer liefern lassen, oder? Ich sterbe vor Hunger", sagte Henning, bevor sie die Pension betraten.

„Wenn wir einen Lieferdienst finden, der Lust hat, bis an den Arsch der Welt zu fahren, gerne", erwiderte Lena lachend und schloss die Tür auf.

Kapitel 11

– Boris –

IHM war kotzübel. Zudem drehte sich alles, sogar der Zeltfirst über seinem Kopf.

Boris setzte sich auf, legte die Arme auf seine angewinkelten Beine und bettete seine Stirn darauf. Es half nichts. In seinem Inneren rumorte es, und vor lauter Kopfschmerzen konnte er kaum einen klaren Gedanken fassen. Die Information, dass Resi nun auch verschwunden war, hatte ihm den Rest gegeben.

Er wusste nicht mehr, wer ihn gefunden hatte – ob es Ole oder Helge gewesen war –, nun jedoch saß Ole neben ihm im Zelt und beobachtete ihn mit gerunzelter Stirn, während Helge vor dem Zelteingang auf und ab tigerte.

„Du *musst* doch etwas gesehen haben“, sagte er zum wiederholten Male und blieb stehen. „*Irgendwas* … musst du doch gesehen haben, Boris!“

So viel Nachdruck hatte Boris in der Stimme seines alten Studienkumpels noch nie gehört. Er überlegte krampfhaft. Resi hatte zum Pinkeln gehen wollen, und er hatte sie begleitet. Er konnte sich noch daran erinnern, wie er ihr über den unebenen Waldboden gefolgt war, und wie sie mit ihm über ihre Privatsphäre diskutiert hatte. Er wusste auch noch, dass er sich zu den Zelten umgedreht hatte, wo er die Silhouetten seiner Freunde gesehen hatte und …

Plötzlich zuckte er zusammen. Eine Erinnerung, schwach und nebelig, schlich sich zurück in sein Gedächtnis.

„Ja“, keuchte er geschwächt. „Da war wirklich etwas.“

Helge stürmte zu ihnen ins Zelt, kniete sich vor seine Freunde. „Was denn?“

„Ein Geräusch. Resi hat irgendein Geräusch gemacht, es klang fast wie ein Gurgeln, glaube ich. Ich hab mich umgedreht und dann …“ Er stammelte, presste die Lider aufeinander, schüttelte den Kopf und sah hilflos zwischen Helge und Ole hin und her. „Irgendwer war dort. Ja, genau – jemand hat mich angefasst, mich gepackt. Er war stark und hat mich umklammert, mir die Arme an den Körper gepresst. Ich hatte diesen Lappen, oder was auch immer es war, im Gesicht, der stank nach Chloroform, alles in meinem Rachen brannte, ich konnte kaum atmen, es ging so schnell, dann wurde es schwarz.“

Boris' Herz raste. Da war noch etwas, noch irgendwas. Sein Unterbewusstsein hatte es wahrgenommen, hatte es abgespeichert! Er überlegte.

„Es waren zwei“, platzte es plötzlich aus ihm heraus.

„Zwei Männer?“ Oles Brustkorb hob und senkte sich schnell.

„Keine Ahnung, ob Männer oder Frauen. Der, der mich gepackt hat, war stark, ich bin sicher, dass das ein Mann war, und dann war noch irgendjemand bei Resi. Ich habe in der Dunkelheit kaum was gesehen, aber da waren hektische Bewegungen und dieses gurgelnde Geräusch aus Resis Richtung!“

Ob ihm seine Freunde glaubten? Sie hatten keinen Grund, es nicht zu tun. Doch fiel es Boris schwer, selbst zu glauben, was gerade mit ihnen allen geschah.

„Wir haben hier rein gar nichts gehört außer Blätterrauschen und das Pfeifen des Windes. Als ihr beide dann nicht zurückgekommen seid, sind wir nachsehen gegangen.“

Sie waren also zusammen losgegangen, so, wie sie es gemeinsam zuvor vereinbart hatten. Nur er selbst, Boris, hatte sich nicht daran gehalten und Resi allein hinter den Baum gehen lassen. Wenige Schritte von ihm entfernt, nicht einmal zehn Meter. Und doch war sie fort.

Spurlos verschwunden.

Wie Nano und Jacky.

Er hustete, sein Rachen brannte. Boris kannte die Symptome, wusste aus Opferberichten und Ermittlungen, dass Chloroform diese Wirkung hatte. Wer auch immer das getan hatte, hatte ihn bewusst außer Gefecht gesetzt. Doch wozu? Der Angriff aus der Dunkelheit, von hinten, unbemerkt … Derjenige, der ihn überfallen hatte, hätte ihn doch einfach töten können!

„Wir können nicht länger hierbleiben!“ Helges Stimme bebte. „Ist mir scheißegal, ob es stürmt oder regnet, und ob ich in diesen beschissenen Gummistiefeln auf allen vieren kriechen muss. Ich will hier einfach weg! Jetzt!“ Er legte den Kopf in den Nacken, presste die Lider zusammen, doch diese Maßnahme stoppte seine Tränen nicht.

Kraftlos hob Boris einen Arm und legte ihn um Helges Schultern.

„Er hat recht. Wir sollten nicht länger hierbleiben“, stimmte Ole zu, aber beäugte dabei Boris besorgt. „Schaffst du das?“

Boris kroch aus dem Zelt, versuchte sich aufzurichten, schwankte, verlor kurz das Gleichgewicht, konnte sich jedoch abfangen und sammeln. „Ich krieg das schon irgendwie hin“, murmelte er, wenig überzeugend.

Sie mussten hier weg.

Was auch immer in diesem Wald vor sich ging, wo auch immer ihre Freundinnen jetzt waren – sie drei waren dem nicht gewachsen! Spätestens nach dem Angriff auf ihn selbst hatte er keine Zweifel mehr, dass jemand regelrecht auf der Jagd nach ihnen war. Und nicht *ein* gestörter Idiot, sondern gleich zwei. Einheimische? Einsiedler? Was wusste er schon. Boris kannte sich in der Gegend genauso wenig aus wie die anderen. Und auch Jacky konnte davon nichts gewusst haben. Sie hätte die Gruppe niemals bewusst in Gefahr gebracht.

Während Ole und Helge das erste Zelt zusammenpackten, sammelte Boris Kraft für die bevorstehende Wanderung zurück in die Zivilisation. Die drei Rucksäcke der Frauen waren unhandlich und schwer. Nicht nur, dass er sich noch immer schwindelig fühlte, auch würde das zusätzliche Gewicht sie langsamer machen.

„Lasst uns doch die Sachen der anderen hierlassen. Wir packen sie in das andere Zelt, dann sind sie vor Regen geschützt“, schlug er vor.

Er sah seinen Freunden die Zweifel, die Sorge und auch die Hilflosigkeit an, die sie kurz innehalten und einem ersten Impuls zufolge protestieren lassen wollten. Doch jeder von ihnen war erschöpft, und am Ende nickten sie nur und verstauten die Rucksäcke in dem stehengelassenen Zelt.

Diejenigen, die ihnen gefolgt waren, sie beobachtet und die richtigen Momente abgepasst hatten, um sich die Frauen zu schnappen – denn auf sie, da war Boris sicher, hatten sie es abgesehen –, mussten sich in diesem naturbelassenen, unwegsamen Gebiet gut auskennen. Sie mussten irgendwo in der Nähe ein Lager oder zumindest einen Ort haben, an den sie Nano, Jacky und Resi schnell und unbemerkt hatten verschleppen können. Boris sah sich in der Umgebung gründlich um, doch in der Dunkelheit war es vollkommen unmöglich, jemanden auszumachen, der sie aus der Ferne beobachtete. Waren es zwei oder sogar noch mehr Personen, die ihnen folgten? Und wie lange schon? Mit welcher Absicht, welchem Ziel?

Dunkel erinnerte er sich an den vergangenen Abend, als sie gut gelaunt beieinander am Feuer gesessen hatten – ohne eine Ahnung davon, was sie noch erwarten würde. Helge hatte etwas gehört. Allerdings hörte er immer etwas, wenn sie gemeinsam unterwegs waren. Doch diesmal hatte auch Boris es gehört. Sie alle! Und wenn er sich nicht täuschte, hatte er auch eine Bewegung im Lichtkegel der Taschenlampe gesehen. Er hatte es als Tier abgestempelt. Ein Fehler, wie er jetzt wusste. Leichtsinnig und naiv.

Er hätte es besser wissen müssen.

„Hier“, sagte Ole, klopfte ihm gegen den Oberarm und hielt ihm die Taschenlampe entgegen. „Geh sparsam damit um, okay? Wir haben noch ein paar Stunden Wanderung vor uns und die Batterien halten nicht ewig. Derjenige von uns, der vorne läuft, sollte das Licht anlassen. Die zwei dahinter nutzen ihre Lichter bitte nur dann, wenn es unbedingt sein muss.“

„Ich gehe nicht voraus“, verkündete Helge sofort und schüttelte vehement den Kopf. Dann drehte er sich zu Boris um. „Und, bitte, lass mich auch nicht hinten laufen.“ Panik stand ihm ins Gesicht geschrieben.

„Ich will nicht, dass Boris in seinem Zustand den Abschluss macht. Und du sicher auch nicht, Helge. Ich gehe voraus, aber wir nehmen ihn in die Mitte, okay?“ Ole sprach ruhig, beinahe sanft. Das tat er immer, egal in welcher Ausnahmesituation sie sich befanden. Selbst damals, als sie sich dank Helge verlaufen hatten und einen Umweg von mehreren Stunden in Kauf nehmen mussten, war Ole es gewesen, der vollkommen ruhig geblieben war. Doch Boris sah ihm und seinem unsteten Blick an, dass diese Ruhe jetzt nur vorgespielt war, um zu verhindern, dass Helge komplett hysterisch wurde.

„Gut, ich bleibe hinten“, antwortete Helge jetzt nur, zu erschöpft, um noch weiteren Widerstand zu leisten. Hier ging es längst nicht mehr um den Stärkeren oder Schwächeren. Sie saßen alle im selben Boot und mussten einander jetzt helfen, diesen Horror gemeinsam zu überleben.

Überleben ...

„Denkst du, sie sind tot?“, zischte Helge Boris von hinten zu, nachdem sie schon eine Weile wortlos hintereinander durch die Dunkelheit gelaufen waren. Helges Stimme klang beinahe resigniert, so, als habe er sich mit diesem Umstand schon abgefunden.

Boris drehte sich nicht um, schluckte verkrampft und kämpfte gegen die Erschöpfung an, die seinen Körper schwächte. „Ich weiß es nicht“, antwortete er ehrlich. „Ich weiß gar nichts mehr. Das hier ist einfach nur ein Albtraum.“

„Wir werden alle sterben.“ Nüchtern waren Helges Worte, erschreckend nüchtern.

Nun blieb Boris doch stehen und drehte sich um. „So etwas darfst du nicht mal denken. Komm schon, nutz deine Kraft lieber für positives Denken. Zum Beispiel in der Art, dass wir hier schnellstmöglich rauskommen und Hilfe holen wollen.“

Er lachte bitter auf. „Hilfe … wofür denn noch? Bevor wir hier raus sind …“ Er sprach nicht weiter, schüttelte nur den Kopf.

„Verdammt, Helge, jetzt reiß dich bitte mal zusammen! Hilfe für die Frauen und für uns natürlich! Je länger wir hier rumstehen und lamentieren, umso größer wird die Gefahr …“, sagte Ole streng. „Aber wir treten uns jetzt gegenseitig in den Hintern, kneifen verdammt noch mal die Arschbacken zusammen und hören auf zu jammern.“ Er fixierte Helge mit seinem Blick.

„Boris, du arbeitest doch mit solchen Typen, die so etwas machen. Du weißt doch am besten von uns dreien, was uns hier erwartet. Dass wir eigentlich keine Chance mehr haben.“ Nicht einmal bei diesen Worten hatte sich Helges Stimme erhoben.

„Ich habe an genug Fällen gearbeitet, in denen niemand mehr an irgendwas Gutes geglaubt hat, und am Ende ging es doch gut aus. Und was sagt mir das?“ Er machte einen Schritt auf Helge zu, legte ihm den Finger auf die Brust und sagte: „Dass man niemals die Hoffnung aufgeben darf und dass man bis zum bitteren Ende kämpfen muss. Schiefgehen kann es immer noch, dafür bleibt genug Zeit. Aber wenn wir nichts tun, verpassen wir den Punkt, an dem wir all das hier selbst in die Hand nehmen können. Das lässt sich dann nicht mehr rückgängig machen. Menschen sind zu unglaublichen Leistungen imstande, wenn sie müssen. Und wir müssen jetzt! Also lenk deine Gedanken bitte auf Dinge, die hilfreich für uns sind, damit wir glimpflich aus dieser Sache rauskommen – und zwar wir alle. Alle sechs.“

Helges müder Blick huschte unstet über Boris’ Gesicht. Er sagte nichts mehr, und für den Moment war das vermutlich das Beste, was er tun konnte.

Wieder setzten sie sich in Bewegung, Ole führte sie an und trotz Wind und immer wieder einsetzendem Regen steigerten sie mit Boris’ zunehmender Erholung auch ihr Tempo.

Nach zwei Stunden, in denen sie dreimal falsch abgebogen und mitten im Niemandsland gestanden hatten, daraufhin alles zurückgehen und einen anderen Weg einschlagen mussten, legten sie am Fluss eine kleine Pause ein, füllten ihre Wasserflaschen auf, ruhten ihre Beine aus und versuchten, sich zu orientieren. Der Wanderweg unter ihren Füßen war nicht mehr als ein Pfad. Leicht waren Abzweigungen in der Dunkelheit zu übersehen, und etwaige Spuren, die sie hinterlassen haben könnten, waren nach diesem Regen natürlich nicht mehr zu entdecken – der Pfad war ein einziges Schlammloch. Auch jetzt zweifelten sie wieder, ob sie zurück auf den Weg gefunden hatten, den Jacky sie am Vortag entlanggeführt hatte. Sechsunddreißig Stunden etwa war das gerade einmal her, und die Welt, in der sie sich jetzt befanden, war nicht mehr die gleiche.

Helge hatte, seit sie auf dem Weg kurz aneinandergeraten waren, nichts mehr gesagt, nicht einmal, als sie sich verlaufen hatten. Doch wenn er nichts dazu beizutragen hatte, was sie voranbringen würde, dann war es Boris recht, dass er schwieg. Jeder von ihnen hatte mit seinen eigenen düsteren Gedanken und hoffnungslosen Momenten zu kämpfen. Kein Grund, die anderen auch noch damit zu belasten.

„Ich verfluche diese verdammte Technik, die einen heutzutage davon abhält, einfach sein Hirn einzuschalten", schimpfte Ole, doch selbst jetzt klang er relativ gefasst. Er drehte einen Kompass in seinen Händen. Der hätte ihnen im Zusammenhang mit Jackys Karte tatsächlich nützlich sein können. Doch ohne diese waren sie völlig orientierungslos. Nicht einmal der Stand des Mondes oder der Sternenbilder am Nachthimmel hätte ihnen einen Hinweis darauf geben können, wo sie sich befanden. Die Wolkendecke war zu dick und der Wald zu dicht bewachsen. An das Krachen und Knirschen des Geästs im Sturm hatten sie sich schon gewöhnt. Doch leider erschwerte genau diese Tatsache, das Geräusch von herunterfallendem Geäst und unter Schuhsohlen knackenden Ästen zu unterscheiden.

„Ich bin dafür, dass wir weiterhin dem Flusslauf folgen, den haben wir auf unserer Wanderung gestern immer wieder gekreuzt", sagte Boris, und Helge lachte verächtlich auf. Es war das erste Geräusch, das aus seinem Mund drang, seit sie losgegangen waren.

„Sicher? Dieser hier war es? Oder der an der Lichtung, die uns vorhin in eine Sackgasse geführt hat? Ach warte, es könnte auch der gewesen sein, an dem wir gezeltet haben. Ist es derselbe? Hier ein Fluss, dort ein Bach, da ein Tümpel … Als ob das in dieser verdammten Dunkelheit irgendjemand unterscheiden könnte!"

Boris musste sich zusammenreißen, auf diesen Kommentar nicht ungehalten zu reagieren. „Gegenvorschlag?", fragte er stattdessen, doch von Helge kam nur ein genervtes Schnauben.

Ole war es, der eine Idee hatte. „Wir sind gestern irgendwann über eine provisorische Holzbrücke gelaufen, könnt ihr euch daran erinnern? Wir waren also auf der anderen Seite des Baches, Flusses, was auch immer. Ich würde sagen, wir suchen uns eine relativ flache Stelle, vielleicht finden wir sogar einen Baumstamm, der quer über dem Wasser liegt, und dann klettern wir rüber."

„Von mir aus, okay", sagte Boris, und Helge zuckte nur mit den Schultern.

Sie hatten Glück. Nur ein paar Meter weiter war tatsächlich ein Baum umgestürzt. Er musste dort schon länger liegen, hatte bereits Moos auf der Oberfläche angesetzt und war dementsprechend rutschig. Doch sie schafften es nacheinander auf die andere Seite.

„Gut gemacht", sagte Ole und klopfte Helge auf den Rücken. Dieser hatte mit dem Gepäck und seinen rutschigen Sohlen zu kämpfen gehabt. „Jetzt lasst uns linker Hand weitergehen und …"

Wie aus dem Nichts sprangen zwei Männer aus der Dunkelheit mitten auf den Pfad.

Einer von ihnen, groß und stämmig, hielt ein Gewehr mit Schalldämpfer auf sie gerichtet. Er hatte kurzes graues Haar und einen grauen Vollbart. „Ihr geht nirgendwo hin", sagte er nur und deutete mit dem Lauf der Waffe auf Helge, der ein paar Schritte von ihnen entfernt stand. „Rüber zu den anderen."

Automatisch hob Helge die Hände und folgte dem Befehl des Mannes. Der zweite Mann, etwas abseits, war viel jünger, vielleicht Anfang zwanzig, schmal gebaut und wirkte unsicher. Er hielt ein Messer in der Hand, mit dem er unbeholfen in der Luft herumfuchtelte. Sein Blick sprang zwischen ihrer Gruppe und dem Grauhaarigen hin und zurück.

„Da lang, den Hügel rauf, los", bellte der Ältere.

„Bitte nicht, bitte", flehte Helge plötzlich und schüttelte heftig den Kopf.

„Halt die Klappe und geh", rief der Grauhaarige nur und bedeutete ihnen mit einem Kopfnicken, sich endlich in Bewegung zu setzen.

„Helge, komm", zischte Boris seinem Freund zu, doch der schien ihn kaum zu hören.

Stattdessen keuchte er, schnappte nach Luft und presste sich eine Hand auf die Brust. „Wir haben Ihnen doch nichts getan", rief er. „Bitte lassen Sie uns gehen, wir werden niemandem etwas sagen."

Der Ältere warf dem Jüngeren nur einen Blick zu.

Daraufhin machte der Jüngere einen Schritt nach vorne. „Los jetzt", sagte er nur. Seine Stimme war nicht halb so fordernd und emotionslos wie die des Älteren. Stattdessen fixierte er Helge mit seinem Blick und flüsterte ein: „Mach schon!", das mehr nach einer Bitte als nach einem Befehl klang.

Doch Helge war nicht mehr Herr seiner Sinne. „Ich will nicht sterben, bitte, bitte lasst uns einfach gehen. Bitte!“, jammerte er und sank auf die Knie.

Seinem Schluchzen folgte ein Schuss. Helges Schrei ging Boris durch Mark und Bein. Unter Schmerzen sackte sein Freund neben ihm zusammen.

„Verdammt, was haben Sie getan?“, rief Boris und suchte nach der Körperstelle, an der Helge getroffen worden war. Kurz darauf entdeckte er einen sich rasch vergrößernden Blutfleck auf Helges rechtem Oberschenkel.

„Das hätten Sie nicht tun müssen“, sagte Ole, der sich zu Helge gekniet hatte und dessen Kopf hielt.

„Ich habe gesagt, ihr sollt gehen. Ist doch nicht mein Problem, wenn der Idiot so lange rumdiskutiert.“ Röchelnd zog der Grauhaarige die Nase hoch und spuckte daraufhin einen Rotzfladen direkt neben den stark blutenden Helge. „Und jetzt los!“

Boris zog ein Shirt aus seinem Rucksack, drückte es auf die Wunde und band Helges Bein damit ab. Helge schrie wie am Spieß und nur Augenblicke später war der provisorische Druckverband blutdurchtränkt. „Er kann jetzt nicht mehr laufen“, sagte Boris an den Fremden gewandt.

„Dann tragt ihn!“

Boris und Ole legten sich jeweils einen Arm von Helge um die Schulter und setzten sich langsam in Bewegung. Helge wimmerte nur noch leise, er schien halb weggetreten zu sein. Er war schwer, und Boris rann schon nach wenigen Metern der Schweiß übers Gesicht. Und doch liefen sie, angetrieben von den beiden Fremden, durch Dickicht und Unterholz, schleppten sich Böschungen hinauf, rutschten durch Schlamm und Pfützen und erreichten nach einer gefühlten Ewigkeit eine Art Waldweg, auf dem ein Pick-up parkte.

„Sollten wir nicht besser gleich …?“, fragte der Jüngere, und der Alte unterbrach ihn.

„Wohin denn mit allen gleichzeitig? Nee. Fessle sie und stopf ihnen was ins Maul, das Gejammer geht mir auf den Sack.“

Boris schwirrte der Kopf von diesen Worten. Was hatten sie wirklich vor? Wo brachten sie sie hin? Unter dem wachsamen Blick des Älteren, der das Gewehr im Anschlag hatte, holte der Jüngere ein Seil von der Ladefläche, schnitt entsprechende Längen zu, fesselte erst die Hände und, nachdem sie nacheinander auf die Ladefläche gestiegen waren, auch die Füße aneinander und stopfte ihnen am Ende noch einen Lappen in den Mund. Der roch muffig, alt und schmutzig.

Boris würgte und hatte alle Mühe, sich nicht zu erbrechen.

Besorgt schielte er zu Helge hinüber, der neben ihm zusammengesackt saß und sich kaum noch regte. Selbst im Dunkel der Nacht konnte Boris die Blässe im Gesicht seines Freundes sehen. Er hätte ihm gerne etwas Tröstendes gesagt, doch aus seinem Mund drang nur ein Röcheln.

„Seid lieber still", riet der junge Mann und kletterte von der Ladefläche. Seine Worte klangen nicht bedrohlich, eher wie ein gut gemeinter Ratschlag oder eine Warnung.

Es hämmerte wie verrückt in Boris' Kopf, er hustete und keuchte, und zog mit immer größer werdender Verzweiflung Luft durch den widerwärtigen Stoff. *Beruhige dich. Versuche, klar zu denken*, befahl er sich selbst, als sich der Wagen in Bewegung setzte.

Sie fuhren nicht lange. Der Waldboden war uneben und voller tiefer Löcher, und sie wurden hinter der Fahrerkabine hin und her geschleudert. Immer wieder tauschten Boris und Ole Blicke, und Boris hätte schwören können, dass er die rasenden Gedanken, die ihm selbst durch den Kopf tobten, auch in den Augen seines Kumpels sehen konnte.

Sie mussten einen Ausweg finden!

Seine Versuche, das von dem Jungen geschickt festgeknotete Seil zu lösen, hatte er schnell aufgegeben. Er musste sich konzentrieren, nachdenken, seine Kraftreserven schonen und dann später gezielt einsetzen.

Obwohl er völlig orientierungslos war, versuchte er sich den Weg einzuprägen, den sie fuhren. Er verfolgte, wann sie nach rechts abbogen und wann nach links. In welchen Momenten der Wagen nur rollte, und wann an einem Berghang Gas gegeben werden musste. Nach ein paar Minuten bremste der Pick-up langsam ab, und mitten im Wald tauchte eine Art altes Gehöft auf. Ein Bewegungsmelder schaltete die Beleuchtung der Einfahrt an, sodass Boris ein Wohnhaus, mindestens zwei Schuppen und eine Art Stallung erkennen konnte. Kein Zaun, aber ein Brunnen. Und die Reste eines weiteren Gebäudes.

Der Jüngere löste ihnen die Fesseln an den Füßen.

„Runter, los." Der Alte mit dem Gewehr scheuchte sie von der Ladefläche.

Nicht ohne ihn, versuchte Boris dem jungen Mann mit Blick auf Helge zu sagen, doch der Typ verstand ihn nicht. Als er ihm ruckartig den Lappen aus dem Mund riss, schmeckte Boris Blut und spürte eine brennende Wunde an der Lippe. Er hatte gar nicht mitbekommen, dass er sich verletzt hatte.

„Das ist unser Freund, wir lassen ihn hier nicht zurück und allein kann er nicht laufen." Unter Helge hatte sich eine Blutlache gebildet, das Abbinden des Beins war ihm wohl nicht gut gelungen.

Der Fremde stellte sich vor Boris. „Is mir scheißegal, sieh zu, dass du deinen Arsch hier runterkriegst."

„Nicht ohne Helge!"

Helge hatte bei der Nennung seines Namens versucht, den Kopf zu heben.

In dem Moment hob der Grauhaarige das Gewehr, zielte und schoss Helge mitten in die Brust. Helge wurde durch die Wucht gegen die Fahrerkabine geschleudert und sackte anschließend komplett in sich zusammen.

Ein verzweifeltes Stöhnen drang aus Oles geknebeltem Mund, das Weiß seiner aufgerissenen Augen leuchtete gespenstisch in der Dunkelheit. In Boris' Ohren rauschte und vor seinen Augen flimmerte es – er war einer Ohnmacht nahe.

„Jetzt könnt ihr wohl kommen, hm?", tönte die mitleidslose Stimme des Grauhaarigen.

Boris' Herz raste und ihm war speiübel, als er von der Ladefläche kletterte. Sein Freund war vor seinen Augen erschossen worden wie ein weidwundes Reh! Zitternd stolperte er neben Ole über die beleuchtete Einfahrt. Wo um Himmels willen waren sie? Noch immer im Grundländer Forst? Lebte hier noch jemand? Eine Frau, Kinder, irgendjemand, der sie womöglich sehen oder hören konnte? Boris überlegte, wie erfolgversprechend es wäre, laut loszuschreien, aber er entschied sich dagegen, nachdem er gesehen hatte, welch kurzen Prozess der Grauhaarige mit Befehlsverweigerern machte. Außerdem waren alle Fenster des Wohnhauses unbeleuchtet. Gar nichts deutete auf die Anwesenheit weiterer Personen hin: weder Spielsachen im Hof, auch keine liebevoll angelegte Blumen- oder Gemüsebeete. Rau wirkte das Gelände, unordentlich, verwahrlost, überall lag etwas herum: ein Haufen kaputter Ziegelsteine, eine alte Schubkarre, Kies, riesige Tonscherben und anderer Müll. Während Boris sich so viele Details wie möglich einzuprägen versuchte, umrundeten sie das Haus und wurden von dem Grauhaarigen mit dem Lauf seines Gewehrs in eine dunkle Scheune gestoßen. Als wäre schon alles für sie bereit gewesen, öffnete der Jüngere eine Art Zellentür. Wortlos löste er die Fesseln und Oles Knebel. Dann warf er die Tür hinter sich zu, hängte eine Kette ein und ließ das Vorhängeschloss an deren Ende einrasten. Anschließend folgte er dem Alten aus der Scheune.

Boris lauschte, bis er die Schritte der beiden Männer nicht mehr hören konnte. Noch hatten sich seine Augen nicht an die bleierne Schwärze gewöhnt. Als er einen Moment gewartet hatte, trat er an die Gittertür heran. Er rüttelte und riss wie ein Wahnsinniger daran, die Kette klirrte, doch gab nicht nach. Sie saßen in der Falle.

„Bist du okay?“, flüsterte Ole nach einer Weile des Schweigens als erster.

„Ja.“ Es war eine Lüge, doch die Wahrheit spielte jetzt keine Rolle. „Hast du irgendwas auf dem Weg hierher erkannt?“, fragte Boris und hoffte auf irgendein entscheidendes Detail, das ihm vielleicht entgangen war. Irgendetwas, das eine Hoffnung darauf rechtfertigte, sich aus dieser ausweglosen Situation befreien zu können. Jetzt an die Frauen oder gar an Helge zu denken, verbot er sich. Wenn er die Bilder zulassen würde, wenn er anfangen würde, zu verstehen, dass sein Freund vor ein paar Minuten … direkt neben ihm … Er schüttelte den Kopf, stoppte seine Gedanken und versuchte sich zu sammeln.

Plötzlich hörte er ein Wimmern und lauschte angespannt in die Dunkelheit hinein. „Hallo?“, rief er, und das Blut pulsierte in seinen Ohren.

„Bo… Boris?“, flüsterte es zurück.

„Resi“, sagte er in einer Mischung aus Erleichterung und Furcht.

Sie war hier!

Sie war am Leben.

Sie waren zusammen.

Boris griff nach diesem Funken Hoffnung, klammerte sich daran wie ein Ertrinkender an den rettenden Ast.

Sie mussten hier rauskommen.

Alle.

Kapitel 12

ROLAND Diekmann hatte sein Leben nach dem Schicksalsschlag um den Tod seiner Frau und das Verschwinden seines Sohnes in den Griff bekommen. Zumindest erweckte das schicke Einfamilienhaus, in dem er jetzt lebte, diesen Eindruck. An das großräumige Wohnzimmer mit Fensterfront, in dem sie gerade standen, schloss sich eine Terrasse und danach ein weitläufiger Garten an, in dem es neben Pool und Grillbereich auch einen nagelneu aussehenden Kinderspielplatz gab. Klettergerüst, Sandkasten und Schaukel leuchteten in der Morgensonne. Ein brauner Labrador beobachtete Lena und Henning argwöhnisch, war jedoch zu träge, sein sonniges Liegeplätzchen zu verlassen. Die perfekte Familienidylle.

Hätte es das Gedenkregal im Rücken des durchtrainierten Mannes nicht gegeben. Fotos aus vergangenen Tagen, eine hübsche Frau mit strahlendem Lächeln, ein kleiner Junge, der auf einem Dreirad die Einfahrt hinuntersauste. Drei lachende Gesichter mit dem Meer im Hintergrund. Das Flackern eines künstlichen Teelichts spiegelte sich in der Glasscheibe.

„Es ist lange her, dass die Polizei hier war, um mit mir über Tanja und Robin zu sprechen.“ Der Mann setzte sich in einen Sessel, drehte sich um und ließ den Blick über die Fotos auf dem Regal schweifen. Die bunte Holzeisenbahn mit Robins Namen auf den einzelnen Waggons versetzte Lena einen Stich ins Herz. Wie schwer musste es sein, nicht zu wissen, was mit dem eigenen Kind geschehen war? Der Tod eines geliebten Menschen lieferte den Angehörigen mehr Frieden als die Ungewissheit über dessen Verbleib, da war sie sich sicher.

„Es tut uns sehr leid, wenn wir nach all den Jahren alte Wunden bei Ihnen aufreißen, Herr Diekmann. Aber wir ermitteln derzeit in einem Mordfall, der bedeutende Gemeinsamkeiten zum Mord an Ihrer Frau aufweist.“ Henning hatte die Unterarme auf den Oberschenkeln abgestützt und lehnte sich nach vorne. Er saß neben Lena auf der Couch, direkt gegenüber dem Mann und mit Blick auf Tanja Diekmanns lebensbejahendes Lächeln.

„Dann rollen Sie den Fall also neu auf?“, fragte Roland Diekmann, wandte sich an die beiden Ermittler. Sein Blick wirkte hoffnungsvoll.

„Wir werden alles daransetzen, denjenigen zu finden, der Ihrer Familie all das Leid zugefügt hat. Falls die beiden Fälle tatsächlich verbunden sind, was bisher nur eine Annahme ist.

Lena sah den Mann mitfühlend an. Er war nicht daran zerbrochen, aber natürlich war die Tat nicht spurlos an ihm vorübergegangen, dessen war sie sich bewusst. Davon zeugten tiefe Sorgenfalten auf seiner Stirn.

Er seufzte tief, bevor er leise sagte: „Das Einzige, was ich will, ist, dass Sie Robin finden.“ Er knetete die Hände im Schoß, stand auf und ging zu einem anderen Regal hinüber, auf dem jüngere Familienfotos standen. Lena waren sie direkt ins Auge gefallen, als sie das Wohnzimmer betreten hatten. Ein neues Familienglück, das die Schatten der Vergangenheit nicht auslöschte, aber erträglicher werden ließ.

Der Mann kam mit dem Foto eines Kindes zurück und legte es auf den Tisch.

„Robin hat eine kleine Schwester, Johanna. Und ich wünschte, er hätte die Gelegenheit, sie kennenzulernen. Er war so ein liebevoller, aufmerksamer und empathischer Junge.“

Das Mädchen auf dem Bild hatte blonde, fast weiße Haare und eine Blume steckte darin. Lena schätzte sie auf etwa zehn, und vor allem ihre Stupsnase und die vollen Lippen ähnelten denen ihres verschollenen Bruders auf dem Fahndungsfoto. Die Ähnlichkeit war verblüffend, lediglich die auffällige, große Narbe, die der vermisste Junge vom rechten Mundwinkel bis zur Wange trug und die laut Diekmann von einem Hundebiss im Kleinkindalter stammte, fehlte dem Mädchen.

„Wir haben in den Ermittlungsakten von damals nachlesen können, dass die Polizei Sie lange Zeit im Verdacht hatte, mit dem Verschwinden Ihres Kindes und dem Mord an Ihrer Frau zu tun zu haben“, sagte Henning mit ruhiger Stimme, der keinerlei Vorwurf enthielt. Dass Verwandte und Angehörige zu den ersten Verdächtigen gehörten, war traurige Realität in seinem Beruf. Doch ihm war beim

Durchgehen der alten Ermittlungsakten aufgefallen, dass man sich damals vermutlich ein wenig zu sehr auf den Ehemann und Vater fokussiert und damit gegebenenfalls wichtige Spuren und Indizien, die zum wahren Täter führen könnten, übersehen hatte.

„Das war wohl leichter, als die Nadel im Heuhaufen zu suchen", bestätigte auch Diekmann Hennings Vermutung und schüttelte den Kopf. „Ich war sicher nicht der perfekte Ehemann, und auch wir hatten unsere Probleme, aber ich habe Tanja geliebt. Und ich habe meinen Jungen geliebt. Niemals hätte ich ihnen etwas antun können. Mir wurde ja sogar noch Jahre später vorgeworfen, als ich Robin für tot erklären lassen habe, dass ein Vater, der unschuldig ist, so etwas niemals machen würde." Er lehnte sich nach vorne. „Aber ich sage Ihnen etwas, irgendwann müssen Sie einfach aufhören zu warten. Sie müssen morgens wieder aufwachen und atmen können. Nach vorne sehen. Sie müssen wieder leben lernen. Und ich musste für mich einen Weg finden, damit abzuschließen – zumindest mit der Warterei darauf, dass Robin jeden Moment zur Tür hereinkommt. Auf dem Friedhof habe ich einen Ort, an dem ich um meinen Jungen trauern kann, an dem ich an ihn denken und auch mal verzweifeln kann. Aber hier zu Hause musste ich lernen, wieder die schönen Seiten des Lebens zuzulassen. Ich brauchte einfach Abstand. Zu diesem Schmerz und der Verzweiflung." Beinahe flehentlich sah er sie an. Sein Blick huschte von Henning zu Lena und wieder zurück, als würde er sie beide wortlos darum bitten, ihn zu verstehen. Als er sich kurz nach hinten wandte, kopfnickend auf den kleinen Altar in seinem Rücken deutete, fügte er leiser hinzu: „Aber er ist trotzdem ein Teil dieser Familie, wird er immer sein."

„Ich habe meine Mutter und meine Schwester verloren, als ich noch recht jung war. Ich weiß genau, wovon Sie sprechen", sagte Lena, selbst überrascht von ihren offenen Worten. Doch der Schmerz des Mannes, die Zerbrechlichkeit in seinen Augen und seine verzweifelte Suche nach einem neuen Sinn im Leben, berührten sie zutiefst. Sie spürte Hennings Blick auf sich ruhen, sah jedoch nicht zu ihm hinüber.

„Dann wissen Sie, dass man sich manchmal zwingen muss, Abstand zu gewinnen, um überhaupt existieren zu können."

Sie nickte. Das wusste sie nur allzu gut.

Auf einen Moment des Schweigens folgte Hennings Frage, wie Herr Diekmann die Suche nach seinem Sohn damals eingeschätzt hat – unabhängig davon, dass er selbst im Fokus der Ermittlungen gestanden hatte.

Die Stimmung kippte binnen von Sekunden von tiefster Trauer zu bodenloser Wut. „Weggelaufen sei er, das war damals die Erklärung Ihrer Kollegen. Irgendwo in den Wald, und dann sei er dort … verschollen.“ Er schüttelte den Kopf, während seine Wangen feuerrot wurden. „So ein Blödsinn. Robin war schlau. Klar, er hätte in seiner Panik zuerst einmal in den Wald rennen können. Aber in der Nähe war eine viel befahrene Straße, und nach einer Weile, wenn er sich beruhigt gehabt hätte, wäre er dorthin gegangen.“

Lena war sich dessen nicht so sicher. Der Kleine hatte gegebenenfalls innerhalb eines Augenblicks eine Entscheidung treffen und instinktiv handeln müssen. „Was denken Sie, was genau passiert ist?“, fragte sie.

Roland Diekmann atmete hörbar durch. „Keine Ahnung. Ich bin in den letzten zwanzig Jahren jedes mögliche Szenario durchgegangen, glauben Sie mir. Aber ich denke jetzt, der Typ, der meine Frau getötet hat, hat auch meinen Jungen auf dem Gewissen. Seine Leiche wurde nur einfach nie gefunden.“

Er sprach die ganze Zeit, seit sie da waren, in der Vergangenheit von Robin. Grundsätzlich hatte sich Herr Diekmann wohl damit abgefunden, dass Robin nicht mehr am Leben war, hatte ihn sogar selbst für tot erklären lassen. Aber vermutlich war irgendwo noch ein Funke einer Hoffnung auf Robins Rückkehr in seinem Kopf, der erst verlöschen würde, wenn er den Leichenfund schwarz auf weiß hatte.

„Ich weiß, es ist lange her, aber können Sie sich eventuell noch an den Morgen vor der Tat erinnern? Oder auch an ein paar Tage davor? Gab es irgendetwas im Verhalten Ihrer Frau oder Ihres Kindes, was darauf hingedeutet hat, dass etwas anders war? Etwas vor sich ging, von dem Sie nichts wissen sollten?“

„Was wollen Sie damit sagen?“

Lena schlug die Beine übereinander. „Manchmal kennen Opfer ihre Täter, sie sind ihnen zuvor schon begegnet, haben sich mit ihnen unterhalten, hatten vielleicht sogar einen besonderen Moment mit ihnen, der in Erinnerung geblieben ist."

Herr Diekmann schüttelte den Kopf. „Meine Frau war immer ängstlich und übervorsichtig, besonders wenn es um Robin ging. Man hört ja so viele Schauergeschichten in den Nachrichten. Ich glaube, das Erste, was sie unserem Kleinen damals beigebracht hat, war, niemals mit Fremden zu sprechen. Sie hat ihn auch nie aus den Augen gelassen, hätte niemals irgendwo am Straßenrand Halt gemacht, nicht einmal, wenn ihr fast die Blase geplatzt wäre. Robin im Auto sitzen lassen und sich erleichtern gehen? Nein, niemals."

Henning horchte auf. „Sie meinen nicht, dass Sie damals dort auf dem Parkplatz ihrem Mörder begegnet ist?"

„Ganz sicher nicht! Wie sie dort hingekommen ist, weiß ich nicht. Ich habe der Polizei damals schon gesagt, dass sie auf dem Weg zu ihren Eltern war und dass sie dafür gar nicht an dieser Stelle von der Autobahn hätte abfahren müssen."

„Einem Tankbeleg zufolge war sie schon längere Zeit auf der Landstraße unterwegs, hat gut zehn Kilometer vom Tatort entfernt getankt und einen Saft gekauft."

„Dann hätte sie ja erst recht keinen Grund gehabt, gleich wieder irgendwo im Nirgendwo anzuhalten." Inbrünstig schüttelte er den Kopf. „Ich bin jede gottverdammte Möglichkeit unzählige Male durchgegangen, glauben Sie mir, und es ergibt alles keinen Sinn." Er fuhr sich übers Gesicht und den kratzigen Bart.

Ob Tanja Diekmann ihrem Mörder an der Tankstelle begegnet war? Die Polizei hatte damals auch die Überwachungskameraaufnahmen überprüft, aber nur Tanja und Robin zu entsprechender Zeit an der Tankstelle gesehen. Keine verdächtigen Fahrzeuge im Hintergrund, keine weiteren Kunden im Shop.

In diesem Moment klingelte Hennings Handy, er entschuldigte sich und verließ das Wohnzimmer.

„Die Tote vom Grundländer Forst … Ist sie es, bei der Sie denselben Täter wie bei Tanja vermuten?", fragte Roland Diekmann nun und flüsterte beinahe.

„Dazu darf ich leider keine Auskunft geben, da wir noch mitten in den Ermittlungen stecken. Aber ich verspreche Ihnen, dass ich Sie umgehend informieren werde, sobald ich irgendwelche Hinweise in Bezug auf Ihre Frau und Ihren Sohn finde."

Henning kam zurück ins Wohnzimmer und räusperte sich. „Tut mir leid, dass wir so abrupt aufbrechen müssen, Herr Diekmann, aber wir wurden zu einem Einsatz gerufen."

Einem Einsatz? Lena versuchte aus Hennings Blick abzulesen, was der Anruf gerade beinhaltet hatte.

Diekmann brachte sie zur Tür, und als er Lena die Hand reichte, sagte er zum Abschied: „Ich musste wieder heiraten und noch einmal Vater werden, um meinem Leben wieder einen Sinn zu geben, denn wenn mein Junge eines Tages doch noch nach Hause kommt, will ich, dass er immer noch zu mir aufschauen kann."

Lena drückte seine Hand und nickte wortlos.

Das Polizeiaufgebot war schon von Weitem zu sehen. Blaulichter, Einsatzfahrzeuge, eine Menschenansammlung und uniformierte Mitarbeiter der Müllabfuhr mit blassen Gesichtern.

Henning hatte sofort gewusst, dass es kein Zufall war. *Fund eines männlichen Leichnams*, so hatte es am Telefon geheißen, und ihm war schlagartig kotzübel geworden.

„Es könnte jeder sein", sagte Lena auf der Fahrt, nachdem er sie eingeweiht hatte, doch er wusste, dass jeder beinhaltete, dass auch Boris dabei war.

Erst fanden sie die Leiche von Susanne Scherer, dann erfuhren sie, dass sie zu Boris' Freundeskreis gehörte, entdeckten ihren Wagen auf demselben Parkplatz, auf dem auch Boris' Auto stand, und nun war vor den Toren einer Mülldeponie ein männlicher Leichnam gefunden worden.

Es konnte jeder sein. Ja, aber eben auch Boris.

Was, wenn die Morde keine zufälligen Opfer getroffen hatten, was, wenn sie doch einen Bezug zur Wandergruppe hatten, dann war diese Option gegeben. Henning wusste das. Wie der Mord an Tanja Diekmann vor vielen Jahren ins Bild passte, blieb bisher im Nebel. Sie hatten viele Puzzleteile, aber nichts fügte sich zu einem Bild zusammen.

Kommissarin Schnabel empfing sie am Fundort. „Im Morgengrauen haben die Kollegen der Deponie den Leichnam entdeckt. Achtlos entsorgt wie Müll.“

Langsam folgten sie ihr hinter die Absperrung, und Henning wappnete sich innerlich, jeden Moment den bärenhaften Körper seines geschätzten Kollegen dort liegen zu sehen und ihm in das bärtige Gesicht blicken zu müssen.

Doch das geschah nicht.

Vor einem Maschendrahtzaun, inmitten einer riesigen Schlammpfütze, lag der Mann. Er hatte eine schlanke Figur, trug Gummistiefel, Jeans und Regenjacke, und sein halblanges Haar war ebenso schlammverschmiert wie sein Gesicht. Die einst hellblaue Jeans war blutrot. Sein rechtes Bein war nach einer Verletzung notdürftig abgebunden worden, was den Blutfluss aber nicht, wie vermutlich erhofft, gestoppt hatte.

Henning beugte sich über den Mann, der aus weit aufgerissenen Augen in den wolkenverhangenen Himmel starrte. Das Eintrittsloch eines Projektils in der grünen Regenjacke, auf Höhe der Brust, fiel ihm sofort ins Auge.

Henning zog sein Mobiltelefon aus der Hosentasche und öffnete Maikes E-Mail, in der sie ihm Namen und Fotos der Teilnehmer von Boris’ jährlicher Wandertour geschickt hatte. Schon auf dem zweiten Bild sah er, wen er vor sich hatte. „Helge Grundler“, sagte er leise, drehte sich um, fluchte und raufte sich die Haare. Als er sich wieder gesammelt hatte, ging er zurück zu Lena und der Hauptkommissarin. „Er gehört derselben Wandergruppe an wie Susanne Scherer. Und unser Kollege, Boris Pawlow.“

Sie traten ein Stück zur Seite und ließen die Kriminaltechniker ihre Arbeit machen.

„Also hat der Täter einen konkreten Bezug zu den Wanderern und löscht einen nach dem anderen aus?“, fragte Schnabel und zog die Augenbrauen zusammen. „Und die Frauen? Der Diekmann-Mord und der Lippenstift?“

„Das hier ist ein ganz anderer Tötungsablauf. Für Susanne Scherer hat der Mörder sich Zeit genommen. Er hatte einen genauen Plan im Kopf, was er tun musste, um sein Ziel zu erreichen. Töten, Herz entnehmen,

Wunden verschließen, waschen kämmen, et cetera. Aber Helge Grundler hier …“, Henning deutete auf den Toten, „… wirkt, als wäre er einfach abgeknallt und entsorgt worden. Da ist keine Umsicht dabei gewesen, keine Reue, er scheint dem Mörder überhaupt nicht wichtig gewesen zu sein, keinerlei Bedeutung gehabt zu haben. Ich wette, die Tore sind hier nachts verschlossen, sonst hätte er ihn vermutlich auf den Müll geschmissen. Weil seine Leiche nur das für ihn ist. Die Frauen aber stehen für etwas. Sie sind ihm wichtig. Es könnte natürlich auch ein vollkommen anderer Täter sein, aber wie hoch ist die Chance, dass es zwei Mörder zur gleichen Zeit auf ein und dieselbe Wandergruppe abgesehen haben? Das ist absurd.“ Henning spürte das Adrenalin durch seine Adern schießen. „Frau Schnabel, wir sollten jetzt definitiv nicht länger warten. Schicken Sie die Hundertschaft, die sich bereithält, raus, um nach dem Rest der Gruppe zu suchen. Ich lasse von meinen Kollegen Übersichtsblätter mit Namen und Personenbeschreibungen erstellen. Wir müssen die Leute aus diesem Wald holen, vermutlich sind sie bereits in höchster Gefahr. Sparen Sie also keine Mühen und Kosten, einer unserer besten Männer ist da draußen!“ Hektisch sprudelten ihm die Worte über die Lippen.

Schnabel hatte dieser klaren Ansage nichts hinzuzufügen. „Wird gemacht, ich halte Sie auf dem Laufenden.“

„Lena, bring in Erfahrung, ob es hier irgendwo Überwachungskameras gibt, und lass Olaf das Material checken. Bitte Maike, Suchblätter zu erstellen. Namen, Kontaktdaten, Aussehen, die neuesten Fotos. Die beiden sollen auch mit Angehörigen sprechen, schnellstmöglich. Karen und Claus sollen sie unterstützen. Hat jemand was gesehen, gehört, merkwürdige Äußerungen gemacht, gibt es Notizen, Tagebücher … was weiß ich? Alles, was sie kriegen können, sollen sie besorgen. Gibt es noch weitere Fälle, die Ähnlichkeit zu Diekmanns oder Scherers aufweisen? In der Region, deutschlandweit? Mach dich schlau! Ich mache mich auf die Suche nach einem guten forensischen Psychiater hier in der Nähe. Wir brauchen dringend ein Täterprofil, damit wir wissen, mit wem wir es hier zu tun haben.“

„Dabei kann ich Ihnen weiterhelfen“, sagte Kommissarin Schnabel. „Dr. Alexander Berger arbeitet in der JVA Wachtelgrund und ist hervorragend, wenn es um die Komplexität der Psyche von Straftätern geht. Ich kann ihn anrufen."

„Sehr gut, danke. Bitte kündigen Sie meinen Besuch an, ich würde mich gleich auf den Weg zu ihm machen", sagte Henning, und Schnabel nickte in Lenas Richtung.

„Wollen Sie mit mir aufs Kommissariat fahren?"

„Danke, das wäre nett", sagte Lena. „Du stößt später dazu?", rief sie Henning hinterher, der schon im Begriff war, ins Auto einzusteigen.

„Ja, ich komme, so schnell ich kann."

Die kurzen Abstände zwischen den Morden, der Bezug zur Wandergruppe, einem Mordfall von vor über zwanzig Jahren und dann auch noch Boris in Gefahr … Nein, jetzt durften sie keine Zeit mehr verlieren.

Keine einzige Sekunde.

Kapitel 13

DR. Alexander Berger überraschte Henning mit seinem Alter. Der sehr junge, hochgewachsene und schlanke Mann hatte kurzes, dunkles Haar, trug eine Brille mit breitem Rahmen und wirkte auf den ersten Blick eher wie ein Student, der gerade auf dem Weg zu einer Vorlesung war.

„Herr Gerlach, Ihr Besuch freut mich außerordentlich. Treten Sie bitte ein.“ Seine ein wenig hochtrabend wirkende Ausdrucksweise passte nicht zu seinem Äußeren, doch Henning versuchte, sich davon nicht beirren zu lassen.

Kommissarin Schnabel hatte Henning auf der Fahrt hierher angerufen, seinen Termin bei Dr. Berger bestätigt und ihm etwas über den forensischen Psychiater erzählt, der neben seiner Arbeit in der Vollzugsanstalt mehrere Bücher zu den Themen Täteranalyse, Psychopathologie und Straftaten sowie der Opfer-Täter-Dynamik veröffentlicht hatte. Zudem hielt er seit Jahren Vorträge für Studierende der Kriminologie an der Universität und gab darin Einblicke in seine Arbeit mit Strafgefangenen.

All das hätte Henning dem sehr jungen Mann kaum zugetraut, wurde jedoch eines Besseren belehrt. Sein Büro hing voller Auszeichnungen für seine Publikationen. Zudem stapelten sich Fachbücher in deckenhohen Regalen in seinem Rücken, und der Schreibtisch wimmelte nur so von Notizzetteln, Skizzen und Ausarbeitungen jeglicher Art.

„Sie sind nicht der Erste, der mich rein der Optik wegen am ehesten in einem Jugendförderungsprogramm untergebracht hätte, anstatt mit mir über die psychischen Abgründe der Menschen zu sprechen.“ Er sagte es mit einem Lächeln, das Henning – auch wenn er sich ertappt fühlte – gern erwiderte.

„Wenn Sie das in diesen zwei Minuten, die wir uns jetzt kennen, schon erkannt haben, sind Sie gut in Ihrem Job.“

„Oder einfach ein guter Beobachter." Er zwinkerte ihm zu und setzte sich in seinen knarzenden Ledersessel. Mit einer Armbewegung hatte er den Papierstapel vor sich zur Seite geschoben und verschränkte nun die Hände auf dem Tisch. „Wie kann ich Ihnen helfen?"

Henning holte seinen Laptop aus der Umhängetasche und ließ ihn hochfahren. Währenddessen brachte er den forensischen Psychiater auf den aktuellen Stand der Ermittlungen. „Wir haben im Moment keinen blassen Schimmer, mit welcher Art eines Täters wir es hier zu tun haben", schloss er seinen Bericht.

„Lassen Sie uns das gemeinsam unter die Lupe nehmen." Dr. Berger zog das Whiteboard, das in seinem Rücken stand, zu sich nach vorne, wischte es sauber und nahm einen Stift zur Hand. Dann schrieb er die Namen der drei Opfer – Tanja Diekmann, Susanne Scherer, Helge Grundler – in die Mitte der Tafel und drehte sich wieder zu Henning. Außerdem holte er sich eine riesige Landkarte der Region dazu und hängte sie an die Wand neben dem Whiteboard. „Schauen wir uns zuerst die geografischen Informationen an."

Henning ging um den Tisch herum und stellte sich vor die Karte. Er markierte die Fundorte der drei Opfer. Während Helge Grundler und Susanne Scherer beide in etwa der gleichen Region des Grundländer Forsts gefunden wurden, lag der Tatort des Überfalls auf Tanja Diekmann außerhalb dieses Gebiets.

„Grundler und Scherer kannten sich", sagte Berger und zeichnete die Verbindung der beiden auf das Board. „Es gibt keine Verbindung zwischen Diekmann und dieser Wandergruppe?"

Henning runzelte die Stirn. „Nicht, dass wir wüssten, ich meine, Diekmanns Mord liegt zwanzig Jahre zurück. Ausschließen kann ich es nicht, aber ich denke nicht."

„Das sollten Sie überprüfen. Sehen Sie sich den Mord an Scherer und Diekmann an. Lippenstift und Brustkorbwunde sind eine Unterschrift des Täters. Bei dem ersten Opfer, vor zwanzig Jahren, hatte er eine Vision im Kopf, einen Plan. Aber er konnte ihn nicht umsetzen, das Herz hat er nicht entnommen. Warum nicht?" Berger drehte den Stift in seinen Händen und lief auf und ab. „Vielleicht wurde er gestört."

„Von dem Jungen?", fragte Henning.

Der Psychiater nickte. „Möglicherweise. Vielleicht aber war er auch noch nicht in der Lage dazu, seine Tat seinen inneren Bedürfnissen entsprechend durchzuführen. Es ist ähnlich wie bei Tätern, die ihre Taten in ihren Gedankenprozessen im Vorfeld so stark idealisieren, dass diese in der Realität niemals auf dem gleichen Niveau landen können. In der Regel sprechen wir hier von Serienmördern, die in dem Versuch, diesem idealen, perfekten Gefühl nahezukommen, immer und immer wieder zuschlagen. Sie erlangen diese Ekstase, von der sie träumen, allerdings nie. Unser Täter hier könnte in seinem Kopf einer Vorstellung nachjagen, die mit der Realität wenig zu tun hat. Blut und Fleisch, Knochen, die im Brustkorb erst zersägt werden müssen – das passt vielleicht nicht in seine Idealisierung. Er überfällt Diekmann, erdrosselt sie, will sich ans Werk machen und muss abbrechen. Es ist nicht das, was er wollte, wonach er gesucht hat!“

„Aber bei Susanne Scherer hat er es hingekriegt.“

„Zwanzig Jahre sind eine lange Zeit“, sagte Dr. Berger und blieb stehen. „In der kann viel passieren.“

„In der Region gibt es keine weiteren ungelösten Mordfälle“, sagte Henning.

Berger nickte. „Aber zahlreiche Vermisstenfälle. Der Grundländer Forst lebt von seinen Mythen und Legenden, die sicher einen Funken Wahrheit in sich tragen werden. Der Täter hatte Zeit zu üben, sein Vorgehen zu perfektionieren. Dafür brauchte er Opfer.“

Henning fuhr sich über das müde Gesicht. „Sie gehen davon aus, dass es weitere Tote gibt?“

„Ich bin mir sogar sehr sicher. Zwischen Diekmann und Scherer liegen Welten. Hier hat eine Entwicklung stattgefunden.“

„Dann war es nur Zufall, dass er nicht schon eher entdeckt wurde? Der Mord an Susanne Scherer wirkt geplant, vorbereitet, alles andere als ein Überraschungsangriff. Bei Tanja Diekmann sieht das anders aus.“

Dr. Berger legte den Kopf schief. „Ich denke nicht, dass Frau Scherer als Opfer ausgewählt worden ist, aber die Tat als solche war geplant. Er war vorbereitet, hatte seine Unterschrift perfektioniert. Es musste nur die passende Gelegenheit kommen, und die kam – in Form von Frau Scherer."

„Und Helge Grundler? Ein ganz anderes Tatgeschehen, als wäre er ihm irgendwie in die Quere gekommen und musste beseitigt werden." Henning lehnte sich gegen den Schreibtisch und verschränkte die Arme vor der Brust.

„Ich nenne es ein Ausreißer-Opfer. Er steht in irgendeinem Zusammenhang mit dem Mord an Susanne Scherer. Grundler könnte etwas gesehen haben, ein Zeuge gewesen sein, der ausgeschaltet werden musste. Seine Tötung hat aber nichts mit den Bedürfnissen des Täters zu tun. Ich bin mir sicher, dass dieser Mord ihm auch keine Befriedigung in der Art verschafft hat, wie es die Tat an den Frauen getan hat."

Henning nickte. „Und um welche Art von Befriedigung geht es hier? Wir haben keinerlei Hinweise auf Sexualdelikte."

„Nicht an den Opfern, das stimmt." Berger ging zum Whiteboard hinüber, deutete auf die beiden Frauennamen. „Aber der Akt des Tötens kann dem Täter dennoch sexuelle Befriedigung bringen. Es könnte beispielsweise die Öffnung des Brustkorbs sein, die ein Verlangen in ihm auslöst, das gestillt werden will."

Henning schluckte. „Aber es könnte auch für Macht und Kontrolle stehen, oder? Dass er ihnen das Herz entfernen will, beziehungsweise entnommen hat?"

„Wir dürfen unseren Blick nicht nur auf ein Merkmal lenken. Es ist ein Zusammenspiel aller Kriterien, die diese Morde so charakteristisch machen. Schauen Sie sich den Lippenstift an, Herr Gerlach. Und dann die geöffneten Brustkörbe, das fehlende Herz."

„Die Schmiererei mit dem Lippenstift ist eindeutig Entwürdigung", sagte Henning.

Dr. Berger nickte. „Und warum möchte ein Täter sein Opfer entwürdigen?" Er tippte auf den Namen von Susanne Scherer. „Weil er wütend ist. Er will sich rächen, seine Macht, seine Überlegenheit demonstrieren und sie gleichzeitig bloßstellen. Er will den Menschen, die sie so auffinden, sagen: *Schaut nur, wie hässlich sie eigentlich ist.*"

„Wieso?", fragte Henning, dem langsam der Kopf dröhnte.

„Weil er sich nur darüber profilieren kann. Nur dann, wenn sie für immer schweigen, wenn sie sich auch nicht mehr wehren und ihm nicht mehr widersprechen können, kann er der Welt zeigen, wie wertlos sie doch eigentlich sind. In seinen Augen kann niemand mehr das Gegenteil behaupten, er hat also recht."

„Es geht ihm also um Macht", schlussfolgerte Henning.

Dr. Berger verschränkte die Hände hinter dem Rücken wie ein alter Professor. „Auch. Ja. Aber ich sehe darin vor allem Verzweiflung, Schmerz, einen Menschen, der etwas sehr Demütigendes erlebt hat, der sich ausgeliefert gefühlt hat und im Moment dieses Ausgeliefertseins keine Stimme hatte."

„Ein Täter, der als Kind beispielsweise Missbrauch erlebt hat?"

„Körperlich, emotional ... ja, beides denkbar. Aber jetzt müssen wir wieder auf alle Opfer schauen. Den Frauen widmet er sich ganz besonders intensiv. Die Männer bedeuten ihm nichts. Es ist eine Frau, vielleicht Weiblichkeit im Allgemeinen, die in ihm diese Wut auslöst."

„Seine Mutter", sagte Henning leise. Er begann zu verstehen, mit welcher Art Mensch sie es hier zu tun hatten.

„Wir finden die Wurzeln menschlicher Abgründe meistens in den verletzten Kinderseelen der Täter. Sie schlummern noch in ihnen, sie haben sie niemals überwunden oder gar heilen lassen können. Ihre Strategie ist die Konfrontation durch Machtausübung. Dadurch stellen sie sich ihrem Trauma, aber halten gleichzeitig erstmals das Zepter in der Hand."

Plötzlich zuckte Henning zusammen, als ihn eine Erkenntnis wie ein Lichtblitz traf. „Der Lippenstift", murmelte er und eilte um den Tisch herum, um seinen Laptop zu nehmen. Er scrollte durch die Dokumente, bis er die forensischen Analysen dazu fand.

„Der Lippenstift muss über siebzig Jahre alt sein, da er noch Blei enthält. Heute werden keine Lippenstifte mehr mit Blei produziert, aber bis zu den Fünfzigern war das gang und gäbe. Nach allem, was Sie mir gerade erzählt haben, könnte er von der Mutter des Täters stammen."

„Ein sehr guter Gedanke. Und das wiederum lässt einen Rückschluss auf das Alter des Täters zu. Wir können es zumindest ein wenig eingrenzen."

In Hennings Kopf rasselten bereits die Zahlen. „Rein hypothetisch gedacht – der Lippenstift wurde in den Fünfzigerjahren von der Mutter des Täters erworben. Wir wissen nicht, ob sie damals schon älter oder noch ein junges Mädchen war. Wir wissen auch nicht, ob der Täter bereits geboren war. Aber es lässt sich ableiten, dass wir es mit einem älteren Täter zu tun haben, der mindestens vierzig Jahre, wenn nicht noch älter ist.“

„Ganzheitlicher Blick, Herr Gerlach“, sagte Dr. Berger mit ernster Stimme, ganz so als wäre Henning einer seiner Studenten in den Vorlesungen. „In der Regel werden Serienmörder bereits im Kinder- und Jugendalter auffällig – beispielsweise, indem sie Tiere quälen. Bis zum ersten Mord an einem Menschen ist es ein schleichender Prozess, er entwickelt sich über Jahre, vom Kindesalter über die Adoleszenz, wobei es sehr häufig in den jungen Erwachsenenjahren zu ersten schwerwiegenden Taten, sprich Morden, kommt.“

„Der Mord an Diekmann, vor zwanzig Jahren“, sagte Henning und verstand, worauf der Psychiater hinauswollte.

„Wenn es sein erster Mord war – wofür zumindest der hektische, unorganisierte und unvollendete Tathergang spricht –, dann wird der Täter vermutlich damals zwischen fünfundzwanzig und fünfunddreißig Jahren alt gewesen sein.“

„Dann wäre er heute Mitte vierzig bis Mitte fünfzig.“

Dr. Berger nickte. „Davon können wir sicher ausgehen.“

Ein hektisches Klopfen riss Henning und Dr. Berger aus ihrem Gespräch. Beide drehten sich abrupt zur Tür um, die zeitgleich aufgerissen wurde.

Eine junge Frau stand im Türrahmen. „Entschuldigen Sie die Störung, aber der Insasse aus Zimmer 26 A dreht schon wieder durch. Er hat während der Mittagessenausgabe eine Pflegerin durch das Sicherheitsgitter am Arm verletzt, die Wunde wird gerade genäht. Jetzt tigert er in seiner Zelle auf und ab und springt zwischendurch immer wieder hysterisch schreiend gegen die Tür.“

Während die Frau sehr verzweifelt klang, reagierte Dr. Berger professionell ruhig.

„Ich bin gleich da.“ Er legte den Stift beiseite und seufzte. „So kann es manchmal gehen“, sagte er und lächelte, als würde er darüber sprechen, wie sonderbar es doch war, dass das Wetter im Frühjahr abrupt umschlug und Sonne und Regengüsse sich abwechselten. *So kann es manchmal gehen.*

„Was ist mit dem Kind, Robin? Und wieso die Herzen?"

Dr. Berger reichte ihm die Hand. „Robin Diekmann könnte wie Helge Grundler eines der von mir so benannten Ausreißer-Opfer gewesen sein, es ist anzunehmen, dass er den Jungen getötet hat. In sein krankes Mordmuster passt das Kind keinesfalls, auch nicht zur Mordmotivation. Und die Herzen? Trophäen, Schätze … Täter sammeln und erinnern sich gern. Gehen Sie mit Ihrem Team unterschiedlichen Bedeutungen des menschlichen Herzens nach. Es gibt einen spezifischen Grund, weshalb er ausgerechnet das Herz entfernt und behält."

„Dr. Berger, schnell, er schlägt sich den Kopf an der Sicherheitstür blutig", hörten sie die Stimme der Pflegerin vom Flur zu ihnen ins Büro dringen.

„Nun muss ich leider los. Bitte informieren Sie mich zur weiteren Entwicklung Ihres Falls. Sehr spannend, Herr Gerlach, sehr, sehr spannend."

Mit diesen Worten ließ er Henning stehen und eilte aus dem Raum.

Henning blieb allein im Büro zurück. Immerhin. Er war ein ganzes Stück weitergekommen und notierte sich die Erkenntnisse zum Alter des Täters und der vermuteten familiären Vorgeschichte auf seinem Laptop. Dann nahm er seine Sachen und verließ die JVA.

Kapitel 14

– Boris –

ER hatte das Zeitgefühl verloren. Die Luft roch muffig, feucht, sogar ein wenig schimmelig. Es war finster, nur ein schwacher Lichtschein – vermutlich von einer Außenlampe auf dem Gehöft – fiel durch die Holzlatten und ließ einige wenige Details der Umgebung erkennen. Sie hatten mittlerweile den Ort ihrer Gefangenschaft untersucht – ein aus Gitterstäben zusammengebastelter Käfig, eine Zelle, mitten in einer bäuerlichen Scheune aufgebaut, als hätte sie nur auf ihren Einsatz gewartet. Doch wer baute schon Gefängniszellen in Scheunen, und wozu?

Boris saß auf dem eiskalten Boden, der nur spärlich mit Stroh bedeckt war, seine Kleidung war immer noch nass vom Regen der letzten Stunden. In der Stille und der Dunkelheit krochen die Erinnerungen an ihm hoch wie hungrige Kakerlaken. Die Erlebnisse der letzten Tage rauschten wie in einem Film an ihm vorbei. Wie hatten sie hier landen können? Boris und Ole. Und auch Resi. Von ihr hörten sie kaum etwas, doch manchmal rief Boris einfach ihren Namen, um sicher zu gehen, dass sie noch da war und noch lebte. Sie musste ein ganzes Stück entfernt sein. Er hatte sie weinen hören, aber seit einer ganzen Weile herrschte Stille. Zumindest wusste er, dass sie unverletzt war. So viel hatte sie hervorbringen können, bevor sie verstummt – vielleicht eingeschlafen – war.

„Resi?“, rief Boris auch jetzt wieder nach ihr, doch eine Antwort blieb aus.

„Sie wird schlafen, es ist noch sehr früh“, sagte jetzt auch Ole und sah zu ihm hinüber. Tiefe Schatten lagen unter seinen Augen, doch er bewahrte selbst in dieser Situation noch Ruhe, so wie er es immer tat. Seit sie in die Zelle gesteckt worden waren, war er damit beschäftigt, die Gitterstreben Millimeter für Millimeter nach Schwachstellen abzutasten, im Boden nach einem Loch oder nach einem wie durch ein Wunder auftauchenden Schlüssel zu suchen. Boris bewunderte seinen Freund für dessen Ausdauer, ahnte aber gleichzeitig, dass Ole sich beschäftigen musste und augenblicklich verrückt werden würde, wenn er nichts tun konnte. Er selbst hatte sich darauf beschränkt, wie ein Irrer mit aller Kraft an der Kette zu reißen. Ein paar Mal war er sogar mit Anlauf gegen die Zellentür gesprungen, was aber nur dazu geführt hatte, dass seine Schulter jetzt höllisch schmerzte. Die Tür hatte er danach einen Spalt aufdrücken und seinen Arm hindurchstecken können. Doch auch das hatte sie nicht weitergebracht.

„Woher weißt du, wie spät es ist? Ich hab null Zeitgefühl mehr."

„Durch den Schlitz dort hinten kann man sehen, dass es heller wird", sagte Ole und hielt kurz inne, bevor er mit seiner Untersuchung am nächsten Gitterstab fortfuhr.

Diese Ruhe und Besonnenheit, die sein Kumpel ausstrahlte … Boris wusste, wem ein solches Verhalten gefallen hätte: Henning. Auch er bewahrte immer einen kühlen Kopf, egal wie ausweglos eine Situation zu sein schien.

Während Boris aufstand, sich auf Zehenspitzen stellte und versuchte, das obere Ende des Gitters und den Übergang zur Decke zu ertasten und dort eventuell eine Schwachstelle zu entdecken, dachte er an seinen Teamleiter und Freund. Wenn Henning nur wüsste, in welchem Albtraum er steckte, würde er alle Hebel in Bewegung setzen, ihn zu finden. Doch wie sollte er es auch nur ahnen, oder irgendjemand anderer vom Team? Wenn Oles Annahme stimmte, war es jetzt Samstagmorgen. Es war geplant gewesen, dass sie alle am Sonntagabend von der Wanderung zurückkehren würden und er Montag wieder im Kommissariat aufschlagen würde. Das waren noch zwei Tage. Zwei ganze Tage, in denen Dinge passieren konnten, die er sich nicht einmal vorzustellen wagte.

„Glaubst du, sie halten auch Jacky und Nano hier irgendwo fest?", fragte Ole in seine Gedanken hinein und erwähnte erstmalig die beiden Männer, die sie in die Scheune gesperrt hatten.

„Ich gehe davon aus, dass sie mit dem Verschwinden der beiden auch zu tun haben, ja“, sagte Boris. Er hatte seine Worte mit Bedacht gewählt. Was er *wirklich* darüber dachte, dass hier lediglich Resi zusammen mit ihnen eingesperrt war, wollte er nicht aussprechen. In diesem Moment spürte er, wie die Gittertür unter seinen Fingern schwankte, als er versuchte, sie nach oben zu ziehen. „Hey, Ole, hilf mir mal!“

Sein Kumpel kniete sich auf den Boden und umfasste die Streben. „Soll ich die Tür hochdrücken? Schafft die Kette das?“

„Die Kette schon, aber ich weiß nicht, wie viel Luft nach oben ist, ob es genug wäre, damit wir uns drunter durchquetschen können.“

„Ich drücke sie nach oben, du ziehst oder hältst zumindest dagegen. Ich bin schlanker als du, Boris. Wenn ich das Gefühl habe, der Platz reicht, quetsche ich mich durch.“

Die Anspannung, der Funken Hoffnung, der sich in ihnen ausbreitete, war beinahe greifbar. Boris’ Hände zitterten, doch er war fokussiert und konzentriert, und nach einem Startsignal tat er, was Ole vorgeschlagen hatte. Die Tür bewegte sich ein Stück, ließ sich nach oben drücken und stieß dort ziemlich schnell an einen Widerstand.

„Noch zehn Zentimeter, mindestens, sonst hab ich keine Chance!“, rief Ole, und Boris schnaubte.

„Da ist ein Holzbalken im Weg.“ Er rüttelte und zerrte an der Tür, versuchte, sie an dem Balken vorbeizubugsieren, doch diesmal hinderte ihn die Kette daran, die keinen weiteren Bewegungsspielraum hergab.

„Scheiße!“, fluchte er, als die schwere Tür unter seinen Händen bebte. Er drückte und zwängte, zog und schob, Schweiß rann ihm über die Oberlippe, als seine Kräfte nachgaben.

„Lass los, das wird nichts“, sagte Ole resigniert, und im nächsten Moment krachte die Gittertür nach unten. Klirrend und polternd fiel sie zurück in Position, und Boris ließ keuchend den Kopf hängen.

Er sank neben Ole auf den Boden. Sein Herz raste. Erstmals, seit er aufgrund seiner besonderen Fähigkeit, sich Daten und Fakten visuell einzuprägen und in Sekundenschnelle abzurufen, seinen Job auf dem Präsidium bekommen hatte, bereute er seine damalige Entscheidung, zur Polizei gegangen zu sein. Genau jetzt wünschte er sich, weniger über die menschlichen Abgründe zu wissen, mit denen er sich in den letzten Jahren hatte beschäftigen müssen. Er wusste, was für kranke Menschen in dieser Welt herumliefen und was sie in der Lage waren, anderen anzutun. Das hier war kein Scherz, niemand würde kommen, die Tür öffnen und sie einfach gehen lassen. Sie steckten in diesem verdammten Loch fest. Jeden Moment konnte einer dieser Typen zurückkehren und ihnen Gott weiß was antun. Oder vielleicht würden sie auch bloß elendig verhungern, bis ihre stinkenden Überreste von Ratten gefressen wurden.

Boris rang nach Luft, als die Verzweiflung über ihre aussichtslose Situation wie ein Kartenhaus über ihm zusammenbrach.

„Ole?“ Seine Stimme bebte. Er musste sich zusammenreißen!

„Hm?“

„Wir werden hier sterben, wenn wir uns nicht irgendwas einfallen lassen.“ Erstmals sprach er aus, was ihm und vermutlich auch Ole bewusst geworden war, nachdem sich die Situation nach Nanos Verschwinden rasant zugespitzt hatte.

Oles Augen weiteten sich. „Warum sollten die … Ich meine … was zur Hölle haben die davon?“ Oles Stimme wurde lauter. Zu laut.

„Shhht“, machte Boris. Er wollte nicht, dass Resi hörte, worüber sie sprachen. Allerdings wäre es ein Wunder, wenn sie durch das Gepolter der Gittertür nicht bereits wach geworden war. „Wir müssen hier raus, so schnell wie möglich! Lass uns noch mal alle Beobachtungen sammeln, die wir auf dem Weg hierher gemacht haben. Das hier ist ein alter Hof, eine Art Bauernhaus oder so, mitten im Wald. Ziemlich großes Grundstück.“

Man hatte ihnen beim Transport hierher *nicht* die Augen verbunden – sie hatten sowohl die Männer als auch den Hof gesehen –, und das konnte nur bedeuten, dass sie später nicht mehr in der Lage sein würden, jemandem davon zu erzählen. Boris verbot sich selbst, weiter in diese Richtung zu denken. Er schloss kurz die Augen, und versuchte, die Gedanken abzuschütteln, die auch in ihm eine unsagbare Panik aufsteigen ließen.

„Es war zu dunkel, und ich hatte solche Angst um Helge, dass ich auf nicht viel mehr geachtet habe“, sagte Ole nur.

„Wir finden schon etwas“, sagte Boris in dem lahmen Versuch, sich selbst und Ole zu beruhigen.

In diesem Moment hörten sie näherkommende Schritte und Stimmen, die lauter wurden. Boris hörte genau hin.

„Das wird noch mal ein langer Tag, aber danach haben wir endlich wieder Ruhe.“

„Wir machen alles heute?“

„Willst du dich auf die faule Haut legen, hier alles aufs Spiel setzen? Wegen denen?“

„Nein, natürlich nicht.“

„Gut. Vergiss nicht, wer uns das hier eingebrockt hat. Das warst du! Also fang an und hol die Frau zuerst raus. Für die brauchen wir am längsten. Ich warte hier. Ach, und Junge, lass dich von den beiden Idioten bloß nicht vollquatschen. Du wechselst kein Wort mit ihnen, haben wir uns verstanden?“

„Ja, Vater.“

„Hol sie raus und bring sie rüber.“

In diesem Moment wurde die Tür aufgestoßen, und das erste Licht des Morgengrauens fiel in die staubige Scheune.

Der Jüngere der beiden Männer, zierlich und mit schulterlangem aschblondem Haar, stand in der breiten Tür. Boris konnte ihn nur aus dem Augenwinkel erkennen, musste sich gegen das Gitter pressen, um ihn beobachten zu können.

Der junge Mann kam nicht herein. Erst stand er reglos auf der Stelle, dann begann sein rechter Fuß im Erdboden zu scharren. Aus dem Hintergrund schnellte ein Arm hervor und schubste ihn in die Scheune hinein. Mit gesenktem Kopf lief er an Boris und Ole vorbei.

„Hey!“ Boris klammerte sich ans Gitter und richtete sich auf. Er hatte nicht damit gerechnet, doch der Mann blieb tatsächlich stehen und starrte ihn an. Hager sah er aus, blass und müde. Kein Wunder, wenn er die letzten beiden Tage auf Menschenjagd gewesen war …

„Ich bin Boris“, versuchte er es auf die freundliche Art, denn der Mann, der sie vergangene Nacht mit dem Messer bedroht hatte, wirkte jetzt alles andere als bedrohlich. Eher eingeschüchtert, unentschlossen, irgendwie kläglich. Das ungepflegte Haar klebte ihm an der Stirn.

Irgendetwas in dem Gesicht des jungen Mannes rührte ihn an. War es die Müdigkeit in seinen Augen? Die fehlende Autorität, nun, da er allein vor ihnen stand? War es das ungepflegte Äußere oder die Art, wie er Boris' Blick auswich?

Er hatte keinen Zweifel. Wenn ihn dieser Mann nicht letzte Nacht mit einem Messer angegriffen hätte, sondern ihm im Alltag, in der Stadt, im Café, begegnet wäre, wäre Boris nie auf die Idee gekommen, dass er einer von diesen gestörten Kerlen sein könnte, die Frauen entführen, um wer weiß was mit ihnen anzustellen. Er wirkte wie der nette, schüchterne Junge von nebenan.

„Haltet die Fresse, ihr da hinten", brüllte nun die Stimme des älteren Mannes an der Tür. „Junge, weiter, los! Hol die Frau da endlich raus!"

Resi hatte diesen Befehl gehört, und dort, wo sie gefangen gehalten wurde, wurde es unruhig. Ihr Wimmern ließ Boris' Finger um die Eisenstangen verkrampfen.

„Hey, lasst sie in Ruhe", rief nun Ole und quetschte sich neben Boris. Während sie beide den jungen Mann mit ihren Blicken fixierten, senkte dieser den Kopf, lief um einen Kistenstapel herum und verschwand im hinteren Teil der Scheune. Kurz darauf hörten sie das Gerassel einer Kette, das Zuschlagen einer Gittertür, einen dumpfen Schlag und Resis flehentliche Bitten, ihr nichts zu tun. Der junge Mann gab keinen Ton von sich.

Eine gefühlte Ewigkeit später wurde etwas Schweres über den Boden geschleift.

„Scheiße, nein", fluchte Boris, als der gebückte Rücken des Mannes zwischen den Kisten sichtbar wurde. Dann seine Arme, die Hände – Füße, die er gepackt hatte, und Resis Körper, den er über den Boden zerrte. Ihr Gesicht war ihnen zugewandt, die Augen geschlossen. Ob sie noch lebte?

„Du krankes Schwein!", brüllte Ole und schlug mit der flachen Hand an die Gitter. „Was hat sie dir getan? Was zur Hölle hat sie dir denn getan?"

Boris klammerte sich an den Arm seines Freundes, versuchte ihn zu beruhigen, doch es gelang nicht. Nur für einen kurzen Moment hob der junge Mann den Blick, und Boris fing ihn auf. Wortlos starrten sie einander an.

Boris verharrte abrupt in der Bewegung. Sein Herz schlug ihm bis zum Hals. Er keuchte.

In diesem Moment hätte er schwören können, dass er den Mann, der den leblosen Körper seiner Freundin über den staubigen Scheunenboden schleifte, schon einmal irgendwo gesehen hatte.

Der Junge starrt sie an. Mit dem Blick eines scheuen Wildes im Angesicht des Raubtiers. Dabei sollte er das Raubtier sein, aber er lässt sich blenden – von ihrer Schönheit, ihrer weichen Haut, ihren sanften Rundungen. Er wird zu diesem Mann, der ich auch einmal war. Dumm und naiv. Es ist ekelhaft, ihn dabei zu beobachten. Gierig sollte er sein, vorfreudig darauf, die Frau auszulöschen, sie zu beseitigen, zu bestrafen! Das fühlt er aber nicht. Er ist jämmerlich und voller Angst – und es macht mich rasend.

„Du bist widerlich." Ich spucke ihm vor die Füße. Er springt zurück, doch ich packe ihn am Arm. „Deinetwegen sitzen wir in dieser Scheiße, und jetzt willst du den Schwanz einziehen? Lässt dich blenden von dieser ... diesem ... Ding?" Ich drücke ihm die Säge in die Hand.

Seine blutigen Finger klammern sich am Griff fest.

„Mach weiter", fordere ich ihn auf. Als er zögert, packe ich ihn an den Schultern und schüttle ihn. „Siehst du denn nicht, was sie angerichtet haben? Was mit uns passiert ist, seit sie den Wald betreten haben? Kannst du es denn nicht endlich erkennen?" Leere steht in seinem Blick. Sein Körper bebt. Er hat mit ihr gekämpft, hat lange gebraucht, bis sie endlich aufgehört hat zu atmen. Ich habe ihr den Brustkorb aufschneiden müssen, weil er es einfach nicht hinbekommen hat! Er hätte so viel lernen können an diesem Wochenende, und manchmal, für einen kurzen Augenblick, hatte ich wirklich Hoffnung. Doch die Enttäuschung wird größer. Über diese Misere, über die ganze Arbeit, die noch vor uns liegt, und vor allem über ihn. Ich dachte, ich hätte ihn besser erzogen, ihn auf die Gefahren der Welt genug vorbereitet, sodass er fähig sein würde, sich ihnen zu stellen, wann immer es sein muss.

„Vater, was, wenn sie kommen? Wenn sie herausfinden, dass wir es waren? Wenn wir trotz allem getrennt werden?" Seine Stimme bebt, wie so oft in den letzten Tagen. Zu oft.

„Sie werden nicht kommen. Wir werfen die hier einfach in die Schlucht zu den anderen."

Er starrt mich an, schluckt. „Dort liegen schon so viele", sagt er, und seine Stimme wird mit jedem Wort leiser.

Ich stoße ihn vor die Brust. „Bring das jetzt hier zu Ende! Wenn du noch länger trödelst, stinkt sie irgendwann. Du willst sie doch auch loswerden, richtig?“

Es dauert einen Moment, doch dann nickt er.

Zufrieden klopfe ich ihm auf die Schulter. „Dann los, mein Junge. Zeig mir, was du gelernt hast.“

Bei der Tätowierten hat er in letzter Sekunde gekniffen. Noch einmal lasse ich ihn damit nicht durchkommen, diesmal wird er es machen müssen.

Es dauert lange, endet in einer riesigen Sauerei aus ihrem Blut, ihren Fleischfetzen und seiner Kotze, doch er schafft es. Als das Herz der Frau in das vorbereitete Glas rutscht, atme ich erleichtert durch.

Endlich!

Während ich den Lippenstift hole und ihr Gesicht bemale, müht er sich mit der Naht ab. Dann wickeln wir sie in ein Laken.

„Schaff sie weg!“

„Ich? Allein?“

Ich werfe ihm die Autoschlüssel zu. „Wer denn sonst? Ich muss mich hier mal um ein paar Sachen kümmern, endlich wieder im Betrieb vorbeigucken. Sonst kommt noch jemand auf blöde Gedanken.“

„Und die Männer?“, fragt er. Der Schlüssel klimpert in seiner Hand.

„Keine Sorge.“ Ich grinse. „Jeder kommt irgendwann dran.“

Kapitel 15

WÄHREND Henning in der JVA gewesen war und mit Hilfe des forensischen Psychiaters Dr. Berger versucht hatte, ein genaueres Bild des mutmaßlichen Mörders von Diekmann, Scherer und Grundler zu entwickeln, saß Lena in dem ausgekühlten Büro von Schnabels Kommissariat und brachte ihre Kollegen in der Heimat auf den aktuellen Stand. Olaf wollte ihr die Suchblätter umgehend zusammenstellen und zuschicken, während Maike sich mit Helge Grundlers Angehörigen in Verbindung setzen musste. Eine Aufgabe, um die Lena ihre Kollegin wahrlich nicht beneidete. Es war immer schlimm, Verwandten die Nachricht überbringen zu müssen, dass ein geliebter Mensch verstorben war. Noch schlimmer aber war es, wenn es sich dabei um einen grausamen Mord handelte, und am allerschlimmsten, wenn sie – wie im vorliegenden Fall – dem Täter bereits auf der Spur, aber doch nicht rechtzeitig genug gekommen waren, um Helge Grundlers sinnlosen Tod verhindern zu können.

Wenn sie nur wüssten, wo sie ansetzen konnten. Hoffentlich würde Henning mit Informationen zurückkommen, die sie in den Ermittlungen sprunghaft vorantreiben würden, denn momentan hatte Lena eher das Gefühl, dass sie mit dem mörderischen Tempo des Täters nicht mithalten konnten. Dazu ließ sie der Gedanke an Boris, der noch immer irgendwo in diesem nasskalten Urwald festsaß, bereits zwei Mitglieder seiner Gruppe verloren hatte und sich mit großer Wahrscheinlichkeit in einer hilflosen Situation befand, speiübel werden. Immer wieder versuchte sie, eine Verbindung zwischen den drei Opfern herzustellen, fand jedoch keine weiteren Gemeinsamkeiten als den Tathergang bei Tanja Diekmann und Susanne Scherer. Doch zwanzig Jahre lagen zwischen diesen beiden Fällen. Zwanzig Jahre, in denen eine Menge passiert sein konnte. Sicher passiert war. Sie durchforstete deutschlandweit Datenbanken von Cold Cases, suchte nach spezifischen Mordmerkmalen und war zwei Stunden später genau so schlau wie vorher. Es gab keinen weiteren dokumentierten Fall, der auch nur ansatzweise Merkmale von denen von Diekmann und Scherer aufwies. Hieß das, dass der Täter zwanzig Jahre lang geruht und dann plötzlich wieder zugeschlagen hatte? Oder gab es weitere Opfer, von denen nur niemand wusste, Morde, die unentdeckt geblieben waren? Als sie nicht weiterkam, entschied sie sich, der Sache mit der Herzentnahme auf den Grund zu gehen, und wollte sich gerade in die Recherche stürzen, als eindringlich an ihrer Bürotür geklopft wurde.

„Ja, bitte?"

Kommissarin Schnabel steckte den Kopf zur Tür herein. „Entschuldigen Sie die Störung, Frau Freyenberg, aber ich bin sicher, dass Sie das hören wollen: Zwei junge Männer haben im alten Steinbruch beim Grundländer Forst einen weiblichen Leichnam gefunden."

Lena fiel der Kugelschreiber aus der Hand, und er rollte über den Tisch. „Was? Wir haben doch gerade heute Morgen erst Helge Grundler gefunden."

„Ich weiß." Frau Schnabel atmete schnell. „Wollen Sie mitkommen?"

Auf der Fahrt zum Steinbruch erhielt Lena weitere Informationen über die Situation vor Ort: Die beiden Zeugen waren Geocacher und auf der Suche nach einem Cache, der in der Nähe des Steinbruchs versteckt worden sein sollte. Dabei hatten sie den Körper der Frau in einer Schlucht entdeckt.

Lena informierte Henning, der in der JVA fertig und bereits auf dem Weg zu seinem Auto war. Dreißig Minuten später trafen sie sich am Fundort. Das Polizeiaufgebot war riesig. Alles war weiträumig abgesperrt, mehrere Streifenwagen mit Blaulichtern standen in der Nähe des Steinbruchs und ein Beamter unterhielt sich mit den beiden Geocachern, die das Opfer gefunden hatten.

Henning war der Druck, unter dem er stand, ins Gesicht geschrieben. Mit zusammengepressten Lippen und schmalen Augen stieg er aus dem Auto aus und kam auf sie zu. Lena hatte auf ihn gewartet, sich den Fundort noch nicht angesehen.

„Was weißt du schon?", fragte er nur kurz angebunden, und sie gab ihm die Informationen weiter, die sie bisher von Schnabel erhalten hatte.

„Schon irgendeinen Hinweis darauf, wer das Opfer ist?"

Lena verneinte. Im Hintergrund konnten sie sehen, wie ein Team aus Bergungskräften sich mit einem Klettergurt und entsprechenden Seilen ausrüstete.

„Gerlach, Freyenberg, schnell, kommen Sie!“, rief Schnabel, die sich das Geschehen am Rand des Steinbruchs bereits angesehen hatte.

Lena runzelte die Stirn, als sie an Hennings Seite an die Abbruchkante trat. Sie traute ihren Augen nicht.

In einer Tiefe von gut fünf Metern hatte sich ein blutgetränktes Laken an einer Felsspitze verheddert, war hängen geblieben und die darin eingewickelte Leiche war offenbar heraus und heruntergefallen. Sie lag auf einem Vorsprung darunter. Nackt und gen Himmel starrend, doch auch auf diese Entfernung konnte Lena die rotverschmierten Lippen und die Brustkorbwunde erkennen. Die Arme der Toten waren mit Tattoos übersät.

„Verdammt“, murmelte sie. Ob sie zuvor wirklich Hoffnung gehabt hatte, dass dieser Leichenfund nichts mit dem aktuellen Fall zu tun hatte, konnte sie gar nicht genau sagen. Jetzt aber die Bestätigung zu bekommen, ließ es in ihrem Magen unangenehm stechen. Sie lehnte sich zu Henning. „In Boris’ Wandergruppe waren drei Frauen, und wenn das dort unten Jaqueline Fiedler ist, dann …“

Henning hob die Hand, und sie verstummte. Sie wussten beide, dass es Jaqueline war. Ihnen beiden hatte Olaf inzwischen die Bilder und Beschreibungen von Boris’ Freunden geschickt. Und Jaqueline Fiedlers Körper wies genug eindeutige Erkennungsmerkmale auf: Das kurze dunkle Haar, die auffälligen Tattoos … Es brauchte kaum mehr Beweise in der aktuellen Situation. Zweifellos nachweisen würde es ein DNA-Abgleich, aber Lena kannte das Ergebnis.

„Was zur Hölle passiert hier gerade?“ Henning stemmte die Hände in die Hüften und legte für einen Moment den Kopf in den Nacken. Dann sah er sie eindringlich an. „Zwei Tage, drei Leichen. Das ist irre.“

Die Bergungskräfte ließen sich unterdessen zu dem Leichnam hinunter, und Lena zog Henning ein Stück zur Seite, um ungestört mit ihm reden zu können. „Was hast du in der JVA erfahren?“, fragte sie.

„Einiges. Dr. Berger ist beeindruckend auf seinem Gebiet. Nach ein paar Minuten hatte ich zumindest halbwegs ein Bild von demjenigen im

Kopf, der das hier gerade verursacht." Er deutete kopfnickend in die Schlucht hinunter, bevor er fortfuhr und sie über seine Erkenntnisse informierte.

„Mitte vierzig bis Mitte fünfzig soll er sein?" Lena nickte nachdenklich. „Dann muss er ganz schön unter Adrenalin stehen."

„Was meinst du?" Henning drehte sich zu ihr.

„Drei Morde in zwei Tagen, Henning", wiederholte sie, was er kurz zuvor gesagt hatte. „Das ist nicht nur irre, das ist auch ein erheblicher Kraftaufwand ohne wirkliche Erholungspausen. Körperlich wie seelisch."

„Oh, dem Guten fehlt es an erholsamen Schlaf, hm?" Er lachte sarkastisch und schüttelte verständnislos den Kopf.

„Das meine ich nicht. Obwohl … ja, doch, irgendwie schon. Er muss die Gruppe im unwegsamen Gelände des Grundländer Forsts erst einmal verfolgen, er muss sie kontrollieren oder zumindest in der Lage sein, sie voneinander zu trennen. Dann muss er sie – einzeln oder zusammen - einfangen und festhalten, irgendwo, wo er seinem Drang nachgehen kann – Herz raus, Gesicht beschmieren. Und danach muss er sie auch noch entsorgen. Zwischenzeitlich schlafen, essen und einem normalen Alltag nachgehen, damit niemand in seinem Umfeld Verdacht schöpft. Das ist schon eine ordentliche Leistung."

„Ich zolle ihm Anerkennung, wenn ich Zeit habe", murrte Henning.

Lena stieß ihn unsanft an. „Du weißt genau, worauf ich hinauswill. Selbst ein Täter Anfang zwanzig würde irgendwann an seine physischen Grenzen stoßen und eine Pause brauchen."

Plötzlich sah Henning auf, und der gerade noch verächtliche Ausdruck in seinen Augen verschwand. „Du hast recht!", sagte er nun viel gefasster. „Gut, der Mord an Helge Grundler war vermutlich nicht geplant. Aber auch darum hat er sich kümmern müssen."

Ihre Blicke trafen sich, und Lena schluckte. „Was, wenn wir es hier mit mehr als einem Täter zu tun haben?" In dem Moment klingelte ihr Handy. Mit zittrigen Händen zog sie es aus der Tasche.

Es war ein junger Kollege aus Schnabels Team. „Frau Freyenberg", sagte er hörbar aufgeregt. „Ich habe die Überwachungskameraaufnahmen von der Mülldeponie erhalten. Es ist tatsächlich jemand auf den Aufnahmen zu erkennen. Also keine Person, aber ein Fahrzeug."

Er sprach schnell, Lena konnte seinen hektischen Worten kaum folgen. Gedanklich hing sie noch der Erkenntnis nach, dass sie es hier gleich mit zwei statt einem skrupellosen Täter zu tun haben könnten. „Was genau für ein Fahrzeug?", fragte sie und versuchte, sich zu konzentrieren.

„Na, so genau konnte ich das noch nicht herausfinden, aber …"

„Farbe? Marke? Irgendetwas?", versuchte sie, sein Gerede abzukürzen.

„Es ist ein dunkler Pritschenwagen. Farbe schwarz, vielleicht dunkelgrau, ich weiß nicht so genau. Die Kamera steht in einem ungünstigen Winkel, und das Fahrzeug verdeckt, was am Ablageort Grundlers wirklich vor sich geht. Aber ganz kurz ist die Gestalt eines Mannes zu sehen, meine ich. Oder einer Frau."

„Einer Frau?" Lenas Stimme schrillte.

„Nein, nein. Ich meine damit nur, dass man es nicht eindeutig sagen kann und …"

„Ich sehe mir die Aufnahmen an, sobald ich zurück bin. Danke, Herr …", sagte sie. Hatte der junge Kollege seinen Namen genannt?

„Weber", antwortete er. „Weber, Michael." Ein gewisser Stolz über die Entdeckung, die er gemacht hatte, schwang in seiner Stimme mit. Lena konnte es ihm nicht verübeln. In der ersten Zeit auf dem Polizeipräsidium war es ihr genauso ergangen. Jede noch so kleine Spur hatte sich für sie wie der große Durchbruch angefühlt. Doch im Laufe der Jahre hatte sie feststellen müssen, dass in den seltensten Fällen eine einzige Spur zum Täter führte. Meist war es ein Sammelsurium aus vielen Spuren und Indizien, zusammengetragen von vielen Beamten. Dennoch. Der junge Kollege Weber hatte gute Arbeit geleistet.

Nachdem sie aufgelegt hatte, sah Henning sie neugierig an. „Etwas Wichtiges?"

Sie nickte. „Auf den Aufnahmen von der Mülldeponie, am Fundort Grundlers, ist zum mutmaßlichen Ablagezeitpunkt ein verdächtiges Fahrzeug zu sehen. Ein dunkler Pritschenwagen. Genaueres weiß ich noch nicht, aber …"

Henning schlug fluchend mit der flachen Hand aufs Autodach.

„Was ist los?“, fragte Lena erschrocken. Hatte sie etwas übersehen?

„Lena, ein dunkler Pritschenwagen, klingelt es da nicht bei dir?“

Plötzlich traf sie die Erkenntnis wie ein Schlag mitten ins Gesicht. „Der Förster“, presste sie hervor, und ihr Hals wurde staubtrocken.

„Dieser Mistkerl.“ Henning riss die Wagentür auf, stieg ein und knallte sie hinter sich zu.

Lena schnappte nach Luft. Wenn das stimmte, wenn Hennings ungutes Bauchgefühl Ludwig Schmitzer gegenüber nicht nur seiner Überarbeitung zuzuschreiben gewesen war, hatten sie dem Täter vielleicht schon einmal gegenübergestanden. Und der konnte mittlerweile längst über alle Berge sein …

Die Aufnahmen waren mies. Richtig mies.

„Wofür gibt es eigentlich Überwachungskameras, wenn die Bilder schlimmer aussehen als jede Zeichnung aus der Hand eines Dreijährigen?“ Henning schüttelte den Kopf, spulte die Aufnahme erneut zurück und ließ sie noch einmal ablaufen. Mittlerweile zum dritten Mal. Lena saß neben ihm auf ihrem Stuhl. Hinter ihnen standen Schnabel und der junge Weber.

Es war wirklich nicht viel zu erkennen, der Kollege hatte nicht untertrieben. Die Kamera war aus einem solch ungünstigen Winkel auf das Tor der Mülldeponie gerichtet, dass ein Auto, das direkt davor anhielt, die Sicht auf alles dahinter versperrte. Es war nicht einmal zu erkennen, wer ausstieg. Nur, dass sich die Tür der Fahrerseite kurz öffnete. Alles Weitere ließ sich nur spekulieren. Vermutlich war derjenige zur Ladefläche gegangen, die außerhalb der Kamerasicht lag, hatte Helge Grundlers Körper heruntergezerrt, hinter dem Fahrzeug neben das Tor gelegt und war dann wieder eingestiegen, um davonzufahren. Für einen kurzen Augenblick war die dunkel gekleidete Person zu sehen. Vermutlich kurze Haare. Leicht gebückte Haltung. Aber das war nichts, gar nichts. Das konnte jeder sein. Weder hatten sie ein Gesicht noch das Kennzeichen des Fahrzeugs. Die Person war samt Pritschenwagen innerhalb von wenigen Minuten wieder verschwunden, und die Leiche Helge Grundlers war neben dem Tor liegend in der Dunkelheit zurückgelassen worden.

Henning knallte den Laptop eine Spur zu impulsiv zu. „Wir sollten uns den Förster Schmitzer noch mal genauer ansehen, der fährt zumindest so einen Wagen“, sagte er.

Kommissarin Schnabel schüttelte inbrünstig den Kopf. „Den Ludwig? Also, Herr Gerlach, bei allem Respekt vor Ihrer Professionalität, aber Ludwig Schmitzer ist mit mir zur Schule gegangen. Den Mann kenne ich seit über vierzig Jahren. Nie im Leben hat er etwas mit diesem Fall zu tun. Ein herzensguter Mensch ist das.“

„Frau Schnabel, Sie sind Polizistin, Sie wissen selbst, wie viele herzensgute Menschen hinter verschlossenen Türen zu Gräueltaten fähig sind“, antwortete Lena. Sie sah müde aus. Erschöpft von den ständigen schlechten Neuigkeiten, die auf sie alle einprasselten, während ihnen die Zeit davonlief.

„Ich möchte Sie trotzdem bitten, Schmitzers Alibi zu überprüfen“, sagte Henning. „Angeblich war er im Zeitraum von Susanne Scherers Tötung und der Ablage ihres Körpers bezüglich einer Projektwoche in der örtlichen Schule. Einmal hat er während unserer Befragung bereits gelogen und das betraf seinen Aufenthaltsort, während Scherers Körper von der jungen Joggerin gefunden wurde. Wer weiß, an welcher Stelle er sich die Geschichte noch zu seinem Vorteil hingebogen hat.“ Henning wartete die Antwort Schnabels nicht ab, wählte die Telefonnummer des forensischen Labors, das die Blutspuren des Pritschenwagens von Förster Ludwig auswertete und bisher noch kein Resultat rückgemeldet hatte. Innerhalb weniger Augenblicke hatte er jedoch die Bestätigung, dass es sich dabei um Tierblut gehandelt hat. Zumindest das passte also zu seiner Aussage.

„Herr Weber, können Sie uns bis heute Abend eine Liste mit solchen Pritschenfahrzeugen zusammenstellen, die in dieser Region angemeldet sind? Farbe egal, die Dinger lassen sich ja im Handumdrehen neu lackieren. Wäre nicht der erste Fall, in dem so was zur Vertuschung angewendet wird. Kriegen Sie das hin?“

Der junge Kollege nickte eifrig und voller Tatendrang. „Natürlich, ich setze mich sofort ran.“

Als es an der Tür klopfte, drehten sie sich alle abrupt um.

Eine Frau mit geröteten Wangen steckte ihren Kopf durch den Türspalt. „Entschuldigen Sie die Störung, aber die Presse rennt uns die Türen ein. Sie wollen endlich eine offizielle Aussage zu den Leichenfunden.“

Henning rieb sich über das müde Gesicht und wollte gerade antworten, dass Lena und er das übernehmen würden, als diese ihm zuvorkam. „Wir machen das schon“, sagte sie.

Er blickte zu ihr auf, und sie lächelte ihm ermutigend zu. Das konnte er gut gebrauchen. Ein Gespräch mit der Presse glich einem Sturz ins Haifischbecken. Man wusste nie, ob man am Ende noch in einem Stück sein würde, wenn man den neugierigen Raubtieren entkommen war.

Kapitel 16

– Boris –

DAS Geschrei hatte sie aus dem Dämmerschlaf gerissen, in den Boris und Ole immer wieder geglitten waren. Durch die Ritzen zwischen den Holzlatten pfiff ein kalter Wind und trug die Worte der beiden Männer mit sich.

„Sind sie das?“, fragte Ole mit kratziger Stimme.

Selbst bei den hier herrschenden Lichtverhältnissen konnte Boris erkennen, wie blass sein Freund war. Nachdem Resi geholt worden war, hatten sie lange geschwiegen, bis zuerst Ole wie besessen angefangen hatte, mit den bloßen Händen den Erdboden in Nähe der Gittertür aufzukratzen. Boris hatte sich ihm kurz darauf angeschlossen. Angetrieben von Verzweiflung, Wut und dem schieren Überlebenswillen hatten sie eine kleine Kuhle unterhalb der Tür graben können, doch bei Weitem nicht genug, dass der schmale Spalt bei angehobener Gittertür nun ausgereicht hätte, dass sich ein erwachsener Mann hätte durchdrücken können. Als die Fingernägel ab- und die Haut blutig aufgerissen war, hatten sie erschöpft aufgegeben. Und dann waren sie aus Schwäche und Hoffnungslosigkeit irgendwann weggedöst, bis diese lauten Schreie sie geweckt hatten. Keine Schreie einer Frau, nicht von Resi oder Jacky oder Nano. Einer der Männer brüllte, und Boris konnte beinahe jedes Wort verstehen.

„... sogar im Fernsehen! Wie blöd kann man eigentlich sein? In die Schlucht sollten sie! In die verdammte Schlucht, zu den anderen!“

Es war die tiefe, dröhnende Stimme des Älteren von beiden. Boris hörte sie beinahe vibrieren, so voller Intensität und verärgerter Spannung war sie. Ob er den jüngeren Mann so anbrüllte? Und bekam er eine Antwort? Wenn, dann war sie wesentlich leiser, denn nichts davon drang bis zu ihnen in die Scheune.

„Ist mir scheißegal, du hattest klare Anweisungen, Junge."

Eindeutig, er sprach mit diesem jungen Mann, der Boris so bekannt vorkam. Noch immer hatte er ihn nicht zuordnen können, doch das Gefühl, ihn von irgendwoher zu kennen, ließ ihn einfach nicht los.

„Du solltest sie beseitigen, und verdammt noch mal nicht zur Schau stellen, meine Güte! Du bist solch eine Enttäuschung für mich!" Nach diesen Worten polterte es laut aus dem Wohnhaus gegenüber, und ein Schmerzensschrei drang zu ihnen durch.

„Was macht der mit ihm?", fragte Ole hörbar unsicher.

„Ich weiß es nicht", flüsterte Boris. Er versuchte, aus den Satzfetzen irgendeinen Sinn zusammenzusetzen. Etwas musste der junge Mann falsch gemacht haben. Und davon war in den Nachrichten zu hören gewesen, und nun liefen sie Gefahr, aufzufliegen.

Aufzufliegen … wegen des Mords an Helge? War vielleicht dessen Leiche gefunden worden? Bei dem Gedanken an den toten Freund wurde Boris speiübel. Er ließ den Kopf in die Hände sinken und atmete schwer. Was, wenn es um sie alle ging – um Helge, Resi, Jacky und Nano? Wenn sie alle …

„Hey, wir sollten …" Ole stieß ihn an, wollte etwas sagen und verstummte plötzlich.

„Was ist?" Boris versuchte in der Dunkelheit zu erkennen, was sein Freund tat. Er schien hektisch etwas zu suchen, nach etwas zu tasten.

„Hier war gerade was. Hier unter meiner Hand. Irgendwas Hartes!", sagte Ole wieder, und Sekunden später knieten sie beide nebeneinander, gruben mit den Fingern im Staub, tasteten mit ihren wunden Händen über den Erdboden, bis Ole fand, was er kurz zuvor unter seiner Handfläche hatte.

„Ein Nagel", sagte er und hielt ihn hoch. „Ein rostiger Nagel." Er sprang auf in Richtung Zellentür und fingerte nach dem Schloss und der Kette. „Das muss funktionieren, es muss einfach", sagte er, während er den Nagel immer wieder in verschiedenen Winkeln ins Schloss steckte.

Boris stand neben ihm, hielt gespannt die Luft an.

„Verdammt“, fluchte Ole, als sich nichts tat. „Mach du mal! Du bist doch bei der Polizei!“

„Aber wir knacken nicht illegal Schlösser“, sagte Boris, nahm seinem Freund den mittlerweile verbogenen Nagel ab und versuchte es selbst. Er konnte das Schloss nicht von vorne erreichen, musste sich einzig und allein auf sein Gefühl verlassen. Langsam steckte er den Nagel in die Öffnung. Er wusste, wie die Mechanik funktionierte. Er musste in den Schlüsselkanal eindringen, die Stifte im Inneren runterdrücken, was sonst der Schlüssel tat, und danach mit einem Spanner den Kern des Schließzylinders drehen. Er hatte darüber gelesen, es aber nie selbst probiert.

„Und?“, fragte Ole hörbar nervös.

„Wir haben keinen Spanner oder so etwas. Selbst wenn ich die Stifte runterdrücken könnte …“ Er fummelte weiter, wartete auf ein Klicken, darauf, dass sich das Schloss wie von Zauberhand öffnete und sie frei wären, doch das passierte nicht.

„Es muss gehen, Boris, es muss einfach!“ Ole riss ihm ungeduldig den Nagel aus der Hand und kratzte dabei eine blutige Spur in Boris’ Handballen.

„Pass doch auf, Mann!“

„Scheiße!“, fluchte Ole lediglich. „Scheiße, scheiße, scheiße!“ Dann schleuderte er den krummen Nagel durch die Scheune und sank auf die Knie.

„Wir finden einen Weg hier raus, irgendwie, ich verspreche es dir“, versuchte Boris seinen Freund zu beruhigen.

„Wie denn? Das hätte funktionieren müssen! Ich halte es hier drinnen nicht mehr aus, ich werde wahnsinnig!“ Er raufte sich die Haare und ließ den Kopf auf seine Knie sinken.

Bisher hatte Boris seine Gedanken bezüglich der Tatsache, dass er glaubte, den Jüngeren der beiden Männer schon einmal gesehen zu haben, für sich behalten. Doch wenn er wollte, dass Ole jetzt nicht durchdrehte und abschmierte, sondern fokussiert blieb, musste er es ihm erzählen. Es würde ihnen vielleicht eine Chance verschaffen, irgendwie aus diesem Albtraum zu entkommen.

„Hör zu! Diese beiden Männer … Sie passen irgendwie nicht zusammen“, sagte er leise.

Es funktionierte. Oles verzweifeltes Schluchzen verstummte abrupt. „Inwiefern? Was meinst du?“

„Der Ältere von beiden, der Helge erschossen hat, ist skrupellos und kalt. Er gibt eindeutig den Ton an, befiehlt dem Jüngeren, was er zu tun hat. Hast du ihn je widersprechen hören?“

Ole verzog das Gesicht. „Ich bin mir nicht mal sicher, ob ich ihn überhaupt wirklich sprechen gehört habe. Als er Resi hier rausgeholt hat …“ Die Erinnerung daran, dass die Freundin wie ein Stück Vieh an den Beinen hier herausgeschleift worden war, ließ Oles Stimme versagen. Er räusperte sich. „Es ist mir egal, wer von den beiden das Sagen hat. Sollen sie in der Hölle schmoren, echt, da gehören sie hin.“ Ole atmete angespannt aus und stöhnte dann. „Scheiße, mein Mund ist so trocken, dass mir die Zunge am Gaumen klebt. Ist das jetzt deren Plan? Uns hier verdursten und verhungern zu lassen?“

Boris versuchte, zwischen all den aufgebrachten Worten seines Freundes Ruhe zu bewahren, auch wenn er dessen Gedanken gut nachvollziehen konnte. Ihm ging es genauso. Der Hunger war das eine, aber vor lauter Durst war ihm mittlerweile schon ganz schwindelig.

Boris presste die Lippen aufeinander. Das Gesicht des jüngeren der beiden Männer tauchte wieder vor seinem geistigen Auge auf. Schmächtig wirkte er für sein Alter, das sicher zwischen zwanzig und dreißig lag. Er hatte dunkle, große Augen und noch dunklere Augenringe, eingefallene Wangen, spröde, volle Lippen, eine gebückte Körperhaltung und …

„Verdammt!“ Boris schlug mit der flachen Hand auf den Boden.

„Was? Was ist los?“ Hektisch sah Ole sich um, als hätte er einen sich gerade ankündigenden Angriff verpasst.

„Hast du das Gesicht des jungen Typen gesehen?“

Ole runzelte die Stirn. „Was? Wovon redest du denn?“

„Die Narbe. Da ist eine Narbe. Vom Mund bis zur Wange, auf der rechten Seite.“

Ole schüttelte den Kopf. „Ich … ich habe keine Ahnung. Kann schon sein, aber ich habe nicht drauf geachtet. Wozu sollte ich mir auch die Wange von diesem Dreckskerl angucken?“

Boris’ ganzer Körper stand unter Spannung, als sich seine Hände zu Fäusten ballten. „Weil ich ihn schon mal gesehen habe. Zumindest sein Foto. In einem Zeitungsartikel über Cold Cases der Region.“

„Im Ernst?“ Nun weiteten sich auch Oles Augen. „Wer ist es?“

Boris sah den Artikel vor sich, den Henning ihm kurz vor seiner Abreise in die Hand gedrückt hatte. Und er sah das Bild des Jungen, konnte es so lebendig in sein Gedächtnis rufen, als hätte er es jetzt und in diesem Moment tatsächlich vor sich.

Wo ist Robin Diekmann? Fünfjähriger seit Jahren spurlos verschwunden!

Das Foto zeigte einen kleinen Jungen mit blondem, seidigem Haar, großen Kulleraugen, vollen Lippen, einer kecken Stupsnase und – einer auffälligen Narbe vom rechten Mundwinkel bis zur Wange. Boris hatte den Artikel nur überflogen, ihn danach in seiner Hosentasche verstaut und später in den Rucksack gesteckt, auf den er jetzt keinen Zugriff mehr hatte, weil die Männer ihnen ihre Sachen abgenommen hatten. Aber er erinnerte sich bruchstückhaft an die Satzfetzen, die er überflogen hatte, und an Robins Mutter, die einem grausamen Tötungsdelikt zum Opfer gefallen war, während sie mit ihrem Sohn auf einer Landstraße in unmittelbarer Nähe zur A24 unterwegs gewesen war.

„Ich glaube“, keuchte Boris und stockte kurz. „Ich glaube, dass sein Name Robin Diekmann ist und er vor gut zwanzig Jahren entführt wurde.“

Als sein Blick Oles traf, erkannte er in dessen Augen den gleichen Schock, der seinen Körper beben ließ. Hatte der Alte einst ein unschuldiges Kind entführt – um es zu seinem mörderischen Komplizen zu machen?

Ich zittere, stütze mich mit beiden Händen an der Scheibe ab. Es ist ewig her, dass ich so etwas gefühlt habe, und ich brauche eine Weile, bis ich verstehe, was das überhaupt ist.

Angst.

Es ist die pure Angst, die mir durch die Adern fließt.

Wenn ich Pech habe, verliere ich alles, was ich mir aufgebaut habe, über Jahre, Jahrzehnte! Doch am schlimmsten ist das Gefühl, dass nicht nur unser Hab und Gut in Gefahr ist. Ich könnte den Jungen verlieren! Ein weiterer Fehler, eine Unaufmerksamkeit und alles ist umsonst gewesen. Er wäre weg und ich wieder allein.

Ja, es ist regelrechte Panik, die mich zittrig durchs Fenster zur Scheune hinüber starren lässt.

Sie sitzen da drinnen, schon den ganzen Tag. Bald wird es dunkel. Sie sollten längst weg sein und wir unseren Frieden zurückhaben. Ich wollte es heute Nacht erledigen. Einen nach dem anderen. Es wäre schnell gegangen. Niemand hätte etwas gesehen. Niemand hätte auch nur vermutet, dass sie in der Nähe gewesen sein könnten. Dass sie mit ihnen oder den Frauen in Verbindung stehen könnten. Es hat schließlich all die Jahre funktioniert. Niemand ist uns auf die Spur gekommen, niemand hat etwas geahnt, woher auch? Ich habe meinen Job immer ordentlich gemacht. So was bringt eine gewisse Verantwortung mit sich. Man darf kein Risiko eingehen.

Der Junge hätte das wissen müssen, lernen müssen! Er hätte es längst verstehen müssen!

Mein Herz rast, Schweiß tropft mir vom Kinn.

Seinetwegen müssen die Männer jetzt in der Scheune bleiben. Weil er zu dämlich war, die Frauen richtig wegzuschaffen.

In die Schlucht, das habe ich gesagt! Wegwerfen sollte er sie!

Meine Faust rast gegen die Wand.

Wenn er gemacht hätte, was ich ihm befohlen habe, wären sie uns jetzt nicht auf den Fersen.

Wie bescheuert ist er? Muss die Huren zur Schau stellen, als wolle er, dass man sie findet? Im Steinbruch hätte sie niemand entdeckt, wie schon all die Jahre nicht. Wir wären sicher, wenn er sich an die Regeln gehalten hätte!

Jetzt ist es eine Frage der Zeit, bis Polizei durch die Wälder streift.

Meine Finger krallen sich in die Wand, reißen ein Loch in die Tapete und Teile davon ab. Sie segeln zu Boden, während ich den Blick immer noch fest auf die Scheune gerichtet halte.

Ich muss geradebiegen, was der Junge versaut hat. Das ist die Aufgabe eines Vaters, das weiß ich. Und trotzdem hätte er mehr als nur diese eine Ohrfeige verdient. Das Blut ist ihm auf die ganzen Klamotten gespritzt. Aber er hat nur kurz geschrien und es dann wie ein Mann ertragen.

Wenn alles vorbei ist, dann hat er eine Lektion verdient. Eine, die er so schnell nicht mehr vergessen wird.

Aber vorher ... ja, vorher müssen die Männer weg. So schnell wie möglich müssen wir sie und jede Spur von ihnen beseitigen.

Als hätte es sie nie gegeben.

Riiiiing!

Wir gehen in die Scheune rüber und knallen sie ab, und dann ...

Riiiiing!

„Was ist?", schreie ich genervt in den Telefonhörer.

Der Schreiner aus dem Ort. Seit zwei Wochen ruft er alle paar Tage an und ändert seinen Auftrag.

„Ob ich Ihnen die Bretter jetzt doch schon bis Montag zuschneiden kann? Können Sie sich vielleicht mal entscheiden?"

Meine Finger krallen sich um das harte Plastik, während die Stimme des Mannes aus dem Telefon dröhnt. Er redet sich um Kopf und Kragen. Aber das Einzige, woran ich denken kann, ist, dass er aus dem Dorf kommt. Und dass er um meine Auftragslage weiß. Ich müsste Extraschichten einlegen, um die Bretter zuzuschneiden und zu imprägnieren, aber wenn ich den Auftrag ablehne, könnte es auffallen.

Ich habe es direkt vor Augen, wie er zu den Polizisten sagt: „Der Olle, der hat so viel Zeit und nimmt trotzdem keine Aufträge an, da stimmt doch was nicht - schauen Sie doch mal bei dem vorbei." Impulsiv schüttele ich den Kopf. Niemals, nein, kein weiterer Verdacht, sonst ist wirklich alles weg, was ich mir hier aufgebaut habe.

„Ja, ja, ich mache es. Montag dann." Ich hänge den Hörer weg und stöhne.

Die Männer müssen warten. Dem Jungen kann ich sie nicht überlassen, ihm kann ich nicht vertrauen.

Sollen die beiden doch noch ein paar Tage vor sich hin schimmeln, darauf kommts jetzt auch nicht mehr an.

Kapitel 17

OBWOHL die Stunden an Henning und Lena vorbeirauschten, hatten sie das Gefühl, auf der Stelle zu treten.

Förster Schmitzers Alibi war überprüft worden und hatte standgehalten. Er hatte wirklich in besagtem Zeitraum mit Lehrern an der Vorbereitung für die Projektwoche gearbeitet und war nachweislich einen Großteil der Zeit, in die die Tötung und die Ablage von Susanne Scherer fiel, in der Schule gewesen. Zeugen inklusive.

Unterdessen hatte die Hundertschaft begonnen, den Grundländer Forst zu durchkämmen, kam jedoch aufgrund von unwegsamem Gelände und schlechten Wetterbedingungen nur langsam voran. Zumindest hatten sie ein vermeintliches Camp in Nähe eines Flusses gefunden, der den Wald durchzog. Eine von Steinen umgebene provisorische Feuerstelle deutete darauf hin, dass jemand dort gewesen war, ob kürzlich oder vor längerer Zeit, konnte nicht eindeutig ausfindig gemacht werden. Auch Spuren wie Fußabdrücke oder ähnliches hatten sie bisher nicht entdeckt. Die hatte der Regen mit sich fortgetragen – und wer wusste schon, was er noch alles weggespült hatte.

Um möglichst viel Platz zu haben, Dokumente und Ermittlungsnotizen um sich herum verstreuen und Verbindungen erkennen zu können, hatten Henning und Lena es sich auf dem Fußboden des dunklen Pensionszimmers mit Kissen und Decken so bequem wie möglich gemacht. Die Heizung wurde nur lauwarm, und vor dem Fenster frischte der Wind erneut auf. Lena brütete über der Liste all der Fahrzeughalter der Region, die einen Pritschenwagen besaßen, und durchforstete die Datenbanken nach Informationen zu den Besitzern, während Henning die inzwischen kalt gewordene Pizza aß. „Möchtest du noch?", fragte er und hielt ihr das letzte Stück hin.

Lena schüttelte den Kopf. Das dunkle Haar fiel ihr in die Stirn, und den Kugelschreiber hatte sie zwischen ihre Lippen geklemmt, was sie immer machte, wenn sie hoch konzentriert über etwas brütete. Obwohl sie es sich nicht erlauben konnten, hatte Henning ihr auf dem Weg vom Kommissariat zur Pension angeboten, Feierabend zu machen und ein wenig Kraft zu tanken. Doch Lena hatte so heftig mit dem Kopf geschüttelt, dass ihm allein vom Zusehen schwindelig geworden war. Hatte sie einmal begonnen, sich in einen Fall einzuarbeiten, ließ ihr Wille, ihn auch zu lösen, sich kaum zügeln. Sie war so in ihre Arbeit vertieft, dass sie auch nicht reagierte, als Hennings Handy an diesem späten Abend klingelte.

Er legte das kalte Pizzastück zurück auf die Pappe, stand auf und ging zum Tisch, auf dem sein Telefon lag. Leonie Schwarzmanns Nummer leuchtete auf dem Display auf. Ungewöhnlich für diese späte Uhrzeit – anscheinend legte derzeit jeder von ihnen ein paar Extraschichten ein.

„Gerlach", meldete er sich und hörte ein Klappern und Klirren im Hintergrund, bevor die Stimme der jungen Rechtsmedizinerin aus dem Telefon klang.

„Gut, dass ich Sie noch erreiche, Herr Gerlach. Ich habe da etwas für Sie, das Sie ganz sicher interessieren wird."

Henning wurde hellhörig. „Haben Sie etwas an Jaqueline Fiedlers Körper gefunden?" Dass der tätowierte Leichnam aus der Schlucht direkt zur Rechtsmedizin gebracht worden war, wusste er.

„Nicht direkt. Ich meine, nur die bereits bekannte Spurenlage wie auch bei Opfer Scherer und zum Teil Diekmann. Bisher scheint der Täter bei seinem Muster zu bleiben, ich schicke Ihnen aber noch einen ausführlichen Bericht. Aber weshalb ich eigentlich anrufe, ist das Laken, in dem Frau Fiedler eingewickelt war. Wie Sie sicher sehen konnten, war es blutgetränkt. Allerdings fanden sich neben den großflächigen, frischen Blutanhaftungen mehrere ältere Spuren, zum Teil auch nur Schmierspuren."

Henning zog die Augenbrauen zusammen. „Von den vorherigen Opfern?"

„Das kann ich Ihnen noch nicht genau sagen, da die Analyse noch aussteht. Ich habe allerdings einen forensischen Blutspurenanalysten einen Blick darauf werfen lassen, und der ist sich nach einer ersten Einschätzung sicher, dass diese Spuren wesentlich älter sind. Er sprach von einem Zeitraum von Monaten oder gar Jahren. Wissen Sie, sobald Blut oxidiert, wird das Hämoglobin abgebaut, also der rote Farbstoff.

Deshalb erscheinen alte, eingetrocknete Spuren eher braun als rot. Mein Kollege hat außerdem auf die Schnelle einen Lumineszenz-Test durchgeführt. Das Blut von Frau Fiedler leuchtete hell wie ein Weihnachtsbaum, aber die braunen Anhaftungen nur schwach, was ebenfalls für ihr Alter spricht. Ich mische mich ja ungern in Ermittlungen ein, schon gar nicht so spät am Abend, aber aufgrund der raschen Frequenz, in der die Verstorbenen hier auf meinem Tisch landen, dachte ich, dass Sie das wissen sollten. Wenn Sie mich fragen, dann denke ich …"

„… dass es noch weitere Opfer gibt", fiel Henning ihr ins Wort. Leise, um Lena nicht zu stören.

Und doch drehte sie sich in diesem Moment mit weit aufgerissenen Augen zu ihm um.

„Das ist zumindest naheliegend, vor allem, da es ja nicht die erste Tote ist, die hier aus dem Steinbruch gefischt wurde."

„Was?" Hennings Herz polterte.

„Ja, ein Cold Case. Lange vor meiner Zeit. Weibliches Skelett, konnte nie identifiziert werden. Als sie gefunden wurde, waren nur noch Knochen übrig. Ich kann Ihnen also nicht sagen, ob sie zu unserem aktuellen Täter und seinem Vorgehen passen würde, aber ich schaue mir noch einmal die Berichte an, ob sich interessante Überschneidungen finden."

„Danke", murmelte Henning mit staubtrockenem Mund. „Geben Sie mir Bescheid, sobald Sie etwas haben."

„Sicher. Wir hören uns, Herr Gerlach. Schönen Abend noch."

Henning lachte trocken. „Für Sie auch." Er legte auf und sah zu Lena rüber.

„Schlechte Nachrichten?", fragte sie.

Henning nickte und suchte Schnabels Nummer heraus. „Gleich", flüsterte er und hob den Zeigefinger, während das Freizeichen ertönte.

Kommissarin Schnabel ging so schnell ran, als hätte sie nur auf diesen Anruf gewartet. Henning brachte sie mit wenigen Worten auf den neuesten Stand. „Können Sie bitte veranlassen, dass der Steinbruch noch genauer untersucht wird? Ich habe ein ungutes Gefühl im Magen, wenn ich an Dr. Schwarzmanns Worte denke."

„Den Cold Case von damals hatte ich gar nicht mehr auf dem Schirm. Natürlich schicke ich meine Jungs raus, und wenn es die ganze Nacht dauert. Bis dann."

„Frau Schnabel, Moment noch. Wir müssen ja davon ausgehen, dass der oder die Täter seit mehr als zwanzig Jahren hier in der Region leben. Sind Sie bitte so nett und lassen uns eine Liste zusammenstellen mit allen Einwohnern, Geschäften, Betrieben und dergleichen, die seit über zwanzig Jahren hier ansässig sind und die es heute noch gibt? Frau Freyenberg und ich sollten uns mal mit ein paar Leuten unterhalten."

„Natürlich, Herr Gerlach. Ich schicke sie Ihnen zu, sobald ich alles zusammenhabe. Bis dann." So schnell, wie sie abgenommen hatte, hatte sie auch wieder aufgelegt.

Lena schüttelte den Kopf. „*Das* also hat er gemacht in all den Jahren …"

„Wenn es sich bestätigt. Ich meine, es könnte ein Zufall sein, die Leiche von damals muss nichts mit den Fällen von heute zu tun haben, aber es würde passen. Die lange Pause und die dann plötzlich sprunghaft perfektionierte Vorgehensweise – das war eher seltsam." Henning warf das Handy aufs Bett und setzte sich zwischen all dem Papierchaos wieder zu Lena auf den Boden. „Hast du was Interessantes gefunden?"

„Ich habe mir die alten Fälle, die Ablageorte und die Entfernungen zueinander angesehen, bevor ich die Liste mit den Fahrzeughaltern durchgegangen bin." Sie drehte ihren Laptop in seine Richtung. Eine Landkarte war auf dem Bildschirm geöffnet. „Hier die Deponie, hier Scherers Fundort, hier oben Fiedlers Fundort im Steinbruch und hier unten der Parkplatz, wo Diekmanns ausgebranntes Auto stand, der Junge verschwunden ist und ihr Körper im Gebüsch lag. Die aktuellen Fälle sind alle nicht mehr als fünf Kilometer vom Grundländer Forst entfernt. Nur Diekmanns fällt aus dem Muster. Aber das tut diese Tat ja in einigen Punkten. Der Täter oder die Täter haben definitiv Ortskenntnis, kommen aus dem näheren Umkreis und scheinen vor allem einen Bezug zum Waldgebiet zu haben. Ich habe mich vorerst auf einen Umkreis von zehn Kilometern um dieses Gebiet beschränkt, und da handelt es sich tatsächlich nur um dreizehn angemeldete Fahrzeuge dieser Art. Die Adressen der Halter habe ich notiert, die können wir morgen nacheinander abfahren."

Henning nickte, während er nach dem Laptop griff und ihn näher zu sich ziehen wollte. Dabei berührte er Lenas Fingerspitzen. Er zuckte zusammen, riss die Hand zurück und warf damit die Kaffeetasse um, die neben ihm auf dem Boden stand. „Ah, verdammter Mist.“

Lena hielt ihm Taschentücher hin, die sie auf die Schnelle vom Nachttisch gefischt hatte.

„Ach, als ob das was hilft“, wehrte er ab, stand auf, ging ins Badezimmer und kam mit einem feuchten Putzlappen zurück. Schweigend saugte er den Kaffee aus dem Teppichboden. Zurück blieb ein schwacher Fleck, der sich auf dem dunklen und ohnehin nicht allzu sauberen Bodenbelag nicht weiter abhob. Und doch rubbelte Henning weiter, bis schon Teppichflusen an seinem Lappen hingen und ihm der Schweiß auf die Stirn trat.

„Henning, lass es gut sein, wenn du so weitermachst, gucken wir gleich bei den Gästen unter uns ins Schlafzimmer.“ Lena berührte ihn am Arm, und er wich ihr hektisch aus.

Ihr verletzter Gesichtsausdruck sprach Bände. Obwohl sie versuchte, ihre Verwirrung wie auch Enttäuschung über sein Verhalten zu verbergen, und sich ihrem Laptop zuwandte, sah Henning es in ihrem Blick. Er sah immer alles in ihrem Blick. Seit dem Moment, als sie ihm das erste Mal im Kommissariat begegnet war. Ihre Hoffnungen, ihre Zweifel, ihren Ehrgeiz, ihren Mut, ihre Härte, ihre Sanftheit, ihr stilles Leid und ebenso stilles Glück, ihre Zuversicht, all ihre ungelebten Träume …

„Gott“, flüsterte er fluchend und beschämt über seine eigenen Gedanken und ging den Lappen ausspülen.

Als er zurückkam, saß Lena auf dem Bett, die Hände im Schoß verschränkt und den Blick starr auf ihn gerichtet. „Setz dich zu mir“, sagte sie. Es war mehr eine Aufforderung als eine Bitte.

Zuerst wollte er ablehnen, indem er seinen sprunghaften Stimmungswechsel lächerlich machte, ein Witzchen darüber riss – wie er es in letzter Zeit viel zu oft getan hatte –, doch dann setzte er sich zu ihr. Die Matratze knarzte unter seinem Gewicht.

Augenblicklich löste sich Lenas verkrampfte Haltung, und sie wandte sich zu ihm um. „Henning, ich mache mir ernsthafte Sorgen um dich." Sie griff nach seiner Hand und hielt sie fest.

Seine Finger zuckten, doch er konnte dem Impuls, seine Hand aus ihrem Griff zu entwinden, widerstehen. „Das musst du nicht, wirklich nicht. Es ist dieser Fall und …"

„Es ist mehr als das", unterbrach sie ihn.

Ihm wurde kochend heiß. Hatte sie etwas von seinen Empfindungen gespürt? Sie war aufmerksam, konnte gut zwischen den Zeilen lesen und ihre Empathie half ihr dabei, sich in andere einzufühlen. Hatte sie sich vielleicht unbemerkt ein wenig zu sehr in ihn eingefühlt?

„Ich hätte dich nicht darauf angesprochen, weil es eine sehr persönliche Sache ist und wir … nun ja, Freunde, aber vordergründig doch eher Arbeitskollegen sind."

„Worauf willst du hinaus?", fragte er mit kehliger Stimme.

„Deine Albträume …"

Henning zuckte zusammen. Damit hatte er nicht gerechnet. „Du … du weißt davon?"

Lena nickte. „Das lässt sich auf so engem Raum kaum verbergen. Du sprichst im Schlaf. Mal lauter, mal leiser. Es sind zusammenhanglose Worte, aber es klingt immer, als seist du in Panik. Als würdest du in diesem Moment Todesangst verspüren. Letzte Nacht bist du schreiend hochgeschreckt, doch als ich dich angesprochen habe, warst du überhaupt nicht wach."

Daran konnte er sich nicht erinnern. An die Träume, die ihn seit Monaten verfolgten, jedoch schon. „Tut mir leid, ich wollte dich damit nicht verängstigen."

Sie drückte seine Hand. „Henning, das hast du nicht."

„Was hast du getan? Letzte Nacht, meine ich."

„Du bist wieder eingeschlafen. Ich habe dich zugedeckt …" Sie schluckte, senkte den Blick.

Henning spürte, dass da noch mehr war. „Und dann?"

„Dann … hast du ganz plötzlich meine Hand genommen und festgehalten und so ruhig und tief geatmet wie die ganzen Stunden davor nicht."

Er fuhr sich über die schmerzende Stirn. „Lena …"

„Was ist los? Und ich meine, was ist *wirklich* los mit dir? Du kannst mir vertrauen."

„Ich weiß, aber …"

„Dann tu es auch." Ihr Griff um seine Hand wurde fester, sie rückte ein Stück näher an ihn heran. Er konnte ihr blumig-zartes Parfum riechen, und sein Herz überschlug sich beinahe.

„Ich will nicht, dass du irgendwas Blödes über mich denkst."

Empört wich sie zurück, doch dann schlich sich ein verschmitztes Lächeln auf ihre Lippen. „Noch blöder als jetzt schon?"

„Hey!" Henning stupste sie an und grinste.

„Das war nur ein Scherz", fügte Lena vorsichtshalber hinzu. Aber ganz die gute Polizistin, die sie war – ließ sie sich nicht von ihrer Spur ablenken und war im nächsten Moment wieder bei ihm. „Also, was bedrückt dich?"

Henning holte tief Luft und sprach erstmals aus, was ihn seit Monaten quälte. „Seit unserem letzten Fall, seit meine Schwester entführt wurde, hat sich so viel verändert. Ich meine … in mir. Diese Träume sind das eine. Aber da ist noch viel mehr, und ich weiß überhaupt nicht, wie ich es in Worte fassen soll."

„Versuch es trotzdem", sagte Lena.

Er wagte es kaum, sie anzuschauen, und als er es doch tat, bereute er es umgehend. Sie war ihm so nah wie nie zuvor. Henning schluckte verkrampft, der Kloß in seinem Hals ließ ihn nur schwer atmen. Und dann, als wäre weit oben in den Bergen ein Damm gebrochen und die Wassermassen stürzten nun unaufhaltsam in die Tiefe, sprudelten die Worte einfach über seine Lippen. „Es ist, als würde ich die ganze Zeit rennen. Von einem Ort zum nächsten, von einem Menschen zum anderen. Als würde alles in meinen Händen liegen, in meiner Verantwortung. Dass jeder Mensch dieser Welt abends sicher in seinem Bett liegt. Dass niemandem mehr so viel Schmerz und Unheil angetan wird, wie wir es ständig vor uns sehen. Und ich renne, Lena. Ich renne und renne, und ich komme doch immer zu spät. Es macht mich verrückt, dass ich sie nicht beschützen kann."

„Wen?", fragte Lena mit erstickter Stimme.

„Die Menschen, die ich liebe.“ Er hob den Blick. „Dich.“

Seine unerwartete Offenheit ließ nicht nur Henning selbst innerlich zusammenzucken. Er hatte die Worte nicht mehr stoppen können, da waren sie gesagt.

Auch Lena schien überrumpelt. Sie stammelte ein paar unzusammenhängende Laute, bevor sie sich räusperte. „Du kannst nicht alle Leute beschützen, Henning, und das ist auch nicht deine Aufgabe“, sagte sie mit rauer Stimme. „Du kannst nur für diese Menschen kämpfen und sie lieben und darauf hoffen, dass es das ist, was sie in schlimmen Momenten stärkt. Diese Zuversicht und dieses Wissen.“ Die Worte verebbten, als ihre Stimme versagte.

Henning tastete nach Lenas Hand, die nun neben seiner lag. Seine Finger fuhren über ihre weiche Haut.

„Zu lieben macht es doch nur schlimmer“, flüsterte er kehlig.

Lena schüttelte den Kopf. „*Nicht* zu lieben macht es schlimmer.“

„Findest du?“

Sie nickte wortlos.

„Immer?“

Sie schluckte, ihr Blick huschte über sein Gesicht. Hennings Herz hämmerte gegen seinen Brustkorb. Sie musste es hören. Es war unmöglich, es zu überhören.

Nach einem kurzen Moment nickte sie erneut, und Henning setzte ein letztes Mal an. „Auch in … in unserer Situation?“ Beinahe tonlos formten seine Lippen die Worte.

Anstatt zu antworten, lehnte Lena sich plötzlich zu ihm, ihr Gesicht ganz nah vor seinem. Als sich ihre Nasenspitzen berührten, verursachte ihm ihr heißer Atem auf seinen Wangen Gänsehaut. Sie biss sich auf die Unterlippe, und Henning konnte seine Gefühle kaum noch kontrollieren.

„Ja“, sagte Lena plötzlich mit bebender Stimme. „Ganz besonders in unserer Situation.“

Er zögerte keine Sekunde länger. Henning legte die Hände auf ihre Wangen, und als seine Lippen ihre berührten, zersprang die Furcht in seinem Körper in tausende Einzelteile. Lena presste sich an ihn und fuhr mit ihren Händen durch sein Haar. Henning schauderte, umschlang ihren zarten Körper, schmeckte ihre Sehnsucht, ihre Wärme, ihre Leidenschaft und …

Das schrille Klingeln des Handys ließ sie beide auseinanderfahren, als seien sie bei etwas Verbotenem erwischt worden. Verwirrt suchten sie das Zimmer ab, bis Henning das Display des Mobiltelefons zwischen den Decken auf dem Bett leuchten sah. Als er danach griff, zitterte seine Hand.

„Ger…“ Er räusperte sich. „Gerlach.“

Erst jetzt stellte er fest, dass es ein Videoanruf war und ihm zwei verdutzte Gesichter entgegenblickten.

„Stören wir? Seid ihr noch unterwegs?“, fragte Maike, die neben Olaf saß.

„Was?“, fragte Henning verwirrt und beobachtete Lena aus dem Augenwinkel, die sich so hektisch die Haare glattstrich, als hätte er gerade sonst was mit ihr getan.

„Henning, ist es gerade ungünstig?“ Olaf kam seiner Laptopkamera so nahe, als hätte er dadurch auch einen besseren Blick.

„Nee, wir haben nur gerade über ein paar Recherchen gebrütet“, sagte Lena nun, die mit einem strahlenden Lächeln neben ihm auftauchte.

Beeindruckend. Henning nahm sich ein Beispiel an ihr und ignorierte das Kribbeln in seinem Bauch für den Moment, so gut er eben konnte.

„Henning guckt, als hätten wir ihn gerade beim Kaugummiklauen im Dorfkiosk erwischt“, sagte Maike lachend, und Hennings Wangen wurden heiß.

„Ich mag gar keinen Kaugummi“, sagte Henning, als ob das irgendetwas entkräften würde. Wieder räusperte er sich. „Also, was gibt's? Warum seid ihr noch im Büro?“

„Na ja, ihr arbeitet ja auch noch“, entgegnete Olaf.

„Man tut, was man kann. Habt ihr was Hilfreiches für uns?“ Langsam war er wieder Herr seiner Sinne. Solange er nicht zu Lena hinübersah auf jeden Fall.

„Allerdings“, begann Olaf. „Ich habe mich schlaugemacht, welche Bedeutungen das Herz in unserem Kulturkreis eigentlich haben kann. Dass der Typ es als Trophäe behält, ist uns allen klar. Aber warum gerade das Herz?“ Olaf setzte seine Lesebrille auf und las seine Notizen vor: „Ein menschliches Herz hat vor allem eine emotionale Symbolkraft. Wir drücken damit Liebe und Mitgefühl aus. Es steht für Zusammengehörigkeit, Verbundenheit und Verständnis. Auch Mut wird damit assoziiert. Ebenso Tapferkeit und Stärke. Wenn wir an die Liebe denken, dann spiegelt das Herz neben Treue und Verbundenheit auch die Leidenschaft, das Verlangen und die gegenseitige Anziehungskraft wider."

Henning schielte zu Lena hinüber, die in diesem Moment auch zu ihm sah. Schnell wandte er sich wieder Olaf zu, der ohne Luft zu holen weitersprach.

„In der Religion wird das Herz gern als Sitz der Seele, die Beziehung zu Gott oder als Symbol der göttlichen Liebe angesehen. Dann gibt es noch verschiedene Bedeutungen wie Reinheit oder Schutz, indigene Kulturen sehen im menschlichen Herzen sogar eine Verbindung zwischen Mensch und Natur. Interessant ist noch die mythologische Bedeutung. Bei den alten Ägyptern wurde das Herz bei der Totenzeremonie gewogen, da man in ihm das Zentrum moralischer und ethischer Entscheidungen sah. Ganz davon abgesehen glaubt man auch heute noch, dass das Herz eine Rolle im Prozess der Reinkarnation spielen würde und der Schlüssel zur Wiedergeburt ist."

„Das ist eine ganze Menge", sagte Henning.

Olaf nickte. „Schick ich dir als Zusammenfassung rüber."

„Schwierig zu sagen, was davon auf unseren Mann zutrifft, solange wir nicht sein Motiv, seinen Trigger, kennen." Henning sah zu Lena hinüber, die zustimmend nickte.

„Zumal wir inzwischen von zwei Tätern ausgehen", fügte sie hinzu.

Olaf und Maike fiel die Farbe aus dem Gesicht. „Was?", drang ihnen zeitgleich über die Lippen.

Henning fasste die Erkenntnisse, die zu dieser Einschätzung geführt hatten, kurz zusammen, während seine Kollegen nur kopfschüttelnd zuhörten.

„Das macht es nicht nur komplizierter, sondern auch gefährlicher. Ein Tätergespann ist eine komplexe Angelegenheit. Zwei kaputte Psychen, die ineinandergreifend agieren. Passt ja gut auf euch auf", warnte Olaf.

Über seine einfühlsame, besorgte Seite musste Henning beinahe ein wenig lächeln. In den letzten Monaten und Jahren hatte sich sein Kollege wirklich gut entwickelt. Von einem unsozialen Griesgram zu einem wirklich wertgeschätzten Teammitglied.

„Es könnte auch ein Vorteil für uns sein“, gab Lena zu bedenken. „Ich meine, wir haben das schon in anderen Fällen beobachtet. In einem Zweierteam ist meistens einer der Anführer, der das ganze Geschehen antreibt. Die Taten sind nur in Ausnahmefällen von echtem Zusammengehörigkeitsgefühl der beiden Parteien geprägt. Viel mehr gibt es einen Trigger von außen, einer von ihnen verfolgt ein bestimmtes Interesse und schafft es über Abhängigkeit – oder auch mit Gewalt –, den anderen zum Handeln anzutreiben. Unter Druck zerfällt dieses Konstrukt oft.“

„Ja, aber genau das kann auch gefährlich werden. Instabile Persönlichkeiten, die ihren einzigen Halt, das Miteinander verlieren. Man weiß nie, wozu die dann in der Lage sind“, ergänzte Maike.

„Stimmt. Danke erst mal für eure Informationen. Wir werden morgen die Fahrzeughalter aller in Frage kommenden Pritschenwagen überprüfen, noch ein paar weiteren Spuren nachgehen und melden uns, sobald wir neue Erkenntnisse haben.“

„Hey, Henning“, rief Olaf und hielt Henning noch kurz davon ab, das Gespräch zu beenden. „Irgendeine Spur von Boris?“ Schlagartig kippte die Stimmung. Aus einem Fall, der ihnen zwar am Herzen lag, Mitgefühl für die Opfer hervorrief und sie dadurch antrieb, wurde innerhalb von Sekunden ein Desaster, das sie alle persönlich betraf.

„Die Suchtrupps haben noch nichts gefunden. Die Handys der Gruppenmitglieder lassen sich nicht orten, sind mittlerweile vermutlich sowieso aus.“ Henning vermied es, Boris’ Namen zu nennen.

„Wie sagen wir so gern – keine Spur ist auch eine Spur“, versuchte Olaf, die Stimmung aufzulockern. „Solange nichts gefunden wird …“

„… ist noch nichts verloren“, ergänzte Henning.

„Ruft uns an, ja? Egal wie nichtig die Neuigkeit sein mag“, bat Maike.

„Natürlich. Grüßt Claus und Karen von uns. Überstädter hat sich unter Kontrolle?“, fragte Lena, und Olaf nickte.

„Alles im grünen Bereich. Er schimpft und wettert den ganzen Tag. Es geht ihm also bestens."

Henning lachte leise auf. Die Kommunikation mit seinem Vorgesetzten war in den vergangenen Tagen auf kurze Mails beschränkt gewesen. Diesen Druck konnte er jetzt nicht auch noch gebrauchen.

„Alles klar, dann bis bald", verabschiedete er sich und ließ das Handy in die Hosentasche gleiten. Seine vormals überschäumenden Gefühle hatte er wieder vollkommen unter Kontrolle. „Lena, ich …", setzte er an, doch sie hob die Hand, schüttelte den Kopf und lächelte schief.

„Ich weiß schon."

„So?"

„Wir sollten uns darauf konzentrieren, Boris und seine Freunde zu finden."

Henning schluckte, lehnte sich gegen den Bettpfosten und nickte. „Es ist einfach ein ungünstiger Zeitpunkt."

Sie kniete sich auf den Boden, sammelte ihren Laptop, Unterlagen und ihre Schreibutensilien zusammen. „Komisch, nicht wahr?"

„Hm?", machte er, ahnungslos, was sie meinte.

„Wie schnell manches doch von ‚Es gibt keinen besseren Zeitpunkt' zu ‚Es gibt keinen schlechteren Zeitpunkt' wechseln kann."

Er hörte einen unbekannten Unterton in ihrer Stimme. War sie verärgert? Verletzt? Hatte *er* sie verletzt? Das wäre das Letzte gewesen, was er wollte. Aber dieser Fall, die ganzen rätselhaften Zusammenhänge, die Puzzleteile, die nicht passten, diejenigen, die ihnen noch fehlten – all das war genauso komplex wie das, was er für Lena empfand. „Lena, ich wollte dir nicht wehtun", sagte er und rang um die passenden Worte, als sie aufstand, zu ihm kam und ihm seinen Terminplaner, den sie vom Boden gefischt hatte, vor die Brust drückte.

„Du fühlst dich, als würdest du die ganze Zeit rennen. Das hast du vorhin gesagt, stimmts?"

Henning nickte.

„Vielleicht rennst du gar nicht etwas oder jemandem *hinterher*, sondern du rennst vor diesen Dingen *davon*." Sie senkte den Blick, bevor sie mit rauer Stimme hinzufügte: „Und vielleicht solltest du wirklich mal kurz stehen bleiben, dich umsehen und schauen, was das eigentlich genau ist, vor dem du davonläufst.“ Mit diesen Worten ließ sie ihn stehen, ging ins Badezimmer und schloss die Tür hinter sich.

Kapitel 18

– Boris –

Es war stockdunkel, als sie das nächste Mal aus dem Schlaf hochschreckten. Durch die Holzlatten fiel kein Licht mehr, von nirgendwo. Es war anscheinend wieder Nacht.

„Hast du das gehört?“, fragte Ole in die Dunkelheit.

Boris konnte seinen Freund kaum erkennen, obwohl sie dicht nebeneinandersaßen. Natürlich hatte er es gehört – dieses kratzende, schlurfende Geräusch, das ihn aus dem Dämmerschlaf gerissen hatte. Ihm war schwindelig, vor Hunger und Durst, und die Erschöpfung lähmte seinen Körper ebenso wie seinen Geist.

Lange hatten sie über seine Vermutung, wer der jüngere Täter in Wirklichkeit sein könnte, gesprochen. Ole hatte es erst nicht glauben können, die Idee regelrecht abgeblockt. „Das ist doch irre!“, hatte er gesagt.

„Aber ich erinnere mich an diese auffällige Narbe, sie ist so individuell. Was wäre das für ein Zufall, jemandem gegenüberzustehen, der nicht nur optisch so aussieht, sondern auch vom Alter her passt? Und dazu noch am richtigen Ort ist!“

„Diese beiden Arschlöcher sind einfach krank, und ehrlich gesagt ist es mir ziemlich egal, wer von ihnen der Jüngere, Nettere oder was weiß ich ist.“ Ole war aufgebracht gewesen.

„Wir können diese Vermutung testen und vielleicht für uns nutzen! Wenn wir ihn davon überzeugen könnten, dass er im Grunde genommen gar nicht dieser Mensch ist, den er gerade abgibt, dann könnte er unser Schlüssel zur Freiheit sein.“ Boris hatte sich zu Ole hinübergelehnt, eindringlich versucht, ihn in der Dunkelheit auszumachen. Jetzt war er direkt vor Oles Gesicht. „Was für eine Möglichkeit haben wir sonst, außer darauf zu warten, dass einer von uns der nächste ist, der dort mit den Füßen voraus durch den Dreck gezerrt wird?" Resis Bild tauchte erneut vor seinem geistigen Auge auf, und er musste sich zwingen, es wieder zu verdrängen.

Ole schüttelte den Kopf. „Und wenn du dich irrst? Wenn wir ihn – oder beide – mit so einer Vermutung oder Unterstellung verärgern und sie dann komplett durchdrehen? Keine Ahnung, wie Geisteskranke so ticken!"

„Ole, uns bleibt vermutlich nicht allzu viel Zeit, um das Für und Wider abzuwägen. Wir müssen handeln, und zwar schnell! Und es wäre eine Chance …"

„Und wenn er abblockt? Ich erinnere mich an nichts mehr, was ich mit fünf Jahren erlebt habe. Was, wenn er gar nicht weiß, wer er ist?", hatte Ole gefragt.

„Davon gehe ich sogar aus, und es könnte uns in die Karten spielen."

„Was meinst du damit?"

„Wenn wir es schaffen, ihn davon zu überzeugen, dass seine wahre Identität nichts damit zu tun hat, was hier gerade passiert, könnte er uns freilassen."

Da hatte Ole aufgehorcht, und sein Atem hatte sich sprunghaft beschleunigt. „Du willst ihn so manipulieren, wie der alte Typ ihn manipuliert?"

„Ich will ihn nicht manipulieren, sondern ihm klar machen, dass unsere Flucht auch seine Flucht sein könnte."

„Vorausgesetzt, er trägt irgendwo in sich noch ein Stück Menschlichkeit. Woran ich zweifle, wenn ich daran denke, wie lange er vielleicht mit diesem Monster gelebt hat", sagte Ole. „Und wie er mit Resi umgegangen ist."

Boris seufzte resigniert. „Entführungsopfer, die mit ihren Entführern sympathisieren, leiden unter dem Stockholm-Syndrom", erklärte er leise. „Es ist eine Art Überlebensmechanismus. Im Grunde genommen weiß ihr Gehirn, dass sie in einer lebensbedrohlichen Situation festsitzen, und es entwickelt sich ein Automatismus, der ihnen das Gefühl gibt, dass sie sich selbst schützen können, wenn sie eine positive Verbindung zum Täter aufbauen."

„Na, hoffentlich weiß sein Gehirn dann auch, wie man das wieder abstellt. Sonst haben wir ein Problem.“

Boris hatte darauf nichts mehr gesagt. Die Behandlung von Patienten, die unter dem Stockholm-Syndrom litten, konnte sehr komplex sein. Er hatte selbst mitbekommen, wie einige Opfer der Fälle, an denen er gearbeitet hatte, damit kämpften. Er konnte diesen jungen Mann nicht einfach damit konfrontieren, nicht in der Situation, in der er war. Erst musste er sein Vertrauen gewinnen. Irgendwie, sofern ihnen Zeit dafür blieb. Und der Alte ihnen die Gelegenheit dazu gab.

All das ging Boris in jener Nacht noch einmal durch den Kopf, als ihn das knirschende, kratzende Geräusch hatte hochschrecken lassen. Es wurde langsam lauter, schien sich der der Scheune zu nähern.

Gebannt starrte er in die Düsternis und hielt den Atem an, als das Scheunentor einen Spalt breit geöffnet wurde. Eine dunkle Gestalt huschte hinein, trug etwas in den Händen. Mehr konnte Boris nicht erkennen.

Wer auch immer hier kam, derjenige ging langsam, beinahe bedächtig. Es dauerte viel zu lang, bis er endlich bei ihnen angekommen war – es war der junge Mann – Robin Diekmann, wie Boris vermutete.

Der Junge – denn er sah nicht wirklich männlich mit seiner schmächtigen Gestalt und gebückten Haltung aus – stellte ein Tablett vors Gitter. „Shht!“, machte er, legte einen Zeigefinger auf den Mund und entzündete ein Streichholz, das ihnen gerade genug Licht schenkte, um zu erkennen, dass auf dem Tablett zwei Wassergläser standen und dazwischen einige trockene Brotreste lagen.

Während Ole ungeduldig nach einem Glas griff, hing Boris’ Blick am Gesicht des Jungen. Er hatte blutunterlaufene Augen, eine geschwollene Wange und eine aufgeplatzte Lippe. Boris ahnte, woher die Verletzungen kamen, sie hatten die Tat buchstäblich mit anhören müssen. Er schluckte seinen Impuls, ihn direkt darauf anzusprechen, vorerst hinunter und griff ebenfalls nach Brot und Wasser.

Schweigsam beobachtete der junge Mann sie dabei, wie sie gierig jeden Tropfen und jeden Krümel verschlangen.

„Danke“, flüsterte Boris anschließend.

Der Junge sah nicht auf, so als habe er Boris' Worte gar nicht gehört.

Jetzt nutzte Boris die Gelegenheit: „Da hat es dich ordentlich erwischt. Sieht schmerzhaft aus."

Kurz blinzelte der junge Mann, sah aber nicht hoch. Dennoch wurden seine Bewegungen hektischer. Er schien sich unwohl damit zu fühlen, direkt angesprochen zu werden, vielleicht weil – Boris wurde das Gefühl nicht los, dass es so sein könnte – der Junge ohne das Wissen das anderen Mannes zu ihnen gekommen war. Seine ängstlich prüfenden Blicke in Richtung Scheunentür bestätigten Boris in seinem Eindruck.

„Mein Vater hat mich einmal so vermöbelt, Mann, ich konnte mich danach eine Woche nirgendwo blicken lassen", erzählte Boris im Plauderton. Natürlich war das gelogen – Boris hatte den besten Vater gehabt, den ein Kind sich wünschen konnte, doch er brauchte eine gemeinsame Ebene, auf die er sich mit diesem verschüchterten Jungen begeben konnte. Auf die Schnelle war ihm nichts anderes eingefallen. Und doch zeigte es für einen Moment Wirkung. Kurz hielt der Junge in der Bewegung inne, stellte Oles Glas ganz langsam aufs Tablett zurück und atmete hörbar aus.

„Ich kenne ein gutes Hausmittel", flüsterte Boris jetzt. „Damit heilt das schneller ab."

Und da – endlich – sah der Junge ihn aus seinen zugeschwollenen und blutunterlaufenen Augen an. Er sprach nicht, doch sein Blick reichte Boris fürs Erste.

„Salzwasser reinigt die Wunden ganz gut", fuhr Boris fort, so als habe ihn der Junge dazu aufgefordert, weiterzusprechen. „Nimm einfach ein Glas Wasser, einen Teelöffel Salz und vermische das. Dann kannst du sie damit abtupfen. Und danach schmierst du Honig drauf. Dann entzündet sich nix, und alles heilt schneller ab."

Der junge Mann nickte leicht und wandte sich zum Gehen um.

„Hey", rief Ole noch. „Danke." Er deutete auf das Tablett. „Du hast uns damit echt gerettet."

Langsam ließ der Junge einen erkennbar verkrampften Arm sinken. „Ich komme wieder, wenn ich kann", sagte er leise. „Aber ich verspreche nichts."

Boris' Finger griffen in die Gitterstäbe. „Du bist echt in Ordnung."

Wieder nickte der junge Mann, wollte sich erneut in Bewegung setzen, als Ole aufsprang.

„Wo … wo sind unsere Freundinnen? Weißt du das?"

Das laute Schlucken drang bis zu ihnen in die Zelle. „Dort, wo sie hingehören." Eine merkwürdige Betonung lag in seiner Stimme.

Boris verstand nicht. Wo gehörten sie denn hin? Natürlich zu ihnen beiden, zu Ole und Boris, aber da waren sie nicht. Der Satz klang, als hätte der Junge ihn auswendig gelernt.

„Kannst du uns zu ihnen bringen?", drängte Ole.

„Lass es!", zischte Boris seinem Freund leise zu. Sie durften den Jungen nicht überfordern. Wenn sie jetzt zu viel von ihm verlangten, würde er zumachen wie eine Auster an der Luft. Sie mussten ihn behutsam auf ihre Seite ziehen. Und er war auch nicht ungefährlich: Vor ein paar Stunden noch war er in der Lage gewesen, Resi einfach niederzuschlagen und wie Vieh aus der Scheune zu zerren. Sie durften ihn keinesfalls unterschätzen!

So oder so antwortete er nicht auf Oles Frage. Schweigsam und schneller, als er gekommen war, ging er zur Tür, huschte hinaus und schloss sie wieder hinter sich.

Als Boris und Ole seine sich entfernenden Schritte nicht mehr hören konnten, atmeten sie beide tief durch.

„Ich weiß nicht, ob wir die Zeit haben, die wir bräuchten, um sein Vertrauen zu gewinnen", sagte Ole erschöpft.

Boris schloss die Augen. Sein Freund hatte recht. Vermutlich hatten sie gar keine Zeit mehr.

Er kam tatsächlich zurück.

Irgendwann am Folgetag, als es draußen hell war und das Licht durch die Holzverkleidung fiel, kam er wieder. Diesmal hatte er zwei Wasserflaschen dabei und eine ganze Tüte voller Brot- und Brötchenreste. Wieder setzte er sich schweigsam vor die Zellentür, die Beine angewinkelt, die Arme auf den Knien platziert. Doch im Vergleich zur vergangenen Nacht wirkte er ein wenig entspannter.

Und noch etwas war anders.

„Dein Gesicht“, sagte Boris kauend. „Es sieht schon viel besser aus. Der Honig, hm?“

Der Junge antwortete nicht, sah ihn aber eindringlich an.

„Und die Narbe da, ist sie auch neu?“ Boris zeigte wie nebenbei auf sein Gesicht und versuchte dabei, so entspannt wie möglich zu klingen, während er in Wirklichkeit reichlich Mühe hatte, ruhig zu atmen. Sie hatten nur eine Chance … „Die Narbe da an deinem Mund. Sieht böse aus. Ich habe hier eine.“ Er zog den Ausschnitt seines mittlerweile schmutzigen Shirts ein Stück über die linke Schulter und entblößte eine riesige Narbe, die er sich bei einem Fahrradunfall in der Kindheit zugezogen hatte. „Stammt von meinem Vater und seiner Bierflasche“, log er.

„Ist älter“, sagte der junge Mann leise.

„Ein Unfall?“, mischte sich Ole ein, ebenfalls kauend. Und unverbindlich.

„Weiß nicht.“

„Wie heißt du eigentlich? Ich bin Ole, und das ist mein Kumpel Boris.“

Er schwieg, doch seine Hände schlangen sich um seine Knie, als wolle er sich selbst umarmen.

Ole wollte gerade noch einmal nachfragen, als der Mann sagte: „Weiß nicht. Er nennt mich ‚Junge‘.“

Junge?

Boris nickte nachdenklich. „Hm … hey, sag mal, weißt du zufällig, wo unsere Sachen hingekommen sind? Mein blauer Wanderrucksack zum Beispiel? Der hat so einen Aufnäher drauf, mit einem Typen, der am PC sitzt.“

Diesmal schüttelte er den Kopf. Sehr gesprächig war er ja nicht, aber offensichtlich auch nicht so ängstlich wie vergangene Nacht, als er offenbar hatte fürchten müssen, jeden Moment gestört zu werden. Seit er gekommen war, hatte er nicht einmal zur Tür hinübergesehen. War der Alte vielleicht gar nicht da? Das konnte wirklich ihre Chance sein!

„Du bist mir gleich so bekannt vorgekommen“, sagte Boris jetzt und setzte alles auf eine Karte.

„Hä?“ Das strähnige blonde Haar fiel dem Mann ins Gesicht, während er den Kopf schüttelte, als wäre das total absurd.

„Ja, ganz sicher. In der Zeitung habe ich dich gesehen. In einem Zeitungsartikel war ein Bild von dir als Kind. Der ist in meinem Rucksack, wenn du mir nicht glaubst!“

„Blödsinn.“ Er wollte lachen, es überheblich klingen lassen, doch seine dunklen Augen wirkten plötzlich unsicher.

„Ich glaube, ich weiß sogar, wie du heißt. Und ich weiß, dass der Alte, der dir und uns das hier antut, *nicht* dein leiblicher Vater ist.“

Der Junge sprang auf, keuchte, strich sich die schmierigen Haare aus der Stirn. „Du lügst!“

Boris versuchte, ruhig zu bleiben. Jetzt kam es darauf an, wie viel Zugang er sich zu diesem Mann verschafft hatte und ob der ihm letztlich glauben würde. „Du bist doch gar nicht so“, preschte er vorwärts. „Du willst das hier alles gar nicht! Du wünschst dir, dass es aufhört, aber du weißt nicht, wie du es beenden kannst.“

„Sei still!“, kreischte seine aufgebrachte Stimme durch die Scheune. Er wich in Richtung Scheunentor zurück, und Boris fürchtete schon, dass er verschwinden wollte, doch dann kam er zurück und blieb vor Boris stehen.

„Wir können dir helfen, wenn du uns hilfst. Du musst nie wieder jemandem wehtun, und dir wird auch nie mehr etwas angetan werden, ich verspreche es.“

Wie eine Viper schoss der junge Mann nach vorne, krallte seine Finger um das Gitter und brüllte: „Du! Du sollst deine Fresse halten!“ Dann drehte er sich um und stürmte aus der Scheune.

„Das ist ja prima gelaufen“, sagte Ole mit einem sarkastischen Unterton in der Stimme.

„Ist es“, entgegnete Boris ernst. „Er weiß es. Tief in seinem Inneren weiß er noch, dass er nicht hierher gehört.“

Kapitel 19

HARTMUT Eberlein, ein Pferdewirt aus dem Dorf, schlug mit der flachen Hand gegen den Radkasten seines Pritschenwagens.

„Zwanzig Jahre alt, läuft immer noch wie ne Eins.“ Stolz stemmte er die Hände in die Hüften. Die zerrissene blaue Latzhose spannte über seinem Bauch. Er war der dritte Pritschenwagen-Besitzer, mit dem sie sich an diesem Vormittag unterhielten.

„Spricht für eine gute Pflege“, sagte Henning locker und nickte. „Die Koppeln hier vorne am Hof gehören Ihnen?“

Eberlein winkte ab. „Die und noch unzählige weitere, aber die liegen weiter draußen. Hier am Hof lasse ich die Stuten mit den Fohlen stehen. Wenn mal was ist, bin ich schneller da.“

„Wie viele Tiere haben Sie denn?“ Lenas Blick schweifte über die Weide neben ihnen. Ein kleines, zartes Fohlen – sicherlich erst wenige Stunden alt – lag im Stroh und wurde von einer Stute abgeleckt.

„Um die achtzig Tiere, würde ich sagen. Kommen und gehen ja jedes Jahr, Sie wissen schon.“ Der Mann lehnte sich gegen seinen Wagen. „Immer was zu tun.“

„Können Sie uns sagen, wo Sie Samstagnacht gewesen sind?“ Perplex von Lenas schnellem Themenwechsel blinzelte der Mann nur. „Bitte?“

„Sie haben sicher gehört, in welchen Fällen wir ermitteln“, ergänzte Henning. „Derzeit überprüfen wir jeden, der einen Pritschenwagen besitzt, da der Verdacht aufkam, dass solch ein Wagen mit mindestens einem der Mordfälle in Verbindung steht.“

Der fröhlich-zufriedene Gesichtsausdruck des Mannes wich deutlicher Erschütterung. „Das ist furchtbar, ganz furchtbar. Aber ich verstehe nicht, was Sie von mir wollen. Der Wagen, ja – ich fahre den Wagen seit über zwanzig Jahren, sagte ich ja schon. Aber Sie denken doch nicht wirklich, dass ich etwas mit diesen schrecklichen Morden zu tun habe?“

„Wo waren Sie denn Samstagnacht?“, wiederholte Lena.

„Bessy“, stieß er hervor. „Die Bessy hatte eine Totgeburt. Wir haben Stunden ums Überleben des Fohlens gekämpft, aber als es endlich raus kam, wars auch schon zu spät.“ Er sah auf, seine Augen wirkten riesig. „Fragen Sie den Tierarzt, Dr. Beyersfeld, der war hier. Der kann das bestätigen. Wissen Sie eigentlich, was hier im Frühjahr los ist? Wenn ich dieser kranke Typ wäre, der hier Tote in der Gegend verteilt, dann würde ich das ganz sicher nicht zu dieser Jahreszeit machen. Wir haben so gut wie jede Nacht und jeden Tag zu tun, eine Stute nach der nächsten fohlt, in manchen Nächten mehrere gleichzeitig.“

„Verstehe.“ Henning nickte und deutete auf den Pritschenwagen. „Wer hat sonst noch Zugriff auf Ihren Wagen?“

„Niemand“, kam es wie aus der Pistole geschossen.

„Sie verpflegen über achtzig Pferde täglich alleine?“ Das konnte Lena sich kaum vorstellen. Sie selbst war in ihrer Jugend geritten, hatte Stunden auf dem Pferdehof verbracht. Wie aufwendig die Versorgung dieser sanften Riesen war, wusste sie zu gut. Doch nicht nur das ließ Hartmut Eberlein in diesem Moment auffällig wirken: Sein Gesicht war plötzlich feuerrot.

„Ihr Wagen stand also die ganze Nacht über hier? Sie können es bestätigen, mit dem Wissen, dass Falschaussagen in laufenden Ermittlungsverfahren für Sie zum Nachteil sein können und werden?“ Henning sprach ruhig, aber in einem Ton, der keinen Zweifel daran ließ, dass er persönlich Eberlein für eine eventuelle Falschaussage drankriegen würde.

Das schien auch Eberlein zu spüren. „Ich … weiß nicht, ob der Wagen hier die ganze Nacht stand. Ich war in den Stallungen, bei der Geburt, sagte ich ja schon.“ Er fuhr sich übers Gesicht.

„Herr Eberlein, wer sonst hat Zugriff auf Ihr Fahrzeug?“

Ein resigniertes Stöhnen entwich ihm. „Ich beschäftige eine Handvoll polnischer Männer, die mir auf dem Hof helfen.“

„Sind sie hier? Können wir mit ihnen sprechen?“, fragte Henning.

„Ich fürchte nicht. Solange sie zu den abgemachten Zeiten hier auftauchen, ist es mir egal, wo sie sich in ihrer Freizeit rumtreiben.“

„Sie bieten ihnen keine Unterkunft? Nichts?“ Lena konnte das kaum glauben. Sie ahnte zwar, worum es hier ging – illegale Beschäftigung von Arbeitskräften –, aber dennoch unterhielt man sich während der Arbeit, lernte sich kennen, erfuhr etwas übereinander. Der Pferdewirt wollte ihnen klar machen, dass er *gar nichts* über seine Mitarbeiter wusste?

„Namen kann ich Ihnen geben, mehr weiß ich dann wirklich nicht. Bitte … der Hof ist riesig, Sie sehen es ja. Ich brauche Leute, die mir unter die Arme greifen.“

Lena sparte sich den Kommentar, dass es auch auf legalem Weg möglich wäre, Angestellte zu bekommen, und notierte sich die Namen, die Eberlein ihnen nannte. Als sie sich von ihm verabschiedeten, sah er aus wie ein Häufchen Elend.

„Wir überprüfen die Männer, danke, Frau Freyenberg“, sagte Kommissarin Schnabel und beendete das Telefonat.

Lena steckte das Handy in ihre Jackentasche. So gesetzestreu waren die Menschen auf dem Dorf dann wohl auch wieder nicht, falls sie das überhaupt erwartet hatte. Eberlein war nicht der erste gewesen, den sie an diesem Tag bei einer simplen Fahrzeugüberprüfung wegen etwas ganz anderem drangekriegt hatten. Der erste Pritschenwagen, den sie untersucht hatten, gehörte einem Mann, der bereits bei ihrem unerwarteten Eintreffen rote Ohren bekommen hatte. Im Laufe des kurzen Gesprächs gab er von sich aus zu, eine nicht angemeldete Dachdeckerfirma zu betreiben, für die das Fahrzeug zum Einsatz kam. Diesen Umstand vor den Polizisten darzulegen, war für ihn offenbar erstrebenswerter, als gegebenenfalls in die Mordermittlungen verwickelt zu werden.

Die nachfolgenden Überprüfungen erwiesen sich als unauffällig. Generell schienen Pritschenwagen besonders bei Handwerksfirmen und entsprechenden Handelsgeschäften beliebt zu sein. Zwei Maler, ein Gebäudereiniger und ein Elektriker gehörten – neben dem Förster, den sie bereits im Vorfeld überprüft hatten – zu den Pritschenwagenbesitzern. Nur sehr vereinzelt standen sie auf dem Hof von Privatleuten, zum Teil unter alten Planen, völlig verdreckt und längst nicht mehr fahrtauglich.

Und die Wagen, die noch auf den Straßen fuhren, gaben ihnen keine Hinweise zur Lösung des Falls. Die meisten davon waren dunkel lackiert, doch da hörten die Übereinstimmungen mit den Bildern der Überwachungskameras auch schon auf. Jeder der Fahrer hatte ein Alibi vorzuweisen, und es war lückenlos bekannt, wo und unter welcher Führung sich das entsprechende Fahrzeug zum Todes- und Ablagezeitpunkt Helge Grundlers befunden hatte. Und nirgendwo hatten sie verdächtige Spuren oder Beobachtungen gemacht. Nur Eberleins polnische Angestellte standen noch zur Überprüfung aus.

„So, der Letzte", sagte Lena mit einem Blick auf ihre Liste.

Henning parkte vor einem riesigen verwitterten Holzschild mit der Aufschrift „Sägewerk". „Ganz schön weit draußen", sagte er und suchte am Tor nach einem Klingelknopf. Vergeblich. Das kleine Gebäude hinter dem Einfahrtstor, an dessen Tür mit mittlerweile bröselnder Farbe „Anmeldung" geschrieben stand, schien leer zu sein. Alles sah verlassen aus.

„Bist du sicher, dass hier überhaupt noch jemand ist?", fragte Lena, die ihren Blick über die Gebäude in der Ferne gleiten ließ. Die Hallen und Maschinen hatten schon deutlich bessere Zeiten gesehen.

„Kann ich Ihnen helfen?", brummte eine tiefe Stimme plötzlich hinter ihnen, und sie fuhren gleichzeitig herum.

„Herr Wessels?" Henning zeigte seinen Ausweis. „Kriminalpolizei, wir ermitteln in den aktuellen Mordfällen der Region. Sie haben sicher davon gehört."

Der bärtige Mann nickte. „Und was wollen Sie dann von mir?"

„Im Rahmen unserer Ermittlungen überprüfen wir derzeit unter anderem alle Pritschenwagen und deren Besitzer. Sie fahren offensichtlich auch einen." Lena deutete durchs Tor und auf das Fahrzeug, dessen Ladefläche hinter der Anmeldehütte hervorblitzte.

Der Mann zog kommentarlos einen Schlüssel aus der Jackentasche, löste die Kette am Tor, schob es auf und betrat vor ihnen das Gelände. Wortlos ging er in Richtung des Pritschenwagens.

Henning warf Lena einen fragenden Blick zu und murmelte: „Komischer Kauz“, während sie ihm folgten.

Vor dem Wagen blieb der vermeintliche Wessels, der seine Identität bisher aber noch nicht bestätigt hatte, stehen. Henning sah Bretter und Werkzeuge – Seile, Sägen, Feilen, eine Axt – auf der Ladefläche liegen.

„Und jetzt?“, fragte der Mann, an Henning gewandt. „Hilft Ihnen das weiter?“

„Wo waren Sie denn Samstagnacht, Herr Wessels?“, fragte Lena dazwischen und versuchte den Blick des Mannes einzufangen, doch der wich ihr aus.

„Im Bett, wo ist man denn sonst nachts?“, brummte er.

„Ihre Frau kann das bestätigen?“, fragte Henning.

„Ich lebe allein.“

„Dort, in diesem Gebäude?“ Henning nickte in Richtung Hauptgebäude. Im Obergeschoss befanden sich Vorhänge und Gardinen an den Fenstern.

„Ja“, sagte Wessels nur und vergrub die Hände in den Hosentaschen. „Muss ja viel arbeiten, so bin ich eben schnell vor Ort.“

„Nach viel Arbeit sieht es hier gar nicht aus“, erwiderte Lena, und Wessels fixierte sie mit seinem Blick.

„Täuscht. Ich habe Aufträge zu erledigen. Und die Arbeit macht sich nicht von selbst.“ Er hustete und spuckte hinter sich auf den Erdboden. „Apropos Arbeit. Muss etwas für die Schreinerei im Dorf erledigen.“

„Sie haben nichts dagegen, wenn ich mir Ihren Wagen genauer ansehe?“, fragte Henning, und der Mann reichte ihm bereitwillig die Schlüssel.

Der Innenraum des Fahrzeugs war verdreckt und zugemüllt. Alte Kaffeebecher, Rechnungen, Taschentücher und Klamotten stapelten sich auf dem Beifahrersitz. Das Leder am Lenkrad war abgegriffen, hing teilweise in Fetzen herab. Eine auffällige Delle im Dach des Führerhauses stach ihm allerdings direkt ins Auge. Dort war das Blech weit in den Innenraum gedrückt. Henning kletterte nach draußen und reckte sich, um einen Blick aufs Dach werfen zu können.

„Ein Baum“, sagte Wessels, ohne gefragt worden zu sein. „Sturm. Vorletztes Jahr. Stand da hinten neben dem Holzlager.“

Henning nickte. So schlecht die Überwachungskameraaufnahmen der Mülldeponie auch gewesen sein mochten, diese mächtige Beule wäre ihnen aufgefallen. Sie wäre eine der wenigen Dinge gewesen, die mitten im Aufnahmefeld gelegen hätten.

Nachdem er auch die Ladefläche noch einmal in Augenschein genommen, aber nichts Auffälliges gefunden hatte, reichte er Wessels die Hand. „Für den Moment wäre es das. Wir melden uns bei Ihnen, wenn wir noch Fragen haben."

Als Lena ihm die Hand geben wollte, machte Wessels wortlos kehrt und ging zum Hauptgebäude hinüber. Er würdigte sie keines weiteren Blickes.

„Freundlicher Geselle", murmelte Lena und ging neben Henning durchs Tor zurück zum Auto.

Das war es also gewesen – sie hatten jeden Pritschenwagenbesitzer besucht und vorläufig überprüft. Kein Hinweis, nicht einmal ein Verdacht. Gar nichts. Es war nicht nur ernüchternd, sondern regelrecht deprimierend.

„Wie kann es sein, dass wir hier draußen – buchstäblich am Arsch der Welt – nicht einen einzigen stichfesten Anhaltspunkt haben?" Henning schüttelte den Kopf, während er sich gegen die Fahrertür lehnte. „Hier leben doch gefühlt nur eine Handvoll Leute. Irgendwer muss doch etwas gesehen oder gehört haben. Einen kennen, der einen kennt. Es kann doch nicht sein, dass jemand hier seit zwanzig Jahren mordet und niemand etwas mitkriegt."

„Ob das schon so lange geht, wissen wir ja nicht. Lediglich Tanja Diekmanns Tod ist solange her." Lena stand Henning gegenüber, hielt den Blick aber gesenkt.

Keiner von ihnen hatte auch nur ein einziges Wort über letzte Nacht verloren. Sie war ins Bett gegangen, und Henning hatte sich auf sein Sofa gelegt, und als sie am Morgen aufwachte, war alles wie immer gewesen. Als hätte sie nur geträumt, wie er sie an sich gezogen, seine Lippen auf ihre gesenkt und sein heißer Atem ihr einen Schauer über den Rücken gejagt hatte. Fast glaubte sie sich selbst nicht, dass es wirklich passiert war. Doch sie kannte Henning und seine distanzierte Art mittlerweile zu gut: Dass er Blickkontakt zu ihr vermied und sein

Drang, jede Stille zwischen ihnen mit Worten zu füllen, verriet ihr, dass es kein Traum gewesen war.

Sie hatten sich geküsst. Und Lena hatte keine Ahnung, wie sie damit umgehen sollte.

Dass Henning ihre Gefühle, über die sie sich selbst kaum klar gewesen war, bis seine Lippen mit ihren verschmolzen, sogar erwiderte, brachte sie völlig aus dem Konzept. Eine Beziehung am Arbeitsplatz war noch nie eine gute Idee gewesen. Erst recht nicht in Anbetracht von Hennings Vorgeschichte und ihrer Trennung von ihrem Ex-Partner, die noch nicht allzu lange zurücklag.

Andererseits gab es immer viele kleine Gründe, die gegen etwas sprachen, während es nur einen einzigen großen Grund brauchte, um jeden Zweifel im Keim zu ersticken.

„Hast du mir überhaupt zugehört?"

Lena zuckte zusammen. „Was? Sorry …"

Henning verdrehte die Augen, sah für einen Moment regelrecht genervt aus. Doch als sein Blick ihren traf, entspannten sich seine Gesichtszüge wieder. „Ich habe dich gefragt, ob wir uns gleich an Schnabels Liste der Leute machen wollen, die schon seit zwanzig Jahren in der Region leben und arbeiten. Ihre Mail ist schon da." Seine Stimme war nun viel sanfter, erinnerte sie beinahe an die letzte Nacht, als seine Worte nur noch ein Hauchen waren und …

Reiß dich zusammen, Lena!, ermahnte sie sich selbst, zwinkerte ein paar Mal nacheinander, sortierte ihre Gedanken und richtete anschließend einen festen Blick auf Henning.

„Klar, machen wir. Es ist früh am Nachmittag, der Tag ist noch jung."

Henning nickte. „Dann lass uns erst aufs Kommissariat fahren und ein paar Hintergrundinfos einholen. Ich hasse es, ohne jegliches Vorwissen irgendwo aufzuschlagen."

Lena stimmte zu, nahm ihm den Autoschlüssel ab und rutschte hinters Steuer.

Sie waren kaum fünf Minuten unterwegs, als sie an der Abzweigung eines Feldwegs schon von Weitem das grelle Blaulicht eines Polizeifahrzeugs erkennen konnten.

„Was ist denn da schon wieder los?“, fragte Henning mit böser Vorahnung. Beim Näherkommen entdeckten sie eine Frau, die weinend und zitternd vor einer Polizistin stand und sich kaum beruhigen ließ. Lena wollte gerade den Blinker zum Feldweg setzen, da sah sie den Krankenwagen hinter sich heranbrausen. Er drängelte sich an ihr vorbei. Sie fuhr hinterher und parkte am Rande des Feldwegs.

Henning hatte die Tür schon geöffnet, da lief der Motor noch.

„Ich muss Sie bitten, umgehend von hier zu verschwinden! Hier werden polizeiliche Ermittlungen durchgeführt“, rief ihnen eine Polizistin entgegen, während die Frau neben ihr bitterlich schluchzte. Sie hatte einen kleinen weißen Hund an der Leine, der offensichtlich verwirrt zu seinem Frauchen aufblickte und um ihre Füße herumtänzelte.

„Henning Gerlach, Kripo, das ist meine Kollegin Frau Freyenberg“, stellte Henning sie beide vor.

„Ah, die Kollegen aus der Großstadt.“

Offensichtlich hatte sich ihre Anwesenheit mittlerweile herumgesprochen.

„Sie sind aber schnell da. Kommen Sie, ich zeige Ihnen den Fundort.“

Fundort?

Während die Sanitäter sich um die aufgelöste Zeugin kümmerten, folgten Lena und Henning der Polizistin ein Stück den Feldweg hinunter. Hinter einer Weggabelung, an einen Holzstapel gelehnt, saß eine in ein Laken gewickelte tote Frau. Nur ihr Kopf war frei und ihre leblosen Augen starrten ins Leere. Am unteren Ende des weißen Lakens ragten ihre sauberen Füße hervor.

Instinktiv schauderte Lena.

Henning raufte sich die Haare. „Das darf doch nicht wahr sein!“

Sie wussten beide, wer die Tote war. Auf unzähligen Fotos von Boris’ Freunden hatten sie die Frau mit den haselnussbraunen Augen schon gesehen. Theresa Ruppert. Mutter. Ehefrau. IT-Systemadministratorin.

Die dritte und damit letzte Frau aus Boris’ Wandergruppe.

Lena wurde schwindelig, als ihr all diese Informationen in diesem Augenblick durch den Kopf rasten. Vier von sechs Wanderern waren tot. Von Boris und einem gewissen Ole Michalski fehlte noch jede Spur, was aber nicht bedeuten musste, dass sie noch lebten.

„Haben Sie ein Paar Einweghandschuhe für mich?“, fragte Henning, und die Polizistin ging zu ihrem Wagen zurück, um für jeden von ihnen ein Paar zu holen.

Henning schlüpfte hinein, bevor er sich hinhockte und das Gesicht der Toten näher inspizierte.

„Lena, sieh dir das an.“ Er winkte sie zu sich hinunter.

Obwohl sie schon einige Jahre bei der Kripo arbeitete, fiel es ihr immer noch schwer, dem starren Blick lebloser Augen standzuhalten. Doch Henning deutete auf das Gesicht der Frau, und Lena beugte sich zu ihm hinunter, um professionelle Distanz bemüht.

„Weißt du, was das ist?“ Er zeigte auf ihre Mundwinkel, und Lena kam noch ein Stück näher, um zu erkennen, worauf er hinauswollte.

„Sind das Lippenstiftreste?“

Er nickte.

„Und auch hier, eine kaum sichtbare Spur, als hätte jemand versucht, ihr die Schmiere aus dem Gesicht zu wischen, bevor er sie hier abgelegt hat.“

Das Haar der Toten war nicht so sorgfältig gekämmt wie Susanne Scherers, doch zerzaust und schmutzig war es auch nicht. Es klebte feucht vom Nieselregen des Vormittags an ihrem Schädel, lag strähnig auf ihren Schultern.

„Der Regen dürfte dafür nicht ausgereicht haben“, überlegte Lena laut.

Henning schüttelte den Kopf. „Das sind eindeutig Wischspuren.“

„Burstkorbwunde?“, fragte Lena, und Henning hob das Laken an einem Zipfel so vorsichtig wie möglich an, um einen Blick darunter zu werfen. Die Frau war nackt und bis auf eine zarte Blutspur, die sich von dem Loch in ihrem Oberkörper bis zu ihrem Schoß zog, schien sie sauber und unverletzt. Der Anblick der großen Wunde jedoch ließ selbst Henning hörbar schlucken.

„Jetzt machen sie sich nicht mal mehr die Mühe, die Wunde zuzunähen?“

„Stimmt“, bestätigte Lena und richtete sich wieder auf. „War vielleicht der Situation geschuldet? Zeitnot? Der Körper musste weg?“

Henning ließ das Laken wieder fallen und stand auf. „Wenn man sie entsorgen will, dann macht man sich doch nicht die Mühe, sie hier hinzusetzen, als würde sie gerade ein Päuschen machen. Das ist nicht nur krank, sondern makaber. Jacky Fiedler wollten sie noch in die Schlucht werfen. Warum sie nicht? Warum Susanne Scherer nicht? Wo ist der Unterschied?“

Sie entfernten sich ein Stück vom Fundort, als die Kriminaltechniker anrückten. Aus Richtung des Krankenwagens ertönte Schnabels laute Stimme.

„Vielleicht hatte Theresa Ruppert eine besondere Bedeutung für die Täter. Ebenso wie Susanne. Aber Susanne war trotzdem beschmiert, entblößt, verunstaltet. Dieses Opfer hier ist sogar verdeckt, als wollte der Täter sie verhüllen und unter dem Laken verbergen, was er getan hat.“

Lena griff nach Hennings Arm und blieb abrupt stehen. „Wenn es, wie vermutet, zwei Täter sind, hat womöglich nur einer von ihnen Schuldgefühle. Er versucht, es wiedergutzumachen, sich bei den Frauen zu entschuldigen. Auf seine irgendwie kranke Weise.“

Henning wandte sich ihr zu. „Warum dann diese unterschiedlichen Ablageorte? Wir sind hier nicht mal in der Nähe vom Grundländer Forst. Er muss ein ganzes Stück gefahren sein, nur um sie hier loszuwerden.“

In diesem Moment kam Polizeikommissarin Schnabel auf sie zu. „Wieder eine, hm?“, fragte sie nur, und ihrem verkniffenen Gesichtsausdruck ließ sich entnehmen, wie sehr auch ihr diese Mordserie zusetzte.

„Wissen Sie, ob das hier eine stark frequentierte Gegend ist?“ Lena reichte ihr zeitgleich zur Begrüßung die Hand.

„Kann man so sagen. Wenn Sie den Feldweg weiter verfolgen, kommen Sie dort hinten zu einem idyllischen See. Bei Anglern und Hundebesitzern sehr beliebt. Im Sommer wimmelt es hier von badelustigen Jugendlichen. Ich kann mich kaum erinnern, hier jemals vorbeigefahren zu sein und *kein* parkendes Auto am Feldrand gesehen zu haben. Irgendwer ist immer da.“

„Wenn der Mörder hier aus der Gegend stammt, wüsste er das bestimmt“, sinnierte Henning.

Die Polizistin nickte. „Natürlich. Der See zählt zu einem unserer schönsten Ausflugsziele, den finden Sie sogar in mehreren Reiseführern der Region.“

„Der Ablageort unterscheidet sich deutlich von denen der anderen Opfer. Möglich, dass der oder die Täter von den Suchtrupps im Forst und dem Polizeiaufgebot am Steinbruch gestört worden sind“, sagte Henning.

Schnabel warf einen Blick auf Theresa Ruppert und seufzte tief. „Sie waren alle nicht wirklich gut versteckt, sondern uns mehr oder weniger auf dem Präsentierteller dargeboten. Als würde er sagen: Seht her, was ich getan habe! Widerlich, wenn Sie mich fragen.“ Sie schüttelte den Kopf.

„Das stimmt nicht ganz. Fiedler sollte unbemerkt im Steinbruch verschwinden“, erinnerte Lena sie.

„Ach, wo Sie es gerade sagen – meine Leute sind immer noch da draußen. Mehrere Knochenreste und zwei Schädel haben sie schon gefunden.“

Henning fiel buchstäblich die Kinnlade runter. „Wie bitte? Wann wollten Sie uns das sagen?“

„Entschuldigen Sie, Herr Gerlach, aber auch bei uns im Kommissariat geht alles drunter und drüber, oder dachten Sie, ich sitze den ganzen Tag dort und drehe Däumchen?“ Ihre Stimme nahm eine bisher ungehörte Schärfe an, und sie baute sich vor Henning auf, obwohl sie ihm nur bis zur Brust reichte.

Lena konnte sehen, wie der versuchte, die Fassung zu wahren.

„Natürlich nicht“, sagte er, beinahe entschuldigend. „Es wäre nur hilfreich, wenn solche Informationen direkt an uns weitergegeben würden.“

„So direkt, wie Sie mich darüber informiert haben, dass Sie hier schon ermitteln?“ Frau Schnabel ließ sich definitiv nicht die Butter vom Brot nehmen.

„Sie werden doch als Polizeihauptkommissarin ohnehin informiert. Wir sind tatsächlich aber durch Zufall hier vorbeigekommen“, entgegnete Henning, dessen ruhige Fassade, wie Lena auffiel, leise zu bröckeln begann.

„Und ich habe die Information über die Skelettfunde eben auf der Fahrt hierher bekommen, da hatte ich gerade noch genug Zeit den Blinker zu setzen."

„Schon gut", sagte Lena und warf beiden einen vielsagenden Blick zu. Die Nerven lagen blank, aber trotzdem mussten sie ihre Aufmerksamkeit zurück auf die Ermittlungen lenken. „Gehen wir also davon aus, dass die Leichen aus dem Steinbruch auf das Konto desselben Täters gehen wie Diekmann, Grundler, Scherer, Fiedler und jetzt auch Ruppert." Sie hielt kurz inne, selbst erschrocken darüber, wie viele Namen sie mittlerweile aufzählen musste. Dann fuhr sie fort: „Er beziehungsweise die beiden haben also einen Teil der Opfer in den Steinbruch geworfen und die anderen irgendwo semi-öffentlich abgelegt, so als sollten sie gefunden werden. Was war an diesen Opfern anders?"

Henning schüttelte den Kopf, und Lena runzelte die Stirn wegen seiner Reaktion. „Was ist?"

„Vielleicht sind es nicht die Opfer, die anders sind. Wir wissen doch, dass es mit großer Wahrscheinlichkeit zwei Täter sind. Vielleicht haben sie die Morde untereinander aufgeteilt."

„Oder zumindest die Entsorgung der Leichen", warf Schnabel ein.

Lena durchzuckte die Erkenntnis wie ein Blitz, der sie in diesem Moment traf und erstarren ließ. „Und was, wenn der Täter, der die Körper so sichtbar an Straßen- und Feldrändern platziert, auch derjenige ist, der sich schuldig fühlt? Der es bereut? Mit all dem vielleicht gar nichts zu tun haben will, es aber auch nicht beenden kann, aus welchem Grund auch immer?"

Hennings Blick schoss in ihre Richtung. „Er will, dass *wir* es beenden. Dass wir die Körper und daraufhin ihn und seinen Komplizen finden." Er schluckte. „Diese semi-öffentlichen Fundorte sind eine Botschaft an uns!"

Lena nickte langsam. „Und davon weiß der andere vielleicht gar nichts …"

Kochend heiß brodelt die Wut in mir. Meine Finger krallen sich um den Türknauf.

Der Junge kommt aus der Scheune gestürmt, sieht mich und erstarrt.

„Beweg dich!“, rufe ich ihm zu, und er rennt los, auf mich zu.

Ich muss mich beherrschen, nicht sofort die Kontrolle zu verlieren. Jedes Wort kostet mich immense Anstrengung. Es wäre so viel einfacher, die Hand zu heben und ...

„Du bist schon wieder zurück“, sagt er und bleibt vor mir auf dem Treppenabsatz stehen. Seine Haare fallen ihm in die Augen, doch ich könnte schwören, dass er zwischen den Strähnen hindurch zu mir herüber blinzelt.

In Sekundenschnelle schießt meine Hand nach vorne, ich packe ihn am Arm, zerre ihn ins Haus und schleudere ihn auf den Dielenfußboden.

Er stößt mit der Schläfe ans Schuhregal, rollt sich zusammen und bleibt jaulend liegen. Wie ein reumütiger Köter!

„Was hast du mir zu sagen?“

Er hält sich den Kopf, sieht mich nicht an. „Ich habe getan, was du von mir verlangt hast“, wimmert er.

Ich schlage mit der Faust in den Spiegel vor mir. Splitter ergießen sich über den Fußboden. „Lügner!“, brülle ich.

„Wirklich, Vater! Ich schwöre, es ist die Wahrheit!“

„Was hattest du in der Scheune zu suchen?“ Ich hocke mich vor ihn und starre ihn an. Er keucht, vermutlich scheißt er sich gleich in die Hose. Wie ein erbärmliches Kind!

„Ich ... ich dachte ... wenn wir sie noch behalten müssen, dann müssen ... also, wir müssen sie irgendwie am Leben erhalten und ...“

„Was du getan hast, will ich wissen!“ Das Haus bebt unter meiner Wut.

„Wasser und Brot habe ich ihnen gebracht“, sagt er demütig und hält sich instinktiv die Arme vors Gesicht, als würde ich jeden Moment wie ein Besessener auf ihn losgehen.

Ich tue es nicht. Stattdessen stehe ich auf und wende mich von ihm ab. Von diesem Inbegriff einer Enttäuschung. „Sie waren heute bei mir“, sage ich leise, meine Stimme vibriert.

„Wer?“, flüstert er.

Ich fahre herum. „Die Polizei, Junge. Sie wollten sich den Wagen ansehen. Wie könnten sie wohl auf den gekommen sein, hm?“ Ich trete ihm vor die Schuhsohlen.

„Ich habe niemandem etwas gesagt.“

Verächtlich lache ich auf. „Natürlich nicht, nein. Aber du bist strohdumm und verstreust die Toten in der Gegend wie eine bunte Mischung beschissenen Vogelfutters!“ Ich beuge mich über ihn. „Warum?“, zische ich durch zusammengebissene Zähne, Spucke schießt ihm ins Gesicht.

„Ich ... ich wollte nur helfen. Ich dachte, wenn zu viel Aufmerksamkeit auf den Wald gelenkt wird, dann kommen sie und ...“

„Lügner!“, schreie ich, und er krümmt sich weiter zusammen.

„Es ist wahr!“, erwidert er mit bebender Stimme.

Wortlos stehe ich auf. Er beobachtet jeden meiner Schritte. Ich laufe durch die Diele, auf und ab.

„Du bist eine Enttäuschung, alles an dir.“ Ich drehe mich um, er starrt mir aus riesigen Augen entgegen. „Du bist einfach nicht wie ich. Wie könntest du auch?“

Kapitel 20

Dr. Leonie Schwarzmanns Stimme drang gedämpft durch den Hörer. „Der Cold Case, die Leiche im Steinbruch, die ich kürzlich abends telefonisch erwähnte? Ich habe mir die Akten dazu angesehen. An den Knochen des Brustkorbs wurden damals Auffälligkeiten notiert“, sagte sie. Im Hintergrund rauschte und raschelte es. Zahlreiche Stimmen und Schritte konnte Henning vernehmen. In der Pathologie war derzeit vermutlich so viel los wie nie zuvor.

„Nur für mich zur zeitlichen Einordnung – ist diese vermutlich erste Leiche aus dem Steinbruch älter als Tanja Diekmann oder kam sie nach ihr? Die neueren Knochenfunde sind vermutlich noch nicht analysiert und untersucht worden, schätze ich.“ Henning saß im Büro des kleinen Kommissariats. Lena besorgte ihnen gerade Kaffee und etwas zu Essen aus der Bäckerei um die Ecke, die glücklicherweise am Sonntag geöffnet hatte.

„Warten Sie ...“ Er hörte die Rechtsmedizinerin durch die Akte blättern. „Ah, hier. Achtzehn Jahre ist der Fund her, also gut zwei Jahre nach Tanja Diekmann. Wobei wir aber beachten müssen, dass diese bis heute nicht identifizierte Tote bereits vollständig skelettiert war. Der Körper war den Umwelteinflüssen wie Wetter oder auch Aasfressern schonungslos ausgeliefert. Da sich noch einige wenige Weichteilspuren an den Knochen fanden, haben die Kollegen damals geschätzt, dass der Tod mindestens drei bis sechs Monate vor Auffinden eingetreten ist. Genauer ließ sich das nicht bestimmen. Es könnten also auch nur eineinhalb Jahre zwischen Diekmann und diesem Opfer gelegen haben.“

Henning nickte, während er die Informationen verarbeitete. „Und Sie haben gerade von Auffälligkeiten gesprochen. Was wurde an den Knochen vom Brustkorb damals gefunden?“

„Der Brustkorb war unversehrt, kein Vergleich zum Fall Scherer und den herausgesägten Rippen. Bei dieser unbekannten Toten waren alle Rippenbögen intakt, allerdings sind deutliche Spuren zu erkennen, die von einem scharfen Gegenstand wie einem Messer stammen könnten. Es sind Abbruchspuren, an denen der Knochen gesplittert ist, als sei etwas mit brachialer Gewalt auf ihn gestoßen worden. Zusätzlich haben die Kollegen Schnittmarken bemerkt. Diese Linien entstehen, wenn mit einem scharfen Objekt auf dem Knochen geschnitten wird."

„So, als hätte jemand versucht, ihn zu durchtrennen?", fragte Henning.

Dr. Schwarzmann brummte zustimmend. „Könnte sein. Ich wollte nur, dass Sie das schon mal wissen. Und von den aktuellen Knochenfunden sowie der toten Frau vom Holzstapel am See stehen tatsächlich noch diverse Untersuchungen aus. Ich melde mich, sobald ich mehr dazu weiß." Die Überstunden, die sie in den letzten Tagen hatte leisten müssen, hatten ihren Ehrgeiz noch nicht trüben können.

„Ich möchte Sie auch gar nicht länger stören. Vielen Dank erst mal für den Anruf." Henning verabschiedete sich, legte auf und schob das Handy in dem Moment zur Seite, als Lena die Bürotür öffnete. Vollbepackt mit Kaffeebechern und einer Kuchentüte zwischen den Zähnen versuchte sie, gleichzeitig die Tür aufzuhalten und sich hindurchzuzwängen. Henning eilte ihr entgegen und nahm ihr den Kaffee ab. Währenddessen brachte er sie schnell auf den neuesten Stand der Dinge.

Sie legte die Papiertüte auf den Tisch und seufzte. „Weißt du was, ich würde dir gerne irgendwann mal wieder gegenübertreten, ohne irgendwelche Hiobsbotschaften erwarten zu müssen."

Henning betrachtete ihr Gesicht und die geröteten Wangen. Sie musste sich auf dem Weg zum Bäcker und zurück ganz schön beeilt haben. Zerzauste dunkle Haarsträhnen hingen ihr in der Stirn, und ihr Blick aus den großen dunklen Augen versetzte ihn augenblicklich zurück zu dem Moment, als ihr Gesicht so nah vor seinem gewesen war, dass sich ihre Nasenspitzen berührt hatten.

Er schüttelte die Gedanken ab und versuchte sich wieder aufs Wesentliche zu konzentrieren. Als er zu Lena hochsah, schmunzelte sie, versuchte jedoch, es zu verbergen.

„Schwierig so zu tun, als wäre etwas nicht passiert, was eindeutig passiert ist, nicht wahr?"

„Woher weißt du, was ich gerade …“ Er schüttelte den Kopf. Als ob das etwas Neues wäre! Sie wusste immer, was er dachte. Henning lehnte sich auf dem knarzenden, unbequemen Bürostuhl zurück. „Ich würde es einfach gerne aus der Welt schaffen“, sagte er, und Lenas plötzlich betroffener Blick ließ ihn innerlich zusammenzucken. „Nein, nicht … nicht den Kuss. Ich will nicht so tun, als wäre es nicht geschehen. Es ist nur so viel, was momentan um uns herum passiert, und ich weiß kaum, wo mir der Kopf steht.“

Sie nickte, sank auf ihren Stuhl und nippte an dem heißen Kaffee. „Vielleicht solltest du mal mit jemandem reden.“

„Über den Kuss?“ Schrill klang seine Stimme.

Lena lachte hell auf, und augenblicklich löste sich der bis eben vorhandene Knoten in seinem Magen. „Natürlich nicht darüber.“ Sie legte den Kopf schief und sah ihn eindringlich an. „Über deine Schlafstörungen, deine Ängste, die Überforderung. Hör mal, Henning, das ist wirklich nichts, wofür du dich schämen müsstest. Du hast verdammt viel durchgemacht in den letzten Jahren.“

„Das macht jeder von uns in diesem Job. Wenn ich nur an Olaf und Maike denke, die gerade in der Heimat einer Familie nach der anderen die schlimmsten Nachrichten überbringen müssen, während wir hier sitzen und …“ Er hob die Hände und ließ sie ratlos wieder sinken. „… Kaffee trinken.“

„Jeder von uns hat seine Aufgabe, und die Distanz macht es diesmal etwas schwieriger, die Ermittlungsvorgänge gerechter untereinander aufzuteilen.“

„Es ist Sonntag“, sagte er und lenkte das Thema abrupt um. „Boris sollte heute zurückkommen.“

Lena nickte. „Auf dem Parkplatz steht eine Streife. Nur für den Fall.“

„Glaubst du, er lebt noch?“ Henning senkte den Blick. Der Gedanke daran, seinen Kollegen zu verlieren, schnürte ihm die Kehle zu.

„Ich weiß es nicht“, sagte Lena ehrlich.

Jeder andere in dieser Situation hätte versucht, ihn mit tröstenden Worten zu beruhigen, ganz egal, ob sie realistisch oder lediglich hoffnungsvoll waren. Lena nicht. Sie war immer ehrlich und direkt, aber dadurch nicht weniger einfühlsam. Er schätzte das sehr an ihr - immer zu wissen, woran er war.

Henning atmete tief durch und wischte sich über das müde Gesicht. Trotz aller Ehrlichkeit und Offenheit war er froh, dass der Kuss nicht noch einmal thematisiert worden war. Er war noch nicht bereit dazu – und vielleicht war das alles, was er wissen musste.

Stattdessen deutete er auf seinen Laptop. „Ich habe Schnabels Liste aufgeteilt. Du darfst dich mit der Wirtin des Gasthauses *Zum Wäldchen*, dem Pfarrer der Dorfkirche und dem altertümlichen Tante-Emma-Laden unten an der Straßenecke beschäftigen. Ich nehme mir das Postamt, Gemeindezentrum und …“, er hob die Kuchentüte an, „… die Bäckerei vor. Das sind alles Betriebe, die familiär und damit über viele Jahre geführt worden sind. Und wo sich viele Menschen begegnen. Alles, was sich hinter vorgehaltener Hand erzählt wird, werden wir mit Sicherheit an einem dieser Orte erfahren.“

Lena nickte zustimmend. „Alles klar. Reichen dir die aktuellen Inhaber und ein paar Hintergrundinformationen zu jedem, bevor wir losziehen?“

„Klar, ich will nur nicht, dass wir dort komplett ahnungslos aufschlagen. Es ist immer leichter, die Gespräche zu lenken, wenn man thematisch die Zügel in der Hand hält. Vielleicht schaffen wir es bis vier, dann können wir bis heute Abend alles abgeklappert haben.“

„Wir gehen nicht zusammen?“ Lena schielte hinter ihrem Bildschirm zu ihm hinüber.

„Es geht schneller, wenn wir uns aufteilen.“

„Richtig“, bestätigte sie. „Aber es ist Sonntag. Meinst du nicht, dass wir da Schwierigkeiten bekommen, die Leute zu erwischen?“
„Auf der Website vom Postamt steht, dass die samstags und sonntags jeweils für zwei Stunden an den Nachmittagen geöffnet haben. Montag ist dafür Ruhetag. Und wen wir nicht antreffen, den besuchen wir eben zu Hause.“

Lena nickte nur und alles, was die Stille des Raumes in der nächsten Stunde noch durchbrach, war das Klappern der Tastaturen, beherztes Abbeißen von Gebäckstücken und leises Schlürfen an den Kaffeebechern.

Ein Glöckchen bimmelte über Hennings Kopf, als er die Bäckerei betrat. Draußen schüttete es erneut wie aus Eimern, und von seinem Jackenärmel tropfte es auf den Fliesenboden.

Hinter der Theke stand eine rotgesichtige Mittfünfzigerin, die eine Schürze und eine weiße Haube trug. Hätte ihm in diesem Moment jemand gesagt, dass es Mitte des neunzehnten Jahrhunderts war, hätte er es auf der Stelle geglaubt. Unmodern und verstaubt wirkte der Laden, ganz anders als die schicken, caféartigen Bäckereien, die er aus der Großstadt kannte. Gekachelte Fliesen säumten die Wände. Die Verkaufstheke war nahezu leer geräumt. Henning warf einen Blick auf die große Wanduhr, der von der Verkäuferin bemerkt wurde.

„Für süße Backwaren kommen Sie fast zu spät, ich kann aber mal hinten schauen, ob ich noch etwas finde." Sie lächelte ihm freundlich zu, und ihre blonden Locken kringelten sich unter der Haube. Erst jetzt erkannte er, dass sie vermutlich kaum älter als Mitte vierzig war.

Henning rieb sich demonstrativ den Bauch. „Lassen Sie mal. Meine Kollegin hat uns vorhin schon gut versorgt."

„Ach, die Kommissarin, ich erinnere mich." Sie verschränkte die Arme auf dem Tresen und lehnte sich nach vorne. „Und? Haben Sie ihn schon geschnappt?"

„Zu laufenden Ermittlungen darf ich keine Auskunft geben."

„Klar. So etwas weiß ich aus dem ‚Tatort'." Sie richtete sich wieder auf und strich ihre faltenlose Schürze nervös glatt. „Also? Ein Brot vielleicht?"

Henning schüttelte den Kopf. „Nein, vielen Dank. Ich bin bloß hier, um mich kurz mit Ihnen zu unterhalten. Es dauert auch nicht lange." Er schielte zur Seite. Andere Kunden waren nicht in Sichtweite.

„Natürlich. Sie verdächtigen mich doch nicht etwa?"

Nun musste Henning wirklich lachen. „Aber nein, meine Kollegin und ich sammeln derzeit einfach Informationen über das Leben in Ihrer Dorfgemeinschaft. Wir wollen Sie alle ein bisschen besser kennenlernen, einen Blick hinter die Kulissen werfen, sozusagen."

Ihre Augen weiteten sich. „Sie denken, das ist einer von uns gewesen."

„Möglich ist es, ja."

Sie band ihre Schürze ab, warf sie auf einen Hocker hinter sich und stemmte die Hände in die Hüften. „Dann legen Sie mal los. So kanns ja schließlich nicht weitergehen."

„Sie sind Christa Gießler, die Inhaberin der Bäckerei, richtig?"

Sie nickte eifrig. „Die Bäckerei Gießler gibt es schon seit neunzehnhundertdrei. Mein Urgroßvater hat sie gegründet, an meinen Großvater übertragen, der wiederum einige Jahre später meinen Vater zum Eigentümer machte. Und nun stehe ich hier. Mittlerweile auch schon seit …" Sie schien im Kopf zu rechnen. „Oh, ich werde alt. Seit dreiundzwanzig Jahren. Ja, genau, ich hatte gerade ausgelernt, als dieser grausame Mord an der jungen Mutter geschah."

Mit seiner Altersschätzung hatte er also gar nicht so falsch gelegen. Henning lehnte sich gegen den Tresen. „Das hat die Gemeinschaft ordentlich aufgewühlt, nehme ich an."

„Aber sicher. Es gab über Monate kein anderes Thema, jeder hat jeden verdächtigt. Mit dem Frieden war es erst mal vorbei, das können Sie mir glauben."

„Hatten Sie auch einen Verdächtigen?"

Verlegen schlug sie die Augen nieder, bevor sie sich zu ihm beugte und hinter vorgehaltener Hand sagte: „Ich hätte schwören können, dass es der Herrmann Götz gewesen ist."

Henning horchte auf. „Götz? Hat er zufällig etwas mit Elektro Götz zu tun?" Einer der Pritschenwagen gehörte zu dieser familiengeführten Firma, sie hatten ihr gerade einen Besuch abgestattet.

„Ja, genau. Gehört heute seinem Sohn. Der alte Götz, also der Herrmann, der lebt ja schon Jahre nicht mehr, aber damals konnte den niemand leiden. Der hat den jungen Frauen immer unter die Röcke gegrapscht. Fürchterlich. Dem wollte man nicht nachts begegnen. Oder eben irgendwo an einer einsamen Landstraße."

Das konnte Henning sich bildlich vorstellen. „Sagen Sie, leben hier noch sehr viele alteingesessene Familien, also über Generationen hinweg?"

Sie nickte. „Die Alten bleiben, und die Jungen ziehts in die Stadt. Wie es auf den Dörfern inzwischen so üblich ist. Nur wenige der jüngeren Generation finden hier überhaupt Arbeit und bleiben. Manchmal aber kommen sie sogar nach Jahren doch wieder zurück, wie der Sohn vom alten Wessels, der das Sägewerk seines Vaters übernommen hat. Ein bisschen Tradition braucht ein Ort wie unserer ja auch."

„Sie meinen das Sägewerk draußen, am Waldrand? Ich dachte, der Mann lebt dort allein."

„Oh, das tut er auch. Mittlerweile ist der junge Wessels schon ein alter Wessels, und der ehemals alte Wessels ist schon lange tot." Sie warf einen Blick hinter Henning und band sich die Schürze wieder um.

In diesem Moment bimmelte das Glöckchen über der Tür, und Kundschaft kam herein. Sofort setzte Christa Gießler ihr Verkaufslächeln auf und wandte sich den Neuankömmlingen zu.

„Vielen Dank", sagte Henning und richtete sich auf. „Sollte ich noch Fragen haben, komm ich später noch mal."

„Und denken Sie dran – süße Backwaren gibt es bis spätestens fünfzehn Uhr." Sie nickte ihm zu und war bereits mit dem neuen Kunden beschäftigt.

Henning trat in die kühle Luft hinaus. Der Regen hatte nachgelassen, doch der Wind aufgefrischt, und die Böen krochen ihm unter die Jacke und ließen ihn frösteln. Er zog den Kragen hoch und überquerte die Straße. Das Postamt lag genau gegenüber. Doch schon von Weitem konnte er sehen, dass hinter den Fenstern kein Licht brannte. Der handgeschriebene Zettel an der Tür entlockte ihm ein genervtes Schnaufen.

Geänderte Öffnungszeiten – Samstag und Sonntag Ruhetag!

Hätte ich mir ja gleich denken können, dass auf so einem Kuhkaff niemand am Wochenende zur Post geht. Die Website ist vermutlich so alt wie das Gebäude hier, dachte er und betrachtete den bröckelnden Putz. Die handschriftliche Notiz war mit *Eduard Pietsch* – dem Namen des Inhabers – unterzeichnet. Henning blinzelte an der Hausfront empor. Soweit er in Erfahrung hatte bringen können, wohnte Herr Pietsch in den Räumlichkeiten über seinem Laden. Und bewegte sich dort, am zweiten Fenster von rechts, nicht auch die Gardine? Ohne weiteres Zögern drückte Henning auf den Klingelknopf. Zweimal, dreimal, und als ihm auch auf das vierte Mal nicht geöffnet wurde, steckte er die Hände in die Hosentaschen und zog weiter zum Gemeindehaus. Er hatte eher damit gerechnet, dass er *dort* niemanden antreffen würde, doch bereits aus der Ferne sah er, dass sich vor dem ebenerdigen Backsteingebäude zahlreiche Menschen tummelten, die blaue Müllsäcke am Straßenrand stapelten.

„Das wäre es für heute, den Rest schaffe ich allein. Ich danke jedem einzelnen von euch für seinen Einsatz zum diesjährigen ersten Müllsammel-Tag. Wir sind ein starkes Team! Denkt dran – nächsten Freitag ab sechs gibt es Bierchen und Schnitzel zur Belohnung und um die Kraftreserven wieder aufzufüllen."

Ein Lachen ging durch die Runde.

Henning hielt sich so lange im Hintergrund, bis sich die fröhliche Truppe aufgelöst hatte und nur noch ein einziger Mann übrig geblieben war – Hans Schulze, der auch auf der Internetseite der Gemeinde als Verantwortlicher fürs Gemeindehaus genannt wurde und abgebildet war. Es war ein glatzköpfiger Mann mittleren Alters, der eine markante Brille und einen kleinen Ziegenbart trug. Henning trat näher und räusperte sich.

Herr Schulze zuckte zusammen und ließ die Säcke fallen, die er gerade hatte hochheben wollen. „Meine Güte, haben Sie mich vielleicht erschreckt."

Henning deutete darauf. „Müssen die noch an die Straße?"

Der Mann nickte, drehte sich um und zeigte an die linke, nicht einsehbare Seite des Gemeindehauses. „Und da stehen auch noch einige. Wollen Sie mit anpacken, Herr …?"

„Gerlach, Kriminalpolizei. Und ich packe gerne mit an."

Der Mann nickte leicht, doch der Schreck stand ihm ins Gesicht geschrieben. „Kripo, hm?", fragte er, als sie nebeneinanderher gingen. „Sie ermitteln in den Mordfällen, nehme ich an." Er blieb stehen. „Die Leute sind in Angst. Wann hat das endlich ein Ende?"

Henning legte den Müllsack, den er getragen hatte, auf den Stapel zu den anderen. „Wir sind dran. Deswegen bin ich übrigens auch hier." Er erklärte kurz den Grund seines Besuchs.

„Jedes Dorf hat seine komischen Käuze, aber sollten das gleich Mörder sein?" Der Mann bemühte sich nicht, seine Skepsis zu verbergen. „Und Sie sollten lieber da draußen sein und diesen Typen schnappen, anstatt mir beim Müllschleppen zu helfen."

Henning ignorierte seine spitze Bemerkung. „Sie kennen die Dorfbewohner gut?"

„So gut, wie man kann, wenn man sich seit fünfunddreißig Jahren um alle möglichen Gemeindeaktivitäten und Festlichkeiten kümmert."

„Machen Sie Müllsammel-Aktionen wie heute öfter?" Henning zeigte auf die Säcke.

„Zweimal im Jahr – im Frühjahr und im Herbst. Wir legen viel Wert darauf, dass es in unserer Gemeinde ordentlich und sauber bleibt. Zumindest der Großteil der Menschen hier draußen hat noch ein Zusammengehörigkeitsgefühl."

Wieder liefen sie zum Gemeindehaus zurück, um die nächsten Säcke zu holen.

„Lassen Sie es mich so sagen: Es gibt den harten Kern der Leute, die immer und überall dabei sind, bei der Organisation, bei jedem Grillen, jedem Dorffest, bei Müllsammel-Aktionen, Nordic-Walking-Touren oder auch einfach bei trockenen Vereinssitzungen da drinnen." Er nickte zum Haus hinüber, bevor er fortfuhr. „Dann gibt es diese Leute, die sich nur den Spaß gönnen, Würstchen, Bierchen, Musik und Bespaßung abgreifen, als die Letzten auf den Tischen tanzen und morgens von mir nach Hause gejagt werden – die werden Sie aber niemals beim Aufräumen am Folgetag finden. Tja, und dann …" Er seufzte. „Dann haben wir noch Leute, die mit all dem gar nichts zu tun haben wollen. Ganz oft sind es Zugezogene, die sich mit unseren Werten als Gemeinschaft nicht identifizieren können oder wollen, und die aus der Stadt gewohnt sind, dass man ihnen alles in den Hintern schiebt. Gerade erst wieder erlebt." Er schüttelte den Kopf und verstummte.

„Ein Zugezogener?", fragte Henning nach, und Hans Schulze winkte ab.

„Eine ganze Familie. Die Bechtholds. Haben so einen neumodischen Kastenbau im vergangenen Jahr auf ein altes Grundstück gesetzt und tun so, als seien sie etwas Besseres." Die Rage, in die Schulze sich geredet hatte, half ihm, die Säcke mit Leichtigkeit ganz oben auf den Stapel zu schleudern. „Mehr enttäuscht es mich aber, wenn es welche von uns sind, die gar nichts mit der Gemeinschaft zu tun haben wollen. Bei den Achims, zum Beispiel, da stehe ich regelmäßig vor der Tür, aber da ist null Interesse vorhanden. Und auch der Götz Junior – seit er die Firma seines Vaters übernommen hat, ist er sich wohl zu fein, den Dreck aufzuklauben.“

Wieder Familie Götz – die hatte doch auch die Bäckerin schon erwähnt.

Nach dem letzten Sack klopften sich beide die Hände an den Hosen sauber und trocken. „Das wäre es. Wollen Sie noch ein Bierchen trinken? Ich lade sie ein.“

Henning schüttelte den Kopf. „Danke, aber ich bin im Dienst.“

„Ein Wässerchen vielleicht?“ Offensichtlich hatte der Mann noch Rede- oder zumindest Gesellschaftsbedarf.

Henning warf einen Blick auf seine Armbanduhr. Die Tatsache, dass er im Postamt niemand erreicht hatte, hatte ihm etwas Zeit verschafft. „Warum eigentlich nicht.“

Schulze lächelte ihm zu, und seine Augen blitzten.

Als Henning ihm ins Gemeindehaus folgte, sah er aus dem Augenwinkel einen dunkelgrauen Pritschenwagen, der auf der Wiese hinter dem Backsteinhaus im Schatten einer alten Eiche parkte.

„Bier, Schnaps oder eine Portion unseres hausgemachten Gulaschtopfs?“, fragte die rundliche Wirtin, die hinter der Theke stand und Gläser spülte. Ihre Ansprache passte zu Lenas erstem Eindruck, als sie das Gasthaus betreten hatte: Es war weniger eine Gaststätte als eine Kneipe. Die mit hängenden Köpfen an der Theke sitzenden Männer, die sich lediglich bewegten, um ihre Zigarette im Aschenbecher auszudrücken oder einen Schluck aus dem Bierglas zu nehmen, bestätigten sie in ihrer Annahme. Es war dunkel, stank nach Zigarettenrauch und die Oberfläche des Tresens war so schmierig, wie der Barhocker fleckig war.

Trotzdem setzte Lena sich auf einen der Hocker. Das Angebot lehnte sie dankend ab. „Eigentlich würde ich mich gerne kurz mit Ihnen unterhalten. Freyenberg mein Name, ich komme von der Kriminalpolizei, und wir ermitteln …“

„Wegen der Toten sind Sie hier, nicht wahr?“ Die Wirtin stellte die Gläser zur Seite, kam zu Lena und flüsterte: „Ich weiß, wer es war.“

Lena runzelte die Stirn. „So? Sie wissen, wer der Täter ist?“

„Der alte Schubert“, rief es vom anderen Ende des Tresens. „Der brennt seinen Alk nicht nur schwarz, der hat auch noch genug anderen Dreck am Stecken.“ Der Mann, der diese Worte von sich gegeben hatte, hustete und prostete ihnen kurz darauf zu.

„Hören Sie nicht auf den, der weiß ja nicht, was er redet“, sagte die Wirtin, die Lena schon im Vorfeld als Marianne Felsenbrandt – von allen nur Anne genannt – identifiziert hatte. „Kein Bier mehr für dich, Willie!“, rief sie dem Mann zu, der daraufhin nur brummte. Dann wandte sie sich wieder an Lena: „Wenn Sie mich fragen – und dafür sind Sie ja scheinbar hier –, kommen nur zwei Männer in Frage. Das sind Ralf Schmitzer …“

„Schmitzer?“, unterbrach Lena. „Wie Förster Ludwig Schmitzer?“

Die Wirtin nickte eifrig. „Ja, ja, genau. Ralf ist sein jüngerer Bruder, also Halbbruder eigentlich, hat einen anderen Vater. Das war damals eine Geschichte, sage ich Ihnen. Hat die Mutter vom Förster Ludwig sich doch tatsächlich ein paar Jahre aus dem Staub gemacht, den Jungen beim Vater gelassen, und ist dann hochschwanger wiedergekommen. Der alte Schmitzer hat sie wieder aufgenommen, den Jungen adoptiert, aber glauben Sie mir, hinter verschlossenen Türen geschahen da schlimme Dinge.“

„Inwiefern?“, fragte Lena und notierte sich ein paar der genannten Details.

„Ach, der Ralf und der Ludwig, die waren von klein auf Konkurrenten. Dazu der Hass des alten Schmitzer, der sein Fleisch und Blut immer bevorzugt hat. Und als vor ein paar Jahren Frau Schmitzer tot am Fuße der Treppe im eigenen Haus gefunden wurde, na, da war das Gerede groß. Fragen Sie die Leute – bis heute glaubt hier keiner, dass sie einfach gefallen ist.“ Mit zwei Fingern malte Marianne Felsenbrandt Gänsefüßchen in die Luft.

„Sie meinen, sie wurde gestoßen?“

Die Wirtin schlug mit der flachen Hand auf den Tresen. „Da können Sie aber so was von sicher sein. Und ich könnte schwören, dass es der

Ralf war. Ein unangenehmer Geselle, immer in Schlägereien und Saufgelage verwickelt. Der hasste seine Mutter für ihren Fehltritt und das Leid, das er dadurch ertragen musste."

„Verständlich", murmelte Lena, und die Wirtin nickte. „Sie meinten, Sie verdächtigen zwei Personen?"

„Waren Sie schon mal draußen im Sägewerk?"

Lena nickte. „Sie meinen bei Herrn Wessels?"

„Oder wie wir ihn hier nennen: Einsiedlerkrebs Wessels." Sie verzog bedeutungsvoll das Gesicht und nickte Lena zu. „Den sehen wir im Dorf so gut wie nie. Vielleicht mal im Einkaufsladen, aber der spricht auch mit keinem."

„Ich könnte mir vorstellen, dass er mit einem Unternehmen wie dem Sägewerk eigentlich auf regionale Aufträge angewiesen ist."

Die Wirtin schüttelte den Kopf. „Wer will denn bei so einem alten Griesgram etwas kaufen? Der hat das Sägewerk von seinem Vater übernommen, damals, vor gut zwanzig Jahren, lief das noch ganz anders. Aber seit der Wessels Junior wieder da ist, läuft da nichts mehr oder jedenfalls nicht viel. Zwei Tage die Woche hat er offen, nimmt Aufträge an, liefert Ware raus. Die restliche Zeit sieht man ihn kaum."

„Vor zwanzig Jahren, sagten Sie gerade …", begann Lena.

Die Wirtin fiel ihr sofort ins Wort. „Ich weiß genau, was Sie denken. Und so isses auch – der Wessels kam genau zu der Zeit zurück, als die Frau an der Landstraße getötet wurde." Plötzlich weiteten sich die Augen der Wirtin, und sie legte sich eine Hand auf die Brust. „Und wenn der Schmitzer mit dem Wessels unter einer Decke steckt? Stellen Sie sich das nur vor …"

Zwei Täter, ging es Lena durch den Kopf, doch sie schüttelte den Gedanken gleich wieder ab. Natürlich erhofften sie sich durch diese Befragungen Hinweise auf Auffälligkeiten der Dorfbewohner, die der Polizei bisher nicht bekannt waren. Aber Dorftratsch war oft auch nicht mehr als das – Tratsch. Mit einem ziemlich geringen Wahrheitsgehalt und dafür umso mehr Fantasie.

Marianne Felsenbrandt griff nun nach einem Geschirrtuch und wedelte damit in Lenas Richtung. „Vertrauen Sie mir – ich habe ein gutes Gespür für Menschen. Wenn Sie wüssten, was ich mir den ganzen

Tag anhören muss. Irgendwann weiß man, wie man die Spreu vom Weizen trennt.“

Lena lacht leise auf. „Das kann ich mir gut vorstellen. Keine Sorge, wir gehen allen Hinweisen nach. Sagen Sie, ist Ihnen sonst in den vergangenen Jahren irgendetwas aufgefallen? Jemand, der sich in der Dorfgemeinschaft seltsam verhalten hat? Oder auch hier in Ihrem Gasthaus für Probleme gesorgt hat?“

„Wer hier einmal für Probleme sorgt, der sieht die Räumlichkeiten nicht mehr von innen, nicht wahr, Willie?“, rief sie dem Mann am Ende des Tresens zu, der mittlerweile verstummt war und über seinem Bierkrug zu ihnen herüberschielte. „Ich habe meine Schäfchen gut im Griff, schwarze Schafe gibt es aber überall, lassen Sie sich bloß nicht täuschen.“

„Hey, Anne, füll mal nach“, brummte es zeitgleich aus dem Gastraum, und die Wirtin entschuldigte sich daraufhin. Als sie wiederkam, war Lena bereits vom Barhocker gerutscht.

„Vielen Dank für Ihre Hilfe. Würden Sie mich anrufen, wenn Ihnen doch noch etwas einfällt?“ Sie schob eine ihrer Visitenkarten über den Tresen.

„Jederzeit, Schätzchen. Und Sie wollen wirklich keinen Gulaschtopf, würzig, deftig, hausgemacht?“

Lena lachte. „Nein, aber vielleicht komme ich ein anderes Mal darauf zurück.“ Sie verabschiedete sich und trat in das regnerische Wetter hinaus. Am anderen Ende der Straße konnte sie Hennings verschwommene Silhouette durch den Regen huschen sehen, er musste gerade auf dem Weg zum Postamt sein.

Lena selbst lief in die entgegengesetzte Richtung und steuerte den Laden an, aus dem sie sich in den letzten Tagen schon den ein oder anderen Coffee-to-go geholt hatte. Die Besitzerin – Liesbeth Köhler – war der Inbegriff einer Inhaberin eines Tante-Emma-Ladens. Großmütterlich und warm war sie Lena jedes Mal begegnet, und auch jetzt, als Lena an der privaten Wohnadresse der Frau klingelte, öffnete sie mit einem strahlenden Lächeln die Tür.

„Normalerweise bediene ich meine Kunden ja nicht außerhalb der Öffnungszeiten, aber bei Ihnen würde ich natürlich eine Ausnahme machen. Sie arbeiten ja pausenlos!“

„Vielen Dank, Frau Köhler. Aber diesmal würde ich mich wirklich gerne kurz beruflich mit Ihnen unterhalten.“

Das Lächeln auf dem faltigen Gesicht löste sich auf. „Möchten Sie hereinkommen?“

Lena folgte ihr dankend in das warme Wohnzimmer. Im Fernsehen lief eine Spielshow, der Ton war ausgeschaltet. Auf einem harten Cordsessel ließ Lena sich nieder. „Mein Kollege, Henning Gerlach, den Sie auch schon kennengelernt haben, und ich hören uns gerade unter den Dorfbewohnern um, ob denen in den vergangenen Jahren oder auch in letzter Zeit merkwürdige Verhaltensweisen aufgefallen sind – an Alteingesessenen, Neubürgern oder auch an Besuchern des Dorfes.“

„Da sind Sie bei mir aber an der falschen Adresse“, sagte die alte Dame und lächelte sanft. „Mag sein, dass bei mir Hinz und Kunz ein- und ausgehen, aber meine Kunden sind wie meine Familie. Jeden von ihnen habe ich ins Herz geschlossen, ganz besonders die Stillen. Denen gebe ich oft auch einen Kaffee aufs Haus mit. Spätestens damit entlocke ich ihnen ein Lächeln.“

Lena konnte das bildlich vor sich sehen. Liesbeth Köhler wirkte so gutherzig, dass es schwer war, sich vorzustellen, dass sie auch nur ein böses Wort über einen anderen Menschen verlieren konnte.

„Dann ist Ihnen nie etwas aufgefallen? Keine Gerüchte, die Ihnen zu Ohren gekommen sind? Man munkelt doch immer so einiges in einer so eng verflochtenen Gemeinschaft.“

„Nicht bei mir und nicht mit mir, nein. Auf so was lasse ich mich nicht ein. Ich möchte jedem meiner Kunden offenherzig entgegentreten können. Was derjenige für Leichen im Keller hat, interessiert mich nicht – solange ich es nicht bin“, fügte sie lachend hinzu.

Der versuchte Scherz konnte Lena in Anbetracht der Ermittlungen aber kein Lächeln entlocken. „Tja, dann war es das schon mit meinem kleinen Verhör“, sagte sie und erhob sich.

Die freundliche alte Dame begleitete sie zurück zur Tür, durch die sie erst vor zwei Minuten hereingekommen war. „Fräulein Gerlach …“, sagte Liesbeth Köhler im Türrahmen stehend, und Lena hielt instinktiv die Luft an.

„Freyenberg“, korrigierte sie. „Mein Kollege heißt Gerlach.“

„Ach, stimmt ja. Wie konnte ich das durcheinanderbringen?“ Sie schüttelte über sich selbst den Kopf. „Was ich Ihnen noch mitgeben wollte, Fräulein Freyenberg: Jeder Mensch trägt doch etwas Gutes in sich, nicht wahr? Auch jemand, der so furchtbare Dinge tut. Ich habe Mitgefühl mit den Opfern und ihren Familien, aber auch mit den Menschen, die so etwas tun. Die sind ja nicht böse geboren worden.“

Lena senkte den Blick. Die Dame hatte nicht unrecht, und doch fiel es beim Anblick der Opferbilder schwer, auch nur einen Funken Sympathie für den Täter aufzubringen. Es gab das Böse, das abgrundtief Böse. Sie hatte es gesehen. Sie wusste, dass es existierte. Dennoch versuchte sie, der freundlichen Frau zuzulächeln. „Ich wünschte, dass Sie recht hätten …“, kam ihr zumindest über die Lippen, bevor sie sich auf den Weg nach draußen machte.

Während es auf Grund der dicken Wolkendecke am Himmel bereits dunkel wurde, lief Lena die Hauptstraße entlang, bis sie einen kleinen Friedhof passierte und direkt dahinter die Zufahrt zur dorfeigenen Kirche entdeckte. Sie wusste, dass an diesem Abend eine Messe zum Gedenken an die Toten der vergangenen Tage stattfinden sollte. Bis dahin blieb noch etwas Zeit, den Pfarrer Albrecht Schuster zu befragen, der sich jedoch nicht als eine große Hilfe erwies. Mit wenigen, wenn auch freundlichen Worten hatte er Lena schnell jegliche Hoffnung auf hilfreiche Informationen genommen.

„Ich werde kein Mitglied meiner Gemeinde ausliefern, erst recht nicht, da ich keinerlei Beweise für irgendwelche Gräueltaten habe. Es wären nur Vermutungen, wer im Stande wäre, solche Taten zu begehen. Und vor solchen Anschuldigungen versuche ich mich gleichermaßen zu distanzieren und zu schützen. Es ist nicht meine Aufgabe, zu richten“, hatte er gesagt und sich daraufhin wieder mit den Gesangsbüchern beschäftigt, die er auf den Kirchenbänken verteilte. Sein Angebot, zur geplanten Andacht zu bleiben, schlug Lena aus. Dafür hatte sie keine Zeit, und selbst wenn, wäre sie nicht geblieben.

Als sie nur wenige Minuten nach ihrem Kommen aus der Kirche eilte, spürte sie den Blick des Pfarrers in ihrem Rücken.

Als Henning später am Abend zurück ins Büro kam, saß Lena mit angestrengtem Gesichtsausdruck vor dem Laptop.

„Bist du schon lange zurück?“, fragte er.

Sie nickte, ohne aufzusehen. „Eine Weile. Wo hast du so lange gesteckt?“

„Bin vor etwa einer halben Stunde gekommen, war aber noch vorne in Schnabels Büro. Ich wollte einen Personencheck über den Leiter des Gemeindezentrums durchführen lassen.“

Nun sah Lena auf. „Was ist mit dem?“

„Nichts weiter, außer dass ein Pritschenwagen hinterm Gemeindehaus stand, den wir gar nicht auf unserem Radar hatten.“

„Wie kommt das denn?“ Lena lehnte sich in ihrem Stuhl zurück und verschränkte die Arme vor der Brust.

„Ach, verworrene Geschichte. Ist der Wagen seines Schwagers, der gerade Urlaub in der Region macht und ihn Herrn Schulze geliehen hat. Die Gemeinde hatte heute nämlich eine Müllsammel-Aktion.“

„Hier ist ja richtig was los zum Sonntagabend. Jetzt sind vermutlich schon alle auf dem Weg zum Gottesdienst.“

Henning nickte. „Schnabel und ihr junger Schatten, Kollege Weber, ebenfalls.“ Er setzte sich neben Lena und schauderte. Die Kälte war ihm in die Knochen gekrochen, bis jetzt war er nicht wieder warm geworden. „Was hast du herausgefunden?“, fragte er, und in der nächsten halben Stunde erzählte erst Lena von ihren Befragungen bei Marianne Felsenbrandt, Lisbeth Köhler und Pfarrer Albrecht Schuster, bevor Henning die Informationen zusammenfasste, die er von Bäckerin Christa Gießler und dem Gemeindemitarbeiter Schulze erhalten hatte.

„Ist nicht viel, aber ein bisschen was haben wir schon“, sagte Lena und zog ihr Notizbuch hervor. Es war beinahe voll, sie schlug eine der letzten Seiten auf. „Familie Götz kam in deinen Gesprächen ja doch öfter vor.“

„Ja, aber Hermann Götz – der Frauen gegenüber so übergriffig gewesen sein soll, wie zumindest die Bäckerin behauptet – ist mittlerweile verstorben. Und sein Sohn, der die Elektrofirma übernommen hat, mag keine Lust auf das dörfliche Ringelpiez mit Anfassen haben, aber das macht ihn ja nicht gleich zum Serienkiller. Der hätte uns bereitwillig jeden Winkel seines Hauses gezeigt, als wir ihn ohne Ankündigung wegen des Pritschenwagens besucht haben. Superentspannt und überhaupt nicht auffällig, der Gute."

Lena nickte. „Stimmt. Ich schreib ihn trotzdem mal auf. Nur für den Fall. Und wir sollten uns noch mal den Wessels vom Sägewerk näher anschauen. Den hatte mir die Wirtin als ihren Verdächtigen Nummer eins präsentiert, weil er damals genau zu der Zeit hierher zurückgekehrt ist, als Tanja Diekmann ermordet wurde."

„Ah ja, genau, den hatte die Bäckerin auch kurz erwähnt." Henning runzelte die Stirn. „Und von wo ist er vor zwanzig Jahren zurückgekommen?", fragte er, und Lena malte ein dickes, fettes Fragezeichen.

„Keine Ahnung, das sollten wir rausfinden."

„Machen wir. Der andere, der Bruder von Förster Schmitzer, klingt mir allerdings am ehesten nach dem Mann, den wir suchen. Was mich auch wundert, ist, dass der Förster seinen Bruder mit keiner Silbe erwähnt hat." Henning drehte die Kuppe des Kugelschreibers in seinem Mund, während er versuchte, aus den Puzzleteilen ein großes Ganzes zu machen. „Dr. Berger aus der JVA hat auf eine mögliche schwierige Beziehung zwischen dem Täter und seiner Mutter hingewiesen. Insofern passt dieser Ralf Schmitzer gut ins Bild."

Lena nickte, nahm den Telefonhörer und wählte Schnabels Durchwahl, wurde jedoch direkt aufs Handy der Kommissarin weitergeleitet. Als diese sich meldete, klang sie atemlos.

„Frau Schnabel, entschuldigen Sie, ich weiß, Sie sind bei der Andacht, aber …"

„Schön wäre es!", unterbrach sie Lena. „Wildunfall auf der Landstraße, wir sind mit mehreren Rettungskräften vor Ort."

„Ah, das tut mir leid. Ich störe auch nicht lange, hätte nur eine schnelle Frage zu …"

„Bitte morgen, Frau Freyenberg, ich habe jetzt wirklich keine Zeit." Und schon war das Gespräch beendet.

„Schnabel wurde zu einem Unfall gerufen, ich frage sie morgen, ob es zum Tod der Mutter von Ralf Schmitzer, die angeblich durch einen Treppensturz gestorben ist, Ermittlungen gab. Und ich schau mir in dem Zusammenhang auch gleich ein bisschen mehr zu Ralf und seinen ganzen Vorstrafen an, die er angeblich haben soll“, sagte sie an Henning gewandt.

„Gute Idee. Dann konzentriere ich mich auf Wessels.“

Sie nickten sich gleichzeitig zu und griffen jeder nach seinem Laptop.

„Soll ich uns wenigstens noch etwas zu essen holen?“, fragte Henning.

„Im Gasthaus gibt es hausgemachtes Gulasch, die Wirtin gibt dir sicher liebend gern zwei Portionen mit.“

Er nahm seine Jacke und das Portemonnaie und rief: „Bin gleich zurück.“

Doch da war Lena bereits wieder in den Ermittlungen versunken.

Kapitel 21

– Boris –

DEN ganzen Tag über war der junge Mann nicht zurückgekehrt. Boris und Ole saßen auf dem Boden dieser provisorischen Gefängniszelle und schwiegen. Längst fanden sie kein Thema mehr, worüber sie sprechen und damit ihre Stimmung hochhalten konnten. Aus dem Haus gegenüber drangen in regelmäßigen Abständen laute Stimmen, manchmal Gebrüll und in anderen Momenten wiederum klang es, als würden schwere Gegenstände an die Wände geworfen. Zwischendurch war es so still, dass Boris sich fragte, ob überhaupt noch irgendein menschliches Wesen in der Nähe war. Er schwankte permanent zwischen Hoffen und Bangen. Inzwischen war er auch nicht mehr sicher, ob es klug gewesen war, den Jungen so forsch anzugehen.

„Was hättest du sonst machen sollen?“ Oles Finger kratzten über den dreckigen Boden. Er wusste anscheinend genau, womit Boris sich quälte. „Ist doch sowieso alles verloren.“

Oles sonst so zuversichtliche, besonnene Art hatte sich unter den extremen Bedingungen längst in Mutlosigkeit gewandelt. Deprimiert-ruhige und aufgebrachte Phasen wechselten sich bei ihm ab. Einmal war ihm ein Wimmern über die Lippen gekommen, das Boris innerlich zusammenzucken ließ. Sie waren am Ende. Draußen war es wieder dunkel geworden.

„Ich glaube, es ist Sonntag“, sagte Boris und schloss die Augen.

„Tja. Da mich zu Hause niemand mehr erwartet und ich noch bis Mittwoch Urlaub habe, sind wir vermutlich längst tot, bevor es auffällt, dass ich nicht zurückgekommen bin.“

„Sag das nicht.“ Boris tastete in der Dunkelheit nach seinem Freund. „Ich bin mir sicher, dass sie längst nach uns suchen.“

„Ja“, sagte Ole mit blankem Sarkasmus in der Stimme. „Zumindest, wenn sie Helge oder eine der Frauen gefunden haben. Vielleicht suchen sie schon im ganzen Wald nach uns. Hundertschaften von Polizisten!“ Er schnaufte. „Niemand wird uns hier finden, Boris. Das ist irre. Und darauf zu warten, dass dieser Junge sich an irgendwas erinnert, was Jahre her ist, ist absurd. Du hast doch gesehen, wie verschüchtert er aussah. Der wird niemals gegenüber dem Alten die Hand erheben. Oder auch nur das Wort! Egal was du ihm erzählst.“ Oles Schuhsohlen scharrten über den rauen Boden, als er sich hochhievte und zur Zellentür hinüberging. Er rüttelte wie ein Wahnsinniger daran, bereits das hundertste Mal, seit sie hier gefangen gehalten wurden. Die schwere Eisenkette und das daran baumelnde Schloss klirrten.

„Lass das, sonst kommt der Alte noch her“, sagte Boris harsch.

„Und dann? Soll er dem hier doch gleich ein Ende machen. Dann haben wir es wenigstens hinter uns.“

„Ole, es wird einen Grund geben, dass wir noch leben. Und der könnte uns am Ende das Leben retten. Weißt du noch, was ich früher im Studium immer gesagt habe?“

Ole schniefte, als er sich wieder neben Boris setzte. „Keine Ahnung, Mann.“

„Niemals aufgeben, bevor es nicht geschafft ist“, wiederholte Boris seinen Leitspruch.

„Das ergibt doch gar keinen Sinn“, sagte Ole, lachte auf und zog die Nase hoch. Er musste geweint haben.

„Ist doch egal.“ Boris stimmte in sein Lachen ein. Es war ein schweres, ein verzweifeltes Lachen, und doch tat es unendlich gut. Es hielt sie – jedenfalls momentan – bei Verstand, nichts brauchten sie jetzt mehr.

Es musste spät in der Nacht gewesen sein, als Boris hochschreckte. Von der Außenseite der Scheune hörte er ein Geräusch. Über den Tag verteilt hatten sie Hubschrauber gehört, hoffnungsvoll an Suchtrupps geglaubt und schnell resigniert, als sie verstanden, dass sie keinerlei Möglichkeit hatten, in ihrer Zelle auf sich aufmerksam zu machen. Sollten es überhaupt Rettungskräfte gewesen sein. Wer wusste das schon.

Dieses Geräusch jetzt klang jedoch anders. Als wäre jemand direkt hinter den Holzlatten, die sich an der Rückseite der Gitterstäbe ihrer Zelle befanden. Etwa ein Meter lag dazwischen, genau so viel, dass sie die Rückwand der Scheune nicht mit den Armen erreichen konnten. Sie hatten es versucht, unzählige Male.

„Ich habe ihn gefunden“, hörte er das raue Flüstern des Jungen durch das Holz. Dessen Stimme ging ihm durch Mark und Bein.

Oles angsterfüllter Atem klang in Boris’ Ohr. Er hatte Mühe, die Worte zu verstehen. Trotzdem ging er zur Rückseite der Zelle und drückte sich gegen die Gitterstäbe.

„Hallo?“, flüsterte er, beinahe davon überzeugt, dass er sich die Stimme nur eingebildet hatte.

„Da! Was ist das?“, fragte Ole in diesem Moment, und seine Stimme überschlug sich beinahe. Durch den schmalen Spalt zwischen Holzlatten und Fußboden wurde etwas geschoben. Papiere?

Boris blinzelte. Er konnte sie nicht erreichen, doch er wusste auch so, was es ist. „Du warst an meinem Rucksack“, stellte er fest. Sein Körper bebte, als er die Gitterstäbe umfasste.

„Bin ich das … dieser … dieser Junge?“, fragte der junge Mann mit brüchiger Stimme. Keine Spur von Wut, von Hass oder gar Überforderung. Ein kleines, hilfloses Kind.

Boris schluckte verkrampft, versuchte seine wirren Gedanken unter Kontrolle zu halten. „Ja, da bin ich sicher“, sagte er, obwohl er keine Beweise hatte. Nur einen einzigen Blick hatte er auf den Artikel und das Foto des Jungen geworfen. Beides hatte gereicht, um beim Aufeinandertreffen mit den Männern im Wald sofort Erinnerungen zu wecken. Das Gesicht des Jungen war markant – ebenso wie das des jungen Mannes, der aus ihm geworden war. Unverkennbar handelte es sich um dieselbe Person.

Ole kam neben Boris ans Gitter. „Wenn du uns hier rausholst, können wir dafür sorgen, dass du nach Hause kommst. In dein richtiges Zuhause.“

„Er jagt euch, wenn ich euch gehen lasse. Und dann tötet er nicht nur euch, sondern auch mich.“

„Du kannst mit uns kommen, wir verschwinden, bevor er etwas merkt“, sagte Boris. „Dann wäre das alles hier vorbei. Du müsstest nie mehr …“

„Mit euch kommen? Wohin denn?“

Die Stimme war immer noch ein Flüstern und kam von tief unten. Boris war sich sicher, dass der junge Mann auf der anderen Seite der Scheune auf dem Boden saß, während er mit ihnen sprach. Er konnte dessen Schuhe im Sand scharren hören.

„Ich habe Freunde bei der Polizei“, sagte Boris nun und vermied ganz bewusst, sich selbst als Polizist zu outen. Er wollte den Mann nicht verschrecken, der offensichtlich in einem riesigen Zwiespalt steckte.

„Polizisten helfen niemandem, sind gefährlich“, kam es keuchend von draußen. Ole sah fragend zu Boris hinüber.

„Doch, sie helfen uns!“, versprach Boris und bemühte sich, seiner Stimme einen eindringlichen Ton zu verleihen.

„Polizei“, murmelte der Junge, und sie konnten hören, wie er aufstand. „Alle Menschen sind eine Gefahr, ganz besonders Frauen und Polizisten“, ratterte er herunter. Es klang wie ein Mantra, das ihm eingebläut worden war und das er über die Jahre auswendig gelernt hatte.

Okay, das mit der Polizei war ein Fehler gewesen. „Hat der andere Mann dir das erzählt?“ Boris wartete jetzt nicht mehr auf eine Antwort, hatte viel zu viel Angst, dass der Junge weggehen und nicht mehr wiederkommen würde. „Es ist eine Lüge, alles, was er dir erzählt hat, ist gelogen. Er ist nicht dein Vater, und du bist nicht sein Sohn. Hast du den Artikel gelesen? Hast du gelesen, wer du bist, wer deine Eltern sind?“

„Ich kann nicht lesen“, sagte er leise.

Boris verzweifelte langsam. Was hatte die Bestie diesem hilflosen Jungen angetan? „Da draußen wartet eine ganze Welt auf dich. Eine friedliche Welt, in der du nie wieder solche Dinge tun musst, die du hier tust. In der du lesen und schreiben lernst. Du musst uns nur rauslassen und …“

„Nein, nein, nein!“ Sie hörten, wie er hinter der Scheune auf und ab lief, wimmerte, vermutlich weinte. „Es ist gefährlich, alles hinter diesem Wald ist gefährlich.“

„Ich verspreche dir, dass wir dir helfen werden, du musst uns nur vertrauen“, flehte Boris nun beinahe.

„Und … und wenn ihr die Lügner seid? Wenn das alles …“ Er brach ab, zog ruckartig das Papier unter den Holzlatten zurück und seine Schritte entfernten sich eilig.

„Nein, geh nicht!“, rief Boris ihm nach. Dann ließ er seinen Kopf sinken. „Scheiße, scheiße, scheiße“, fluchte er, während ihn die Verzweiflung übermannte.

Kapitel 22

MONTAG.

Den vierten Tag waren sie jetzt in Radelshausen, in dieser Einöde, und Henning hatte das Gefühl, dass das Leben selten schneller an ihm vorbeigerast war. Er verlor sein Gespür für Raum und Zeit. Die Abende, an denen er mit Lena zwischen Ermittlungsakten und Kaffeebechern auf dem fleckigen Pensionsteppich saß oder bis nach Mitternacht auf dem Kommissariat festhing, waren lang und dunkel. Die Nächte kurz und kühl. Und die Morgen harsch und rau.

Boris und Ole Michalski waren nicht an ihren Fahrzeugen auf dem Wanderparkplatz aufgetaucht. Noch immer flogen Hubschrauber über dem Grundländer Forst, und Suchtrupps durchforsteten das unwegsame Gelände. Fußspuren hatte der Starkregen mit sich fortgespült, doch ein paar Habseligkeiten der Wandergruppe hatten zumindest endlich gefunden werden können. Die Rucksäcke von Susanne Scherer, Jaqueline Fiedler und Theresa Ruppert waren in einem Zelt zurückgelassen worden. Nun lagen sie im Polizeipräsidium, und Henning starrte schon eine ganze Weile schweigend darauf.

„Die Spurensicherung wird jede Faser unter die Lupe nehmen", sagte Lena und trat an seine Seite.

Er nickte, doch die Aussicht auf die anstehenden Ermittlungen machte ihm wenig Hoffnung. Sie wateten in einem Spurenmeer, tappten aber dennoch von einer Sackgasse in die nächste.

„Stell dir vor, du bist mit deinen Freunden für ein Wochenende im Nirgendwo wandern, um Kraft für deinen hektischen Alltag zu tanken, und dann verschwindet einer nach dem anderen." Er seufzte. „Oder alle auf einmal, was weiß ich. Was für ein Albtraum!"

Lena legte ihre Hand auf seinen Arm. „Die Täter hätten sich nicht um den Schutz der Rucksäcke geschert. Entweder, sie hätten sie liegengelassen, wie sie gerade waren, oder mitgenommen. Ich vermute daher, dass die übrigen Wanderer die Rucksäcke in den Zelten verstaut haben, um sie vor dem Sturm und dem Regen zu schützen und sie später abzuholen. Und dann sind sie geflohen. Und haben sich versteckt. Sie konnten diese zusätzliche Last ja nicht mitschleppen. Das hätte sie nur langsamer gemacht.“

Henning drehte sich zu ihr um. „Wären sie zum Wanderparkplatz zurückgekehrt, nachdem Scherer verschwunden ist – oder alle drei Frauen –, dann wären sie doch längst wieder aufgetaucht. Also ... Boris und Ole zumindest. Irgendwas muss ihnen unterwegs zugestoßen sein.“

„Wenn sie noch leben, sind sie bestimmt nicht mehr auf freiem Fuß“, sagte Lena mit ruhiger Stimme und sah zu ihm auf. „Wenn, dann werden sie irgendwo festgehalten.“

„Hoffen wir mal, dass du recht hast – denn dann können sich der- oder diejenigen darauf gefasst machen, dass wir kommen werden.“ Henning straffte die Schultern. Es hatte keinen Sinn, sich in trüben Gedanken zu verlieren, die seine Sorge um Boris und dessen Freund noch weiter anfeuern würde. Er musste sich auf das konzentrieren, was er beeinflussen konnte – nicht auf das, was er nicht mehr ändern konnte.

Als die Tür aufging, drehten sie sich beide abrupt um. Schnabel stand im Türrahmen. „Ich hätte jetzt Zeit für Sie.“

Henning nickte, ließ Lena vorgehen und folgte ihr in das Büro der Kommissarin.

„Puh“, machte diese und ließ sich auf ihren Schreibtischstuhl fallen. „Geht es bei Ihnen in der Großstadt immer so zu?“

„Wenn wir an einem Fall wie diesem arbeiten, schon, ja. Dann zählt jede Sekunde. Ich habe bisher nicht nur eine Nacht im Kommissariat verbracht“, sagte Henning.

Schnabel nickte so beeindruckt, als hätte er allein damit schon eine Glanzleistung vollbracht. „Da schätze ich doch mein sonst so ruhiges Dorfleben.“ Sie gab ihr Passwort in den PC ein. „Im Moment ist hier die Hölle los. Einer der polnischen Mitarbeiter vom Pferdewirt Eberlein wird mit Haftbefehl gesucht. Da laufen Mordermittlungen.“

„Wie bitte?“ Lena traute ihren Ohren kaum.

„Ja, meine Leute sind schon unterwegs und versuchen ihn aufzuspüren, bevor er uns entwischt. Die Kollegen aus Polen haben sich mit Details zurückgehalten, aber es geht wohl um die verschollene Frau des Gesuchten."

„Oh Mann – auf der Suche nach einem Serienkiller einen anderen Mörder aufspüren? Das geschieht auch nicht alle Tage", sagte Henning und schüttelte den Kopf.

„Würden Sie bitte die Zusammenhänge zu unseren Fällen prüfen, so gut Sie das aktuell können, während er noch auf der Flucht ist?", fragte Lena die erschöpft aussehende Kommissarin.

Schnabel nickte. „Steht ganz oben auf meiner Liste. Aber jetzt zu Ihnen – was kann ich für Sie tun?"

Lena zückte ihr Notizbuch. „Wir haben durch unsere Dorfbefragungen aktuell zwei Namen auf der Liste, die unser Interesse geweckt haben."

„Schießen Sie los."

„Sollen wir mit Wessels anfangen?", fragte Lena an Henning gewandt, und er nickte.

„Wessels? Guido?" Schnabel sah regelrecht entrüstet aus.

Aber Henning war sich sicher, dass sie auch bei Ralf Schmitzer so dreinblicken würde, wo sie doch seinen Bruder, den Förster, bereits in Schutz genommen hatte. Vermutlich waren alle Dorfbewohner ihre Schäfchen und über jeden Verdacht erhaben.

„Den Vornamen hatten wir bisher noch nicht", stellte Henning fest. „Aber es geht um Wessels Junior."

„Klar, Wessels Senior ist ja auch bereits tot. Schon etwas über zwanzig Jahre."

„Ah, da haben wir die zwanzig Jahre", murmelte Lena und sagte lauter an Schnabel gewandt: „Wir haben uns nämlich gefragt, ob zwischen der Rückkehr von Guido Wessels und dem Mord an Tanja Diekmann ein Zusammenhang bestehen könnte."

Schnabel, die eine Bildschirmbrille auf der Nase trug, zog diese ein Stück nach unten. Wie eine kleine, biestige Sekretärin blickte sie über den Brillenrand. „Diese zeitliche Übereinstimmung habe ich ja noch nie gesehen."

„Zumindest wurde es mir im Gasthaus so erzählt."

„Von Anne? Felsenbrandt?“ Nun zog sie die Brille komplett von der Nase. „Die gute Frau macht den ganzen Tag nicht anderes, als den neuesten Tratsch zu nehmen, ihn auszuschmücken und an den nächsten weiterzugeben.“

Henning lehnte sich nach vorne. „Mag sein, aber wir müssen einfach nach jedem Strohhalm greifen und die Fährte wenigstens überprüfen. Wenn sie sich als falsch herausstellt – umso besser. Für Wessels.“

Seufzend wandte sich Kommissarin Schnabel wieder ihrem PC zu. „Alles klar“, sagte sie und tippte zeitgleich eifrig auf der Tastatur. „Guido Wessels, einundfünfzig, ledig, Inhaber von Wessels Sägewerk, wo er auch lebt.“

„Irgendwelche Vorstrafen? Auffälligkeiten? Konflikte mit der Dorfgemeinschaft?“, fragte Henning.

„Keine Vorstrafen. Keine Meldungen der Dorfbewohner über ihn. Dass er nicht gerade der Geselligste unter ihnen ist, weiß ich. Aber das heißt doch gar nichts.“

„Sie sagten, das Sägewerk hat vorher seinem Vater gehört. Die Familie stammt also aus dieser Gegend?“ Lena stützte ihr Kinn auf ihrer Hand ab, während Schnabel sich zu ihr drehte.

„Also, viel weiß ich nicht über die Familie, aber ich kann Ihnen zumindest sagen, dass Guido es in seiner Kindheit wohl nicht ganz leicht hatte. Sein Vater war streng, sehr streng. Es waren andere Zeiten, wissen Sie? Gehorsam wurde noch mit Schlägen eingefordert. Wessels ist nur ein paar Jahre älter als ich, aber ich erinnere mich, dass er als Kind und Jugendlicher auch nie im Dorf präsent war. Sein Vater hat ihn vollkommen eingespannt, ihn komplett vereinnahmt, vor allem in den Ferien und nach der Schule. Und ganz besonders, nachdem seine Frau die Familie verlassen hat.“

„Moment – Sie meinen Guidos Mutter?“ Lenas Blick schoss zu Henning, während sie die Frage an die Kollegin stellte.

„Ja, richtig. Man munkelt, sie habe es hier in der Abgeschiedenheit nicht ausgehalten. Aber das ist alles lange her, und so richtig weiß niemand, warum sie damals gegangen ist. Und Guido bei seinem Vater gelassen hat.“

„Interessant“, murmelte Henning und dachte wieder an Dr. Bergers Worte über die vermutete schwierige Beziehung zwischen Täter und Mutter. Wobei das wohl öfter vorkam, als er sich hatte vorstellen können.

„Und wann ist Guido Wessels von hier fortgegangen?“, fragte Lena nun.

„Ach, mit sechzehn schon. Und wenn ich richtig rechne, war er dann auch gut fünfzehn Jahre fort, bis er nach dem Tod seines Vaters wieder hier auf der Matte stand und das Sägewerk übernommen hat. Für die Region ein Segen, aber mit den Dorfbewohnern tut er sich eben schwer, dabei ist er eigentlich ein netter Geselle.“

„Wissen Sie, wohin er damals gegangen ist und was er in den fünfzehn Jahren gemacht hat?“, fragte Henning nun, und Schnabel scrollte durch eine ihrer PC-Datenbanken, bis sie sagte: „In Kastellbach war er gemeldet, einem Dreitausend-Seelen-Dorf in Westbayern. Aber mehr kann ich Ihnen nicht sagen.“

Lenas Kugelschreiber sauste über das Papier. „Danke“, sagte sie. „Das kriegen wir raus.“

„Ich bin ehrlich zu Ihnen – ich kann mich nur schwer mit dem Gedanken anfreunden, dass einer der Leute, mit denen ich hier regelmäßig Umgang habe, als Täter für diese bestialischen Morde in Frage kommen soll. Die meisten von denen kenne ich seit meiner Kindheit, wir sind eine große Familie.“

Henning nickte. Er hatte Verständnis für dieses Empfinden, und doch erforderte ihr Job eine gewisse Neutralität und Unvoreingenommenheit. Wenn er eines gelernt hatte in seiner bisherigen Polizeilaufbahn, dann, dass es nichts gab, was es nicht gab. „Wir gehen sensibel mit den Informationen um, die Sie uns nennen. Und uns ist auch bewusst, wie schnell sich hier Gerüchte verbreiten. Unsere Ermittlungen werden also ohne großes Tamtam stattfinden.“

„Immerhin. Ich weiß das zu schätzen. Und mit welchen Personeninformationen kann ich Ihnen jetzt noch helfen?“

„Ralf Schmitzer“, sagte Lena.

„Das hätte ich mir ja auch denken können. Sie haben von den schwierigen Familienverhältnissen gehört und dem Treppensturz von Frau Schmitzer, hm?“

Lena nickte. „Wir wissen bereits, dass Ralf und Ludwig Halbgeschwister sind und dass Ralf in eine ziemlich zerrüttete Familie hineingeboren wurde, in der er wohl nie so richtig angekommen ist.“

„Der alte Schmitzer war ein Ekel, ätzend zu beiden Söhnen, aber zu Ralf ganz besonders. Ralfs Polizeiakte ist lang. Er ist kein unbeschriebenes Blatt. Alkohol- und Drogeneskapaden, Einbruchsdelikte, Raubüberfälle, Sachbeschädigung und Körperverletzung. Für Letztere hat er bereits drei Jahre in Haft gesessen. Seit fünf Jahren ist er wieder draußen, hat sich seitdem nichts zu Schulden kommen lassen. Er ist ledig und lebt in einer Dachgeschosswohnung am Dorfrand.“ Frau Schnabel tippte auf ihrer Tastatur, klickte zweimal mit der Maus und sagte anschließend mehr zu sich selbst als zu Henning und Lena: „Ach, sieh an, ich wusste gar nicht, dass das schon so lange geht.“

„Was denn?“, fragte Henning.

„Er arbeitet bei der Mülldeponie, schon seit seiner Haftentlassung.“

Henning konnte regelrecht sehen, wie die Zahnrädchen in Lenas Kopf ineinandergriffen und zu rotieren begannen. „Bei der Mülldeponie? Der, bei der Helge Grundlers Leichnam gefunden wurde?“

„Ja, genau“, bestätigte Schnabel. „Aber …“

„Ich weiß schon“, fiel Henning ihr ins Wort. „Ralf Schmitzer ist zwar kein Vorzeigebürger, aber auch kein Serienkiller.“

„Zumindest ich kann es mir nicht vorstellen“, gab Schnabel zu. „Übrigens haben wir damals eine Obduktion für Frau Schmitzer veranlasst, da die Umstände ihres Todes zu Beginn doch recht unklar waren. Ich kann Ihnen nur sagen, dass sich kein Verdacht gegen die Söhne, den Mann oder sonst jemanden erhärtet hat und Frau Schmitzers Tod auch nicht als Mordfall behandelt wurde. Aber Näheres können Sie in der Rechtsmedizin erfahren.“

In diesem Moment klingelte das Telefon neben dem Bildschirm und blinkte aufdringlich. Schnabel entschuldigte sich, bevor sie ranging. Henning hörte sie mit aschfahlem Gesicht sagen: „Noch eine? Mindestens eine, verstehe!“, und sah, wie sie mit zitternder Hand kurz darauf wieder auflegte.

„Schlechte Nachrichten?“, fragte er, besorgt, dass es einen weiteren Leichenfund gab, der bedeuten könnte, dass Boris … Nein, daran durfte er nicht denken!

„Ein dritter Schädelknochen wurde aus dem Steinbruch geborgen. Also langsam weiß ich überhaupt nicht mehr, was ich denken soll. Das ist ein verdammtes Mausoleum da oben. Wer entsorgt denn dort haufenweise Tote?“ Sie deutete auf einen Stapel Akten. „Das sind Cold Cases, nicht nur aus unserer Region, auch aus dem weiteren Umkreis. Ich mache schon seit dem Wochenende nichts anderes, als die Akten zu prüfen und nach Verbindungen zu den Skelettfunden zu suchen.“

„Konnten Sie schon eine der Toten identifizieren?“, fragte Lena sichtlich mitgenommen.

Schnabel schüttelte den Kopf. „In der Rechtsmedizin läuft auch alles auf Hochtouren.“ Die Kommissarin lehnte sich zurück, spielte mit der Brille in ihrem Schoß und senkte den Blick. „Da denkst du, du lebst in der absoluten Idylle, dem Frieden höchstpersönlich. Und dabei hast du keine Ahnung, was hinter verschlossenen Türen geschieht. Unbemerkt. Über so viele Jahre.“

Henning konnte nachempfinden, wie es ihr gerade gehen musste. Es passte zu seinem Gefühl der Hilflosigkeit. Bei Schnabel kam vermutlich noch hinzu, dass sie an sich und ihrer Menschenkenntnis zu zweifeln begann. Wenn sie den oder die Täter unter ihren sogenannten Schäfchen fanden, würde das bedeuten, dass sie sich jahrelang in diesen Menschen getäuscht hatte. Eine Tatsache, die jedem Polizeibeamten an die Nieren gehen würde, weil es ihre eigene verletzliche und fehlerbehaftete menschliche Seite zum Vorschein brachte.

Ob sie sich Tage und Nächte zu einem Fall um die Ohren schlugen, ob sie pausenlose Ermittlungen und Befragungen durchführten, ob sie jedes Indiz dreimal prüften und jedes Puzzleteil fünfmal wendeten – am Ende zählten die Festnahme des Täters und Sicherheit der Bürger. Nichts weiter, nur das. Und obwohl es das Wichtigste innerhalb dieses ganzen Prozesses war, konnte es im großen, ganzen Ermittlungsprozedere verschwindend gering wirken.

„Ich denke, wir haben erst mal ein paar Infos, mit denen wir weitermachen können“, sagte Henning, legte Lena eine Hand auf den Rücken und signalisierte ihr so, dass sie aufstehen und Schnabel einen

Moment Ruhe gönnen sollten. Lena verstand ihn wortlos. Als sie aus dem Büro gingen, saß die Kommissarin noch immer in ihrem übergroß wirkenden Bürostuhl und starrte auf die Brille in ihrem Schoß.

Die Polizeihubschrauber kreisen ohne Unterbrechung über dem Forst. Ich bin heute Morgen davon aufgewacht, von diesem monotonen Brummen, das mich beinahe um den Verstand bringt.

Es ist eine Frage der Zeit, alles ist nur noch eine Frage der Zeit, bis sie kommen und den Jungen holen werden. Sie werden ihn mitnehmen, ihn wegbringen, und ich werde wieder allein sein!

All die Jahre, all die Arbeit – es wird alles umsonst gewesen sein, wenn ich jetzt nicht eingreife.

„Vater?“, höre ich seine Stimme plötzlich hinter mir. Er steht im Türrahmen, groß und schlaksig, erwachsen, nichts an ihm erinnert noch an den kleinen Jungen von damals.

„Wir können nicht länger warten.“ Ich gehe auf ihn zu, er weicht instinktiv zurück. „Junge, was hast du denn?“

Er schüttelt den Kopf, sagt kein Wort.

„Ich brauche deine Hilfe, und ich muss mich auf dich verlassen können.“ Ich lege eine Hand auf seine Schulter. „Zu einhundert Prozent. Du musst mir gehorchen und genau das tun, was ich dir sage.“

„Was soll ich machen?“, flüstert er. Er klingt immer noch so scheu, viel zu weich für die Härte der Welt. Er wäre in ihr verloren, das habe ich schon damals gewusst, als ich ihn in dem Wagen entdeckt und in ihm die Chance erkannt habe, all meine Fehler wiedergutzumachen.

„Wir müssen sie beseitigen, mein Junge. Zusammen!“ Jetzt packe ich ihn an beiden Schultern, ziehe ihn zu mir in die Küche. „Du weißt, was sonst geschieht.“

„Sie werden uns trennen“, haucht er, und ich spüre, wie sein schmächtiger Körper unter meinen Händen bebt.

„Das werden sie. Hörst du den Hubschrauber? Sie halten Ausschau nach uns. Sie werden kommen. Bald. Aber wir verschwinden vorher.“

Er blinzelt, die Haarsträhne, die ihm in der Stirn klebt, hängt auch in seinen Wimpern. „Wo ... wohin?“

„Ganz egal. Wir packen ein paar Sachen und gehen. Scheiß auf alles, was wir hier haben. Du, mein Junge, du bist das Wichtigste.“ Ich ziehe ihn an mich, drücke ihn so fest, dass ich höre, wie die Luft aus seinen Lungen gepresst wird.

„Und die Männer?“, fragt er, dicht an meinem Ohr.

„Sie werden verrotten."

„Dann werden sie wissen, dass wir es waren. Dass wir ..." Er kann es wieder nicht aussprechen. Ich schiebe ihn ein Stück von mir.

„Wir haben aufgeräumt. Aber sie werden das nicht anerkennen, niemand wird es anerkennen, weil die Menschen blind sind, hörst du?" Ich schüttle ihn. „Blind und verblödet. Sie laufen in ihr Verderben, haben niemanden, der sie davor bewahrt." Sanfter streichle ich dem Jungen über die Wange. „Aber du hast mich. Ich werde dich immer vor allem beschützen. Niemand kann dich mir wegnehmen, hörst du? Niemand!"

Bei jedem meiner Worte zuckt er zusammen. Er ist müde. Ich bin es auch. Schweiß rinnt ihm von der Stirn. Ich lasse ihn los, trete einen Schritt zurück, denke kurz nach. Er hat nicht unrecht. Lassen wir die Männer hier und werden sie gefunden, dann würde die Polizei uns ewig jagen. Wenn wir sie aber mitnehmen, sie weit entfernt von hier verscharren ... in ein Sumpfloch drücken oder in eine andere Schlucht werfen, um die sich niemand schert ... Sie würden nie auf die Idee kommen, dass wir es waren. Vor allem nicht, wenn wir anschließend zurückkehren. Wenn alles weiterläuft, wie es immer gelaufen ist.

„Knall die Typen ab und pack zusammen. Ich muss mich noch um ein paar Dinge kümmern. Wir brechen gegen Mittag auf."

Er schüttelt den Kopf, seine Haare fliegen. „Ich kann doch nicht einfach ... Was soll mit ihnen ... Vater, ich ..." Er stammelt, gestikuliert wild.

„Das war ein Befehl!" Ich erhebe meine Stimme nicht, starre ihn an. Er blinzelt nicht einmal, während er zurückstarrt.

„Verstanden", antwortet er und dreht sich auf dem Absatz um.

Kapitel 23

NACH dem Gespräch mit Schnabel zogen Lena und Henning sich in ihr provisorisches Büro zurück. Schmitzer oder Wessels – beide Männer hatten eine auffällige familiäre Vorgeschichte, die sich mit dem von dem Psychiater erstellten Täterprofil deckte. Ralf Schmitzer konnte zudem in seinem Bruder Ludwig – dem Henning nicht über den Weg traute – einen Komplizen haben, was ihre Theorie von zwei Tätern stützen würde. Über Guido Wessels hingegen war nicht allzu viel bekannt, lediglich die zeitliche Übereinstimmung seiner Rückkehr und Tanja Diekmanns Mord konnte einen Zusammenhang zum aktuellen Fall herstellen. Aber das konnte auch bloß ein Zufall sein. Lena hatte dem Dorfpolizisten von Kastellbach bereits aufs Band gesprochen und wartete auf dessen Rückruf.

Währenddessen holte sie bei Dr. Leonie Schwarzmann aus der Gerichtsmedizin Informationen zum vermeintlichen Unfalltod der Mutter der Schmitzer-Brüder ein. Nervös zappelte sie mit dem Kugelschreiber in ihrer Hand, während sie den Worten der Rechtsmedizinerin lauschte. Sie hatte den Lautsprecher angestellt, sodass Henning mithören konnte.

„Ich kann Ihnen zum Todesfall Schmitzer nur so viel sagen, dass wir nach einer Obduktion ausschließen konnten, dass es Fremdeinwirkungen gegeben hat. Damit meine ich, dass wir keine sturzuntypischen Verletzungen gefunden haben, wie beispielsweise Kopfverletzungen durch stumpfe Gewalt oder auch Stichverletzungen. Das Gesamtbild, das sich uns geboten hat, sprach schon für einen Treppensturz und ein daraus resultierendes Schädel-Hirn-Trauma, das todesursächlich war."

„Frau Schnabel sprach von unklaren Gegebenheiten, die eine Obduktion notwendig machten?", versuchte Lena es erneut. Sie brauchten mehr Fakten, eindeutige Hinweise, um eine Spur zu finden, der sie folgen konnten.

„Es konnte nicht komplett ausgeschlossen werden, dass sie am oberen Treppenende gestoßen wurde. Den Aussagen beider Schmitzer-Brüder zur Folge handelte es sich um einen Sturz. Es fanden sich jedoch sowohl an Ralf Schmitzers als auch Ludwig Schmitzers Kleidung Blutspuren, die nicht mit ihren Aussagen übereinstimmen konnten, die Mutter erst nach Stunden gefunden zu haben. Beide verstrickten sich damals in uneindeutige Angaben, was den zeitlichen Ablauf dieses Tages betraf. Daher hat die Polizei damals eine Obduktion angeordnet."

„Und der alte Schmitzer? Der Vater?", fragte Henning.

„Der konnte als potenzieller Tatverdächtiger aufgrund seines schlechten Gesundheitszustands ausgeschlossen werden. Er war damals bereits bettlägerig."

„Danke, Dr. Schwarzmann", sagte Lena und beendete das Telefonat. Sie wollte gerade Luft holen und sich an Henning wenden, als dessen Handy klingelte.

„Olaf", sagte er und nahm das Gespräch an. „Was gibt es?"

„Henning, ich bin es, Olaf."

„Ja, das steht auf meinem Display." Henning klang genervt, und Lena wandte den Blick ab.

„Ich habe mir mal explizit Vermisstenfälle der Region der letzten zwanzig Jahre angesehen, die in irgendeinen Zusammenhang mit den Mythen und Legenden um den Grundländer Forst gebracht werden können, du erinnerst dich? Und jetzt kommt der Hammer: Vor dem Mord an Diekmann gab es die noch gar nicht. Erst danach kam es im Laufe der Jahre immer mal vor, dass in der Region jemand verschwunden ist, wobei nur in zwei Fällen ein Bezug zum Grundländer Forst hergestellt werden konnte – hierbei handelte es sich wohl um Wanderinnen. Da keine Anhaltspunkte zu deren Verbleib gefunden werden konnten, ist man davon ausgegangen, dass sie sich in dem unübersichtlichen Gebiet verlaufen haben könnten. Suchaktionen blieben erfolglos. Die Fälle wurden zu den Akten gelegt. Zwischen dem jeweiligen Verschwinden der Frauen lagen Jahre, weshalb die Fälle nie direkt miteinander in Verbindung gebracht worden sind. Und es handelte sich immer um Einzelpersonen."

„Olaf! Worauf willst du hinaus?", fragte Henning ungeduldig.

„Also – ich habe mich mit der Touristeninformation von Radelshausen in Verbindung gesetzt und erfahren, dass dort seit den Vermisstenfällen ehrenamtliche Wanderführer tätig sind, die Auskunft über die besten Routen, das sicherste Gelände und optimale Rastplätze geben. Und unter ihnen ist auch dieser Förster Ludwig Schmitzer, dem ihr schon einen Besuch abgestattet habt."

Lenas Blick schoss in Hennings Richtung, während sie Olafs Stimme aus dem Lautsprecher lauschte. „Davon hat er gar nichts erzählt", sagte sie leise, und Henning schüttelte den Kopf.

„Das würde erklären, woher der oder die Täter wussten, wo sich Boris' Gruppe befinden würde. Es würde erklären, wie sie ihnen folgen und ihnen unbemerkt auflauern konnten. Olaf, du bist der Knaller." Hennings genervter Gesichtsausdruck wandelte sich. Wache, große Augen strahlten Lena aufgeregt an. „Wir gehen dem nach und melden uns." Er beendete das Gespräch und legte auf.

„Die Schmitzer-Brüder also", sagte er und schob sein Handy über den Tisch. „Ich habe diesem verdammten Förster von Anfang an nicht getraut."

„Noch haben wir nichts gegen sie in der Hand, Henning. Es sind Puzzleteile, die irgendwie zusammenpassen *könnten*. Beide könnten Wut auf ihre Mutter verspürt haben, beide hatten genügend Gründe dafür. Wenn der Treppensturz doch kein Unfall gewesen ist, sondern Mord, könnte er geplant gewesen sein und damit ein Auslöser für alle nachfolgenden Taten. Aber einen Punkt haben wir bisher noch nicht wirklich beachtet", sagte Lena und öffnete die Mail, in der Dr. Leonie Schwarzmann ihr das Obduktionsergebnis von Frau Schmitzer geschickt hatte. Sie fuhr mit dem Finger am Bildschirm entlang, um die richtige Stelle zu finden.

„Ah, hier", sagte sie und markierte das dort genannte Todesdatum, vor allem die Jahreszahl. „Gerda Schmitzer kam vor siebzehn Jahren zu Tode. Drei Jahre nach dem Mord an Diekmann. Sie kann also nicht der Auslöser gewesen sein."

Henning nickte. „Das wäre ungewöhnlich. In solchen Fällen lassen sich überwiegend zwei Schemata beobachten: Das eigentliche Objekt der Begierde, sozusagen der Trigger für die Tat, wird entweder zu Beginn der Mordserie getötet und löst damit eine Kettenreaktion aus.

Oder er wird als besonderes Highlight aufgespart und zuletzt getötet, es wird also auf das große Finale hingearbeitet. So gut wie nie werden erst Zufallsopfer, dann das Objekt der Begierde und dann weitere Zufallsopfer getötet."

„Ausnahmen bestätigen die Regel", bemerkte Lena und spürte das Adrenalin durch ihren Körper rauschen. Kribbelig warm wurde ihr, wie immer, wenn bei den Fällen die Puzzleteile langsam ein größeres Ganzes ergaben und aus dem Chaos an Hinweisen und Indizien ein passendes Bild entstand.

„Lass uns ruhig an die Sache rangehen", sagte Henning nun und lehnte sich zu ihr hinüber. „Es muss einen Grund geben, dass Förster Ludwig uns von seinem Bruder rein gar nichts erzählt hat. Wir sollten erst mit Ralf Schmitzer sprechen, Zeiten und Alibis überprüfen und anschließend Ludwig damit konfrontieren, was wir über seinen Bruder wissen. Irgendwas passt hier noch nicht zusammen. Wenn die beiden als Täterduo zusammen agieren, wird einer von ihnen der dominante Part sein. Lass uns rausfinden, wer das ist. Und zwar jetzt gleich."

Lena nickte, stand auf und wollte gerade nach ihrer Jacke greifen, als diesmal ihr Handy klingelte. Eine bayerische Vorwahl. „Das muss die Polizeistation Kastellbach sein", sagte sie zu Henning, stellte auf laut und nahm das Gespräch an. Nach einer kurzen Erklärung, warum sie sich mit den Kollegen in Bayern in Verbindung gesetzt hatte und in welchem Fall sie gerade ermittelten, hörte sie ein erstauntes „Ach!" am anderen Ende der Leitung.

„Ach?", wiederholte Lena.

„Entschuldigen Sie, Frau Freyenberg, ich meinte damit nicht Sie. Ich habe während Ihrer kurzen Falleinführung in meinem System hier geschaut. Wessels, Guido – der hat hier im Dorf in einer Schreinerei als Geselle gearbeitet, in der er zuvor seine Lehre abgeschlossen hat. Lebte ziemlich zurückgezogen, keine Familie, keine Freunde – ich erinnere mich noch gut an ihn, hatte einmal wegen eines Einbruchs in der Schreinerei mit ihm zu tun. Als er buchstäblich in einer Nacht-und-Nebel-Aktion wieder verschwunden ist, hat sich keiner wirklich darüber gewundert. Wenn ich mich richtig erinnere, hab ich es selbst erst Wochen oder gar Monate später mitbekommen, er fiel einfach nicht auf. Ich hatte diesen merkwürdigen Kauz schon aus meinem Gedächtnis gestrichen, vor allem, da wir es im Frühjahr 1993 mit einem für unsere Region aufsehenerregenden Fall zu tun hatten, der alle in Atem gehalten hat."

„Was für einen Fall denn?", fragte Lena und setzte sich wieder auf ihren Stuhl. Henning lehnte mit verschränkten Armen an ihrem Tisch und kaute auf seiner Unterlippe.

„Furchtbare Geschichte – auf einem Feldweg wurde ein brennendes Fahrzeug gemeldet. Ich sehe es bis heute vor mir, es stand lichterloh in Flammen. Aber das Grauen kam erst richtig zum Vorschein, als der Brand gelöscht war. Auf dem Rücksitz lagen zwei verkohlte Körper – der einer Frau und der eines kleinen Jungen. Beide durch Kopfschüsse im Vorfeld getötet. Das Fahrzeug war kurz zuvor als gestohlen gemeldet worden, der Halter konnte ermittelt werden. Die Identität der Toten ist bis heute unklar. Wir wissen jedoch, dass die Frau vermutlich syrischer Abstammung war und der Junge mit ihr verwandt war, vermutlich waren es Mutter und Sohn. Ein vermisstes Kind war jedoch nirgendwo gemeldet worden, in keiner Schule, keinem Kindergarten, nirgendwo. Als hätte es diese beiden Menschen nie gegeben. Das verfolgt mich bis heute."

Lenas Mund wurde staubtrocken. Ein brennendes Fahrzeug auf einem Feldweg. Eine tote Frau, ein toter kleiner Junge. *Tanja und Robin Diekmann*, schoss es ihr umgehend durch den Kopf.

„Henning?", fragte sie mit rauer Stimme. „Wann ist Guido Wessels hierher zurückgekehrt?"

„Vor zwanzig Jahren", antwortete dieser, bis er zu verstehen schien, worauf sie hinauswollte. Er eilte um den Tisch herum, klappte seinen Laptop auf, tippte und scrollte und hob endlich seinen Blick. „Im Frühjahr 1993."

„Möchten Sie, dass ich mich hier für Sie umhöre? Brauchen Sie konkrete Informationen zu Guido Wessels Arbeits- und Wohnsituation hier? Ich kann zusehen, was ich heute noch zusammenkriege für Sie."

„Für den Moment haben Sie uns schon erheblich weitergeholfen, ich melde mich bei Bedarf noch mal. Vielen Dank."

Sie legte auf und spürte das Herz in ihrer Brust rasen. „Mein Bauchgefühl sagt mir, dass wir zuerst zu Wessels fahren sollten. Die Schreinerlehre hat mich nicht überrascht, wenn er doch hier schon von Kindesbeinen an im Sägewerk seines Vaters mitgeholfen hat. Aber die verbrannten Leichen? Kurz darauf Diekmanns Mord, deren Auto ebenfalls in Brand gesetzt worden ist? Robin Diekmanns Verschwinden und die daraufhin in regelmäßigen Abständen vorkommenden Vermisstenmeldungen?“ Lena schüttelte eifrig den Kopf und stand wieder auf. „Da ist irgendwas faul, Henning.“

Kapitel 24

UMGEBEN von Stapeln frisch geschlagener Holzstämme, lag das Sägewerk vor den mächtigen Bäumen, die den Anfang des Grundländer Forsts markierten.

Sie waren erst gestern hier gewesen, und doch fühlte es sich diesmal anders an. Henning saß hinterm Lenkrad und blickte darüber hinweg. „Hier draußen hört dich kein Mensch schreien", sagte er plötzlich und sah aus dem Augenwinkel, wie Lena ihren Kopf ruckartig in seine Richtung drehte. „Sorry", murmelte er. „Aber sieh dir dieses Gelände an. Die große Halle, mehrere Holzlagerhütten, weitere Nebengebäude, Sägespäne überall, Holzstapel vor, hinter und neben den Gebäuden. Das alles schluckt nicht nur Geräusche, es ist auch unübersichtlich und bietet den perfekten Ort, um Dinge zu tun, die niemand mitbekommen soll." Er hörte Lena schlucken und sah zu ihr rüber. „Lass mich an deinen Gedanken teilhaben."

Sie blinzelte, schwieg einen kurzen Moment. „Weißt du, was ich seltsam finde? Dass hier alles still ist. Kein Rattern, Klappern, keine Band- und Kreissägen. Das ist doch komisch. Nach seinen eigenen Angaben hat er doch Aufträge."

Henning fuhr die Seitenscheibe ein Stück herunter, lauschte und nickte. „Vielleicht arbeitet er montags nie. Finden wir es heraus. Aber, Lena, wir gehen kein Risiko ein. Diesmal nicht. Im schlimmsten und im besten Fall zugleich ist Boris irgendwo hier draußen und schwebt in Lebensgefahr."

Sie nickte. „Soll ich Schnabel Bescheid geben?"

Henning schüttelte den Kopf. „Die schickt ein Großaufgebot an Polizeikräften her. Ich habe ihr versprochen, diskret zu ermitteln. Noch haben wir keine stichfesten Beweise, nichts außer unseren Vermutungen und Schlussfolgerungen, die Guido Wessels mit den Taten in Verbindung bringen könnte. Aber beim kleinsten Hinweis ziehen wir uns zurück und fordern Verstärkung an, ist das klar? Wir lassen es hier draußen nicht unter uns dreien eskalieren."

„Du tust fast so, als wäre *ich* diejenige gewesen, die beim letzten Fall ohne Team im Rücken in die Täter-Konfrontation gestürmt ist", sagte Lena, wohlwissend, dass Henning nur deshalb so kopflos reagiert hatte, weil seine Schwester in Gefahr geschwebt hatte. Normalerweise war er derjenige, dem es wesentlich leichter fiel, einen kühlen Kopf zu bewahren.

„Wir gehen rein, sehen uns um, sprechen mit Wessels – vor allem über seinen Aufenthalt in Bayern und seine abrupte Rückkehr. Wenn die Sache eskaliert, fordern wir Verstärkung an", sagte Henning, noch einmal eindringlicher.

„Alles klar."

Er sah, wie Lena zur Kontrolle noch einmal nach ihrer Dienstpistole und dem Schlagstock tastete.

In diesem Moment wummerte es direkt neben seinem Kopf gegen die Scheibe. Henning fuhr herum. Guido Wessels stand neben seiner Tür, hatte sich nach unten gebeugt, auf Höhe des geöffneten Fensterschlitzes und sagte: „Was verschafft mir erneut die Ehre?"

Henning schob alle Emotionen beiseite, die die Arbeit an diesem Fall mitbrachte, setzte eine undurchschaubare Miene auf, nahm den Autoschlüssel und stieg aus.

„Herr Wessels, wir hätten doch noch ein paar Fragen an Sie." Er reichte dem Mann die Hand, dessen engstehende Augen seinen Blick eindringlich, beinahe penetrant wirken ließen. Durch seinen grauen Vollbart hätte Wessels locker zehn Jahre älter sein können als die einundfünfzig Jahre, die in seinem Personalausweis standen.

Lena war nun auch ausgestiegen und zu ihnen herumgekommen.

„Haben Sie noch einmal einen Moment Zeit für uns?", fragte sie, und Wessels räusperte sich.

„Wenn es sein muss. Wollen Sie noch mal an den Wagen ran?" Das Fahrzeug stand unverändert an Ort und Stelle.

„Später vielleicht." Henning ging auf das Sägewerk-Gelände zu, doch der Mann blieb wie versteinert stehen.

„Können wir uns hier draußen unterhalten?“, fragte er und lachte unbeholfen. Gestern hatte er nicht gelacht, nicht einmal gelächelt. Seine Stimme war fest, der Blick starr und neben einer nahezu greifbaren Grundnervosität sprach seine Körperhaltung mit den in die Hüften gestemmten Händen alles andere als eine sichere Sprache.

„Ehrlich gesagt würden wir uns gerne auf Ihrem Gelände umsehen“, sagte Lena und hatte kaum zu Ende gesprochen, da kam von Wessels wie aus der Pistole geschossen die Antwort: „Wenn Sie einen Durchsuchungsbefehl haben, dann gerne.“

Es klang, als hätte er sich auf ihren Besuch vorbereitet.

„Wie wir gestern schon sagten, ermitteln wir in alle Richtungen“, versuchte Henning ihn zu beschwichtigen. Heute schauen wir uns alle Grundstücke in unmittelbarer Nähe zum Grundländer Forst an. Und wenn Sie nichts zu verbergen haben …“

Der Mann blickte ihm finster entgegen. „Hier ist niemand außer mir“, beteuerte er. „Die Maschinen stehen still, heute habe ich nicht geöffnet. Es kommen keine Lieferanten und keine Auftraggeber.“ Er zuckte mit den Schultern, lachte wieder auf, doch es klang eine Spur zu laut und schrill für seine sonst eher tiefe, vibrierende Stimme.

„Gestern war auch niemand hier“, merkte Henning an.

„An einem Sonntag wird auch nicht gearbeitet“, fuhr der Mann ihn an.

Für einen Moment fixierte Henning seinen Blick, versuchte in ihm zu erkennen, was sich hinter der Fassade verbarg. Doch er sah nichts, rein gar nichts, nur blanke Ablehnung. Nicht einmal Furcht blitzte ihm entgegen.

„Außerdem erledige ich meine Aufträge allein. Das schaffe ich schon noch“, fügte er wesentlich kontrollierter hinzu.

„Wir möchten uns nur umsehen“, sagte Lena. „In Ihrem Beisein selbstverständlich. Aber wenn es Ihnen lieber ist, fordern wir direkt einen Durchsuchungsbeschluss an. Das dauert höchstens eine Stunde, bis wir den haben. Dann wird sich allerdings ein Großaufgebot an Polizeikräften durch jeden Winkel und jede Nische Ihres Grundstücks wühlen, während wir beide nur einen Blick über die Örtlichkeiten schweifen lassen wollen. Ist schon ein Unterschied. Ganz zu schweigen davon, dass solch eine Aktion in Radelshausen sicher schnell die Runde macht.“ Lena setzte ihr bezauberndstes Lächeln auf. Warm und einladend, fast schwesterlich wirkte es. Ganz und gar nicht, als würde gerade eine Kripo-Beamtin vor einem stehen und versuchen, Indizien für einen Mordprozess zu sammeln. Henning wusste, dass sie darauf hoffte, dass Wessels keine Ahnung davon hatte, wie schwierig und langatmig es sein konnte, einen Durchsuchungsbeschluss zu beantragen. Ohne konkrete Hinweise war das keinesfalls eine Sache von einer Stunde.

Und sie hatten Glück – er gab nach, obwohl er für ihren Charme und ihre Freundlichkeit gänzlich immun zu sein schien. „Wenn es sein muss“, brummte er unwirsch, ging zum Tor hinüber und sperrte das Schloss auf.

Nacheinander betraten sie das Gelände. Am Vortag hatten sie nicht viel davon wahrgenommen, so sehr hatten sie sich auf den Pritschenwagen fokussiert. Der stand – immer noch oder schon wieder – gleich vorne, hinter dem Häuschen zur Anmeldung.

Während sie nun nebeneinander in den Hof gingen – Henning rechts und Lena links von Guido Wessels –, lenkte Lena das Gespräch in die entsprechende Richtung. „Das Sägewerk hat Ihrem Vater gehört, richtig?“

„Ist so, ja“, bestätigte Wessels kurz angebunden. Er vermied es, Lena anzusehen. Auch war er bemüht, eine gewisse räumliche Distanz zu ihr zu wahren, als würde er ihr nicht über den Weg trauen. Henning hingegen rückte er fast auf die Pelle.

„Wann haben Sie es übernommen?“, fragte der und gab bewusst nichts von ihrem Vorwissen preis.

„Muss so 93 gewesen sein. Da hatte es den Alten hingerafft.“

„Eine Krankheit?“, fragte Lena sanft, doch Wessels zuckte nur mit den Schultern.

„Keine Ahnung, war ja nicht hier. Hat mich auch nicht interessiert.“

Wessels sicht- und spürbare Reizbarkeit wuchs von Sekunde zu Sekunde. Ob das seiner Abneigung gegenüber Sozialkontakten geschuldet war oder er tatsächlich etwas zu verbergen hatte, mussten sie schnellstmöglich herausfinden. Die Situation jedenfalls war spürbar angespannt.

Vorbei an der Halle mit den riesigen Sägewerk-Maschinen, gingen sie nun entlang der Holzlagerplätze über das Gelände. Auf jede Frage, die Henning ihm dabei stellte, antwortete er nur einsilbig.

„Was lagern Sie in diesem Holzverschlag?“

„Bretter.“

„Können wir einen Blick hineinwerfen?“

Gleichgültiges Schulterzucken.

Er hielt sie nirgendwo zurück, zeigte bereitwillig, was sie sehen wollten, und wirkte immer angespannter, je weiter sie auf dem Gelände vordrangen.

Nichts hier sah aus, als wäre es in letzter Zeit wirklich benutzt worden. Er würde nur wenige regionale Aufträge annehmen, hatte es innerhalb der Dorfgemeinschaft geheißen. Doch Henning zweifelte mittlerweile daran, dass Guido Wessels überhaupt eine nennenswerte Anzahl an Aufträgen bearbeitete. Vielleicht waren es Einzelfälle, mehr konnte er allein doch kaum stemmen.

„Wo waren Sie denn damals, wenn Sie sagen, Sie wären zum Tod Ihres Vaters nicht hier gewesen?“, fragte Lena, und Wessels vergrub die Hände in den Hosentaschen.

„Bayern. Kastellbach“, antwortete er wortkarg. „Einöde, wie hier auch.“

„Ganz allein stelle ich es mir hier draußen auch wirklich einsam vor“, warf Henning ein, doch Wessels schien kein Interesse an, wie er glauben musste, Small Talk zu haben.

Abrupt blieb er stehen. „Was wollen Sie denn jetzt wirklich?“

„Wir wollen uns mit Ihnen unterhalten und uns nebenbei umsehen, wie wir schon sagten“, antwortete Lena. „Allerdings sind Sie etwas zurückhaltend, was Ihre Auskünfte betrifft. Vermutlich ginge das hier schneller, wenn Sie sich uns gegenüber etwas kooperativer zeigen würden.“ Ihre warme, einfühlsame Seite hatte einer zielgerichteten, ernsten und distanzierteren Rolle Platz gemacht. Auch ließ sie Wessels, während sie sprach, keine Sekunde aus den Augen, und Wessels hielt erst mal wirklich ihrem Blick stand, wobei seine Wangen allerdings eine unnatürliche Röte annahmen. Henning konnte beobachten, wie sich der Brustkorb des bulligen Mannes hob und senkte, in einer

Geschwindigkeit, als habe er einen Hundertmeterlauf hinter sich. Zudem ballten sich seine Hände zu Fäusten. Er versuchte sie unter den langen Ärmeln seines Flanellhemdes zu verstecken.

Henning entging diese körperliche Reaktion nicht. „Haben Sie ein Problem mit Frauen, Herr Wessels?“, fragte er deshalb spontan und konnte regelrecht sehen, wie dieser gestandene Mann zusammenfuhr. Nur für den Bruchteil einer Sekunde schien seine Fassade zu bröckeln. Schweiß trat ihm auf die Stirn.

In genau diesem Moment hörten sie ein kratzendes Geräusch, als würde etwas mit Kraft über den Schotter geschoben werden. Eine Kiste, ein Felsbrocken oder auch … ein Tor, dessen Unterseite auf dem kiesigen Boden schleifte.

Zu ihrer Linken, zwischen dem Hauptgebäude und dem Lagerbereich, verlief ein Schotterweg, der am Ende durch ein Metallgittertor versperrt wurde. Soeben machte sich ein junger Mann daran zu schaffen und wollte es öffnen. Dahinter stand ein Pritschenwagen mit laufendem Motor. Dem Wagen fehlte das Kennzeichen.

„Sagten Sie nicht, Sie seien hier ganz allein?“, fragte Lena überrascht.

„Das bin ich auch, weil … das ist nur …“, stammelte Wessels, als Henning ein paar Meter in Richtung des jungen Mannes ging, der die Gruppe bisher noch nicht bemerkt zu haben schien.

„Hey, junger Mann, einen Moment bitte, Kriminalpolizei“, rief er. „Ich hätte ein paar Fragen an …“

Der schmale und schmächtige Mann – oder war es noch ein Jugendlicher? – hatte kurz den Kopf gehoben, war bei dem Anblick komplett erstarrt, nur um sich kurz darauf umzudrehen und wie ein Wahnsinniger loszurennen in die Richtung, aus der er gekommen war.

„Shit“, entfuhr es Henning. „Warten Sie, hey, stehen bleiben!“, rief er und rannte auf das Tor zu, hinter dem der junge Mann in Richtung Wald verschwunden war. Nach ein paar Schritten drehte er sich um und sah in diesem Moment, wie Wessels ausholte, um Lena niederzuschlagen.

„Lena!“, schrie Henning, wollte sie noch warnen, doch es war zu spät.

Lena versuchte, nach ihrer Waffe zu greifen, aber sie hatte keine Chance. Guido Wessels schlug ihr mit solch brachialer Gewalt mit der

Faust an den Kopf, dass sie wie vom Blitz getroffen zu Boden sackte. Noch bevor Henning sie erreichte, sah er Blut aus ihrer Schläfe quellen.

Wessels – der nun direkt auf ihn zusteuerte – stieß ihn brutal zur Seite, was Henning zu Fall brachte. Aus dem Augenwinkel sah er, wie er an ihm vorbeirannte, auf das Tor zusteuerte, hinter dem noch immer der Pritschenwagen ohne Kennzeichen stand, und dahinter verschwand. Genauso wie der junge Fremde zuvor.

Henning rappelte sich hoch und stürzte zu Lena, die keuchend am Boden lag.

Kapitel 25

„Es geht schon", sagte Lena, die sich ein Taschentuch auf die Platzwunde links von ihrer Augenbraue drückte und sich unterdessen wieder aufgesetzt hatte. „So ein Mistkerl", fluchte sie.

Henning half ihr hoch. Er hatte, noch während er schon nach ihr gesehen hatte, Verstärkung angefordert, doch bis die Kollegen bei ihnen sein konnten, würde es vermutlich noch ein paar Minuten dauern. Kostbare Minuten, die sie eigentlich nicht hatten. Nicht jetzt, wo Wessels wusste, dass sie ihm auf der Spur waren. Ihm und diesem unbekannten jungen Mann.

„Du bleibst hier, und ich laufe ihnen nach", sagte er zu Lena, die ihn empört anstarrte.

„Bist du wahnsinnig? Wenn, dann gehen wir zusammen."

„Lena! Er hat dich gerade mit einem Schlag ausgeknockt, so schnell konnte ich gar nicht reagieren. Ich bringe dich ganz sicher nicht noch mal in so eine Situation, erst recht jetzt nicht mehr!"

Sie packte ihn an den Händen. „Hör auf damit, Henning. Hör endlich auf, mich ständig beschützen zu wollen. Ich bin deine Partnerin, diejenige, die dich retten soll, wenn es darauf ankommt, und kein hilfloses Wesen."

Er schluckte, als er die Ernsthaftigkeit in ihrem Blick erkannte. Hin und her gerissen zwischen dem Wunsch, die beiden Flüchtigen zu verfolgen, und der Sorge um Lena, wankte er ein paar Schritte vor und wieder zurück. „Was, wenn Boris und Ole hier gefangen gehalten werden? Wenn wir abwarten, geben wir den Männern Zeit, ihnen womöglich noch etwas anzutun. Oder sie als Geiseln einzusetzen. Das können wir uns nicht erlauben, und das weißt du auch", sagte er, bewusst ihre Worte ignorierend.

„Ja. Und deshalb komme ich mit!" Sie knüllte das Taschentuch zusammen und warf es auf den Boden. Noch immer rann Blut aus ihrer Wunde, wenn auch nicht viel. Er zögerte, doch Lena sah ihn eindringlich an. „Zusammen, schon vergessen? Du glaubst doch nicht im Ernst, dass ich dich da allein hingehen lassen würde. Außerdem wissen wir nicht, was hier genau vor sich geht, und mir ist genauso wenig wohl dabei, hier allein zurückzubleiben.“ Sie wartete nicht auf seine Antwort, sondern lief los.

Ihr war schwindlig, und sie war nicht ganz sicher auf den Beinen, doch sie ließ sich nicht aufhalten. Henning folgte ihr. Gemeinsam rannten sie zu dem Tor, durch das die beiden Männer kurz zuvor verschwunden waren. Wessels musste versucht haben, es auf seiner Flucht zu verkeilen und sie damit auszubremsen. Es klemmte, doch sie konnten es anheben und soweit öffnen, dass sie sich nacheinander durch den Spalt quetschen konnten.

Auf der anderen Seite stand noch immer der Pritschenwagen mit laufendem Motor. Nur etwa zwanzig Meter davon entfernt entdeckte Henning ein Gebäude. Wesentlich kleiner als die Scheunen und Lagerhallen auf dem Werksgelände, und doch machte es den Anschein, dass auch dieses Gebäude für Lagerzwecke genutzt wurde. Nicht mehr und nicht weniger. Bis sie näherkamen und Henning hinter den Fenstern tatsächlich Vorhänge erkannte.

Er signalisierte Lena, leise zu sein und ihre Waffe griffbereit zu haben, während er seine zog und an die Tür herantrat. Zu seiner Überraschung war sie nur angelehnt.

Henning betrat das Gebäude zuerst. Der Eingangsbereich war spärlich eingerichtet. Ein paar Garderobenhaken, an denen Jacken hingen. Ein Schuhregal, wobei die meisten Schuhe kreuz und quer in der Diele verstreut lagen, ein zerbrochener Spiegel und eine schmutzige Fußmatte.

Er lauschte, ob er aus dem Haus Geräusche hören konnte, doch es war mucksmäuschenstill. Viel zu still!

Lena, die nun hinter ihm war, deutete kopfnickend auf den Durchgang links von Henning. Er führte in eine verdreckte Küche, in der sich Geschirr im Spülbecken türmte und Essensreste, von Fliegen umschwirrt, auf der Anrichte standen. Ein schmieriges Fenster zeigte nach draußen, in Richtung Wald, und auf eine Scheune, die davorstand.

Zimmer für Zimmer gingen sie ab, die Waffen schussbereit. Ein kleines Wohnzimmer mit einer ausgezogenen Schlafcouch und fleckigen Laken, eine Art Abstellraum, in der ein weiteres Bett stand und eine Camping-Toilette.

„Hier lebt man nicht, hier haust man“, flüsterte Lena.

Henning nickte. Dieses Gebäude hatte sicherlich einmal zum Sägewerk gehört und war nur notdürftig ausgebaut worden. Aber zu welchem Zweck? Im Hauptgebäude gab es eine Wohnung, eine weitere im Obergeschoss, das wusste er. Schnabel hatte darauf hingewiesen.

Auf der anderen Seite der Diele, direkt gegenüber dem Zugang zur Küche, befand sich ein schmaler Gang, der erst zu einer Garage und von dort aus zu einer Art Werkstatt führte. Zumindest dachten sie das auf den ersten Blick, als sie die Werkbank entdeckten. Der Raum war abgedunkelt, mit löchrigen Vorhängen, durch die nur dumpfes Licht fiel. Henning zog seine Taschenlampe aus dem Gürtel und schaltete sie ein.

Im Lichtkegel der Lampe sah er Eimer, ein Spülbecken, Sägen in unterschiedlichen Größen, alte Lappen, einen Stapel Laken und … Er erstarrte.

„Was zur Hölle ist das hier?“, flüsterte er, als Lena zu ihm aufschloss. Langsam traten sie näher an das Regal heran, auf dem sechs überdurchschnittlich große Einmachgläser standen, in denen in einer zum Teil braunen, zum Teil roten Flüssigkeit etwas Klumpiges schwamm. Lena beugte sich nach vorne, nahm eines der Gläser in die Hand und drehte es vor ihrem Gesicht.

„Um Gottes willen“, presste sie hervor und stellte es so schnell wie möglich wieder zurück aufs Regal. „Das sind die Herzen!“

Henning brauchte einen Moment, bis die Bedeutung ihrer Worte sein Bewusstsein erreicht hatte. Er wollte sich gerade näher in Richtung Werkbank und Sägewerkzeugen umblicken, als lautes Gepolter ihn umgehend die Taschenlampe ausschalten und die Luft anhalten ließ.

„Das kommt von draußen“, flüsterte Lena nach ein paar Sekunden. „Rückseite des Hauses, würde ich sagen.“

„Da steht eine Hütte, eine Art Scheune oder so etwas. Hab ich von der Küche aus gesehen.“ Er bedeutete ihr kopfnickend, ihm zu folgen. Von der Garage aus gab es einen Hinterausgang, der direkt auf die Holzhütte zu führte. So geräuschlos wie möglich und mit der Waffe im Anschlag verließen sie das provisorische Wohnhaus und traten nach draußen.

Ein lautstarker Streit und Kampfgeräusche waren vom Inneren der Scheune zu hören. *„... deine Schuld! ... hast uns das angetan! ... werden sie uns jetzt trennen!“*

Guido Wessels. Die raue, tiefe Stimme des Mannes war unverkennbar, auch wenn sich schiere Panik daruntergemischt hatte.

„... nicht gewollt! ... immer alles getan, was du verlangt hast!“, ertönte nun eine zweite Stimme. Wesentlich jünger, unsicher, brüchiger. War der junge Mann, der vor ihnen davongerannt war, möglicherweise der zweite Täter? Er war so zart und schmächtig gewesen, kaum in der Lage, das klemmende Tor zu bewegen.

„... beweise es! Töte sie, beide!“

Die Worte schossen Henning durch Mark und Bein. Ohne zu überlegen, rannte er auf die Scheune zu, gefolgt von Lena, und riss die Holztür auf.

Dahinter erwartete sie ein verstörendes Bild. Wessels und der junge Mann standen vor ihnen, aufgelöst, verschwitzt, mit hochroten Köpfen.

Jeder von ihnen hielt eine Kleinkaliber-Pistole in der Hand, deren Läufe an die Schläfen zweier weiterer Männer gepresst waren. Einer davon war Boris.

„Henning, Lena!“, keuchte Boris, der von Wessels im Schwitzkasten gehalten wurde und offensichtlich kaum genug Luft zum Atmen hatte. Sein Anblick war erschreckend. Hohlwangig, blass und verdreckt war er. Doch er lebte, und nichts war in diesem Moment wichtiger als das.

Der andere Mann in den Fängen der beiden Täter war sicher Ole Michalski. Der Jüngere zwang ihn gerade mit einer Hand auf seiner Schulter vor sich auf die Knie und vermied es krampfhaft, Henning oder Lena anzusehen.

„Raus!“, schrie Wessels. „Verschwindet endlich. Haut ab, ihr dreckigen Bastarde!“ Sein Kopf war hochrot, sein ganzer Körper bebte. „Sonst knallen wir die beiden ab.“

Lena atmete ruhig, während sie mit ihrer Waffe auf Guido Wessels’ Kopf zielte. „Sieh dir sein Gesicht an“, zischte sie so leise wie möglich und deutete mit dem Kinn auf den jungen Mann.

Henning verstand nicht, worauf sie hinauswollte. In der Scheune herrschte Dämmerlicht, doch als Lena leise „Die Narbe!“ hinzufügte, gefror ihm das Blut in den Adern.

Der junge Mann hatte eine unübersehbare Narbe vom Mundwinkel bis zur Wange – so einprägsam und auffallend, dass Henning sofort wusste, wen sie dort vor sich hatten.

Robin Diekmann.

Während er einen kurzen Moment brauchte, um sich zu sammeln, fuhr Lena unbeirrt fort. „Herr Wessels, wir können darüber reden, niemand muss verletzt werden“, sagte sie mit beinahe sanfter Stimme.

Bei Situationen, die eine Deeskalation erforderten, war Lena stets besser als Henning gewesen, weshalb er sie jetzt einfach gewähren ließ. Er hatte den jüngeren Täter im Visier, der hektisch zwischen Guido und Lena hin und her blickte und dem die Tränen unaufhaltsam aus den Augen quollen.

„Das ist mein Junge, meiner ganz allein. Den nehmt ihr mir nicht weg!“, schrie Wessels und fuchtelte ungehalten mit der Pistole herum, Boris immer noch im Würgegriff.

Um die Situation zu entspannen, ließen Henning und Lena zeitgleich ihre Waffen sinken.

„Okay, alles ist okay“, sagte Lena leise. „Niemandem wird etwas passieren.“

„Halt die Fresse, du dreckige Schlampe!“ Als er mit dem Lauf seiner Waffe nun auf Lena zielte, stieß Henning sie instinktiv zur Seite und positionierte sich vor ihr.

„Waffe runter, Wessels, sofort! Wir möchten Ihnen helfen, nur deshalb sind wir hier.“

„Sie wollen meinen Jungen“, rief der Alte ungehalten. „Er gehört mir!“

„Das ist nicht wahr!“, presste Boris hervor und sorgte damit dafür, dass Wessels ihn noch fester packte und ihm noch mehr von der wenigen Luft abschnürte, die den Weg in seine Lungen fand. „Sag du es ihm!“, krächzte Boris mit letzter Kraft und schielte zu dem jungen Mann rüber.

Der Junge zitterte wie Espenlaub. Tränen rannen ihm in Strömen über die Wangen und tropften auf sein Shirt.

„Robin Diekmann", sprach Lena seinen Namen behutsam aus, und der panische Blick seiner tiefschwarzen, verzweifelten Augen bohrte sich in ihren.

„Nein! Nein, nein, nein!", schrie Wessels, der spürte, dass ihm die Situation entglitt. „Das ist *mein* Sohn! Ich habe ihn großgezogen, ihn zu meinem gemacht."

„Haben Sie das gemacht, weil Sie Ihren eigenen Sohn getötet haben?" Lena setzte alles auf eine Karte.

Und gewann.

Guido Wessels war so perplex, dass er seinen Arm mit der Waffe für einen Moment sinken ließ.

„Es war ein Unfall", sagte der große, bullige Mann nun mit brüchiger Stimme. „Ich wollte es nicht. Aber sie … sie wollte weggehen und ihn mir wegnehmen … Ich musste das verhindern!" Fast flehend huschte sein Blick von Lena zu Henning und wieder zurück. „Ich konnte nicht zulassen, dass mich noch einmal jemand verlässt."

„Sie meinen, nachdem Ihre Mutter das auch schon getan hat?", setzte Lena nach, sanft und leise, als würde sie mit einem Freund sprechen.

„Frauen sind das wahre Böse", zischte Wessels sie durch zusammengebissene Zähne an. „Ich habe meinen Jungen durch sie verloren, aber diesen Jungen hier gerettet." Er sah zu Robin hinüber, der inzwischen einem Häufchen Elend glich. Henning wollte ihn am liebsten umgehend aus der Situation befreien, doch er wusste, dass er sie damit alle in Gefahr bringen würde. Sie waren noch nicht sicher, keiner von ihnen.

„Sehen Sie zu ihm. Sehen Sie ihn sich an! Sieht er glücklich aus?", fragte Henning zielgerichtet.

Wessels sah nicht rüber zu dem Jungen. Stattdessen schüttelte er unentwegt den Kopf. „Ich liebe ihn, ich bin seine Familie, mehr braucht er nicht, mehr brauche ich nicht, er gehört zu mir!"

Robin hatte unterdessen wieder die Waffe gehoben, der Lauf zitterte an Oles Schläfe. Wenn er nicht aufpasste, konnte sich ein unkontrollierter Schuss lösen!

„Du musst das nicht tun, Robin", sprach Lena ihn direkt an. „Dieser Mann hier ist *nicht* dein Vater, er hat kein Recht, dir Befehle zu erteilen."

Henning wusste, was sie vorhatte. Sie wollte das Täter-Duo entzweien!

„Sie lügen! Die Schlampe lügt! Junge, sieh sie nicht an, hör nicht hin, ich habe es dir immer gesagt. Habe ich es nicht immer gesagt? Sie werden dich töten!" Ohne Luft zu holen, redete Guido Wessels auf Robin Diekmann ein. Sichtlich innerlich zerrissen, schwankte Robins Gemütszustand nun sekündlich. In einem Moment zerrte er Oles Kopf nach hinten, krallte sich in dessen Haaren fest, während er im nächsten Moment mit der Pistole in der Luft herumfuchtelte, bis sich ein Schuss löste, der sie alle zusammenfahren ließ.

„Robin, hör mir zu", bat Lena, und Henning sah, wie sie – einhändig – nach ihrem Handy griff. „Ich kann dir beweisen, dass dieser Mann hier nicht dein Vater ist. Denn du hast einen richtigen Vater, der dich seit zwanzig Jahren sucht, der dich vermisst und dich liebt!"

„Sie lügt!", brüllte Guido, und während sich sein Griff um Boris' Hals verengte, liefen dessen Lippen blau an.

„Robin, ich zeige dir jetzt etwas. Ich werde nicht näherkommen, ich spiele es nur ab, in Ordnung?"

Als Robin fast unmerklich nickte, hielt Lena ihr Handy in die Höhe und in Richtung der Männer. Plötzlich ertönte die Stimme von Roland Diekmann. *„Natürlich bin ich immer noch daran interessiert, meinen Sohn zu finden. Ich würde mein Leben dafür geben, ihn endlich wieder in die Arme schließen zu können. Kommen Sie vorbei, wann immer Sie wollen, solange es hilft, Robin zu uns nach Hause zu bringen."*

Lena hatte die Sprachnachricht abgespielt, die Roland Diekmann ihr geschickt hatte, als sie einen geeigneten Termin für das Treffen gesucht hatten.

Henning hielt die Luft an, während er Robin und auch Guido im Auge behielt. In Wessels' Augen stand die pure Panik, es war ihm und seinem wirren Gesichtsausdruck anzusehen, dass er jeden Moment durchdrehen würde. Robin hingegen blickte ihm und Lena aus feuerroten Augen entgegen und hauchte in diesem Moment ein leises, verzweifeltes: „Papa.“

Ein Teil seines Unterbewusstseins hatte die Stimme erkannt, eindeutig.

„Sie kriegen ihn nicht! Sie kriegen ihn nicht!“, schrie Guido Wessels wie ein Irrer, während er Boris mit sich schleifte und in den hinteren Teil der Scheune zog. Im Halbdunkel stand er und starrte Henning an, der die Waffe auf ihn gerichtet hatte. Lena tat es ihm gleich.

„Waffe runter, Wessels, sofort!“, schrie Henning zurück.

„Wenn Sie nicht verschwinden, schieße ich den hier tot!“ Guido presste den Lauf der Pistole so fest gegen Boris’ Schläfe, dass dieser mit schmerzverzerrtem Gesicht und einem Stöhnen die Augen schloss.

Noch bevor Lena oder Henning überhaupt reagieren konnten, ließ Robin Diekmann den geschwächten Ole Michalski los und drehte sich zu seinem Ziehvater.

„Das tust du nicht“, sagte er und drückte seine Waffe plötzlich gegen die eigene Schläfe.

„Oh, scheiße“, zischte Henning und wollte schon eingreifen, doch Lena hielt ihn mit einem wortlosen Blick zurück, der ihm sagte, dass er noch einen Moment warten sollte.

Wessels lachte unterdessen irre auf. „Junge, lass den Unsinn! Du weißt, was wir zu tun haben. Wir zwei, du und ich, nur das zählt, du weißt es doch. Sie lügen, das habe ich dir immer prophezeit. Das sind Lügner! Aber ich liebe dich, ich hab dich doch immer geliebt. Nimm das Ding runter, Junge. Hör auf mit dem Blödsinn!“

„Du bist der Lügner“, sagte Robin mit fester Stimme und ließ Guido nicht aus den Augen. Seine Hand zitterte.

„Glaubst du der dahergelaufenen Schlampe?“, rief Guido ungehalten, und Speichel spritzte ihm aus dem Mund. „Bist du wirklich so ein armes Würstchen? Ein Nichtsnutz? Ich habe dir gesagt, Frauen werden kommen und sie werden lügen, dich manipulieren und uns am Ende trennen. Und jetzt sieh da rüber, sieh sie dir an, da steht sie und tut, als wolle sie dich retten. Aber sie nimmt dich mir nur weg. Du hast keine Ahnung, was dich da draußen erwartet, mein Junge. Es ist die Hölle, es ist gefährlich! Du wirst nirgendwo sicher sein vor ihnen, nur ich kann dich vor ihnen beschützen. Habe ich es dir nicht bewiesen über all die Jahre? Habe ich dir nicht gezeigt, dass ich für dich sorgen kann? Dass ich dir Sicherheit geben kann?“

„Du wolltest mir nie helfen“, presste Robin hervor. „Du hast grausame Dinge getan, und ich musste sie auch tun. Ich wollte das nicht!“

„Aber du musstest es doch lernen!“

Boris ächzte unter Guidos festem Griff und krallte sich verzweifelt in dessen Arm. Nicht mehr lange und er würde bewusstlos werden.

„Wessels, Waffe runter, verdammt noch mal! Es ist zu Ende!“, rief Henning jetzt. Er konnte nicht länger warten.

Wessels zeigte keine Anzeichen, dass er Henning überhaupt gehört hatte. „Du bist immer noch so schwach, mein Junge.“ Sein Mund verzog sich zu einem mitleidigen Lächeln. „So unglaublich schwach. Du hörst auf ihre Lügen, anstatt dich vor ihnen zu schützen. Anstatt zu mir zu halten. Deinem Vater.“

Für einen Augenblick herrschte Totenstille in der Scheune. Aus der Ferne konnte Henning die nahenden Polizeisirenen hören.

„Es ist ganz einfach, mein Junge“, flüsterte Guido nun. „Ich bringe sie für dich zum Schweigen!“ Wessels riss den Arm hoch, zielte auf Lena und schoss. Im selben Moment feuerte auch Henning seine Waffe ab. Er zögerte keine Zehntelsekunde. Das Projektil traf Guido Wessels mitten in die Stirn.

Er sackte augenblicklich zu Boden.

Robin stürzte zu ihm, während Henning sich neben Lena kniete. Der Schuss hatte sie an der Hüfte getroffen. Blut strömte aus der Wunde.

„Hilfe, wir brauchen hier drinnen Hilfe!“, schrie Henning nach draußen, als sich schon die Schritte der Kollegen näherten.

Lena krümmte sich zusammen, als er seine Arme um sie schlang und sie hielt.

„Alles wird gut, alles wird wieder gut“, flüsterte er wie ein Mantra zu sich selbst, während ihr Blut durch seine Finger rann.

Epilog

– Eine Woche später –

„… GUIDO W. wird in Zusammenhang mit mindestens neun Tötungsdelikten an sieben jungen Frauen, einem Mann sowie seinem eigenen Sohn gebracht. Zusätzlich wird er wegen Entführung angeklagt.

Das fünfzwanzigjährige Entführungsopfer, Justus F. (Name von der Redaktion geändert) befindet sich mittlerweile in einer psychiatrischen Einrichtung. Sein Vater, der Justus seit über zwanzig Jahren gesucht hat, teilte am Mittwoch in einem öffentlichen Statement mit, wie glücklich und erleichtert er sei, seinen Sohn zurückbekommen zu haben. Er bat die Öffentlichkeit um Verständnis, dass er keine weiteren Statements abgeben werde, da die Familie vorerst Zeit für sich brauchen würde, um das erlebte Trauma zu verarbeiten. Ob Justus F. wegen Tatbeteiligung an Mord in mindestens vier Fällen und Entführung in mindestens zwei Fällen angeklagt wird, wird derzeit über ein psychiatrisches Gutachten geprüft. Wahrscheinlicher ist jedoch, dass der Fünfundzwanzigjährige unter den vorherrschenden Umständen zum jeweiligen Tatzeitpunkt von jeglicher Schuld freigesprochen wird.“

Lena schaltete den Fernseher aus und atmete tief durch. Ein stechender Schmerz schoss ihr in die Hüfte, genau an die Stelle, an der die Kugel in ihren Körper eingedrungen war. Nach der Operation und ein paar Tagen Ruhe im Krankenhaus fühlte sie sich zwar besser, aber fit war sie noch lange nicht wieder. Zumindest würde sie aber in Kürze die Klinik verlassen dürfen und sich in den eigenen vier Wänden weiter erholen können.

Guido Wessels war tot. Von ihm waren neun Menschenleben ausgelöscht worden. Auf dem Speicher des provisorisch eingerichteten

Wohnhauses hatte die Polizei hinter einer akribisch verschlossenen Bretterwand eine Gedenktafel entdeckt, auf der Wessels Fotos seines toten Sohnes aufgehängt hatte. Mittels eines ebenfalls aufgefundenen Tagebuchs, das aus wirren Einträgen bestand, konnte die Polizei den Tathergang in Bayern, zwanzig Jahre zuvor, rekonstruieren.

Bereits seine damalige Frau – eine Einwanderin aus Syrien – hatte Wessels als sein Eigentum angesehen, mit ihr einen Sohn gezeugt und beide komplett von der Öffentlichkeit ferngehalten. Bis die Frau sich und ihr Kind aus dem Martyrium befreien wollte. Aus den Tagebucheinträgen konnten die Ermittler auch entnehmen, dass Wessels seinen Sohn tatsächlich nicht vorsätzlich getötet hatte. Der Schuss hatte Wessels Frau gegolten, doch der Kleine hatte sich verängstigt in den Schoß seiner Mutter geworfen und war dabei getroffen worden. Aus Verzweiflung und in unkontrollierbarem Wahnsinn hatte Guido Wessels auch die Mutter seines Sohnes erschossen und daraufhin versucht, seine Tat zu vertuschen, indem er ein gestohlenes Auto in Brand setzte, in dem sich die beiden Leichen befanden. Um seine Schuld in seinem kranken Hirn irgendwie reinzuwaschen, ergriff er die nächstbeste Gelegenheit, einen fremden Jungen zu entführen und zu seinem zu machen und ruinierte damit Robin Diekmanns Leben.

Und danach noch viele weitere.

Es waren sinnlose Taten. Morde an zwei Wanderinnen, einer Aussteigerin, einem weggelaufenen weiblichen Teenager, die lediglich das Pech gehabt hatten, Wessels' Haus zu nahe gekommen zu sein, und damit in seinen Augen eine Bedrohung dargestellt hatten. Ihre Herzen behielt er als Trophäen, ebenso wie die von Susanne Scherer, Jaqueline Fiedler und Theresa Ruppert. Der Lippenstift in ihren Gesichtern stammte nach Wessels' eigener Aussage von seiner Mutter – der Frau, die seinen Hass auf das weibliche Geschlecht geschürt hatte.

Frauen kamen, nahmen sich, was sie wollten, und verschwanden wieder. So hatte er es von seinem Vater erzählt bekommen und diese Warnung an Robin weitergeben wollen, den er vor der Öffentlichkeit versteckt aufwachsen ließ.

Eine Tragödie, die viel zu spät beendet werden konnte, aber jetzt war sie beendet. Ein für alle Mal.

Als es leise an Lenas Zimmertür klopfte, drehte sie sich um. An jedem einzelnen Abend der letzten Woche, jeweils nach Dienstschluss, hatten ihre Kollegen ihr einen kurzen Besuch abgestattet, sie mit Blumen und ihrer Lieblingsschokolade versorgt.

Auch Boris. „Wie geht es dir heute?“, fragte er, als er sich zu ihr ans Bett setzte.

Henning, Karen, Claus, Maike und Olaf hielten sich im Hintergrund, schwatzten miteinander, wechselten das Blumenwasser und öffneten die Fenster.

„Besser. Bald ist Schluss mit eurer Ruhe auf dem Revier“, scherzte sie und sog dann scharf die Luft ein, denn das Lachen schmerzte in der Hüfte.

Boris tätschelte ihre Hand. „Danke, Lena. Für alles, was ihr getan habt.“ Er sagte es an jedem Abend und würde es wohl auch an jedem darauffolgenden noch tun.

Boris hatte sich eine berufliche Auszeit genommen, brauchte Zeit, um den Verlust seiner Freunde und die traumatisierenden Erfahrungen seiner Gefangenschaft zu verarbeiten. Aber ihm und Ole ging es zumindest körperlich gut. Eine Tatsache, für die Lena unendlich dankbar war. Sie drückte Boris’ Hand, der ihr einen freundschaftlichen Kuss auf die Wange hauchte, bevor er ihren Kollegen Platz machte. Eine halbe Stunde, einige Lacher und viel menschliche Wärme später, hatte sich das Krankenzimmer wieder geleert.

Nur Henning war geblieben.

Er war auffällig still gewesen an diesem Abend. Doch die Blicke, die er ihr immer wieder zugeworfen hatte, waren ihr nicht entgangen. Als er sich nun zu ihr auf die Bettkante setzte, nahm sie seine Hand.

„Raus mit der Sprache“, forderte sie ihn lächelnd auf.

„Du bist mir unheimlich, wenn du meine Gedanken liest.“ Er grinste, senkte den Blick.

„Wenn ich das wirklich könnte, müsste ich dich nicht bitten, mir zu sagen, was dich bedrückt.“

„Auch wieder wahr.“ Er lachte leise, verschränkte ihre Finger mit seinen. „Mich bedrückt eigentlich nichts, aber mir ist etwas klar geworden.“

„So?“ Sie richtete sich ein wenig in ihrem Bett auf.

„Ich hätte dich an dem Tag in dieser Scheune verlieren können, Lena.“

„Hast du aber nicht.“ Sie führte seine Hand an ihre Wange. „Ich bin immer noch hier. So schnell wirst du mich nicht los.“

Er schluckte, lächelte verlegen, seine Wangen röteten sich. „Ich möchte dich, ehrlich gesagt, nie mehr loswerden.“ Nun sah er auf. „Lena, diese ganze Unsicherheit, was meine Empfindungen für dich betrifft … die Sorge, dass sie unserer Arbeit in die Quere kommen … die Ängste, die ich hatte – all das war mir so was von egal, als du da in der Scheune in meinen Armen gelegen hast. Alles, was ich wollte, war bei dir zu sein.“ Endlich schaffte er es, ihr direkt in die Augen zu sehen.

Lenas Herz raste.

„Deshalb möchte ich dich fragen, ob du mit mir ausgehen möchtest. Ganz offiziell. Ohne es irgendwie anders zu benennen als das, was es sein soll – eine Verabredung. Ich möchte nicht länger vor meinen Gefühlen davonlaufen.“

Ihre Hand zitterte in seiner, und als sie nichts sagte, räusperte er sich. „Also?“

Lena zog Henning zu sich. „Zum Glück fragst du endlich, sonst hätte *ich* das machen müssen“, flüsterte sie grinsend, bevor ihre Lippen sich auf seine legten.

Zum ersten Mal seit langer Zeit fühlte sie sich angekommen.

- Ende -

Eine kleine Bitte zum Schluss …

Wir hoffen, Ihnen hat dieses Buch gefallen …

Der schnellste Weg, andere Leser da draußen an Ihren Erfahrungen mit diesem Buch teilhaben zu lassen, ist eine Rezension im Online-Buch-Shop. Ihr Feedback hilft nicht nur anderen Lesern, Neues zu entdecken, sondern auch dem Autor, zu verstehen, was aus Lesersicht in diesem Buch gut und weniger gut ist. So kann sich der Autor weiterentwickeln und Ihnen sowie anderen Lesern in Zukunft noch schönere Geschichten präsentieren. Außerdem sind Ihre Erfahrungen, Erkenntnisse und Eindrücke als ehrliches Leser-Feedback eine enorme Wertschätzung vieler liebevoller Arbeitsstunden, die in dieses Buch geflossen sind.

Danke also schon im Voraus, wenn Sie sich zwei bis drei Minuten Zeit nehmen und eine kleine Bewertung zum Buch z.B. auf Amazon veröffentlichen.

Mehr zum Autor finden Sie auf
www.gunnarschwarz.de,
www.facebook.com/gunnarschwarz.autor,
www.instagram.com/gunnarschwarz.autor und
www.feuerwerkeverlag.de/schwarz

Gratis Kurzthriller sichern

Bitte nicht sie!

Kostenloser Nervenkitzel. Auf 80 Seiten. Trauen Sie sich?

„Hängen da oben etwa Füße? In pinken Socken? Oh mein Gott, ist das ein Kind?“

Ein Raunen geht durch die Menge, als auf dem Marktplatz über der goldenen Turmuhr ein Fenster geöffnet wird und kleine Füße in rosa Söckchen zum Vorschein kommen. Kurz darauf wird der Rest des Körpers sichtbar und an einem Seil aus dem Fenster gestoßen. Die Menge ist in Schockstarre. Die Polizei wird gerufen.

Als Kommissar Theo Sammers kurze Zeit später am Ort des Geschehens erscheint, um die aufgebrachte Menge zu beruhigen, gefriert ihm das Blut in den Adern. Denn das, was er sieht, ist ihm nur allzu vertraut …

Den 80-seitigen Kurzthriller komplett kostenlos herunterladen:

https://www.gunnarschwarz.de/kurzroman

Weitere Bücher des Verlages

<u>Tote Mädchen schweigen ewig</u>

Gunnar Schwarz

Was zunächst wie ein tragischer Unfall aussieht, entpuppt sich während der Obduktion schnell als brutaler Mord. Denn der Frau, die aus einem Fluss gezogen wurde, fehlt die Zunge, und ihre Arme wurden zerschnitten – eine Warnung? Aber an wen?

Der Ehemann wird festgenommen und gesteht. Spezialermittlerin Charlotte Bekker glaubt jedoch an seine Unschuld und sucht zusammen mit ihrer neuen Kollegin Stella Meislow nach Beweisen, die belegen, dass er den Mord nicht begangen haben kann.

Damit beginnen die Ermittlungen des Frauenduos in einer grauenvollen Mordserie, die abstoßende Geheimnisse und menschliche Abgründe aus einer völlig unerwarteten Richtung ans Tageslicht bringen. Die Suche führt die Ermittlerinnen auf die Spur eines Killers, der seine weiblichen Opfer aus einem ganz speziellen Grund zum Schweigen bringen will…

<u>Der Frauenkeller</u>

Gunnar Schwarz

Als die Leiche einer jungen Frau gefunden wird, deren Körper mit Blutergüssen und verstörenden Botschaften übersäht ist, übernimmt das Ermittlerduo Emma Bajetzky und Alex Kuper seinen ersten Fall. Anfangs kommen die beiden nur schwer voran, doch als ihnen klar wird, dass der Killer ihnen falsche Fährten legt, überschlagen sich die Ereignisse. Der Täter mordet immer weiter, und Emma übersieht, dass sie ihm längst begegnet ist. Extra für sie hält er nun einen Ehrenplatz im Keller „seiner“ auserwählten Frauen bereit.

Nasses Grab – Zwischen Mord und Ostsee

Thomas Herzberg

Am Ostseestrand der Halbinsel Holnis, Dänemark in Sichtweite, wird die schrecklich entstellte Leiche eines Mannes gefunden. Eine Hiobsbotschaft, die kurz vor Start der neuen Urlaubssaison zahlende Gäste abschrecken könnte. Somit ist bei den Ermittlungen Leisetreten angesagt. Ina Drews und Jörn Appel – das neue Team der Flensburger Mordkommission – kommen da gerade recht. Aber schon ihr erstes Aufeinandertreffen endet im Eklat, wofür es gute Gründe gibt. Während sich die beiden widerwillig zusammenraufen, geht es mit den Ermittlungen anfangs erfreulich schnell voran. Doch mehr und mehr versinkt alles sicher Geglaubte in einem Strudel aus Lügen und Halbwahrheiten. Hinzu kommt Druck von oben, mit dem sich Ina und Jörn noch zusätzlich herumschlagen müssen. Dabei gerät selbst der Mordfall zeitweise in Vergessenheit...

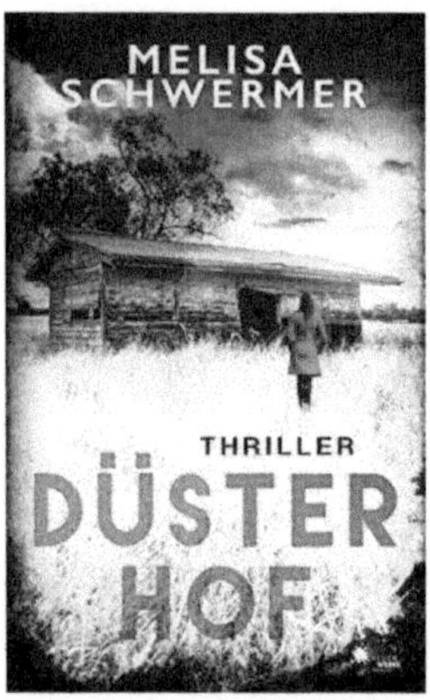

Düsterhof

Melisa Schwermer

Eine junge Frau wird in ihrer Wohnung überfallen und bestialisch ermordet. In scheinbar blinder Wut hat der Täter unzählige Male auf sie eingestochen. Schnell fällt der Verdacht auf ihren Ex-Freund, der die Trennung offenbar nicht überwunden hat.

Doch seine Anwältin Annabelle Hart glaubt nicht, dass er der Täter ist, auch wenn alles auf ihn hindeutet. Gemeinsam mit dem Privatdetektiv Felix Hertzlich macht Annabelle sich daran, die Unschuld ihres Mandanten zu beweisen und stößt dabei auf einen kranken Killer, der eine Frau nach der anderen hinrichtet.

Als Annabell und Felix dem Täter auf einem düsteren Hof schließlich näher kommen, als sie es jemals hätten tun sollen, beginnt für sie ein Spiel um Leben und Tod. ..